硝子の塔の殺人

知念実希人

THE GLASS TOWER MURDER

MIKITO CHINEN

実業之日本社

The Glass Tower Murder
Contents

目次

硝子の塔 立体図

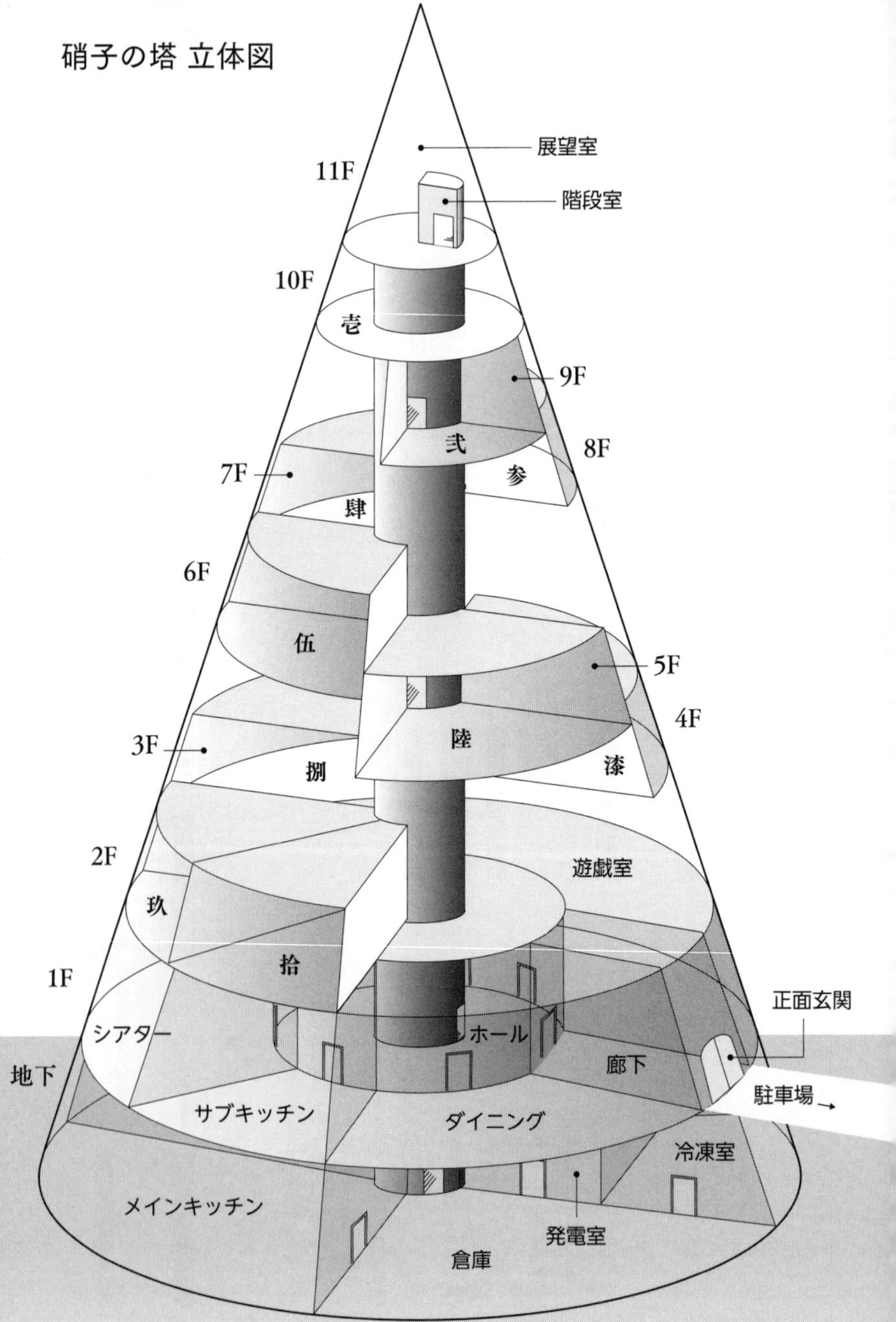

展望室
11F
階段室
10F
壱
9F
弐
8F
7F
参
肆
6F
伍
5F
4F
陸
3F
捌
漆
2F
遊戯室
玖
拾
1F
正面玄関
シアター
ホール
地下
廊下
駐車場
サブキッチン
ダイニング
冷凍室
メインキッチン
発電室
倉庫

硝子の塔 断面図

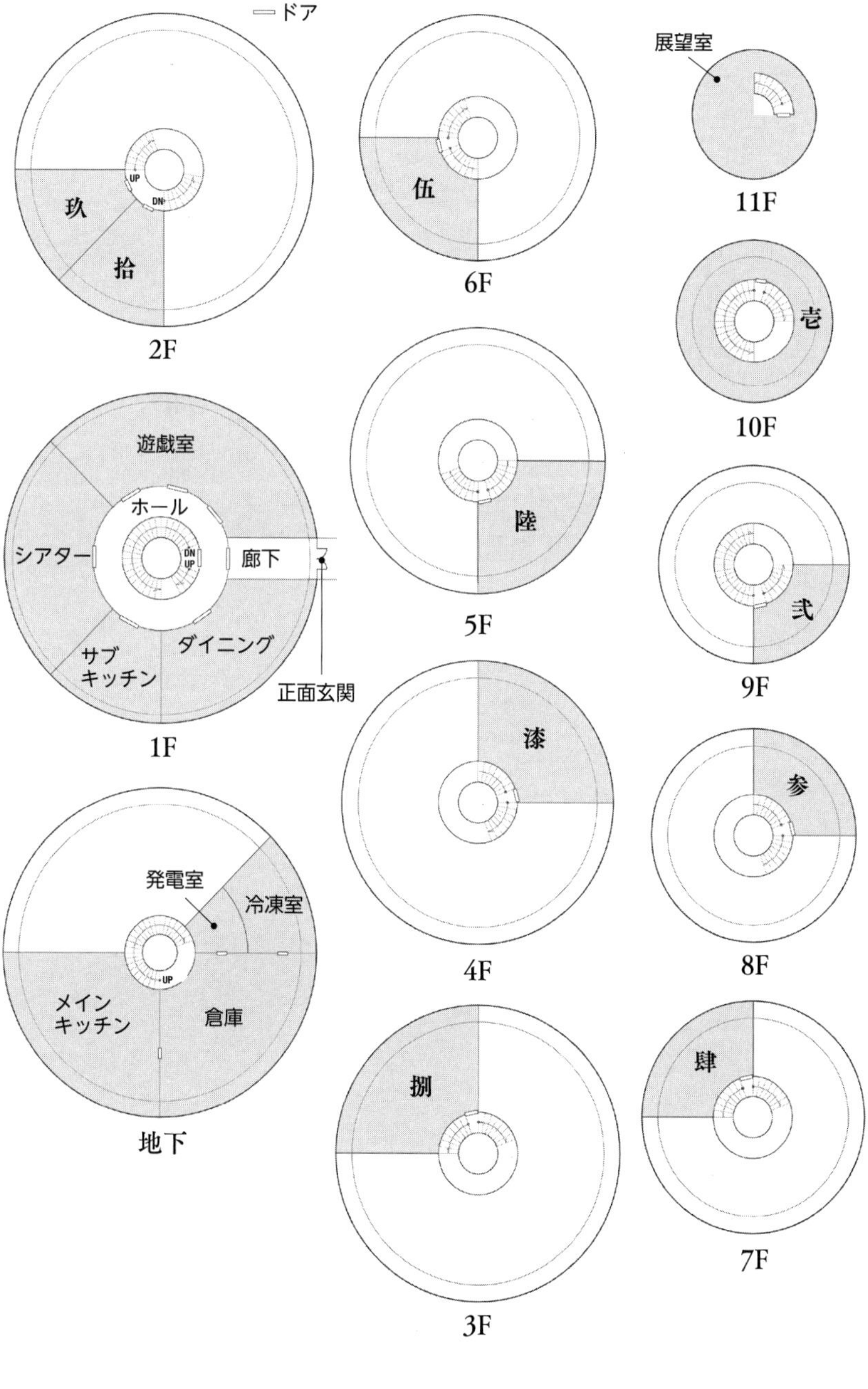
ドア
展望室
11F
玖
拾
UP
DN
2F
伍
6F
壱
10F
遊戯室
ホール
シアター
DN
UP
廊下
サブ
キッチン
ダイニング
正面玄関
1F
陸
5F
弐
9F
漆
4F
参
8F
発電室
冷凍室
UP
メイン
キッチン
倉庫
地下
捌
3F
肆
7F

神《こう》津《づ》島《しま》太《た》郎《ろう》　館の主人――――壱《いち》の部屋
加《か》々《が》見《み》剛《つよし》　刑事――――弐《に》の部屋
酒《さか》泉《いずみ》大《たい》樹《き》　料理人――――参《さん》の部屋
一《いち》条《じょう》遊《ゆう》馬《ま》　医師――――肆《し》の部屋
碧《あおい》月《つき》夜《よ》　名探偵――――伍《ご》の部屋
巴《ともえ》円《まど》香《か》　メイド――――陸《ろく》の部屋
夢《ゆめ》読《よみ》水《すい》晶《しょう》　霊能力者――――漆《しち》の部屋
九《く》流《る》間《ま》行《こう》進《しん》　小説家――――捌《はち》の部屋
左《さ》京《きょう》公《こう》介《すけ》　編集者――――玖《きゅう》の部屋
老《おい》田《た》真《しん》三《ぞう》　執事――――拾《じゅう》の部屋

硝子の塔の殺人

プロローグ

どうしてこんなことになってしまったのだろう。

階段室の壁に背中をあずけ、毛足の長い絨毯《じゅうたん》に座り込みながら、一条遊馬《いちじょうゆうま》は天を仰ぐ。

晴れていた空はいつの間にか厚い雲に覆われ、はらはらと舞い降りてきた粉雪が、この空間を形作る透明なガラスに触れては滑り落ちていく。

円錐《えんすい》状のガラスで覆われた直径十メートルほどの展望室、そこはいまや牢獄《ろうごく》と化していた。

すでに何時間もここに閉じ込められている。ズボンを通して臀部《でんぶ》に伝わってくる絨毯の冷たさが骨身に染みた。遊馬は寒さをしのぐために羽織っている、『刑事コロンボ』の撮影でピーター・フォークが着ていたという、しわの寄ったコートの襟を合わせると、体を小さくした。

「俺は、どこで間違ったんだろうな……」

そんな独白が、無意識に唇の隙間から零《こぼ》れた。

殺意を胸に秘め、神津島太郎《こうづしまたろう》に近づいたときか。絶好の機会と思い、この硝子館《ガラスかん》で開かれる妖しい宴への参加を決めたときか。それとも……。

「……あの名探偵に出会ったときか」

白い息とともに吐き出されたつぶやきが、冷え切った空気に溶けていく。

考えても仕方ない。遊馬は立てた両膝の間に頭をしまう。もう、すべて終わってしまったのだから。

この物語は、『硝子館の殺人』はすでに幕を下ろしたのだ。

名探偵により真実が暴かれ、犯人である俺が拘束されるという形で。

ガラスの尖塔《せんとう》で起きた凄惨な連続密室殺人は解決した。もはや犯人にやることなどない。ただ、舞台から静かに消え去るのみだ。

遊馬はゆっくりと目を閉じた。

端整な顔にシニカルな笑みを浮かべた名探偵の姿が、瞼《まぶた》の裏に映し出された。

一日目

1

「碧《あお》さんですよね？　たしか、探偵さんでしたっけ」

ウイスキーグラスを片手に暖炉のそばに立っていた女性に、一条遊馬は声をかける。

「いいえ、探偵じゃありません。名探偵です。碧月夜《つきよ》。よろしく、一条遊馬さん」

差し出された手を握りながら、遊馬は彼女を観察する。年齢は二十代半ば、自分より少し年下といったところだろうか。身長一七五センチの自分と並んでも引けを取らない長身が、薄いブラウンでチェック模様の英国風スリーピーススーツに包まれていた。

スーツと柄を合わせたネクタイを締め、胸ポケットにハンカチを差し、ヒールのない革靴を履いた男装がやけに似合っている。わずかにメッシュが入ったショートカットの頭髪は、ワックスでふわりとボリュームが出されていた。細く高い鼻筋、薄く形の良い唇、化粧っ気のないその顔は整っているが、二重の目がやや垂れているので、冷たい印象を受けることはない。

「名探偵……」

その単語を口の中で転がした遊馬は、月夜をはじめてみたときになぜ軽いデジャヴをおぼえたのかに気づく。彼女の格好は、かつてドラマで見たシャーロック・ホームズにそっくりなのだ。そういえば、この館に入って来たときにはコートを羽織り、鹿撃ち帽までかぶっていた。

「あの、探偵と名探偵というのはどう違うんですか？」

戸惑いつつ訊《たず》ねると、月夜は誇らしげに胸を反らした。

「普通の探偵というのは、依頼人の希望によりどんな調査でも行います。たとえば行方不明者の捜索、婚約者の身元調査、はては不倫の証拠集めまで」

「名探偵は違うと」

「ええ、違います」月夜は歌うように答える。「名探偵が扱うのは複雑で不可思議な事件だけです。警察でも解けないようなミステリアスな難事件」

「はぁ、そうですか」

浮世離れした言動に圧倒されて曖昧に頷《うなず》くと、遊馬はその場を離れるタイミングを見計らった。すでに目的は達した。これ以上、こんな変人の相手をしていても仕方がない。

遊馬が「それじゃあ」と口にしようとしたとき、「いやぁ、名探偵ですか」と背中から声がかけられた。振り返った遊馬は目を大きくする。そこには和装の小柄な老人が立っていた。

「九流間《くるま》先生！」

遊馬が背筋を伸ばすと、本格ミステリ界の重鎮である九流間行進《こうしん》は、人の良さそうな顔に苦笑を浮かべ、禿《は》げあがった頭を掻《か》いた。

「先生はやめてくれないかな。特にお医者さんに言われると、どうにも落ち着かない」

「いえ、そんな……。九流間先生は、九流間先生です」遊馬は震え声で言う。

昔からミステリ小説を読むことが好きだった。特に本格ミステリと呼ばれる、幻想的なまでに不可解な謎を、探偵役が論理的に解き明かしていく物語が。

六年前に医師になってからは、多忙のためあまり読書の時間を取ることができなくなったが、学生時代は常に文庫本を持ち歩き、暇さえあればそれを開いていた。

中学生のとき、王道中の王道であるアガサ・クリスティでミステリ小説に嵌《は》まり、『そして誰もいなくなった』、『オリエント急行殺人事件』、『アクロイド殺し』を読んだ際には、あまりにも予想外の真相に頭をこん棒で殴られたかのような衝撃を受けた。その後は、エドガー・アラン・ポー、アーサー・コナン・ドイル、エラリー・クイーン、ディクスン・カー、ヴァン・ダイン、F・W・クロフツ等々、貪るように読み漁《あさ》った。それらの海外古典ミステリをあらかた浚《さら》ったあとも、読む作品に不自由することはなかった。日本にも、それらに勝るとも劣らない優れた本格ミステリ小説が数多く存在したから。

一九八〇年代後半から一九九〇年代前半にかけて、島田荘司《しまだそうじ》の『占星術殺人事件』で芽吹き、綾《あや》辻行人《つじゆきと》の『十角館の殺人』で大輪《たいりん》の花を咲かせた新本格ムーブメントは、法月綸太郎《のりづきりんたろう》、有栖川有栖《ありすがわありす》、歌野晶午《うたのしょうご》、我孫子武丸《あびこたけまる》、折原一《おりはらいち》、北村薫《きたむらかおる》など眩《まばゆ》いばかりの才能を世に送り出し、彼らは競い合うように多彩で独創的な作品を次々と刊行していった。

九流間行進もそんな新本格ムーブメントの初期に頭角を現した作家の一人だった。特に密室をテーマにした作品を得意とし、いくつもの名作を世に出している。ディナーの際、遊馬の雇い主にしてこの館の主人でもある神津島太郎が九流間を紹介したときには、耳を疑ったものだ。

「しかし、私のことを知っているなんて嬉《うれ》しいな。最近の若い人はあまり小説を読まなくなっているからね。もしかして、私の本を少しは読んでくれたりしているのかな」

どう答えるべきか遊馬は悩む。九流間の作品は全て読んでいた。できればそう伝えて、憧れの作家とゆっくりと話をしたい。しかし、いまはそんな余裕はなかった。

この場にいる全員と言葉を交わし、できる限り自分の存在を印象付けなくてはならないのだから。

「昔、何冊かは……」

読んだおぼえがあります、と続けようとした瞬間、背中から突き飛ばされた。

「当然、全部読んでいます！」

遊馬を押しのけて前に出た月夜が、上ずった声をあげながら九流間の手を両手で摑《つか》んだ。

「九流間先生の作品は大好きです。特に、デビュー作の『密室遊戯』。あれは最高でした。物理トリックと心理トリックを組み合わせることにより作り上げた密室、まさに芸術品です。それに、二作目の『開かずの扉を破る手』。もちろん、あの密室トリックも素晴らしいんですが、それに加えて初登場した名探偵の戸塚開《とつかかい》。物静かながら事件に対する熱い想《おも》いを胸に秘めたキャラクター造形も魅力的です。そして、戸塚シリーズの最高傑作の呼び声も高い『透明の鍵』。あれを読み終えたときは、あまりのショックに呆然《ぼうぜん》としました。あれぞまさに、密室ミステリの最高峰だと思います」

月夜はほとんど息継ぎもせずまくし立てる。ついさっきまでは男装の麗人《れいじん》といった雰囲気だったが、大きな目をキラキラと輝かせ、頬を紅潮させているその姿は、憧れのアイドルを前にした少女にしか見えなかった。

「あ、ありがとう。私の作品をそんなに詳しく知っていてくれて」九流間は軽くのけぞる。

「作品だけじゃありません。先生のこともよく存じ上げています。九流間行進、七十三歳、一級建築士としてつとめていた四十二歳のとき、東京ミステリ文学新人賞を受賞して刊行した『密室遊戯』が大ヒットし、一躍本格ミステリ界の寵児《ちょうじ》になる。尊敬する作家はディクスン・カーで、特に好きな作品はマーチ大佐が活躍する『不可能犯罪捜査課』。ペンネームの九流間行進は、その『カー』と『マーチ』にちなんだもので、作風としてはカーと同様、密室物が多い。特に……」

「ちょ、ちょっと落ち着いて。あなたがミステリに博識なのはよく分かったから」

なだめるような口調で九流間が言うと、月夜はまだ話し足りないのか、やや不満げに頬を膨らませつつ口をつぐんだ。

なんだ、たんなるオタクか。一歩離れた位置から二人のやりとりを眺めていた遊馬は、内心でつぶやく。重度のミステリマニアが、シャーロック・ホームズのコスプレをしつつ『名探偵』を名乗っているといったところだろう。

白けつつ、そっとこの場を離れようとすると、九流間が軽く咳《せき》ばらいをした。

「実はね、私もあなたの噂《うわさ》を聞いたことがあるんですよ。ミステリ小説に出てくるような『名探偵』が実際にいるってね」

遊馬が目をしばたたくと、前かがみになっていた月夜が姿勢を戻す。その顔に浮かんでいた無邪気な笑みが、大人の微笑へと変化していった。

「九流間先生がご存じとは、とても光栄です」

月夜は胸元に手を置くと、カーテンコールの俳優のように優雅に一礼した。

「今年のはじめに東京湾に停泊中の豪華客船で起こったＩＴ企業社長のバラバラ殺人事件、それを解決したのはあなただっていう噂は本当かな？」

遊馬の口から「え？」という声が漏れる。その事件は知っていた。豪華客船のスイートルームで、時代の寵児とマスコミにもてはやされていたＩＴ企業社長のバラバラに切断された遺体が発見された事件だ。たしか、部屋は施錠されていたうえ誰もおらず、一時は不可能犯罪だと騒がれていたが、結局事件から一ヶ月ほどして共同経営者が逮捕されたはずだ。

なんの気負いもなく月夜が「本当ですよ」と答えたのを聞いて、遊馬は目を大きくする。

「でも、あれは警察が捜査して犯人をつかまえたんじゃ……」

「被害者の周辺を調べ上げ、共同経営者とのトラブルを突き止めたのも、最終的に彼を逮捕したのも警察です。私は顔見知りの刑事から相談を受け、犯人がなぜ、そしてどうやって密室を作ったのか。どうして遺体をバラバラにする必要があったのか。それを解き明かしたにすぎません」

「そんな馬鹿な。警察が探偵に相談するなんてあり得ない」

「ええ、単なる探偵に相談するなんてまずあり得ません。けれど……」

言葉を切った月夜は得意げに、軽く首を反らした。

「『名探偵』にならあり得るんです」

この自称名探偵は本気なのだろうか、それとも冗談を言っているだけなのだろうか。遊馬が戸惑っていると、九流間の顔が興奮からか、わずかに紅潮する。

「事件の詳細を雑誌で読んだとき、あんな凄惨で難解な殺人事件が現実に起こるのかと驚いたもんだ。まさかそれを解決するなんて」

「いえ、それほどの事件ではありませんでしたよ」

月夜の口調には謙遜ではなく、失望が滲《にじ》んでいた。

「たしかに一見するとおどろおどろしく、複雑な犯行のように見えます。けれど、その実、大したことのないトリックでした。遺体をバラバラにしたのは、その一部を使って物理トリックで外から錠を閉めるため。部屋を密室にしたのは、自分が船をおりてから遺体が発見されるよう、時間稼ぎをするためという単純なものです。私が出張《でば》らなくても、時間さえかければ警察が真相に気づいたでしょう。もっと手ごたえのある謎だと期待したんですけど……」

「いやいや、すごいことだよ。他にもいろいろな事件を解決してきたそうじゃないか。六本木《ろっぽんぎ》にある高層マンションの屋上で墜落死体が見つかった事件や、足立《あだち》署の留置場から殺人犯が忽然《こつぜん》と姿を消した事件、それに……」

九流間が指折り挙げていく内容を聞いて、遊馬は耳を疑う。それらはどれも、不可思議な事件としてニュースで大きく取り上げられたものだった。それらの解決に、この自称名探偵がかかわっているなんて……。しかし、月夜の表情が明るくなることはなかった。

「それらも一緒です。概要だけ聞くとどれも魅力的な謎に見えますが、解決してみれば二流の犯罪者が起こしたつまらない犯行でしかありませんでした。名探偵としての能力を十分に生かせるような、残酷でありつつ、美しく芸術的な犯罪には、なかなか出会えないんです」

美しく芸術的な犯罪……。凄惨な事件を望んでいるかのようなそのセリフに遊馬が唖然《あぜん》としていると、押し殺した笑い声が聞こえてくる。数メートル離れた位置にあるソファーに腰掛けた中年男が、分厚い唇の端を上げていた。あごには無精ひげが生え、固太りした体を包んでいるスーツにはしわが寄っている。

「なにが名探偵だ。なにが能力を十分に生かせるようなだ。事件を選びまくっているくせによ」

男の態度が気に障ったのか、九流間が眉根を寄せた。

「どういう意味かな？　えー、たしか、刑事さんだったよね」

「ああ、そうだよ。長野県警捜査一課の加々見剛《かがみつよし》だ。よろしくな」

加々見はそう言うと、「これ、もう一杯」と手にしていたグラスを掲げる。すぐにこの館のメイドである巴円香《ともえまどか》が「はい、ただいま」とやって来て、グラスを受け取った。

「一条先生もグラスが空いていらっしゃいますね。お代わりはいかがでしょうか」

クラシカルなメイド服のスカートを揺らしながら近づいてきた円香が、丸顔にコケティッシュな笑みを浮かべる。年齢は二十代後半のはずだが、童顔のせいで未成年のようにさえ見える。

「いえ、大丈夫です。ありがとう、巴さん」

遊馬がカクテルグラスを渡すと、円香は「では、失礼いたします」と一礼して離れていった。

「さて、それじゃあ質問に答えるとするか」加々見は鼻を鳴らす。「そこの自称『名探偵』さんは、たしかに警察内部でも有名だ。いろいろな難事件を解決しているってな。けどな、本当に難しい事件、自分では解けなさそうな事件の依頼は断っているんだよ」

加々見は指を一本一本立てていく。

「ジャンボ機乗客消失事件、水泳選手プール内焼死事件、博物館恐竜化石襲撃事件……」

すべて、大々的にニュースになり、そしていまだ解決していない事件だった。遊馬がそれらの事件の概要を思い出していると、加々見は月夜を指さした。

「いま挙げた事件でも警察は協力を依頼したが、あんたは断りやがった。つまりあんたは、解決できそうにもない事件だとみると、尻尾《しっぽ》を巻いて逃げ出すってことだ。違うかい、『名探偵』さん」

加々見は挑発的に言う。しかし、月夜の顔に動揺が浮かぶことはなかった。

「体が二つあるなら、それらの事件にもぜひ協力したかったです。ただ、いかに名探偵とは言え、一人で二役を果たすことはできませんので、泣く泣く辞退しました」

「忙しかったから断ったってことかよ。言い訳がましい。まあ、名探偵だかなんだか知らねえが、しょせんその程度ってことだ」

立ち上がった加々見は、円香が持ってきたグラスをひったくって離れていく。

「失礼な男だね。碧さん、気にすることはないよ」

九流間が言う。月夜は小さく肩をすくめて微笑《ほほえ》んだ。

「大丈夫です。名探偵はなかなか理解されないものですから。特に、警察関係者からは」

「ならいいんだが。ところで一条先生」

唐突に水を向けられた遊馬は、「は、はい」と声を上ずらせる。

「あなたは神津島君の専属医なんだよね。ということは、長い間この硝子館に住んでいるのかな?」

「いえ、専属医になったのは半年ほど前です。家族の介護で、フルタイムの勤務ができなくなったものので。普段は麓の街に住んでいて、週に二、三回、ここにきて診察をしています。住み込みで働いているのは、メイドの巴さんと、執事の老田《おいた》さんだけですね」

「ああ、そうなのか。ちなみに、今夜、神津島君がなにを計画しているのか聞いているかな。なにか重大な発表があるということなんだが」

「いいえ、なにも聞かされていません」

どうせ、ろくなことじゃないさ。内心でつぶやく遊馬の頭に、先月の記憶がよみがえる。

「ちょっとした催しをする予定なんだ」

ベッドに横たわった神津島が不意に、血圧を測っていた遊馬にそう声をかけてきた。

「催しですか？」

電子カルテのタブレットに血圧の数値を打ち込みながら遊馬が聞き返すと、神津島の代わりに、ベッドのすぐそばで控えていた執事の老田真三《しんぞう》が「その通りです」と慇懃《いんぎん》に答えた。糊《のり》のきいたシャツに蝶《ちょう》ネクタイ、ブラックスーツを身に着け、ワックスで白髪交じりの頭を固くセットした姿は、まさに〝執事〟といったいでたちだった。

「旦那様は来月第四週の週末に、多くの客人をこの硝子館に招き、とても重大な発表をする予定です。その際、一条先生にも立ち会っていただきたいのです。催し自体は夜に行い、お客様方には一泊していただく予定ですので、どうか一条先生もお泊りください」

「いったいなんの発表をするつもりなんですか？」

「それはまだ言えないよ、先生。当日のお楽しみってやつだ」

ベッドから上半身を起こした神津島は真っ白なあごひげを撫《な》でつつ、そのいかつい顔に無邪気な笑みを浮かべたのだった。

もしかしたら『発表』というのは、生命科学の新しい大発見をしたというものではないかと期待していた。数年前に退任するまで帝都大学生命工学科の教授を務めていた神津島は、その分野でいくつもの素晴らしい功績を残し、ノーベル賞の受賞すら期待されているのだから。

けど、どうやら期待外れのようだな。ついさっきまでダイニングで行われていたディナーで、神津島が紹介したゲストたちの顔ぶれを遊馬は思い出す。

名探偵、ミステリ作家、刑事、霊能力者、ミステリ雑誌の編集者、どう考えても生命科学についての重大発表を伝えるのに適した人物とは思えない。となると、科学者としてではなく、神津島のもう一つの顔に関連した発表なのだろう。

神津島太郎は重度のミステリフリークにしてコレクターだった。その潤沢な財産を惜しみなく注ぐことで、国内外のミステリ小説、ミステリ映画などの貴重な資料を買い漁り、この硝子館の展望室に収蔵している。それらは『神津島コレクション』と呼ばれ、マニアの間では有名だった。きっと、またなにか掘り出し物を見つけ、それを自慢するつもりなのだろう。

「発表の内容も楽しみですけど、有名な硝子館に来ることができただけでも私は感動しています」

興奮がにじむ月夜の声で、遊馬は我に返る。

「神津島コレクションを見られるなんて本当に光栄です。招待状が届いたときは、思わず歓声を上げて飛び上がりました」

月夜は祈るように両手を組むと目を輝かせ、シャンデリアが垂れ下がっている高い天井を仰いだ。

やはり、この自称名探偵は、ホームズのコスプレをしたたんなるミステリオタクではないだろうか。遊馬があきれていると、九流間が口を開いた。

「碧さんは神津島君と知り合いなのかい？」

「ええ、私の解決した事件について聞きたいということで、東京で何度かお目にかかって、名探偵としての守秘義務に反しない範囲でお話しさせていただきました。ちなみに九流間先生は、神津島さんとどのようなご関係で？」

「彼は数年前に、私が講師を務める小説講座を受講していたんだよ。重度のミステリマニアが自分でも作品を書きたくなる。よくあることだね」

「神津島さんが書く小説⁉」月夜が甲高い声を上げる。「世界有数のミステリコレクターの小説ってどのようなものなんですか？　ぜひ読んでみたいです！」

「いやあ、残念ながらいくらミステリを愛していても、いい作品を書けるというわけではないんだよ。彼の書く小説はなんというか……、オリジナリティーが欠如していてね。いつもどこかで見たような作品になってしまうんだよ」

九流間は苦笑を浮かべる。

「彼自身もそのことに気づいたらしく、自分で作品を書くのは諦めたみたいだね。講座にも出なくなってしまった。ただ、その縁もあって今夜こうして招待してもらったんだ。私も有名な神津島コレクション、それにこの硝子館自体にも興味があったから、喜んで参加したというわけだ」

「この硝子館って、神津島さんが発明したトライデントを正確に模して建てられたものなんですね。さっきのディナーでその話を聞いて、はじめて知りました」

月夜は興奮気味にまくしたてると、暖炉のそばに置かれているものに視線を向ける。それは模型だった。遊馬たちがいまいる、長野県北アルプス南部の蝶《ちょう》ヶ岳《たけ》中腹に建つこの硝子館の精巧な模型。鮮やかなワインレッドの装飾ガラスで覆われた一メートルほどの円錐に、螺旋《らせん》状にガラス窓がついている。それはまるで、尖塔に透明な蛇が巻き付いているかのようだった。円錐の最上部には、透明なガラスで覆われた空間がある。そここそが、神津島コレクションが収められている展望室だった。

「山奥に建つ、円錐状のガラスの尖塔。本格ミステリ小説の舞台になりそうな建物ですよね。いかにも殺人事件が起きそう」

遊馬の心臓が大きく跳ねる。喉の奥から小さくしゃっくりのような音が漏れた。

「どうしました、一条さん」

月夜が見つめてくる。わずかにブラウンが入った大きな瞳に吸い込まれていくような錯覚をおぼえながら、遊馬はかすれ声を絞りだした。

「いえ……、なんでもありません。ちょっと、しゃっくりが出ただけで」

「しゃっくりなら、砂糖水を飲むと止まるといいますよ」

「そうなんですね。それじゃあ、試してみようかな。ちょっと失礼します」

遊馬は身を翻してその場を離れると、早足で歩を進めていった。

動揺するんじゃない。あの自称名探偵は、たんに軽口をたたいただけだ。自分に言い聞かせながら、右手に広がる全面ガラス張りの窓に視線を向ける。かつてはスキー場だったというだけあって、外は真っ白な雪が降り積もり、数十メートル奥にはうっそうとした森が、闇の中にかすかに浮かび上がっていた。

深呼吸を繰り返しながら遊戯室を進んでいく。幅十メートル以上、長さはゆうに三十メートルはあり、緩やかな曲線を描いているこの空間には、暖炉や数組のソファーセットだけでなく、ビリヤード台、ポーカーテーブル、ジュークボックス、果てはバーカウンターまで備わっていた。大理石を半透明の飴《あめ》色の装飾ガラスで覆った太い柱が数本立っているので死角も多い。館の主である神津島を除く全員が、この遊戯室で思い思いの時間を過ごしていた。

全員に声をかけなければ。まずは……。遊馬はバーカウンターに近づいていく。円香とともに客に酒を運んでいる執事の老田とすれ違った遊馬は、「お疲れ様です」と声をかける。

「お疲れ様です、一条先生。お楽しみいただいていますか」

カクテルグラスが載った盆を片手に、老田は優雅に会釈した。

「ええ、けれどアルコールは控えめにしています。俺は神津島さんの専属医ですから」

「そんなことおっしゃらずに、ぜひリラックスしてお過ごしください。医師としてではなく、ゲストとして先生をもてなすよう、旦那様に言いつけられていますから」

「そうですか、それじゃあお言葉に甘えてもう一杯くらいいただこうかな」

老田は「ぜひそうなさってください」と微笑むと、離れていった。

「酒泉《さかいずみ》君、カクテル作ってもらっていいかい」

バーカウンターの中でシェイカーを振っているTシャツにジャケットを羽織った茶髪の若者に、遊馬は声をかける。

「おっ、一条先生いらっしゃい。なに作ります？」

料理人の酒泉大樹《たいき》は快活に言った。

「それじゃあ、ギムレットを。けど、酒泉君ってカクテルも作れたんだね」

「なに言ってるんスか、先生。俺の名前、酒泉ですよ。酒の泉。そりゃ、カクテルぐらい作れますって。というか俺、料理を作るとき、いつも酒に合うようにって思って作っているんスよ。今日の合鴨《あいがも》のソテーとか、赤ワインにピッタリだったと思いませんか。うまかったでしょ？　めちゃくちゃ高いワインだったんスよ。おかげで、俺もこうしてご相伴《しょうばん》にあずかることができてます」

酒泉はカウンターに置いてあったグラスを手に取ると、血のように紅《あか》いワインを一口含んだ。

「ああ、うまかったよ。いつも通り最高の料理だった」

遊馬の答えに、酒泉は「そうでしょ、そうでしょ」と鼻の穴を膨らませる。

実際はあまりにも緊張していたため、料理の味など全く分からなかった。ただ、神津島が頻繁に麓の街から呼んで料理を作らせている酒泉の腕が超一流なのは間違いない。これまで、何度か料理をふるまってもらったが、毎度舌が蕩《とろ》けるほどに美味だった。

今日の夕方、各々の車でこの硝子館を訪れたゲストたちは、まず自分が宿泊する部屋に通されたあと、午後六時半から一階のダイニングで、酒泉が作ったフレンチのフルコースに舌鼓を打った。その際、今回の催しのホストである神津島はゲストたちを一通り紹介したあと、自らのミステリコレクションについて、デザートが出るまで延々と喋《しゃべ》り続けた。そのせいで、遊馬やゲストたちがお互いに会話することはほとんどできなかった。

午後八時になってディナーが終わると、神津島は「十時から重大発表をするので、皆さんはそれまで遊戯室でくつろいでいてくれ」と言い残して、ダイニングから去っていった。

「しかし、なんなんスかね、神津島さんの発表って」

手早くシェイカーに酒を注《つ》ぎながら、酒泉がつぶやく。

「酒泉君、興味あるの？」

「いやあ、別に。俺はうまい料理を作れればそれで満足なんスよね。だから、神津島さんの依頼があるときはいつも嬉しいんス。だって神津島さん、いくら予算を使ってもいいって言うんだから」

「けど、料理を作ることだけが、ここに来る目的じゃないだろ」

遊馬は唇の端を上げると、メイド服のスカートをはためかせて忙しそうに働いている円香を親指でさす。酒泉が円香に好意を持っているのは一目瞭然だった。これまで、何度かアプローチしている姿を目撃している。円香の方もまんざらでもない様子だ。

「まあ、もちろんそれも」酒泉は頭を掻く。「それくらいの楽しみがなきゃ、いくら金払いがよくてもこんな山奥、定期的に来ませんって。それに、正直ここで料理するの少し怖いんですよね。だってこの建物、建築基準法とか火災予防条例とか完全に無視してるでしょ」

「その手の法律には詳しくないけど、そうなんだろうな。ただ、神津島さんはこの辺りにとんでもない額の税金を落としているから、手が出せないんだろ。で、巴さんとはどんな感じなんだよ？」

「結構いい感じなんっスよ。今度、彼女が休みの日に街でデートする約束になっているんで」

酒泉ははにかみながら器用にシェイカーを振ると、ショートグラスに透明の液体を注いでいく。

「はい、ギムレットお待たせ」

グラスを受け取った遊馬は、それを一気に呷《あお》った。ジンベースの強いカクテルが、灼《や》けつくような刺激を残して食道を落ちていく。

「ああ、大丈夫スか。けっこう強い酒なのにそんな飲み方をして。酔っちゃいますよ」

「酒には強いたちなんだよ。ありがとう、うまかった。巴さんとうまくいくこと祈っているよ」

アルコールで緊張を希釈しないと、頭がおかしくなってしまいそうだった。

ワイングラスを掲げながら「どうもー」と朗らかに言う酒泉に軽く手を挙げると、遊馬はバーカウンターから離れていく。あと、言葉を交わしてないのは……。

遊馬は十数メートル奥のポーカーテーブルにいる二人、眼鏡《めがね》をかけた線の細い中年の男と、ピンク色のドレスを着て、頭髪までショッキングピンクに染めた大柄な中年女性に視線を向ける。

近づいた遊馬が「ポーカーですか？」と声をかけると、男が振り返る。

「ああ、神津島さんの専属医の……」

「一条遊馬です」

男は「はじめまして、私こういうものです」と立ち上がって、懐から名刺を差し出してくる。受け取った名刺には『月刊　超ミステリ　編集長　左京公介《さきょうこうすけ》』と記されていた。その雑誌は知っていた。本格的なミステリ小説から、眉唾ものの超常現象についてまで、ごった煮で掲載することで有名な月刊誌だ。

「ポーカーをしているわけじゃありませんよ」

椅子に腰を落とした左京は、ディーラー席に座っている女性に向き直る。

「この方とポーカーなんかしたら、手札を全部読まれちゃいますって」

「夢読《ゆめよみ》さんですよね」

真紅の口紅が塗られた唇に微笑を浮かべる女性、夢読水晶《すいしょう》に遊馬は視線を向ける。

「あら、私のことご存じなのね」

夢読は真っ白なファンデーションで覆われた顔をほころばせた。

夢読水晶は自称『霊能力者』で、霊能力を使って事件を解決するというテレビ番組に定期的に出演している人物だった。遊馬も何度かその番組を見たことがあったが、あまりにも過剰で胡散臭《うさんくさ》い演出に、いつもすぐにチャンネルを変えていた。

「もちろんですよ。『霊能探偵事件ファイル』は欠かさず見ています」

「あら、それはありがとう」

夢読はいたるところにフリルのついたピンク色のドレスに包まれた胸を、得意げに反らした。

「夢読先生にお目にかかれたので、占ってもらっていたんですよ。なかなかない機会ですから」

興奮気味に左京が言う。見ると、ポーカーテーブルに置かれているものはトランプではなく、タロットカードだった。

「私に占ってもらうには、本当は何ヶ月も前から予約が必要なのよ。まあ、神津島さんは以前から私の活動をサポートしてくださっているから、今日はこうして特別に参加してあげたけどね。あなた、一条さんだったわよね。あなたの運勢も占って差し上げましょうか」

夢読はカードを器用にシャッフルする。

「遠慮しておきます。占いの結果が悪いと、気になって落ち着かなくなってしまうもので」

占いなどに興味ないし、霊能力などまったく信じていなかった。言葉を交わすという目的は達したのだから、もう用はない。身を翻して退散しようとする遊馬に、「待ちなさい」と鋭い声が投げかけられる。あごを引いた夢読が、上目遣いに視線を送ってきた。

「あなた、気をつけた方がいいわね。顔に悪い相が出てる」

「悪い相……」遊馬は自分の頬に触れる。

「そうよ。近いうち、あなたは大きなトラブルに巻き込まれる。特に、この館にいる間は警戒しておきなさい。この土地には強い負の感情が溜《た》まり、濃縮しているから」

おどろおどろしい夢読の口調に顔をしかめながら、遊馬は「気をつけます」とポーカーテーブルから離れる。

なにが悪い相だ。どうとでも取れる適当なことを言って相手を煙に巻く。詐欺師の常套《じょうとう》手段だ。

遊馬は周囲の様子をうかがいながらゆっくりと移動していく。ゲストたちは思い思いの時間を過ごし、使用人たちが忙しく彼らをもてなしている。遊戯室で自由に過ごしはじめてから三十分ほどが経《た》ち、最初はぎこちなかった雰囲気もだいぶ緩んで、場が温まってきていた。

いまなら大丈夫だ。遊馬は柱の陰へと移動する。視線を向けてくるものは誰もいなかった。はやる気持ちを抑えて、ごく自然にこの遊戯室にある三つの出入り口の一つに近づくと、音が出ないように注意しつつ扉を引き、できた隙間に素早く体を滑り込ませた。

なんとか、誰にも気づかれずに遊戯室から出ることができた。肺の底に溜まっていた空気を吐き出しつつ視線を上げる。高さ五メートルはありそうな天井から、煌《きら》びやかなシャンデリアがいくつもぶら下がった円状の一階ホール。壁にはいくつもの扉が並んでいる。それらはそれぞれ、シアター、サブキッチン、ダイニング、正面玄関への廊下へと続いていた。空間の中心には、直径数メートルはある巨大な柱がそびえ立っていた。表面が色とりどりの装飾ガラスで覆われた柱、その側面に空いた入り口をくぐると、上下に伸びている螺旋階段が姿を現した。

遊馬はからからに乾いた口腔《こうこう》内を舐《な》めて湿らせると、階段をのぼりはじめる。

螺旋階段といっても柱は空洞にはなっていないため、上下の見通しはきかない。幅二メートルほどの一面黒い装飾ガラスで覆われた階段が、壁に埋め込まれたLED照明の淡い光に浮かび上がる。

急な螺旋階段を一周と四分の一分ほどのぼると、小さな踊り場に二つの扉が並んでいた。頑丈そうな金属製の扉には『拾《じゅう》』と『玖《きゅう》』の文字が彫られている。それを横目に、遊馬は足を動かし続ける。そこからは螺旋階段を四分の一周するごとに踊り場と扉が設置されていた。『捌《はち》』『漆《しち》』『陸《ろく》』『伍《ご》』と漢数字が記されている扉の前を通過していき、遊馬は自分が宿泊している『肆《し》』の部屋の前で足を止める。目的地である『壱《いち》』の部屋まではあと少しだ。

本当にやるのか？　俺にできるのか？

階段をのぼることで上がっていた息が、さらに荒くなっていく。体は火照《ほて》っているにもかかわらず、汗腺からは氷のように冷たい汗が止《と》め処《ど》なく湧いてくる。全身の震えが止まらない。

こんな状態では、できるわけがない。少し部屋で頭を冷やそう。遊馬はジーンズのポケットから『肆』と彫られた鍵を取り出した。肆の部屋の錠《じょう》を開ける、肆の鍵。

次の瞬間、脳裏に屈託ない笑みを浮かべる少女の姿が浮かびあがる。手からこぼれた肆の鍵が、ガラスの階段で跳ねた。震えが消え去った。茹《ゆ》であがっていた頭が急速に冷えていく。

やれるかじゃない。やるんだ。それ以外に道はないのだから。

腰を曲げて鍵を拾い上げると、遊馬は足早に階段を踏みしめていく。『参《さん》』そして『弐《に》』の扉の前を通過してから半周分ほど螺旋階段をのぼると、とうとう『壱』の文字が刻まれた扉の前にやってきた。

踊り場に立って細く長く息を吐いたあと、遊馬は扉をノックする。重い音がガラスの壁に反響した。すぐに「誰だ？」という、しわがれた声が聞こえてくる。

「一条です。ちょっとよろしいですか」

十数秒して、返事の代わりに錠が外れるガチャリという音が鼓膜を揺らした。

ノブを摑み、扉を引いた遊馬の目に、美しく輝く満月が飛び込んできた。間接照明に照らされた薄暗い部屋。外に面する部分は全面ガラス張りになっており、星が瞬く夜空を眺めることができた。

五年前、心筋梗塞を起こし心臓に後遺症を負ってからというもの、神津島はこの壱の部屋からあまり出なくなった。普段はこの部屋で過ごし、老田と円香が身の回りの世話をしている。だが、後遺症はごく軽度なので、その気になれば階段の昇り降りも問題なくできるはずだ。事実、今夜は一人で一階とこの壱の部屋を行き来している。

相変わらず、おかしな造りだな。後ろ手にそっと錠をかけながら、遊馬は内心でつぶやく。診察でこの『壱の部屋』を訪れるたび、空中に踏み出してしまったかのような違和感に襲われる。

館の中心を貫く柱に巻き付くように作られたドーナツ状のこの空間には仕切りがなく、デスク、応接セット、ダイニングテーブル、ベッドなどが点々と置かれている。すぐわきの壁には、顔の高さに楕円の鏡が備え付けられ、その下には小さな本棚があった。

生命科学の専門書が詰まったデスクのそばの本棚とは違い、その小ぶりな本棚には小説が詰まっている。その大部分は、新本格ムーブメントと呼ばれる、一九八〇年代後半から、一九九〇年代前半にかけて、国内で若手ミステリ作家が相次いでデビューし、次々と傑作を発表していた時代に刊行された本格ミステリ小説だった。

「お邪魔します、神津島さん」

遊馬はこの硝子館の主人である神津島太郎の背中に声をかける。正面に置かれたデスクの奥に回り込んだ神津島は、こちらに背を向けたまま革張りの椅子に腰掛けた。デスクのわきには、遊戯室に置いてあったものよりも二回りほど大きい、この硝子館の模型が飾られている。

「なんの用かな、一条先生？　まだ午後九時前だ。催しは午後十時からと伝えていたはずだが」

「いえ、ご体調はどうかなと思いまして」声が震えないよう、遊馬は喉元に力を込めた。

「体調？　すこぶるいい。もうすぐあの発表ができると思うと、血沸き肉躍ると言ったところだ」

神津島は椅子を回転させて遊馬に向き直る。薄明りの中、爛々《らんらん》と双眸《そうぼう》を輝かせ、犬歯が見えるほどに口角を上げる姿は、猛獣が牙を剝《む》いているかのようだった。銀髪を思わせるほど真っ白でボリュームのある頭髪と、胸元まで届くあご髭《ひげ》は、ライオンのたてがみを彷彿《ほうふつ》させる。

「あんまり興奮なさらないでくださいよ。血圧が上がって心臓に負担がかかりますから」

七十代とは思えない神津島の熱量に圧倒されつつ、遊馬は軽い口調で言う。五年前、神津島は心筋梗塞を起こし、冠動脈バイパス手術を受けていた。定期的に神津島を診察し、再び心筋梗塞を起こさないよう降圧剤や抗凝固剤を調節する、それが専属医としての遊馬の役目だった。

「それは無理というものだな。私はずっと今晩のイベントを待っていたんだから」

神津島はデスクに置かれていたチョコレートの箱に手を伸ばすと、トリュフチョコを一粒つまんで口の中に放り込んだ。ガラス製の灰皿には、数本のタバコの吸い殻が入っている。

「甘いものと、脂質の多いものは出来る限り控えていただくよう、何度も言っているはずですが。それに、タバコまで吸ったんですか？」

「固いことを言わないでくれ。特別な日なんだからな」

指先に着いたチョコレートを舐める神津島の前で、遊馬は眼球だけを動かしてデスクの上を観察する。優美な彫刻が施された硝子製の小箱の中に、『壱』と刻まれた鍵が入っている。在室中は常にその箱に鍵を入れておくのが、神津島の習慣だった。

予定通りだ。計画の第一関門を越えたことを確認した遊馬は口を開く。

「しかし、個性的なゲストですね。刑事、ミステリ作家、霊能力者、はては名探偵までいる」

「本当はもう一人、医者を呼びたかったんだよ」

「医者？　俺の他にですか？」

「不思議な事件を次々と解決している女医が東京の病院にいるらしい。たしか、天医会《てんいかい》総合病院とかいうところだったかな。ただ、なにやら事件で忙しいと断られてしまった。本当に残念だよ」

神津島は心から悔しそうに首を横に振る。

「まあ、名探偵は一人参加しているんですから、いいじゃないですか。しかし、その女性が参加していたら、俺は今夜の催しに必要ありませんでしたね」

「なにを言っているんだ、一条先生。君には大切な役目があるだろ」

「たしかに。あなたの体調管理を他の医者にゆずる気はありませんよ」

「君には感謝している。こんな山奥まで定期的に来てくれる医者はなかなか見つからないからな」

「俺の方こそ感謝しています。週に二、三回診察するだけにもかかわらず、十分な報酬をいただいていますから。フルタイムで働くことができなくなって、困っていたんですよ」

「家族の介護で大変なんだったな」

「……はい、そうです」

車椅子に座る少女の姿が脳裏をよぎった。顔の筋肉を無理やり動かして、笑顔を作る。

「ところで、神津島さん。今夜の重大な発表っていうのは、どんな内容なんですか？」

「この場で教えられるわけがないだろ。せっかくここまで入念に準備をしたんだから」

遊馬は「ですよね」と頭を掻く。教えてもらえるとは思っていなかった。ただ、神津島に警戒されないよう、何気ない会話を続けているだけだ。ごく自然に、「あれ」を神津島に渡せるように。

「ただな……」

神津島は唇を舐める。その姿は、蛇がちろちろと舌を出しているかのようだった。

「いつも世話になっている一条先生にだけは、概要を教えても構わない」

「概要……ですか？」

遊馬が聞き返すと、神津島は身を乗り出し、声を潜めた。

「未公開の長編を手に入れたんだよ」

「それって、有名作家の遺作を見つけたっていうことですか？」

遊馬の声が高くなる。作家の死後、何かの拍子に未公開の原稿が見つかるということは少なくない。その作家が有名であれば、その価値は計り知れないものになる。

「神津島さんが手に入れたということはミステリですよね。誰の作品ですか？　国内の作家ですか？　それとも海外の？」

ミステリマニアとしての好奇心に火がつき、遊馬は早口で訊ねる。

「それはあとのお楽しみだ。ただ、極めて有名で、誰もが知るような作品を生み出している人物が書いたものとだけ答えておこう」

未公開作が他人の手に渡っているということは、やはり作者はすでに亡くなっているとみて間違いないだろう。だとすると、一体誰だ？

江戸川乱歩《えどがわらんぽ》、横溝正史《よこみぞせいし》、鮎川哲也《あゆかわてつや》、松本清張《まつもとせいちょう》、ディクスン・カー、エラリー・クイーン……。

様々な有名ミステリ作家の名前が頭の中を駆け巡る。

「それが世間に向けて発表されれば、ミステリの歴史が根底から覆される。世界的なニュースになるに違いない」

ミステリの歴史が根底から？　まさか、コナン・ドイル、アガサ・クリスティ、エドガー・アラン・ポーなど、伝説的なミステリ作家の遺作が見つかったとでもいうのだろうか？

「苦労したよ……。本当に苦労した……」神津島は天井あたりに視線を彷徨《さまよ》わせる。

「今晩、その作品を大々的に発表して世間に伝えたあと、刊行するんですね。だから、ミステリ雑誌の編集者である左京さんを招いた」

「ああ、そうだ。作品は多くの人々に読まれてこそ価値があるからな。ただ、その前にちょっとした余興をしようと思ってね」

神津島は少年のように無邪気な笑みを浮かべた。

「その作品は本格ミステリなんだよ。真相を暴くためのヒントが全て作中に記されていて、論理的に読んでいけば真犯人を指摘できるような作品だ」

「『読者への挑戦状』があるようなタイプですね」

「そうだ。だから、今回の催しでは問題編まで公開し、それをゲストたちに解いてもらうんだ」

「なるほど。ミステリ作家、刑事、霊能力者、そして名探偵。謎を解かせるには最適なメンバーですね。それで、正解した人にはどんなご褒美があるんですか？」

「正解？」神津島は忍び笑いを漏らす。「誰も正解なんてできないさ。何度も読んだが、あの作品のトリックはまさに芸術だ。誰一人、真相を言い当てることなんてできるわけがない」

「誰も解けるわけがない凄《すご》いミステリなら、なんでゲストたちに挑戦させるんですか？」

「宣伝のためだ。あれだけのメンバーが、誰も解けなかった超絶ミステリ。そうニュースになれば、日本中、いや世界中が注目する。私の名は、その作品を発表した者として響きわたるんだ」

「そんなことしなくても、神津島さんの名前はすでに世界中に知れ渡っているじゃないですか。トライデントの開発者として」

遊馬が言うと、潮が引くように神津島の顔から笑みが消えていった。

「トライデント……か」

神津島はつぶやき、デスクの上に置かれていたオブジェに触れる。高さ二十センチほどの円錐状のガラス。その先端部分に内蔵された電球が、オブジェを満たしているオイルに揺蕩《たゆた》っているDNAの模型を淡く照らしていた。

神津島が開発し、遺伝子治療の歴史を変えた画期的な製品、トライデント。

かつて神津島は、薬剤を適切な場所、量、作用時間で届けるようにするドラッグデリバリーシステムと呼ばれる技術を、製薬会社の協力を得て大学で研究していた。そして十年ほど前、ナノテクノロジーを使用した新しいドラッグデリバリーシステムであるトライデントを発明した。

槍《やり》の刃を替えるかのように、円錐状のナノ製材の先端部分の分子構造を細かく変化させることで、トライデントは様々な細胞のレセプターに結合し、DNAを細胞核まで送り込むことを可能にした。その結果、遺伝子治療は飛躍的に進歩し、癌《がん》や多くの難病の治療が根本から変わったのだ。

神津島は一躍、ノーベル賞の有力候補となるとともに、毎年数十億という莫大《ばくだい》な特許使用料を手に入れることになった。この硝子館を建てることができたのも、世界中から貴重なミステリコレクションを集めているのも、すべてはトライデントが生み出す富のおかげだった。

「たしかに私は、トライデントで富と名声を手に入れた。ただ、それでも心が満たされることはなかった。さらなる名声を求めて必死に研究を続けたが、私の前に厚い壁が立ちはだかった」

「壁、ですか？」

「倫理だよ。現代倫理の壁だ。なあ、一条先生。この世界で、最も医学を進歩させたのは誰だ？」

「医学を進歩？……抗生物質を発見したフレミングとかですかね」

「いいや、ナチスだよ」

遊馬の顔がこわばった。

「そんな顔をするな。ナチスが医学の発展にどれだけ貢献したのかは、医師なら知っているだろ。彼らは、どんな倫理にも縛られることなく、どんな非人道的な研究も必要となれば躊躇《ちゅうちょ》なく行った。ナチスこそが最も短期間で医学を進歩させたんだよ」

大きく息を吐いた神津島はオブジェに触れる。

「私は失望したんだよ。倫理に縛られ、自らの足に枷《かせ》をつけた科学にな。いや、もしかしたら私は、初めから科学に対して夢など持っていなかったのかもしれない。私がどうしてこの硝子館を建てたと思う？」

立ち上がった神津島は、デスクのわきに置かれた硝子館の模型に近づく。

建物の先端にあり、神津島コレクションの展示室も兼ねている、円錐状のガラスドームに覆われた展望室。そのすぐ下には、いま遊馬たちがいる全周ガラスの窓に覆われた『壱の部屋』がある。そこからさらに下ると、『弐』から『拾』の部屋の窓が螺旋状に設置されていた。

窓の部分以外の外壁は、滑らかなワインレッドの装飾ガラスで覆われ、一階に限っては、ダイニングと遊戯室の部分の壁だけが、全面ガラス窓になっている。土台部分には雪で覆われた真っ白な地面と、その周りに広がる森まで再現されている。

「なかなかよくできた模型だろ。職人が装飾ガラスを型紙の上に綺麗《きれい》に伸ばして作ったんだ」

デスクの上に置かれたトライデントのオブジェを手に取った神津島は、模型の雪原へとそれを置く。硝子館とトライデントの模型、それらはほぼ同じ形、同じ色調で、まるで親子が並んでいるかのようだった。

「トライデントの功績を後世に残すため、それを模した館を建てたんじゃないんですか？」

歪《いびつ》な虚栄心が、この悪趣味な館を建てた。誰もがそう思っているはずだ。

「まあ、間違ってはいないな。この硝子館は、トライデントを細部まで完璧に再現して私が作らせたものだから。ちなみに、私の父親の職業は知っているか？」

「たしか、ガラス職人だったとか」以前、診察中に聞いた話を遊馬は思い出す。

「そう、ガラス職人だった。あまり腕が良くなかったからいつも貧乏だったよ。そんな父は私に猛勉強を強要した。自分が貧しいのは、学がないからだ。お前は血反吐《ちへど》を吐くまで勉強して、金を稼げってな。怠けて遊んでいるのを見つかったら、顔の形が変わるぐらい殴られたよ」

乾いた笑い声をあげる神津島にどう反応してよいのか分からず、遊馬は曖昧に頷《うなず》いた。

「父に指示された通り、私は学問で身を立て、使いきれないほどの大金を手に入れた。学のないガラス職人の息子でも、ここまで成り上がることができるということを示したくて、大金をはたいてこの硝子館を建てた。最近まで自分でもそう思っていたが、実は違っていたんだ」

「どう違っていたんですか？」

「昔からミステリが好きだった。特に江戸川乱歩の作品が。しかし、私が子供の時代は、乱歩の書く小説は低俗だとされ、読んでいるだけで白い目で見られた」

「聞いたことがあります」

「もちろん、父も乱歩を読むことなんて許さなかった。見つかろうものなら、一晩中、立木に括《くく》りつけられたりしたもんだ。ただ、それでも私は読み続けた。明智小五郎、シャーロック・ホームズ、エルキュール・ポワロの活躍を。ミステリの世界だけが、つらい現実から逃げることができる場所だったんだ。特に私は、本格ミステリと呼ばれる、高尚な知的ゲームに惹《ひ》かれていった」

神津島の声に熱がこもっていく。

「研究者になってからも、つらいときはいつも小説を読んでいた。しかし、松本清張による社会派推理小説の最盛期、日本では本格ミステリというものが力を失っていた。ただ八〇年代後半、横溝正史や高木彬光《たかぎあきみつ》、鮎川哲也が細々と繋《つな》いできた本格ミステリの火に、島田荘司が薪《まき》をくべ、そして『十角館の殺人』というガソリンによって新本格ムーブメントという壮大で華麗な花火が上がった。毎月のように傑作ミステリが刊行される歓《よろこ》びをエネルギーに私は研究に打ち込み、そして科学者として成功した。だからこそ、この硝子館を建て、そこに住むようになったんだ」

「だからこそ？」

「この異様な建物を最初に見たとき、君はどう思った」

神津島は硝子館の模型を指さす。

「なんというか、ミステリ小説の舞台になりそうだなと……」

おずおずと答えると、神津島は我が意を得たりといった様子で頷いた。

「その通りだ。まさにクローズドサークルものの、本格ミステリの舞台のようじゃないか。私はそこに住むことで、虚構の中で生きているような心地《ここち》になったんだよ。この怪しい館で、様々なミステリコレクションに囲まれて過ごす。それこそが私の理想の暮らしだったんだ」

神津島は手にしていたトライデントのオブジェを、無造作にデスクに放る。

「生命科学での名声など、私にはまったく意味のないものだったんだ。ノーベル賞にも興味ない。ワトソンやクリックではなく、私は綾辻行人になりたかったんだ」

DNAの二重螺旋構造という、二十世紀の生物学最大ともいえる発見をした二人の科学者よりも、一九八七年に『十角館の殺人』を発表し、新本格ムーブメントの火付け役になったミステリ界の重鎮になりたかった。そのセリフには、ミステリへの溢《あふ》れんばかりの愛が滲んでいた。

遊馬はちらりと壁のそばにある小さな本棚に視線を送る。その最上段には、『十角館の殺人』から『奇面館の殺人』まで、『〇〇館の殺人』というタイトルのノベルス版の本が十一冊並んでいた。

そういえば、泊まっている肆《し》の部屋の本棚も、同じような並びになっていた気がする。遊馬が思い出していると、神津島が大きく両手を広げた。

「そして今夜、夢がかなう。あの作品を発表することで、私の名前はミステリの歴史に刻まれる」

超有名作家が遺《のこ》した未公開の作品を発見し、世界に向けて発信する。たしかにその功績は、長く語り継がれるに足るものだろう。

「誰のどんな作品なのか楽しみです」

「ああ、楽しみにしていなさい。君にも推理合戦には参加してもらうつもりだからね」

「待ち遠しいですね」

遊馬は心からそう言った。そう、できることならその素晴らしいイベントに参加し、貴重な作品に挑んでみたい。しかし、そのためには、『あの件』について、神津島を説得しなければならない。

「そういえば……、もうすぐ判決が出るんでしたっけ?」

意図を悟られないよう、遊馬はつとめて何気ない口調で訊ねた。神津島は「判決?」と低い声でつぶやく。その顔から笑みが消えた。

「潮田《しおた》製薬の新薬差し止めの訴訟ですよ。たしか、来月だったんじゃありませんか」

「ああ、そうだったかな」

興味なげにつぶやきながら、神津島は鼻の頭を掻いた。

「あれ、本当に最後まで裁判をやり切るつもりなんですか?」

「当然だ。あいつらは私の特許を侵害したんだからな」

神津島が苛立《いらだ》たしげに吐き捨てるのを見て、遊馬は身を乗り出す。

「でも、あの新薬を心待ちにしている患者がたくさんいるんですよ。……ALSの患者が」

ALS、筋萎縮性側索硬化症。全身の筋肉が萎縮していく難病で、根本的な治療法はいまだ存在しない。症状が進むと筋力の低下により歩行不能に陥り、姿勢の保持さえ困難となって寝たきりとなり、やがて呼吸に必要な筋肉すら衰えていく。そうなった場合、患者の命を救うためには気管を切開し、そこからチューブを差し込んで人工呼吸器に接続するしかなくなる。

しかし、人工呼吸器の使用をはじめると、誰にもそれを止めることはできなくなる。人工呼吸の停止はすなわち患者の命を奪うことで、日本の法ではそれは殺人罪に当たるとされているから。

患者は眼球以外動かすことができない状態で、機械により何年、何十年と生きることになるのだ。だからこそ、ＡＬＳが進行した患者、そしてその家族はどこまでもつらく、苦しい、究極の選択を強いられることになる。呼吸ができなくなった時点で人生の終わりを迎えるのか、それとも機械に繋がれ動けない状態でもいいから生きようとするのか。

しかし二年ほど前、そんな状況に一筋の光が差した。国内最大手の製薬会社である潮田製薬が、ＡＬＳの新しい遺伝子治療薬を開発したのだ。脊髄側索の神経細胞にＤＮＡを送り込んで、疾患の原因遺伝子を正常に戻すというその治療薬は治験で劇的な効果を示した。治療薬の投与により、ＡＬＳの症状の悪化をほぼ完璧に抑えることに成功したのだ。

治験の結果を受けて、潮田製薬はその治療薬の承認を厚生労働省に申請した。しかし、それにストップをかけたのが神津島だった。

潮田製薬が開発した新薬のＤＮＡを細胞内に送り込む技術が、トライデントの特許を侵害しているとして、神津島は承認の差し止めを求めて提訴した。審議の結果、たしかに新薬のシステムの一部がトライデントの特許に抵触すると認定され、潮田製薬は承認差し止めの申請の棄却を条件に、多額の和解金を支払うことを神津島に提案した。しかし、神津島はそれを拒否し、いまも裁判は続いている。

「あれは画期的な新薬です。あの薬が承認されれば、日本中、いや世界中に何十万人といるＡＬＳ患者が助かるんです」

デスクに手をつき、必死に言葉を紡ぐ遊馬に向かって、神津島は無造作に手を振った。

「そんなこと、私にはなんの関係もない」

「関係……ない……？」

「そうだ。知らない人間がどれだけ死んだところで、私には痛くもかゆくもない。私が必死で発明した技術を盗んだ薬など、この世から消し去るのが当然だ」

「潮田製薬は盗んだわけではありません。ただ偶然、ＤＮＡを細胞内に送り込むアプローチが似ていただけで……」

「ああ、もういい」神津島は苛立たしげにかぶりを振った。「耳にタコができるぐらい同じ話を聞かされた。そんなことは関係ないんだよ。私はあの製薬会社が気に入らないんだ」

「けど、潮田製薬は多額の和解金を提示してきたはずじゃないですか」

「和解金？」神津島はぎろりと遊馬を睨《にら》む。「私が金を欲しがっていると思うか。これだけの財産をもっている私が。奴《やつ》らは札束で頬を叩《たた》けば、誰もが従うと思っているんだ」

「そうじゃありません。潮田製薬はただ誠意を示そうとしているだけです。そのうえで、ＡＬＳで苦しんでいる患者さんを救って……」

「うるさい！」

神津島に一喝され、遊馬は身をすくめる。

「そんな俗世のことなんてどうでもいいんだ。さっき言っただろ、私はこの館で、ミステリの世界で生きると決めたんだ」

「……申し訳ありません」

遊馬は前のめりになっていた姿勢を戻す。心の芯が急激に冷えていった。

そうだ、神津島はこういう男だった。自らの利益だけを考え、他人を思いやる気持ちなど毛ほども持ち合わせていないのだ。最初から分かっていたことじゃないか。俺はいったいなにを期待していたのだろう。乾いた笑い声がわずかに口から漏れる。

少年時代の話を聞いて同情したのだろうか。同じミステリ愛好家としてシンパシーを抱いたのだろうか。馬鹿馬鹿しい。最初から心を決めて、俺はこの男と接触したんじゃないか。

神津島太郎をこの世から消し去ると。

「せっかくの楽しい気分が台無しだ。さっさとこの部屋から出ていけ」

神津島は大きく舌打ちをすると、出入り口の扉を指さした。

「分かりました。ただ、その前に一つだけやるべきことがあります」

抑揚のない口調で言うと、遊馬はジャケットのポケットから茶色いピルケースを取り出した。蓋を開いた遊馬は、中から一粒の小さなカプセルを摘《つ》まみ出し、神津島に差し出す。

「念のため、この薬を飲んでおいてください」

「なんだ、これは？」神津島は指先で摘まんだカプセルをまじまじと眺めた。

「効果時間の短い降圧薬です。今夜のイベントで神津島さんが興奮して、血圧が上がりすぎるのを防いでくれます」

遊馬は神津島の目を覗《のぞ》き込む。もし神津島が拒否すれば、無理やりにでも飲ませるつもりだった。これまで、神津島を診察するときは、いつも執事の老田が監視するかのように傍らに控えていた。老田がゲストをもてなすのに忙しい今夜しか、神津島と二人きりになるチャンスはない。

「こんなもの、わざわざ飲む必要があるのか？」

「ええ、また心臓発作を起こしたくなければ飲んでください」

遊馬が感情を排した声で指示すると、神津島はふて腐れたような表情を浮かべつつカプセルを口に放り込み、グラスに入っていたコニャックでそれを飲み下す。

「これでいいのか？」

「ええ、いいです。そう、これでいい……」

遊馬はこわばっていた表情を緩ませると、「ところで」と続けた。

「神津島さん、先月、俺に新しいコレクションを見せてくれたことを覚えていますか？　フグの肝臓を粉末にしたものです」

「ああ、もちろん覚えているが、それがどうした？」

「あれは、九流間先生の代表作である、『無限密室』で使われた毒ですよね。しかし、いかに名作で使用された凶器とはいえ、本物の猛毒を手に入れるなんて、さすがは世界有数のコレクターだ。心から感銘を受けました」

「なにが言いたいんだ？」

眉根を寄せた神津島が、突然「うっ⁉」と呻《うめ》いて喉元に手を当てた。

「どうやら効いてきたみたいですね。もう少し時間がかかると思っていましたが、十分な量を飲ませましたから」

「……効いてきた？　……なんのことだ？」神津島は苦しそうに声を絞り出す。

「だから、フグの肝臓ですよ。あなたが手に入れたあの猛毒、それがいま飲んだカプセルの中身です。勝手に拝借して申し訳ありませんでしたが、こうしてお返しできることができて良かったです」

目尻が裂けそうなほど目を見開いた神津島は、「解毒剤を……」と、震える手を遊馬に伸ばす。

「残念ながら、フグ毒に解毒剤は存在しません」

遊馬が冷たく告げると、神津島は崩れ落ち、デスクにもたれかかった。

「なんで……、こんなことを……？」

「俺が、家族の介護をしていることは言いましたよね。もしかして、親や祖父母の介護だと思っていましたか？　違います。両親も祖父母もすでに他界して、残った家族は年の離れた妹だけです。

……ＡＬＳを患っている妹だけ」

神津島が大きく息を呑《の》む。

「一昨年発症して、去年の初めにはすでに歩行ができなくなっていました。進行が早く、そのままでは去年のうちに人工呼吸が必要になる可能性が高かった。そんなときに見つけたのが、潮田製薬の治験でした」

遊馬は腰を曲げると、神津島に顔を近づける。

「潮田製薬の新薬の効果は素晴らしかった。治験をはじめてすぐ、病状の進行が止まりました。あれから一年以上、妹は筋力を維持できています。それどころか、リハビリによってもう少しで自分で歩けるかもしれないほどに回復してきている。けれど、もし新薬が承認されず、今後治療が受けられなくなったら、妹の呼吸筋は一年以内に麻痺《まひ》するでしょう。これでご理解いただけましたよね。

俺がなんでこんなことをしたのか」

半年前、神津島が専属医を募集しているという噂を聞いたとき、遊馬は覚悟を決めた。妹のために、自らの手を汚そうと。

「こん……な、ことを……したら、お前……は、逮捕され……るぞ」

舌の筋肉が麻痺しはじめたのか、神津島は途切れ途切れに言う。

「いいえ、逮捕なんてされませんよ。そもそも、事件にすらならない。あなたは密室で自然死を遂げるんですから」

遊馬はガラスケースの中に入っている壱の鍵を手に取る。

「あなたが亡くなったのを確認したら俺は部屋を出て、これで錠をかけたあと、遊戯室に戻ります。十時になってもあなたが降りてこず、声をかけても反応がないことで騒ぎになり、マスターキーで錠を開けてこの部屋に入ることになるでしょう。あなたの遺体を発見したゲストたちが動揺している隙に、俺はこの鍵をそっと床に放ります。苦しんだあなたが、ケースごとデスクから鍵をはたき落としたと思われるように」

遊馬は鍵をジャケットのポケットに入れると、無造作にケースを手で払った。ガラス製のケースは、絨毯が敷かれた床に落ちて転がる。

「そのあと、俺はあなたの遺体を診察し、心筋梗塞により死亡したと診断をくだします。医師である俺が病死だと宣言すれば、晴れてあなたの死は事件ではなく、自然死となります。警察が来ることも、司法解剖されることもなく、あなたは茶毘《だび》にふされ、犯罪の証拠は永遠に消え去ります」

遊馬が説明している間に、椅子に座った神津島の体がみるみると傾いていく。

「もう、座っていることもできなくなりましたか。フグの毒であるテトロドトキシンは、神経に作用して全身の筋肉を麻痺させ、最後には呼吸筋も動かなくなって窒息死します。それって、ＡＬＳの症状に似ていますね。あなたはいま、ＡＬＳ患者の苦痛を、超高速で味わっている。ＡＬＳの患者と家族が潮田製薬の新薬をどれだけ欲していたのか、少し分かっていただけたんじゃないですか?」

神津島は「よく……も……」と、遊馬を睨む。

「よかったですね、神津島さん。密室殺人です。まさにこれは、ミステリの世界ですよ。希望通り、あなたはその登場人物になることができた。ただ、残念ながら被害者という立場でしたけどね」

もはや言葉を発することすらできないのか、神津島は青白い顔で荒い息をつくだけだった。その姿を見て、昂《たかぶ》っていた気持ちが冷めていく。

神津島が死亡することで訴訟は終わり、新薬が承認される。その結果、多くのALS患者が救われるだろう。しかし、だからと言ってこの行為が正当化されることはない。

俺は妹の命を守るためとはいえ、殺人という禁忌《きんき》を犯した。本来なら、どんな罰でもあまんじて受けるべきだ。けれど……。

「けれど、絶対に警察に捕まるわけにはいかない……」

遊馬は拳を握り込む。もし逮捕されれば、妹が『殺人犯の家族』という十字架を背負うことになるのだから。

「本当に申し訳ありません、神津島さん」

身勝手な自己満足にすぎないことを理解しつつ謝罪の言葉を口にした瞬間、いまにも崩れ落ちそうだった神津島が、デスクに置かれていた電話の受話器を両手で鷲摑《わしづか》みにした。

遊馬は目を見開く。それは、執事の老田が常に持ち歩いている携帯電話直通の内線電話だった。

慌ててデスクに飛び乗り、受話器を奪おうとする。しかし、神津島は赤子を守る母親のように、瀕死《ひんし》とは思えない力で受話器を抱え込み、決して離そうとはしなかった。

『旦那様、どうなさいましたか？』

受話器から老田の声が聞こえてくる。

息も絶え絶えに、神津島が「助……け……」と声を絞り出す。

『旦那様⁉　旦那様、大丈夫ですか？』

焦った老田の声が響くと同時に、遊馬は受話器を神津島からむしり取った。

『すぐに向かいます！　少々お待ちください』

その言葉とともに回線が切れる。遊馬の手から、受話器が滑り落ちた。

老田がやってくる。いや、神津島の助けを求める声を聞かれたのだから、遊戯室にいるゲストたちもここに押し掛けるかもしれない。

逃げなくては。いますぐこの部屋から脱出しなければ。床を蹴って出入り口に走った遊馬は、扉を開いて部屋から出る。階段を駆けおりようとしたところで、遊馬は体を震わせる。

まだ神津島はこと切れていない。このまま老田たちがやってきたら、なにが起きたのか、神津島の口から明らかになる。神津島が息絶えるまでの時間を稼がないと。

遊馬はジャケットのポケットから壱の鍵を取り出すと、鍵穴に差し込もうとする。しかし、手が震えてうまくいかなかった。数秒かけてようやく鍵穴に鍵を差し込んだ遊馬は、手首を返して錠をかけると、階段を駆けおりはじめる。

足が縺《もつ》れ、転びそうになりながら『伍の部屋』の扉がある踊り場までおりたところで、遊馬は全身を硬直させた。下から足音が聞こえてくる。それも一人や二人ではない、おそらく遊戯室にいた全員が階段をのぼってきている。

引き返そうか？　『壱の部屋』を通り過ぎて最後まで階段をのぼれば、神津島コレクションが飾ってある展望室がある。そこにつながる扉は、『壱』から『拾』のどの部屋の鍵でも開くようになっていたはずだ。展望室に身を潜めれば……。

だめだ。遊馬は激しく頭を振る。老田やゲストたちは、このあと『壱の部屋』の前の踊り場で、扉を開けようとするだろう。いまでこそ、混乱で誰がいないかまでは気が回っていないだろうが、踊り場で扉が開くのを待っている間に、自分がその場にいないことに気づかれる。ゲストの中には刑事や、名探偵が含まれているのだから。

どうする？　どうすればいい？　そのとき、混乱でショートしかけている頭が、一つのアイデアをはじき出した。電撃に撃たれたかのように身を震わせた遊馬は、身を翻して階段をのぼりはじめる。背後から聞こえてくる足音に追い立てられるように階段をあがり、自分が宿泊している肆の部屋の前までやってくると、肆の鍵を取り出してその扉を開いた。

部屋の中に滑り込んだ遊馬は、荒い息をつきながら閉じた扉にもたれかかる。老田たちの足音が、金属製の扉を通して背中に伝わってきた。遊馬は扉に背中を預けたまま、ずるずると座り込む。

なんとか切り抜けることができた。これで、完全犯罪が成立した。

いや、まだだ。体育座りで力なくうなだれていた遊馬は、はっと顔を上げる。まだ終わりじゃない。気づかれないよう、壱の部屋を開けようとしている集団に合流しなければ。

ひんやりと冷たい扉に耳をつける。もう足音は聞こえてこなかった。

立ち上がって慎重に扉を開け、隙間から階段の様子をうかがう。見える範囲に人影は見えなかった。全員、通過したようだ。

素早く部屋から出た遊馬は、小走りに階段をあがっていく。老田の「旦那様！　旦那様！」という叫び声が、上方から聞こえてきた。参の部屋の前を通過し、さらに少しあがったところで、メイド服に包まれた円香の小さな背中が見える。その奥には、九流間が険しい顔で階段の先を見つめていた。狭い階段に何人も立っているので、そこまで並んでいるようだ。

「巴さん、どんな感じ」

弐の部屋の踊り場に立つ円香に近づいた遊馬は、不審の念を持たれないよう、ごく自然に訊ねた。

「あっ、一条先生。ドアが開かないみたいなんです」

扉を叩く重い音と、「旦那様！」という老田の悲痛な叫びが、ガラスの壁に反響する。

「老田さん、この扉の鍵はないんですか？」

男の声が聞こえてくる。おそらくは編集者の左京だろう。

「鍵は旦那様が持っていらっしゃいます。ただ、遊戯室の暖炉のそばにあるキーキャビネットにマスターキーが入っています」

「俺が取ってきます！」

今度は酒泉の声が響いた。「すみません、すみません」とおりてきた酒泉が、遊馬とすれ違った。その姿が死角に消えるのを見送った遊馬が、前方に視線を戻した瞬間、全身に緊張が走った。

九流間の前に立っていた碧月夜が、首だけ振り向いてじっと遊馬を見つめていた。

「あの、碧さん、なにか？」

かすれ声で遊馬が言うと、名探偵は「いいえ、別に」と目を細めたあと、再び前方を向く。

なにか気づかれたのだろうか。なにかミスをしたのだろうか。遊馬は胸に手を当てる。早鐘のように脈打つ心臓の鼓動が掌《てのひら》に伝わってきた。

数分経って、息を切らした酒泉が「ありました」と鍵を手に戻ってきて、遊馬たちとすれ違っていく。すぐにカチリという錠を外した音が聞こえ、扉を押し開く音が続いた。人の列が動いていく。

死んでいてくれ。お願いだから、死んでいてくれ。

心の中で必死に願いながら階段をあがり、壱の部屋に足を踏み入れた遊馬は、目の前に広がっている光景に言葉を失う。

デスクのそばに置かれていた硝子館の模型が倒れていた。その外壁についていた装飾ガラスが砕け、床に散らばっている。そして、なぜかその模型は無理やりねじり切ったかのように、下地の台紙が破れ、中央部から歪に曲がっていた。

「旦那様、大丈夫ですか！　旦那様！」

悲痛な叫び声が響く。デスクの手前に倒れている神津島の体を、老田が必死にゆすっていた。

もし神津島に息があったら終わりだ。犯人だと指摘され、俺は逮捕されることになる。緊張しつつ、遊馬はほかのゲストたちとともに部屋を進み、神津島を取り囲むように立つ。

「巴君、すぐに救急車を呼ぶんだ！」顔を上げた老田が声を張り上げる。

円香が慌ててデスクの上の電話に手を伸ばしたとき、「やめろ！」というだみ声が響き渡った。

円香の体が大きく震え、その拍子に肘がガラスの灰皿にあたる。灰をまき散らしながらデスクから落ちた灰皿が、絨毯で砕けた。それを見て舌打ちした加々見に、老田が食ってかかる。

「なぜ止めるんです、加々見様。このままでは旦那様が……」

「何十分かかるんだよ。街からここまで救急車が来るのに」

加々見は力なく横たわる神津島を見下ろす。老田は「それは……」と言葉に詰まった。

「もう手遅れだ。完全に死んでる。何百人とホトケを見てきた俺が言うんだ。間違いねえよ」

顔をしかめる加々見に視線が集まる中、遊馬はジャケットのポケットに手を忍ばせ、壱の鍵を掌に収めた。鍵の入った拳をポケットから出し、腕をだらりと下げると、そっと手を開く。ほとんど音を立てることなく鍵は絨毯に落ちた。

「そんな……、どうして……」

老田は神津島の体に縋《すが》りつき、肩を震わせはじめる。遊馬はからからに乾いた口腔内を舐めて湿らせると、慎重に口を開いた。

「おそらく、心筋梗塞の再発だと思われます。神津島さんは以前、心臓発作を起こして冠動脈のバイパス手術を受けていましたから」

「でも、どうしてよりによってこんな日に。旦那様はずっと今夜の催しを楽しみにしていたのに」

「今日だからこそじゃないでしょうか。待ちに待ったイベントに興奮して血圧が高くなってしまい、血管に負担がかかった」

説明しながら、遊馬は前に出た。

「よろしければ、死亡確認をさせていただきます」

心筋梗塞によって死亡したと、医師としてここで宣告することができれば、神津島の死は自然死となる。完全犯罪成立だ。

遊馬が神津島の傍らにひざまずこうとしたとき、目の前に腕が突き出された。

「なんで心筋梗塞だって言い切れる？」

腕を横に伸ばした加々見が、じろりと睨んでくる。遊馬の心臓が大きく跳ねた。

「いえ……、神津島さんには心臓に持病が……」

「だからって、解剖でもしない限り、心筋梗塞が原因で死んだとは断言はできないだろ」

殺気すら孕《はら》んでいそうな視線の圧力に、遊馬は「それは……」と口ごもることしかできなかった。

「神津島氏は今晩、なにか重大な発表があると言っていた。その直前でいきなり病死するなんて、偶然にしてはできすぎてる。もしかしたらその発表っていうのは、何者かにとって知られるわけにはいかない情報、例えば犯罪の告発だったりしたのかもしれない」

加々見は低い声で話し続ける。

「だとしたら、誰かが神津島氏の口を封じようとしたのかもしれない」

特ダネの匂いを嗅ぎつけたのか、左京が甲高い声を出した。

「神津島さんが殺されたと言うんですか？　じゃあ、私が呼ばれたのはその告発を雑誌に載せてほしかったから？」

「先走るなよ。別にそうだと決めつけているわけじゃない。ただ、その可能性も否定はできない以上、通報する必要がある」

「通報って……警察に……？」遊馬の声がかすれる。

「当然だ。殺人事件かもしれないんだからな。まずは鑑識にこの部屋を徹底的に調べさせる。そのうえで検視官が状況を見て、事件性があると判断されれば、遺体は司法解剖されることになる」

司法解剖なんてされたら、神津島が毒殺されたことが暴かれてしまう。それだけは防がなければ。

「解剖で外傷が確認されれば、これは殺人事件として捜査されることになる。所轄署に捜査本部が立ち上げられて……」

加々見の話を聞きながら、遊馬は横目で床に落ちた壱の鍵を見る。加々見は直接的な暴力によって神津島が殺されたと疑っている。ならば、この部屋が密室だったと認識させれば、事件性はないと思わせることができるかもしれない。

気づいてくれ。誰か鍵に気づいてくれ。心の中で祈っていると、九流間がつぶやいた。

「しかし、この部屋には錠がかかっていたよ。もし神津島君が殺されたとしたら、犯人はまだ部屋の中にいるということでは？」

辺りに緊張が走る。酒泉が「犯人⁉」とせわしなく周囲を見回した。

「この館には、ここにおられる方以外はいないはずですが」老田が戸惑い顔で言う。

「そうとは限らねえぞ。誰かが気づかれずに忍び込んでいたのかも。ちょっと待ってろ」

加々見が警戒しながら部屋を探索しはじめる。数十秒かけてドーナツ状の部屋を一周して戻ってきた加々見は、がりがりと頭を掻いた。

「洗面所もベッドの下も見たが、隠れているような奴はいねえな。つまり、犯人は神津島氏に危害を加えたあと、この部屋を出て扉に鍵をかけたってことか」

「待ってください。まだ神津島さんが殺されたとは限らないでしょ」

遊馬が抗議すると、加々見は「あくまで事件だとしたらだよ」と顔をしかめた。そのとき、円香が「あっ」と声を上げる。

「鍵です。この部屋の鍵がありました」

さっき遊馬が落とした鍵を見つけた円香は、それを拾おうとする。

「触るな！」

加々見の怒声が響き、円香は身を縮こまらせた。

「事件現場かもしれないって言ってるだろ。なんにも手を触れるんじゃねえ！」

「も、申し訳ありません」

青い顔で謝罪する円香に大股で近づいた加々見は、しゃがみこんで落ちている鍵を凝視する。

『壱』って刻まれているってことは、この部屋の鍵だな」

「壱の鍵です。旦那様はいつも、そこの小さなガラスケースの中に鍵を置かれていました」

老田が絨毯の上に落ちているケースを指さす。

「なるほどな。苦しんでケースをはたき落とした拍子に、鍵がここに転がったということか」

無精ひげが生えたあごを撫でた加々見は、振り返って老田を見る。

「この部屋の鍵はいくつあった？」

「一つだけです。この館では、各部屋の扉の鍵は一つずつしか作っていません。壱の鍵は常に旦那様が持っていらっしゃいました。旦那様は神経質で、壱の部屋の扉の錠は、自分が部屋にいるときもいないときも、常にかけておられました」

「誰かがこっそり合鍵を作っていたってことは？」

「いいえ、あり得ません。この館の鍵は特別製です。中に特殊なＩＣチップが入っていて、製造会社に依頼しないと絶対に合鍵は作れません。そして、その会社に合鍵作製の依頼が入った場合、作っていいか旦那様に連絡が来るような契約になっています。この扉を開けるのは、そこに落ちている鍵とマスターキーだけです。疑うなら会社に問い合わせてみてください」

「ああ、あとでそうさせてもらうよ」

つまらなそうに言う加々見に、九流間が近づく。

「この鍵が部屋の中にあり、マスターキーは遊戯室のキーキャビネットに保管されていたということは、神津島君が亡くなったとき、この部屋は密室だったということだね」

「なにが密室だ」振り返った加々見が、九流間を睨《ね》め上げた。「現実に人が死んでいるんだぞ。これはな、あんたが書く下らないミステリ小説とは違うんだ。引っ込んでいてくれ」

「ミステリ小説は下らなくなんてありません！」

凜《りん》とした声が響く。それまで黙っていた月夜が、鋭い視線を加々見に注いでいた。

「ミステリ小説とは、作者と読者が全力を尽くしてお互いの知恵を比べあう高尚な知能ゲームです。エドガー・アラン・ポーが『モルグ街の殺人』を発表してから、百数十年の歴史を持つ、伝統芸能と言っていいでしょう。緻密に伏線を張り巡らせ、美しい謎を作り上げるその作品は、まさに芸術そのものなんです」

熱くミステリ論を語る月夜に啞然としていた加々見は、気を取り直したのか、「とにかく」と勢いよく立ち上がった。

「なにが起こったのかはっきりしない以上、しっかりと調べるのは当然だ」

やはり、通報されることは避けられないのか。遊馬が絶望していると、隣に立っていた夢読水晶がドレスのフリルを揺らしながら前に出て、神津島の顔に手をかざした。

「なにをしてんだ、あんた」

「神津島さんの残留思念を読み取っているのよ。神津島さんの遺体からは強い怒りのオーラを感じる。おそらくは、理不尽な死に対する怒り。あなたが言う通り、たしかに神津島さんが何者かに命を奪われた可能性は高いわね」

「オカルトには興味はねえよ。いいから、鑑識が来るまでこの部屋にある物に触れるんじゃねえ」

加々見に肩を押された夢読が厚化粧の顔をしかめたとき、カシャッという電子音が部屋に響いた。見ると、いつの間にか月夜が、倒れた硝子館の模型の前でスマートフォンを構えていた。

「おい、なんにも触るなって言ってるだろ」

「だから、触っていません。写真を撮っているだけですよ」

すまし顔で言う月夜に、加々見が近づいていく。

「素人《しろうと》のあんたが写真を撮ってどうしようって言うんだ」

「素人ではなく、名探偵です。それに、ほら……」月夜は倒れている模型を指さす。「ここに、興味深いものが書かれていますよ」

「興味深いもの？」

加々見は眉間にしわを寄せながら視線を落とす。遊馬たちも模型に近づいていった。

ねじ切られた硝子の塔が建っている土台部分。白い雪に覆われた大地に茶色く太い線で、一つの文字が書かれていた。

「……Y？」

酒泉がつぶやく。たしかにそれは、かなり崩れているものの、大文字の『Y』に見えた。

「なんだよ、これは？」

つぶやく加々見に向かって、月夜は楽しげに言う。

「きっと、ダイイングメッセージです」

「ダイイング？　なんだそれは？」

「ダイイングメッセージをご存じない？」

月夜は驚きの声を上げると、外国映画の俳優のように、大仰に肩をすくめて首を振った。

「刑事なら、少しはミステリをたしなむことをお勧めします。ダイイングメッセージというのは、事件の被害者が命を落とす前に残すメッセージのことで、多くの場合は犯人の名前など、事件の真相解明に重要な情報を書き残すものです」

「犯人の名前？　じゃあ、『Y』がつく奴が犯人だって言うのか？　この中だと……」

加々見はこの場にいる人々の顔を順に見回すと、夢読の顔を指さした。

「あんただ。まずはあんたのイニシャルに『Y』がつく」

自分の名前のイニシャルにも『Y』がつく遊馬は、全身を硬直させる。あの文字は俺が犯人だと示すためのものなのだろうか？

「ちょっと、ふざけないでよ！　私はなんにもやってないわよ！」

「じゃあ、ここに書かれている『Y』の文字はなんだって言うんだ」

怒鳴りあう夢読と加々見を、「先走らないでください」と月夜が諭した。

「そもそも、この文字が本当に『Y』を示しているかどうかも分からないんです。ダイイングメッセージは一般的に、簡単には解けない暗号になっていることが多いので」

「暗号？　なんでそんなことする必要があるんだよ？　普通に犯人の名前を書けばいいだろ」

「それでは、犯人に消されてしまうじゃないですか。だから、複雑な暗号にして、なにを意味しているのか犯人にも分からないようにするんです。ミステリ小説の基本ですよ」

「いい加減にしろ！」加々見は声を荒らげて手を振った。「これはミステリ小説じゃないって言っているだろ。現実なんだよ。死にかけた人間に、わざわざ暗号を残すような余裕があるとでも思ってるのか？」

「ええ、普通の人ならまずできないでしょう」

月夜はそこで言葉を切ると、顔の横で人差し指を立てる。

「けれど、神津島さんは『普通の人』じゃない。日本有数のミステリマニアでした」

加々見の喉から、ものを詰まらせたような音が漏れた。

「ミステリに対する神津島さんの愛情は、偏執的とさえいえるものでした。そんな人が死に瀕したとき、ダイイングメッセージを遺さなくてはとっさに思いつき、行動に移したとしても不思議ではありません」

「……戯言《ざれごと》だ。現実にそんなことが起きるわけがない」

加々見は忌々《いまいま》しそうに言うが、その口調にはさっきまでの勢いがなかった。

「戯言かもしれません。それでも、絶対にないと言い切れない限り、検討してみる必要はあると思いませんか？　すべての不可能を除外して最後にのこったものが、いかに奇妙なことであってもそれが真実となる。シャーロック・ホームズの名言です」

立てた人差し指を左右に振る月夜を睨みながら、加々見は渋い表情で黙り込む。

「というわけで、撮影を続けさせていただきます」

硝子館の模型に向き直った月夜は、スマートフォンでカシャカシャと撮影を再開する。スーツに包まれたその細身の背中に、加々見が「おい」と声をかけた。

「あんたの言うことが確かだとしても、事件現場を調べるのは鑑識の仕事だ。素人に現場を荒らされるわけにはいかねえんだよ。おとなしく、警察が来るのを待っていろ」

「分かっていますって。なにも触ったりしません。ただ撮影をするだけです」

首だけ振り向いた月夜は、面倒くさそうに髪をかき上げた。

「さっきあなた、言いましたよね。こんな山奥じゃ、救急車を呼んでもいつ来るか分かったもんじゃないって。警察だって同じです。通報しても、街から警官がやってくるには一時間はかかる。鑑識がやってきて現場を調べはじめるには、さらに時間がかかるはずです。違いますか？」

「……違わねえよ」

「犯罪現場というのは刺身のようなものです」

月夜は唐突に天井を仰ぎながら言った。

「すぐに食せば蕩けるほどに美味な刺身が、時間の経過とともに乾き、味が落ち、最後には腐ってしまう。同様に、犯罪現場に残された情報というのは、時間経過とともに劣化していきます」

熱に浮かされたように言葉を紡ぐ月夜を見て、遊馬の背中に冷たい震えが走る。犯罪現場を生鮮食品に例えるなど、やはりこの名探偵はまともではない。

「ですから、触って調べることがかなわないなら、写真だけでも撮影して、あとからでも見返すことができるようにしておくべきだと思うんです。いかがでしょうか？」

月夜は小首をかしげる。中年刑事は大きく舌を鳴らすと、「好きにしろ」と吐き捨てた。

「では、好きにさせていただきます」

「ただしな、遺体の撮影は俺がやる。あんたは、ほかの場所を撮ってろ」

加々見が付け加えると、月夜は「えー」と、子供のような不満の声を上げた。

「当たり前だろ。遺体の写真をネットにでもアップされたら、たまったもんじゃねえからな」

「そんなことしません。だから……」

「うるせえな。つべこべ言うな。文句があるなら、俺が全部やってもいいんだぞ」

月夜は頬を膨らませ、渋々と模型の撮影を再開する。加々見もスーツの懐からスマートフォンを取り出し、倒れている神津島とその周囲を撮りはじめた。シャッター音だけが響き渡る部屋で、遊馬は居心地悪い思いをおぼえながらただ立ち尽くしていた。

数分して、「もういいだろ」と加々見が月夜に声をかけた。

「あと少し。あと少しだけだから」

床に膝をつき、体を傾けながらあらゆる角度で硝子館の模型を撮っていた月夜が言う。

「いい加減にしろ。もう十分だ。さっさとやめろ」

月夜は「分かりましたよ」と唇を尖《とが》らせると、ポケットにスマートフォンをしまった。

「それじゃあみんな出るぞ」

加々見に促され、その場にいる者たちは重い足取りで出入り口に向かう。

最悪だ……。階段へと戻った遊馬は奥歯を噛《か》みしめる。病死として処理するはずが、いつの間にか事件として扱われている。神津島の遺体は解剖され、そして検査でテトロドトキシンが検出されるだろう。本格的な捜査がはじまれば、きっと自分の犯行が暴かれてしまう。

どうすればいい？　どうすれば……？

「執事さんよ、この部屋の暖房はどうやったら止められるんだ？　少しでも遺体が傷まないように、部屋の温度を下げておきたい」

老田は「承知しました」と暗い表情でつぶやいて、壁に埋め込まれていた空調のボタンを押す。天井に埋め込まれたエアコンが停止した。

「おい、そこのコック。マスターキーを渡せ」

全員が壱の部屋から出て扉が閉まると、加々見が酒泉に声をかけた。酒泉は「あ、はい」と慌てて『零』と刻印されたマスターキーを差し出す。加々見はそれを受け取り、鍵穴に鍵を差し込んだ。

「現場保全の観点から、この部屋は警察官が来るまで封鎖する。文句はないな」

誰も言葉を発しないのを見て満足げに口角を上げた加々見は、手首をひねって錠をかける。鼓膜を揺らしたカチリという音が、遊馬には自らの手首に手錠がかかる音のように聞こえた。

2

『……ということで、神津島様からご依頼いただいた鍵につきましては、合鍵はこれまで一つも作られておりません。間違いなく各部屋に一つずつと、マスターキー一つのみとなっております』

重苦しい空気を、スピーカーモードにしたスマートフォンから響く声が揺らす。壱の部屋をあとにしてから約二十分後、遊馬たちはダイニングルームにいた。

純白のテーブルクロスに覆われた長テーブルの周りには、遊馬を加えたゲスト六人が険しい顔で腰掛けている。酒泉と円香が、落ち着かない様子でコーヒーを各人のカップに注いでいた。

食事に際して雰囲気を演出するためか、ダイニングには天井に埋め込まれたエアコンの他に、数台のクラシカルな灯油ヒーターが置かれ、柔らかい熱を生み出している。窓際にはいくつもの鉢に植えられたポプラの木が並び、枝に綿毛をつけている。かつて神津島が語ったところによると、綿毛をつけたポプラの木は雪が積もっているかのように見えるので、気に入って飾ってあるらしい。

「分かった。助かったよ」

スマートフォンに手を伸ばして通話を切った加々見は、部屋にいる人々を見回した。

「聞いての通りだ。たしかに執事の爺《じい》さんが言った通り、壱の部屋の錠をかけられる鍵は、あの部屋に落ちていた壱の鍵と俺がいま預かっているマスターキーしかないらしい」

ダイニングルームにやってきてすぐ、加々見はこの館の鍵を作った会社に連絡を取り、合鍵が作られていないということを確認していた。

「じゃあ、やっぱり密室……」

そこまで言った左京は、加々見にぎろりと睨まれ、口をつぐむ。

「さっきから何度言えば分かんだよ。これはお前らが大好きなミステリ小説じゃねえんだ。現実に密室殺人なんて起こるわけねえだろ」

また月夜が反論するのではないかと、遊馬は隣に座る名探偵を横目で見る。しかし彼女はスマートフォンの画面を凝視しており、加々見の言葉が耳に入っていない様子だった。

誰もが黙り込み、言葉を発しなくなる。ディナーの際は和やかな雰囲気だったダイニングルームに、鉛のように重い沈黙が降りた。

「あ、あの、皆様。コーヒーのお代わりはいかがでしょうか？」

沈黙に耐えかねた様子で、円香が声を上げた。「一杯いただこうかな」と九流間が手を挙げる。

重い空気を振り払うかのように朗らかな声で、九流間はコーヒーを注いでいる円香に声をかけた。

「しかし、素晴らしい景色だねえ。雪景色が美しくライティングされている」

「はい、春になるまでここは雪に覆われて、この景色が見られるんです。ただ、定期的に除雪車を使って、街までの山道が雪で塞がれないようにしないといけませんけど」

円香の説明を聞いた遊馬は、顔を上げ全面ガラス張りの窓を見る。たしかに、館から漏れる明かりを純白の雪原がキラキラと乱反射している光景は美しかった。

すかさず左京が、「たしかに綺麗ですね」と合いの手を入れる。

「なんかこの部屋からだと、特に外が美しく見える気がするんですよね」

「それは、この窓のおかげだと思います」

コーヒーを注ぎ終えた円香が答える。左京は「窓？」と首をひねった。

「ええ、食事の際に景色がより楽しめるよう、この部屋のガラスには少し細工がされているんです」

「へえ、凝った作りになっているんですね。さすがは神津島さんがこだわりぬいて建てた館だ」

「けど、ちょっと問題があるんです」

左京が「問題？」と聞き返すと、円香は華奢《きゃしゃ》な肩をすくめた。

「この部屋、東向きなんです。朝日が思い切り差し込んできて危険なんで、朝食で使うときは遮光カーテンを閉める必要があります。設計ミスですね」

「あ、じゃあ、朝日に輝く白銀の世界を眺めながら朝食をとることはできないってことか。そりゃあもったいない。そういえば、以前ここに泊めてもらったときは、部屋で朝食をいただいたっけ」

左京は少しだけ明るくなった雰囲気を必死に維持しようとしているのか、早口で言う。

たしかに、何度かこの館に泊まったことがあるが、ダイニングで朝食をとるときは常にカーテンが閉められていた気がする。

「しかし、人里離れたこの家で、神津島君はなにをして暮らしていたんだろうね。せっかく、あそこまで有名な科学者なんだから、ただ隠居するのはもったいないと思う人も多かっただろうに」

再び沈黙が降りるのを防ごうとしているのか、九流間が早口で言う。

「以前はここでも実験をやっていました。一年ほど前にはきっぱりと手を引いてしまいましたけど、それまでは私もいろいろとお手伝いをしていました」

「ほぉ、実験の手伝いを。専門家でもないのに、大変じゃなかったのかね」

「大変でしたね。なにより、実験動物の面倒を見るのが大変でした。すごい大きな声で泣くし、食事の世話も大変だし、実験の際には暴れるしで」

そんな話をしていると、スマートフォンを凝視していた月夜が急に立ち上がり、つかつかと窓に近づいていった。

「おっ、碧さんも雪景色見学ですか。いいですねえ」

高さ五メートルほどにそびえ立ち、緩やかな曲線を描いて連なっているガラス窓のそばを歩く月夜に、左京が声をかける。

「いいえ、足跡を見ていました」

「足跡？」

「ええ、そうです。私たちが夕方に到着してからいままで、雪は降っていません。つまり、何者かが神津島さんを殺害したあと館から逃走したとしたら、雪に足跡が残っているはずです。けれど、少なくともここから見える範囲では見つかりません。遊戯室からも見なければ、周囲全てを確認することができませんが、もし足跡がないとしたら、神津島さんの死後、誰もこの館から出ていってはいないということになります」

「……もし神津島さんが殺されたとしたら、犯人はまだ館の中にいるということかな？」

九流間の言葉に、月夜は「そうです」と重々しく頷いた。部屋がざわめき、ゲストたちが顔を見合わせる。軽くなっていた空気が、再び一気に重量を増す。遊馬は爪が食い込むほどに強く膝を摑み、足の震えを必死に押さえ込んだ。

じわじわと追い詰められている実感が、体の芯を冷やしていく。いますぐ、この場から逃げ出したいという衝動に襲われていた。

やはり、刑事や名探偵がいる中での犯行は無謀だったのだろうか。けれど、妹を救うためには今夜しかチャンスはなかった。

コーヒーでも飲んで気持ちを落ち着かせようと遊馬は、テーブルの中央に置かれたガラス製のシュガーポットに手を伸ばし、それを手前に引き寄せた。眉根が寄る。シュガーポットが置かれていた部分のテーブルクロスに、五百円玉ほどの茶色い染みのようなものがついていた。

ディナーのときの汚れが残っていたのか？　そんなことを考えながら、遊馬がポットの中から大ぶりの角砂糖を取り出していると、加々見が勢いよく立ち上がった。

「探偵ごっこはやめろって言っているのが分からねえのかよ！　もうすぐ警察が来るんだ。それまで大人しくしとけ！」

怒声が響きわたると同時に扉が開き、ホールで警察に通報していた老田が顔を出した。

「あの、加々見様、少々よろしいでしょうか？」

青い顔でいう老田に、加々見は「なんだよ？」と近づいていった。

「警察の方が加々見様に電話を替わって欲しいということで……」

歯切れ悪く答えながら、老田が携帯電話を差し出す。

「加々見だ。どうした？　さっさと機動捜査隊と鑑識を……」

手渡された携帯電話で通話をはじめた加々見は、突然「なんだと⁉」と目を剝く。

「おい、どういうことだよ？　なんで……？　それじゃあ、いつになったら……」

両手で携帯電話を摑んで数十秒がなり立てた加々見は、大きな舌打ちとともに通話を終えた。

「なにがありました？」

九流間が訊ねると、加々見は脂の浮いた髪をがりがりと搔き乱した。

「警察は来ない」

「はぁ？　来ないって、どういうこと⁉」夢読が椅子から腰を浮かす。

「キーキー騒ぐんじゃねえよ。この館と街を結ぶ道路が、雪崩《なだれ》で通行止めになったんだってよ。いま復旧作業を行っているらしいが、開通するにはまだまだかかるらしい」

「まだまだって、どれくらいなの⁉」

「予定では、三日後の夕方だってよ」

「三日後⁉」夢読は悲鳴じみた声を上げる。「なに言ってるの！　私は明後日、テレビ収録の予定があるのよ。それに、人が死んでいる館であと三日も過ごすなんて耐えられない」

「なら、あんただけでも車に乗って山をおりてみればいいじゃねえか。聞くところによるとかなり広範囲の雪崩らしいけど、そこは頑張って徒歩で越えてみな。凍死しないといいけどな」

加々見は小馬鹿にしたように言う。

「そもそも、あんた、テレビで事件の犯人を言い当てるとかなんとか、でまかせを言ってるインチキ霊能力者だろ。そんな奴、公共の電波に乗せること自体が間違っているんだよ」

「誰がインチキよ！」厚い化粧越しでも分かるほど、夢読は顔を紅潮させる。

「私はちゃんと霊能力を使って、現場に残された被害者や犯人の意識を感じ取って、それによって事件解決へのヒントを……」

「ふざけんじゃねえ！」

加々見は拳をテーブルに叩きつける。夢読の体が大きく震えた。

「事件解決のヒントだ？　お前みたいな奴が適当なことを言うせいで、俺たち警察がどれだけ迷惑してるか分かるか。事件の捜査ってやつはな、靴底をすり減らして集めた情報を、一つ一つ積み重ねていくもんなんだよ。もし本当に霊能力とやらがあるっていうなら、どうして神津島氏が死んだか教えてくれよ。死にたてほやほやの現場にいたんだ、被害者の想いとかいうやつは十分に読み取ることができただろ」

「それは……、読み取ろうとしたらあなたが邪魔をしたから……」

夢読はぼそぼそと、遅刻の言い訳をする小学生のような口調で言う。

「ほれみろ。やっぱりインチキだ」

「インチキなんかじゃない！　私には感じるの。この館に染みついた、おぞましいほどに昏《くら》く、穢《けが》れたオーラを。神津島さんが亡くなったのも、それに関係しているに決まっている」

「昏く、穢れたねえ。どうとでも取れる言葉で相手を煙に巻くんだろ。詐欺師の手口だ」

ピンクの口紅が塗られた唇を噛んだ夢読は、憎々しげに加々見を睨みながら椅子に腰を落とした。

そのとき、パンっという小気味いい音が部屋に響き渡った。

「それでは、はじめましょうか」窓際で両手を合わせた月夜が、よく通る声で言う。

「はじめる？　なにをだよ？」

加々見が眉を顰《ひそ》めると、月夜は顔の横で人差し指を立てた。

「もちろん、推理ですよ。神津島さんの身になにが起きたのか、推理するんです」

「おいあんた、さっきから何度も言ってるだろ。警察が……」

「警察が来るまで素人はおとなしくしていろ、でしたっけ」

月夜は加々見のセリフを遮る。

「私もそのつもりでした。推理を披露するのは、あなたよりも頭が柔らかい警官が到着してからと。けれど、雪崩で警察が来られなくなった。なら、待っていてもしかたがない」

月夜は「そもそも、私は素人でなく名探偵ですけどね」と、人差し指を振った。

「……別に警察は来られないわけじゃない。少し遅れるだけだ」

「少し？　三日後ですよ。それまで待ったら、大変なことになるかもしれない」

「大変なことってなんだよ」

「街へと繋がる唯一の道が雪崩で塞がれたことで、現在この館は孤立しています。つまり、典型的な〝嵐の山荘もの〟のクローズドサークルとなったということです」

「嵐の山荘？　クローズドサークル？」加々見の眉根が寄る。

「こういうシチュエーションでは、犯行は一回では終わらず、連続殺人事件が起こるのが定石です。時間が経つにつれ登場人物たちが次々と犠牲になっていき、場合によっては全員が……」

「おかしなこと言うんじゃねえ！」

不吉なことを口走りはじめた月夜を、加々見が一喝する。はっとした表情を浮かべた月夜は「失礼」と咳ばらいをした。

「なんにしろ、警察はすぐには来られなくなった。となったら、少なくとも現状で分かっていることを確認して、今後どうするべきなのかを話し合うべきだと思います」

「分かっていること？　素人のあんたがなにを分かっているって言うんだ？」

「そうですね……。たとえば、神津島さんの死因などはいかがでしょう」

部屋の空気が揺れる。

「どうして神津島君が亡くなったのか分かるって言うのかい⁉」

九流間の問いに、月夜は迷いなく頷いた。

「ええ、もちろん。さっき、事件現場を見てすぐに気づきました。ただ、そちらの刑事さんは私の話に耳をかす気がなかったようなので、警官が来るまで待っていただけです」

「まさか、心筋梗塞じゃないと……、病死じゃないって言うんですか……？」

この名探偵はなにに気づいたんだ。いったいどこまで真相に近づいているんだ。息苦しさをおぼえながら、遊馬は震え声を絞り出す。

「もちろんです。神津島さんは病死したのではありません。おそらくは殺害されたのです」

一瞬、沈黙が降り、そしてすぐに蜂の巣を突《つつ》いたかのような騒ぎになる。

「旦那様が殺されたって、どうしてそんな……」

「おい、適当なこと言うんじゃねえ！」

「どうしてそんなこと言えるのよ⁉」

「マジで神津島さん、殺されたんスか⁉」

老田、加々見、夢読、酒泉の声が重なる。その他の者たちも、口々に月夜に向かって質問をぶつけていった。整った顔に優美な微笑を浮かべると、月夜はさっと右手を挙げた。それだけで、全員が口をつぐむ。いまやこの場は、名探偵の独壇場と化していた。

「私が神津島さんの死因を知ることができたのは、ダイイングメッセージを解読したからです」

「ダイイングメッセージって、壊れた硝子館の模型に書かれた文字のことですか？」

青い顔で円香が訊ねる。月夜は「そうです」と快活に答えた。

「あれはどういう意味だったんですか？　神津島さんはどんなメッセージを遺したんです？」

左京が問うと、月夜はこめかみを掻く。

「そうですねえ。言葉で説明するより、映像を見た方が分かりやすいんですが。老田さん、この館にスマートフォンの画像データを映せるような設備はありませんか？」

「シアターの映写機でしたら、そのような機能も付いておりますが……」

ためらいがちに老田が答える。

「シアター、いいですね。大画面に映せば迫力が出ます。ぜひ、そこで説明しましょう」

月夜は軽い足取りで出入り口に向かうと、扉を引いて出ていってしまった。

「ああ、碧様。お待ちください」

老田があとを追う。残された人々は数秒顔を見合わせたあと、出入り口へと向かいはじめた。

本当にあのダイイングメッセージを解読したのだろうか？　まさか、犯人が俺であることが示されているのだろうか？

雲の上でも歩いているかのように足元がおぼつかない。ふらふらとした足取りで集団の最後尾を歩いていた遊馬は、部屋を出る寸前、ふと扉のわきの壁に上下二つ取り付けられた金具に気づく。棒状の金属が、壁に打ち込まれた鋲《びょう》を中心に回転するようにできている。遊馬はノブを引いている扉に視線を向けた。壁の金具と同じ高さに、釘《くぎ》のような突起があった。

「ああ……、この扉の閂《かんぬき》か」

遊馬は小声でひとりごつ。回転する金属を突起に引っ掛けることで、ホール側から開かないようにできるようだ。ＩＣチップまで内蔵された客室の鍵に比べるとおもちゃのような造り。おそらく、ダイニングを掃除などしているとき、ゲストが入って来ないようにするためのものだろう。

「一条先生、いらっしゃらないのですか？」

円香に声をかけられた遊馬は、「ああ、ごめん」と部屋から出る。背後から、扉の閉まる重い音が響いてきた。

遊馬たちは一階ホールからシアターへと入る。二十ほど席が並び、正面には三〇〇インチ近くあるスクリーンが備え付けられている暗い部屋は、プライベートシアターというより、小規模な映画

回転式門

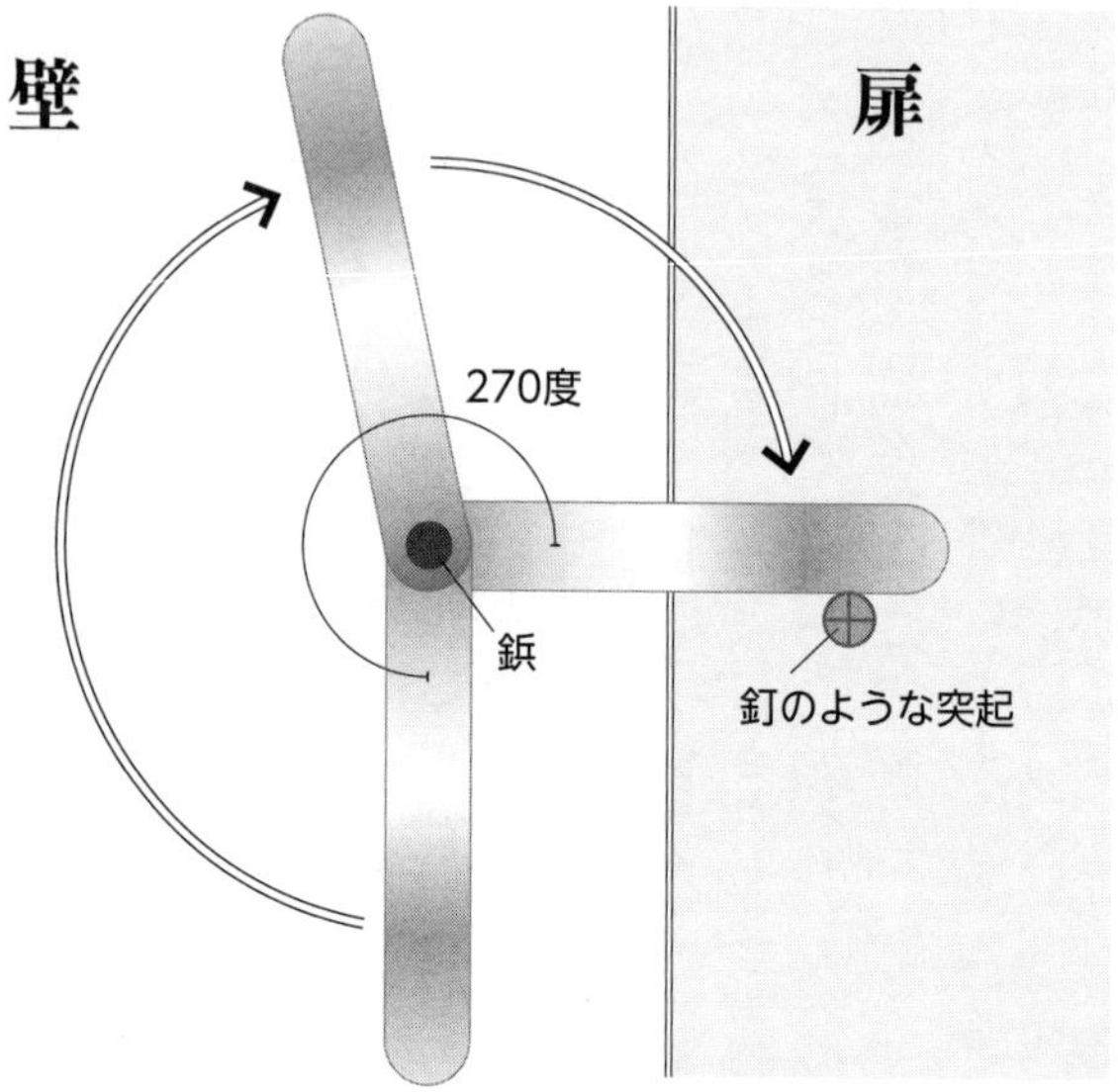

館のようだった。なぜか、スクリーンには真っ青な洋館が映し出されている。

「そこに映っている屋敷はなんだよ」

加々見がスクリーンを指さす。

「なんといいますか、旦那様お気に入りのスクリーンセイバーのようなものです。このシアターで旦那様はよく、ミステリ映画をご覧になっていました」

哀《かな》しげに言いながら、老田は部屋の後ろ隅にある映写機の前に立った。

「こちらの装置と接続していただければ、スマートフォンの画面をスクリーンに映すことができます」

「そうですか、では早速」

月夜は手に持ったスマートフォンをひとしきり操作したあと、映写機に手を伸ばした。正面のスクリーンに、洋館に代わって倒れた硝子館の模型が映し出される。

「それでは皆さん、お座りください」

月夜に促された遊馬たちは、おずおずと席に着きはじめる。他の者の視界に入らないよう、遊馬は最後列の席に腰を掛けた。ここなら、映写機のそばに立つ名探偵を横目で観察することができる。

「さて、この光景を見て私が最初に気になったのは、模型が壊れていることです」

月夜の声が、暗いシアターに響き渡る。

「神津島さんが苦しんで暴れた拍子に、倒れて壊れただけじゃないスか？」

酒泉の質問に、月夜は「いいえ」と答える。

「よく見てください。この模型は中央部から内部の台紙が破けています。倒れて床に打ちつけられただけで、こんな壊れ方をするとは思いません」

「そうかもしれませんけど……。なら、どうしてこんなふうになっているんスか？」

「簡単です。神津島さんが故意に、このように壊したからです」

「故意に？　じゃあ、神津島さんがなんというか、模型をひねって破ったってことっスか？」

「正確には、ひねったのではなく、捻《ね》じったのです」

「え？　なにが違うんスか？」

「神津島さんは長い間、この硝子館を住処《すみか》にしていた。つまり、神津島さんにとって、硝子館は『家』だった。それを捻じる必要があったということです」

「あ、あの。全然意味わかんないんスけど」

酒泉が戸惑いの声を上げるが、月夜は「すぐに分かります」と取り合わず、話し続ける。

「さて、次に注目したのは、模型の雪原部分に記された文字です。ダイイングメッセージと言えば、暗号を書き遺すのが定石ですからね。けれど、ここには一文字しか記されていなかった」

画像が切り替わり、茶色く太い文字で書かれた『Y』のような文字がスクリーンに大きく映しだされた。それを見て、九流間が言う。

「一文字だけじゃ、暗号にはならないな。それに、この文字は『Y』にしか見えない。もしかしたら、『Y』からはじまる文章か暗号でも書こうとしたが、途中でこと切れてしまったのかな」

「違うと思います。書いている途中で命を落としたとしたら、神津島さんの遺体は倒れた模型の傍らにあったはずです。けれど、実際にはそこから数メートル離れた位置に倒れていた。ダイイングメッセージを作り終えたあと、出入り口に向かったが、途中で力尽きてしまったと考えるのが妥当でしょう」

月夜の理路整然とした説明に、いつの間にか誰もが呑み込まれていた。

「それに、たった一文字とはいえ、この『Y』はとても大切な情報を内包しています」

「とても大切な情報とは？」九流間が振り返って、月夜を見る。

「この文字の色、そして太さです」

月夜の言葉に、その場にいる全員がスクリーンに映し出された文字に視線を注いだ。

「よく見てください。濃い茶色で、数ミリの太さがあります。さて、神津島さんは一体、なにでこの文字を書いたんでしょう」

「なにでって、サインペンとかじゃないの」

夢読が声を上げると、画像がデスクを映したものへと切り替わった。

「デスクのペン立てには、万年筆や黒いサインペンなどがありましたが、茶色く太い文字を書くような筆記用具はありませんでした。床も確認しましたが、筆記用具は落ちていませんでした」

「じゃあ、書けないじゃない。どういうことなの？」

「いえ、そんなことありません。加々見さん」

月夜に声をかけられた加々見は、「なんだよ」と不機嫌そうな声で答える。

「先ほど撮影した神津島さんの遺体の写真を、スクリーンに映していただけませんか？」

「ああ？　なんでそんなことしないといけねえんだよ。お断りだね。ホトケの写真を興味本位で素人に見せるなんて」

「そうですか、しかたないですね。ちょっと画質が悪いですが……」

月夜がスマートフォンを操作すると再び画面が切り替わり、倒れた神津島を少し離れた位置から撮影した映像が現れた。

「あっ、てめえ。遺体の写真は撮るんじゃねえって言っただろうが」

加々見が腰を浮かしかけるが、隣に座る九流間に「まあまあ」となだめられ、腕を組んで椅子に尻を戻す。

「神津島さんの右手に注目してください」

映像が拡大されていく。遊馬の口から「あっ」という声が漏れた。月夜は大きく頷く。

「皆さん、お気づきですね。神津島さんの右手の親指と人差し指が、茶色く汚れていることに。つまり、神津島さんは筆記用具ではなく、自分の指で直接『Y』を書いたということになります」

「しかし、碧様」老田が手を挙げる。「旦那様は茶色のインクなどはお持ちでなかったはずです」

「インクではありません。神津島さんはデスクに置かれていた他のものを指に付け、それで『Y』

の文字を書き遺したんです」

「他のものってなんなんだよ？　もったいつけないでさっさと言え」

堪《こら》えきれなくなったのか、加々見が立ち上がる。月夜は「これですよ」と再び、デスクを映した映像に切り替えると、その上に置かれた箱にズームしていく。

「チョコレート……」

スクリーンいっぱいに映し出された茶色い球体を見て、左京がつぶやいた。

「そう、チョコレートです。皆さんもご経験あるでしょ。トリュフチョコを摘まんで指が汚れたことが。よく見てください、チョコの一つが潰れています。神津島さんはこのチョコを指に付け、それで、模型の雪原に『Y』の文字を書いたんです」

「なんでそんなことを……」

円香が呆然《ぼうぜん》と言うと、月夜は指を鳴らした。

「それがこのダイイングメッセージを解き明かすための重要な手がかりです。デスクの上には筆記用具があったにもかかわらず、なぜわざわざチョコレートで書いたのか」

最初に映した倒れた模型の写真に画面を切り替えた月夜は、ゆっくりとシアターの前方に移動していくと、軽やかに壇上に飛び乗った。老田が「ああ、壇上には……」とうろたえるが、月夜はどこ吹く風でスクリーンに映し出された『Y』の文字を指さす。

「この文字を書くのにチョコレートを使ったこと自体が、大きな手がかりだったんです。熱狂的なミステリマニアが遺したメッセージ。捻じられた家、『Y』の文字、そしてチョコレート。皆さん、まだお気づきになりませんか？」

映写機から放たれる光をスポットライトのように浴びながら、月夜が大きく両手を広げた瞬間、遊馬の口から「あぁっ⁉」と声が漏れる。

「おお、一条先生」月夜が遊馬を指さす。「どうやら気づいたみたいですね。さすがはミステリ愛好家。それでは、お答えをどうぞ」

激しい葛藤が遊馬を襲う。気づいてしまったダイイングメッセージの意味、それを口にすれば、神津島が病死ではないと証明してしまう。完全犯罪の計画が土台から崩れ去ってしまう。

けれど……。俯《うつむ》いた遊馬は、悠然と壇上に立つ月夜を上目遣いに見る。あの名探偵は間違いなくダイイングメッセージを解き明かしている。ここで答えなかったとしても、なんの意味もない。ならば少しでも疑いを逸《そ》らすため、自分の口から説明するべきだ。遊馬はゆっくりと顔をあげた。

「……毒」

震える唇の隙間からその言葉が零れた瞬間、名探偵は満面に笑みを浮かべる。

「ご名答！　そう、毒です。自分は毒を飲んだ。神津島さんはそう伝えたかったんです」

「ちょっと待て。なんで毒が出てくるんだ？」加々見が戸惑いの声を上げる。

「分からないんですか？　だから言ったんです。刑事もミステリを読むべきだって」

薄い唇を皮肉っぽく歪《ゆが》めると、月夜はスクリーンを手で叩く。

「捻じり壊された館の模型、Ｙの文字、そしてチョコレート、これらはそれぞれ有名な古典ミステリを示しています。そうですよね、一条先生」

遊馬は小さくあごを引くと、三作の名作ミステリを口にする。

「……アガサ・クリスティの『ねじれた家』、エラリー・クイーンの『Ｙの悲劇』、アントニー・バークリーの『毒入りチョコレート事件』」

九流間と左京が「あっ！」と声を上げた。

「その通りです」満足げに月夜は言う。「ミステリファンなら誰もが知る作品。だからこそ、神津島さんはとっさにその三作品を示すダイイングメッセージを作り上げた」

「さっきからなに言ってんだ？　オタク以外にも分かるように説明しろ」

加々見の抗議を受けた月夜は、鼻の付け根にしわを寄せた。

「オタクではなく、愛好家、もしくはマニアと呼んでください。それらの作品は高尚な古典文学とも呼べるものです。教養として読んでおくべきものです。そもそも、ミステリというものは……」

「いいから説明しろ！」

「分かりましたよ」月夜は唇を尖らせる。「『ねじれた家』、『Yの悲劇』、『毒入りチョコレート事件』、それらの作品に共通することは、毒殺が描かれているということです」

「じゃあ、旦那様は……」円香がかすれ声で言う。

「そう、毒を飲んだんです。そして、それを伝えるために模型を捻じって壊し、チョコレートで『Y』の文字を書いてダイイングメッセージを遺して、命を落とした」

月夜は早口で話を続ける。

「毒殺で有名な古典ミステリ小説としては他に、ディクスン・カーの『火刑法廷』が挙げられます。きっと、神津島さんも思いついたに違いありません。カーは多くの秀作を発表したが、代表作と呼べるものがないという評論家がいます。しかし、私は『火刑法廷』こそがカーの代表作だと思っています。なんと言っても……」

「そんなことはどうでもいいんだよ！」

加々見に怒鳴られ、気持ちよさそうに話していた月夜は不満げに口をつぐんだ。

「重要なのは本当に神津島氏が毒殺されたかどうかだ。間違いないのか？」

「司法解剖で詳しく検査する必要がありますが、その可能性は高いでしょう。少なくとも、あのダイイングメッセージは『自分は毒を飲んだ』と伝えるものでした」

月夜が答えると、遊馬の前の席に座っていた老田が「毒……」と小声でつぶやく。耳ざとくその声を聞いた加々見が、勢いよく振り返った。

「おい、執事さん。あんた、心当たりでもあるのか」

「心当たりと言いますか……。実は先月、旦那様がなんと言いますか……、毒を購入していまして」

「毒を⁉　どういうことだ！　なんに使う気だったんだ！」

「いえいえ、使うなんて滅相もない」老田は首をすくめる。「旦那様のコレクションに加えただけです。九流間先生の代表作である『無限密室』、その中で使用されるフグの肝臓を粉末にした毒を手元に置きたいと旦那様がおっしゃって」

自らの作品に言及された九流間の表情が歪んだ。

加々見が「その毒はどこにある」と、老田を睨みつける。

「展望室です。旦那様のコレクションは全てそこに保管されていますので」

「案内しろ。さっさと行くぞ」

加々見があごをしゃくる。老田は「はい」と慌てて立ち上がり、出入り口へと向かった。

二人が出ていったのを見て、「私たちも行こうか」と九流間がつぶやく。残された者たちもためらいがちに席を立ち、出入り口へと歩みはじめた。

最悪だ。すべてが悪い方向へと進んでいる。うなだれる遊馬の肩が叩かれる。振り向くと、月夜が立っていた。

「さっきはありがとうございます」

「え、ありがとうって……」

「三つの作品のことですよ。誰も気づいてくれなかったら、私の一人芝居みたいになるじゃないですか。けれど、先生が答えてくれたおかげで、まさに名探偵といった演出になりました」

「あ、ああ、それはよかった」

作り笑いを浮かべながら、遊馬は内心で怨嗟《えんさ》の言葉を吐く。

この名探偵さえいなければ、誰にも毒のことは気づかれなかった。病死で処理された可能性も十分にある。司法解剖と言っても、すべての毒物を調べるわけじゃないはずだ。それに、警察が来るまでの三日間でテトロドトキシンが分解され、検出できなくなっていたかもしれない。けれど、もう手遅れだ。警察は神津島の遺体からテトロドトキシンの痕跡を徹底的に洗い出すだろう。そして、毒殺事件として捜査をするはずだ。専属医であり、殺害動機がある自分はすぐに第一容疑者になってしまう。そうなれば、あとは逮捕を待つだけだ。

「それじゃあ、私たちも行きましょう」

スキップするような足取りで月夜はシアターから出ていく。遊馬は枷《かせ》がつけられたかのように重い足を引きずってその後を追った。再び一階からガラスの螺旋階段を延々と上がり続ける。壱の部屋の踊り場を通過してさらに一周と四分の一ほどのぼると、階段の突き当りに扉があった。

「こちらの扉は、すべての部屋の鍵で開くようになっています」

そう言って老田が錠を解除し、扉に手をかける。錆《さ》びついているのか、悲鳴のような不快な音を響かせながら扉が開いていった。夢読が顔をしかめながら両手を耳に当てる。扉の隙間から、痛みをおぼえるほどに冷たい空気が吹き込んできた。

「これはすごい！」

階段室から展望室へと入ると、九流間が感嘆の声を上げた。

そびえ立つガラスの尖塔、その先端に位置する展望室からの眺めは絶景だった。雪に覆われた山々が、遥《はる》か遠くまで連なっているのが月光に浮かび上がっている。

巨大なガラスの円錐に覆われた空間には、国内外から神津島が大金をはたいて集めたミステリに関する貴重なアイテムの数々が、所狭しと並んでいた。

遊馬は息を吐く。冷え切った部屋で、吐息が白く凍った。

「なんだよ、この寒さは？」

加々見が文句を言うと、老田は首をすくめた。

「申し訳ございません。先日から展望室の空調は故障しておりまして……」

「うわっ、これってもしかして『モルグ街の殺人』が載っている『Ｔａｌｅｓ』の初版本ですか⁉

ああ、『まだらの紐《ひも》』が掲載されているストランドマガジンもある！」

本棚の前で左京が驚きの声を上げる。老田は哀しげに目を細める。

「『まだらの紐』だけではございません。シャーロック・ホームズの短編が載っているストランドマガジンはすべてそろっております。さらに、ドイル、クリスティ、クイーンをはじめ、多くの有名ミステリ作家の代表作の初版本がここにはございます。旦那様、自慢のコレクションでした」

「このコートはもしかして、コロンボのものですか？」

九流間がガラスケースに収められているコートを凝視する。

「はい、刑事コロンボシリーズの撮影で使われたものの一着です。それだけではなく、ピーター・フォークが吸った葉巻や、コロンボの警察バッジもございます。他にも、ドラマシリーズでシャーロック・ホームズ、エルキュール・ポワロ、金田一耕助などの主人公たちが身につけた服がここに保管されております。さらには、コロンボの愛車、プジョー４０３コンバーチブルも置いてあります。最近のものでは、映画『ナイブズ・アウト』で使用されたナイフなどもございますね」

「ねえ、このドレスはなんなの？　クラシックで、凄く良い作りね」

純白のウェディングドレスを着たマネキンが収められているガラスケースを、夢読が指さした。

「ＢＢＣが制作したドラマ『シャーロック』の、『忌まわしき花嫁』で使用されたものです」

何度見ても凄い品揃《しなぞろ》えだな。遊馬は無数に陳列されているコレクションを眺める。最初に神津島からこれらを見せてもらったときは、体温が上がったものだった。しかしいまは寒気をおぼえ、全身に震えが走っている。それが、この部屋の室温だけが原因でないことは明らかだった。

「凄い！　凄い！　本当に凄い！」

頬を上気させた月夜は甲高い声を上げながら、収集品が収められているガラスケースの間をスキップで移動している。その姿は、セミの抜け殻を見つけて走り回っている男子小学生のようだった。

「博物館見学に来たわけじゃねえぞ！　毒っていうのはどこにあるんだよ？」

加々見の怒声がこだまする。

「失礼いたしました。こちらでございます」

老田はアンティーク調の棚の前に移動すると、ガラス窓を開き、なかに収められている『フグ肝』と記された、茶色のガラス壜《びん》を取り出した。

「おいおい、毒をそんな鍵もかけてない棚に入れているのかよ」

「はい。普段、この展望室には旦那様しか出入りしませんでしたから」

「とはいっても、どの部屋の鍵でも開けて入ることはできるんだろ。不用心じゃねえか。まさか、あそこに飾ってある古い散弾銃の棚も、鍵をかけていないんじゃねえだろうな。神津島氏は、狩りの趣味でもあったのか」

加々見はガラス製の棚に飾られている散弾銃を指さした。

「あれは、『ローラ殺人事件』という古い名作ミステリ映画の中で使用されたものです。旦那様の収集品の一つです。電子ロックでしっかりと管理されています。暗証番号は旦那様しかご存じありませんでした。扉は強化ガラスですので、壊すこともできません」

老田が答える。彼の言う通り、棚のガラス扉には電子錠らしきテンキーと液晶がついていた。

「じゃあ、撃つことはできないんだな」

「いえ、おそらく使用することは可能だと思います。弾も一緒に置いていますし」

老田が首をすくめると、加々見は頬を引きつらせた。

「銃と弾は別々に保管する決まりだろうが。この件が終わったら、所轄署に調査してもらうからな。とりあえず、さっさとその壜をよこせ」

老田からガラス壜を奪い取った加々見は、蓋に手をかける。

「ああ、猛毒ですのでどうぞお気を付けください」

加々見は「うるせえ、分かってる」と壜の蓋をとった。

「白い粉が入っているな。これを飲んだってわけじゃないのか」

つまらなそうに加々見が言うのを聞きながら、遊馬は内心で祈る。どうかこのまま気づかないでくれと。しかしその願いもむなしく、老田が「失礼します」と加々見の肩越しに壜を覗き込んだ。

「……少なくなっています。私が以前見たときには、この倍は粉が入っていました」

「誰かが中身を取り出したってことか？」

「おそらく」老田はおずおずとあごを引いた。

「そうか。やっぱり、これが凶器だったんだ。神津島氏は、毒を盛られて殺害されたってことだ」

興奮した声で加々見がまくしたてると、酒泉がぼそりと「そっスかね」とつぶやいた。加々見の目がすっと細くなる。

「毒が少なくなっていたんだぞ。神津島氏が毒殺されたのは間違いないだろ」

「いや、たしかにその毒で神津島さんが死んだってのは、そうかもしれませんよ。けど、それって本当に殺人事件なんスか？」

「……なにが言いたい？」

「いや、だってさっき壱の部屋の錠、かかっていたじゃないスか。つまり、神津島さんが死んだとき、あの部屋には他には誰もいなかったってことでしょ」

「そうとは限らない。何かの方法で……」

加々見がそこまで言ったとき、「密室トリックですね」と月夜が声を上げた。

「あんたは黙ってろ！」

加々見は月夜を一睨みすると、酒泉に視線を戻す。

「そもそも毒殺なら、殺害時に犯人が部屋にいる必要もない。なにか、神津島氏が口にしそうなものに毒を仕込んでおけばいいだけの話だからな」

「だとしたら、三日後に警察が来てあの部屋を調べるまで、なにに毒が仕込まれていたかは分からないでしょ。いまできることってないじゃないですか」

「……そんなことはない」加々見の顔に、かすかに動揺が浮かぶ。「ここに毒を置いてあったことを知る者。ここに忍び込み、毒を手に入れることができた者。それを絞り込めば……」

「いやあ、それってたぶん無理っスよ」

話を遮られた加々見が唇を歪めるが、酒泉は気にするそぶりもなく話し続けた。

「だって神津島さんって、誰彼かまわずコレクションの自慢をする人でしたもん。俺なんて、ミステリなんかまったく興味ないのに、よく自慢話を聞かされましたよ。もちろん、その毒を手に入れたことも聞いてました」

酒泉は加々見が持っているガラス壜を指さした。

「だから、ここにいる人みんな、神津島さんから毒のことを聞いていてもおかしくないんスよ。それに、毒を手に入れるチャンスはみんなにあったと思いますよ。部屋の鍵さえ持っていれば、この展望室に入ることはできるし、皆さんこの館に到着してから一、二時間は、自分の部屋で過ごしてもらってたでしょ。そのときにここに毒を取りにくることはできましたって」

正論をぶつけられた加々見は、苦々しい表情で黙り込む。

「そもそも、神津島さんって殺されたんじゃないと思うんスよ。あれって自殺じゃないっスかね」

「自殺ぅ？」加々見は眉を顰めた。「遺書もないし、死ぬ前に『助けて』って連絡してきてるんだぞ。それに、あの模型を使っておかしなメッセージまで遺した。自殺なわけがねえだろ」

「神津島さんのことをよく知らないから、そう思うんスよ。俺、けっこう前から何度も雇われているから分かるんスけど、今回のことっていかにも神津島さんがやりそうなことっスよ」

「……どういうことだ」加々見の声が低くなる。

「五年前に心臓発作で死にかけてから、神津島さんって、生きる気力を失っていたんじゃないっスかね。研究で大成功して有名になって大金も稼いだけど、本当に好きなことはやってこなかった。人生を無駄にした。違うことで名を遺したかったって、何度も愚痴を聞きましたよ。もう耳タコ」

「だから自殺したっていうのか？」

「ただ自殺しただけじゃないっスよ。きっとそれで名を遺そうとしたんだと思います」

「自殺して名を遺す？」怪訝な表情で加々見が聞き返す。

「そうっスよ。こんなおかしな館を建てて、変な毒を取り寄せて、それを飲んで自殺する。その上で、ダイニングメッセージでしたっけ、あのおかしな暗号を遺した」

「ダイニングじゃなくてダイイング。ダイニングメッセージだと、食卓のメッセージになっちゃう」

すかさず月夜が訂正を入れる。

「まあ、なんでもいいんスけど。そうやって、華々しい演出をして自分の命にピリオドを打とうと思ったんスよ。違いますかね」

酒泉は周囲の人々を見回す。あまりにも常識外れの仮説に、誰もが戸惑い顔で黙り込んでいた。

「たしかに……」ためらいがちに老田が沈黙を破る。「旦那様でしたら、そのような突拍子もないことをしてもおかしくはないと思います。私のような凡人には理解できないお方でしたから。もしかしたらゲストの皆様にダイイングメッセージを解いていただくことこそ、旦那様が用意した催しだったのかもしれません。それを解読させることで、自ら毒を飲んで死んだと『発表』する……。旦那様らしい最期かもしれません」

「おいおい、お前らマジで言ってんのか？　これは自殺なんかじゃねえ、コロシだよ、コロシ。きっとこの中に神津島氏を殺したホシがいるんだよ」

大きくかかぶりをふる加々見に、老田がずいっと近づいた。

「なぜ、そう言い切れるのでしょうか？」

「なぜって……」加々見は言葉に詰まる。

「現状では、自殺なのか殺人事件なのか断言できない。そうではないですか」

「そうだけどよ……」思わぬ反撃を受けた加々見は、不満げにつぶやく。

「でしたら、私たちにできることは警察を待つだけです。その結果、今回の件が殺人事件だと断定されるまで、ゲストの皆様、そして我々、使用人を犯人扱いしないでいただきたい」

毅然《きぜん》とした態度で執事が言い放つ。加々見は大きく舌を鳴らすとそっぽを向いた。

老田はゲストたちに向き直り、深々と頭を下げる。

「このようなことに巻き込んでしまい、まことに申し訳ございません。主人に代わり、心よりお詫《わ》びを申し上げます。お疲れのことと思いますので、よろしければ皆様、ご自分の部屋でお休みください。食料等は十分に蓄えられておりますので、どうぞご心配なく。道が開通するまでの三日間、私と巴、そして酒泉さんの三人で精いっぱい、お世話をさせていただきます」

円香が慌てて礼をする。酒泉も首をすくめるように頭を下げた。

「えっと……、それじゃあ皆さん。解散して、それぞれの部屋で休むことにしましょうか」

おそるおそる九流間が提案する。反対する者はいなかった。

加々見が憤懣《ふんまん》やるかたないといった様子で階段室に向かっていく。他の者もおずおずとそれに続いたのを見て、遊馬は大きく息を吐いた。

もはや、殺人事件として捜査されるのは避けられないと思っていたが、酒泉のおかげで風向きが変わった。もし神津島が毒で死亡したことが暴かれたとしても、殺人ではなく自殺だと判断されれば問題ない。そのためにわざわざ現場を密室にしたうえ、神津島が先月購入した毒物を凶器として使用したのだ。

だから、落ち着け。焦ってぼろを出さないように気をつけろ。遊馬が自分に言い聞かせていると、隣に人の気配がした。反射的に横を向く。至近距離で月夜と目があった。

「な、なんですか？」視線の圧力に、遊馬は軽くのけぞる。

「いえ、部屋に戻らないのかなと思いまして。ほら、老田さんが待っていますよ」

月夜はほっそりとしたあごを軽くしゃくる。見ると、老田が階段室の入り口に立ち、こちらを見ていた。おそらく、全員が出てから錠をかけようとしているのだろう。

「ああ、すみません。ちょっとぼーっとして……」

「その気持ち、分かります！」月夜は声を張り上げる。「こんな素晴らしいコレクションが陳列されていたら、夢見心地になってしまいますよね。一つ一つのアイテムが使われた作品が自然と頭に浮かび、その世界にひたってしまう。ミステリマニアなら当然です」

熱のこもった口調でまくしたてた月夜は、「ただし」と人差し指を立てる。

「この館にはこれらの素晴らしい品々よりも、さらに私を魅了するものがあります」

「碧さんを魅了するもの？」

「ええ、難事件ですよ！」月夜は高らかに言った。「大富豪であり、世界的に有名な科学者でもあった人物が、奇妙な館の自室で死亡した。しかも、現場は密室であり、さらにダイイングメッセージが遺されていた。こんな魅力的な事件、なかなかあるものではありません」

「あの……、実際に人が亡くなっているんですよ」

「不謹慎なのは理解しています。ただ、このような事件を前にすると、名探偵の血が騒いで、どうにも抑えが利かなくなってしまって……」

月夜は少女のようにはにかみながら頭を掻いた。

なんと答えていいのか分からず、遊馬は「はぁ」と言葉を濁す。

「というわけで、名残惜《なごり》しいですがこの展望室をじっくり観察するのはあとにしましょう。コレクションは逃げませんし、あまり老田さんを待たせるのはよくありません」

「そうですね」

遊馬は月夜とともに階段室へと向かう。中に入ると、老田が扉を閉め、錠をかけた。

「碧様、一条先生、急《せ》かしてしまったようで申し訳ございません。実はこちらの展望室、ちょっとした設計ミスで、中からは錠が開けられなくなっているもので」

老田が申し訳なさそうに言う。月夜は目をしばたたいた。

「え？　ということは、展望室にいる間に扉の錠を閉められたら、閉じ込められてしまうということですか」

「そういうことになります。ただ、ご安心ください。万が一、そのようなことになってもすぐに気づけるよう、展望室には内線電話が置かれていますので。それでは失礼いたします。とんだことになってしまいましたが、どうぞお部屋でゆっくりお過ごしください」

恭《うやうや》しく一礼すると、老田は還暦を越えているとは思えない足取りで素早く階段をおりていく。踊り場には遊馬と月夜だけが残された。

「皆さん自分の部屋に行ってしまったみたいですね。一条先生もお部屋に戻りますか？」

「ええ、疲れ果てているんで、一刻も早く休みたいです」

その言葉に嘘《うそ》はなかった。極限の緊張に晒《さら》され続けた心身はすでに限界に達し、気を抜けばこの場に崩れ落ちてしまいそうだった。

「そうですか。私は一度遊戯室に行って、外に足跡がないか見てきます。それさえ確認すれば、この数時間で館から出ていった人はいないということになるから」

「捜査をするつもりなんですか？　神津島さんは自殺したんじゃないと思っているんですか？」

遊馬は慎重に訊ねる。ダイイングメッセージを解読し、毒が使用されたことを突き止めた手腕から見て、この名探偵が最も警戒する人物であるということは、もはや疑いようがなかった。

「まだ結論を出せる段階じゃないですね。まずは情報を集めないと」

そこで言葉を切った月夜は、いたずらっぽくウインクをした。

「けれど、こんな奇妙な館の主人の遺体が、ダイイングメッセージを遺して密室で見つかったなんていう魅惑的なシチュエーション、まるで本格ミステリ小説の中に迷い込んだかのようじゃないですか。にもかかわらず、実際はただの自殺じゃ、ちょっと拍子抜けですね。というわけで、私はあっと驚くような真相を期待しています」

月夜は軽い足取りで去っていく。その姿が見えなくなるのを確認して、遊馬はガラスの壁を拳で叩いた。

なにが魅惑的なシチュエーションだ。なにが驚くような真相だ。そんな興味本位で犯行を暴かれてたまるか。こっちは妹の命を救うために、決死の思いで計画を実行したんだ。

血が滲むほどに唇を噛みながら、遊馬は階段をくだっていく。

妹のためにも、殺人犯として告発されるわけにはいかない。なんとしても、神津島の自殺ということで幕引きにしなければ。けれど、どうやればあの名探偵から真相を隠せるというのだろう。

うなだれていた遊馬は、ふと足を止めて横を見る。『壱』と刻まれた扉が目に飛び込んできた。

この奥に遺体がある。俺が殺した神津島の遺体が。

急に気温が下がった気がして、遊馬は自らの肩を抱く。

この手で、人の命を奪ってしまった。多くの患者の命を救ってきたこの手で……。殺人という禁忌を犯した実感が、いまさらながら背中にのしかかってくる。遊馬は背中を丸めると、再び足を動かしはじめる。螺旋階段をさらに半周分ほど下ると、弐の部屋の前の踊り場に到着した。

この部屋にいるのは、たしか……加々見か。遊馬は部屋割りを思い出す。

壱《いち》の部屋……神津島太郎　館の主人
弐《に》の部屋……加々見剛　刑事
参《さん》の部屋……酒泉大樹　料理人
肆《し》の部屋……一条遊馬　医師
伍《ご》の部屋……碧月夜　名探偵
陸《ろく》の部屋……巴円香　メイド
漆《しち》の部屋……夢読水晶　霊能力者
捌《はち》の部屋……九流間行進　小説家
玖《きゅう》の部屋……左京公介　編集者
拾《じゅう》の部屋……老田真三　執事

「おかしな面子《メンツ》だよな。たしかに本格ミステリ小説みたいだ」

自虐的につぶやいた瞬間、遊馬は勢いよく振り向いた。上方からかすかに足音が聞こえたような気がした。反射的に階段を駆け上がる。しかし、階段の突き当り前まで移動しても、人影が見えることはなかった。

「なにやってるんだよ……、俺は」

乾いた笑いが漏れる。人を殺した罪悪感からか、それとも逮捕されることへの恐怖からか、幻聴まで聞こえだしたのかもしれない。

うなだれた遊馬は、とぼとぼと自分の部屋へと向かう。肆の部屋の扉を開き部屋に入り、つまみを回してシリンダー錠をかけると、洗面所に入った。ヨーロッパ風の浴室を横目に脱衣所を通り抜け、奥にあるトイレに入る。ポケットから神津島に飲ませた毒が入っているピルケースを取り出した遊馬は、それを便器に捨てようとする。しかし、ケースを手放す寸前、体の動きが止まった。

まだ捨てるのは早い。神津島が殺されたと断定されていない段階で、部屋を捜索される可能性は低いだろう。ならば、この毒は取っておくべきだ。

……万が一のときに、使用できるように。

涼やかに微笑む名探偵の姿が脳裏に浮かぶ。自らの恐ろしい考えに身震いした遊馬は、貯水槽の蓋を開け、中にピルケースを落とした。プラスチック製のピルケースがゆらゆらと水面を漂う。

蓋を戻した遊馬は洗面所から出ると、左右に揺れながら部屋を横切る。もはや、なにも考えたくなかった。ベッドに倒れこみ、すべてを忘れて眠ってしまいたかった。

ベッドまで数歩のところまで移動したとき、遊馬は体を硬直させる。何者かの視線を感じた気がした。振り返りつつ、反射的に身構えた遊馬の唇が歪む。

男がじっとこちらを見ていた。自分と同じ顔をした男が。

唇の端を上げた遊馬は、壁にかかっている楕円形の鏡に近づいていく。鏡の下には、壱の部屋と同様、国内ミステリ小説が詰め込まれた腰の高さほどの本棚が備え付けられていた。

「なんて面しててんだよ」

鏡に映る男は青ざめ、表情筋は力なく弛緩《しかん》していた。

これが、人殺しの顔か。遊馬は鏡に手を伸ばす。指先に滑らかで、冷たい感触が伝わってきた。

「……しかたがなかったんだ。殺すしかなかったんだ」

遊馬はかすれ声でつぶやく。

鏡の中の自分が、冷ややかな視線を送ってきた。

二日目

1

男が倒れている。たてがみのような、白い頭髪と髭《ひげ》を生やした男が。

その傍らには、壊れた硝子館の模型が倒れていた。

「神津島……さん……？」ひび割れた声が口から零《こぼ》れる。

なにが起きているか分からなかった。なぜ俺は一人で壱の部屋に、神津島の遺体があるこの部屋に立っているのだろう。

ここから出なければ。そう思うのだが、脳と体を繋《つな》ぐ神経が断線したかのように、指一本動かすことができなかった。眼球だけ動かして視線を落とした遊馬は、か細い悲鳴を上げる。

体が固まっていた。全身が光沢を放つ飴《あめ》色のガラスでできた彫像と化していた。

「よく……も……」

地獄の底から響いてくるかのような声に視線を戻した遊馬は、再び悲鳴を上げた。

模型のそばに倒れていた神津島が、瞳孔が開ききり、白く濁った瞳で遊馬を睨《にら》んでいた。

「よくも……、俺を……殺した……な」

神津島は青く変色した顔を上げると、ずりずりと這《は》って近づいてくる。移動するにしたがって、顔や手の肉が腐って落ちはじめ、赤黒い肉の隙間から骨がのぞく。

「しかたがなかったんだ。新薬の承認を邪魔するから！　ＡＬＳ患者の希望を奪ったから！」

喉をからして叫ぶが、神津島の動きは止まらなかった。這い寄るにつれ、神津島の体から肉が崩れ落ち、みるみる白い骨が露出していった。

「お前も……地獄に……落ちろ」

眼球が零れ落ち、空洞となった眼窩《がんか》が遊馬を睨む。ほとんど肉が残っていない手が、遊馬の体に触れる。

「やめろー！」

叫びながら遊馬の体は傾いていき、そして床に倒れて砕け散る。粉々になったガラスの体が、間接照明の光を乱反射して七色に煌《きら》めいた。

「うわあああー！」

絶叫が鼓膜を揺らす。それが自分の口から迸《ほとばし》っていることに、すぐには気づかなかった。

勢いよく上半身を跳ね上げた遊馬は、せわしなく周囲を見回す。アンティーク調の家具が置かれた広い部屋。その窓際にあるベッドの上に遊馬はいた。

「ああ……、硝子館に泊まっていたんだっけ」

つぶやきながら、遊馬は額を拭う。粘り気のある脂汗が、手の甲にべっとりとついた。

どうやら、悪夢を見ていたらしい。その内容を思い出した瞬間、昨夜の出来事が一気に脳裏に蘇《よみがえ》り、激しい吐き気が襲ってきた。空っぽの胃からわずかに胃酸が逆流してきて、灼《や》けつくような苦みが口腔《こうこう》内に広がった。

人の命を奪うこと、そして殺人犯として告発されることに怯《おび》えることは、ここまで精神を蝕《むしば》むものなのか。着たままだったジャケットの袖で力なく口元を拭った遊馬は、ドンドンという音が部屋に響いていることに気づく。誰かがドアをノックしているようだ。この音で目が覚めたのだろう。

関節が錆《さ》びついたかのように重い体を動かしてベッドをおりる。腕時計を見ると、時刻は午前六時を回ったところだった。

こんな朝早く、いったい誰だ？ ジャケットを脱いで椅子の背に掛けた遊馬は、扉に近づいて「どなたですか？」と訊《たず》ねる。

「碧です。ちょっといいですか？」

扉越しに声が聞こえた瞬間、頭にかかっていた霞《かすみ》が一気に晴れる。

あの名探偵がこんな時間に？ いったいなぜ？

「碧さんですか。どんなご用ですか？」動揺を悟られないよう、必死に平板な口調で言う。

「部屋に入れてもらってもいいですか？ ちょっと込み入った話ですので」

遊馬は振り返って室内を見回す。見られてまずいものはないが、できることなら追い返したかった。しかし、もしここで断れば疑いの目を向けられるかもしれない。

数秒の激しい葛藤の末、遊馬はシリンダー錠《じょう》の摘《つま》みを回し、扉を開いた。

「おはようございます、一条さん！」

昨日と同様、男物のスーツを着こなした名探偵が快活に言う。

「……おはようございます。朝っぱらから元気ですね」

「ええ、もともと朝は早いもので。しかも、あんな事件があったので、興奮していつも以上に早く目が覚めてしまいました。ですので、さっきまで一階の遊戯室やダイニングに行って、事件解決の手がかりが見つからないかいろいろと調べていたんです。そういえば、今朝はとてもいい天気ですが、夜中に少しだけ雪が降ったみたいですね。遊戯室の窓に、わずかに雪がついていました。いやあ、暖房がついていなかったので、寒かったですね」

月夜は両手をすり合わせる仕草を見せる。

「それで六時になるので、そろそろお邪魔しても迷惑にならないかなと思ってここにやって来たんです。ああ、早起きと言えば老田さんもなかなかでしたよ。ここに来るとき、階段ですれ違いました。しっかり身なりを整えて、糊《のり》のきいた執事服を着ていました。雇い主が亡くなったというのにきっちり仕事をしようという姿は、まさにプロフェッショナルという感じでしたね」

はきはきとした口調が、寝起きの頭に響く。遊馬は頭痛をおぼえながら、「とりあえず、どうぞ」と月夜を招き入れた。月夜は会釈して、部屋の中心に置かれたソファーへと近づいていく。

「いやあ、この館の部屋はどこも素晴らしい作りですね。クラシックで格調がある。ベッドの寝心《ねごこ》地《ち》も最高で、昨夜はゆっくり眠ることができました」

月夜はすっと目を細めると、遊馬に視線を送ってきた。

「けれど、一条先生はそうでもなかったみたいですね。昨日と同じ服装だ。しかも、かなりしわが寄っているところを見ると、そのまま寝てしまったみたいですね」

「……神経がまいってしまったんで、部屋に戻ってすぐベッドに倒れ込んだんですよ。気づいたら、そのまま眠っていました。というか、碧さんだって昨日と同じ格好じゃないですか」

「いえいえ、ちゃんと着替えていますよ。私はこのスーツを何着も持っているんです。名探偵としてのユニフォームのようなものですかね。それに、ネクタイの柄も昨日とは違っています。昨日はロンドンのベーカー街にある、シャーロック・ホームズ博物館を訪れたときに買った、ホームズのシルエットがプリントされたものでしたが、今日のネクタイには列車が描かれています。これは『オリエント急行殺人事件』の舞台になった列車を……」

「あの……」遊馬は月夜の言葉を遮る。「ファッションについては分かりましたので、こんな朝早くやってきた理由を教えてください」

「これは失礼。お邪魔した理由はもちろん、昨夜の事件についてのお話をうかがうためです」

月夜の目つきが鋭くなる。遊馬の背中に震えが走った。

「みんなの部屋を順番に回って、情報を集めているということですか？」

「いえいえ」月夜は顔の前で手を振る。「順番に回っているわけではなく、まずは一条先生に話を聞かなくてはと思ってやってきました」

「なんで、俺に……？」

やはり疑われているのだろうか。氷のように冷たい汗が背中を伝う。

「先生が神津島さんの専属医だったからに決まっているじゃないですか。被害者について詳しく知ることが、犯罪捜査では重要ですからね」

俺を疑って来たわけじゃなかったのか。遊馬は内心、胸を撫《な》でおろす。

「でも、それなら老田さんか、巴さんから話を聞いた方がいいと思いますよ。この館に住み込みで働いているんだから、俺なんかよりもはるかに神津島さんを知っているはずです」

「そうしたいのはやまやまなんですが、お二人はゲストへの朝食の準備で忙しいようなので」

「ああ、言われてみればそうですね。分かりました。俺の知っている範囲でよければ話しますよ。どうぞおかけください」

いくらか落ち着いた遊馬がソファーを勧めると、月夜は窓際へと進んでいく。

「今日はいい天気ですよ。こんな薄暗い部屋で話すのはもったいないと思いません？」

月夜は勢いよく遮光カーテンを開く。大きな窓から朝日が差し込み、暗さに慣れた目がくらむ。

「やっぱり全面ガラス張りだと気持ちいいですね。しかも、窓が開く造りになっているのもいい。さっき、自分の部屋の窓を開けて換気したんですが、森の香りを含んだ空気が入ってきて気持ちよかったです。思考が冴《さ》える気がしました」

月夜は両手を挙げ、長身を軽く反らす。彼女の言う通り、部屋を取り巻くようにガラス窓がはめ込まれている壱の部屋に対し、他の部屋は天井から床に達する長方形のガラス窓が数枚、部屋の外側に並んでいる造りになっており、壁についているボタンを押すことでそれらを開閉することができた。

「そうだ。せっかくだから、この部屋の窓も開けましょう」

月夜は遊馬の答えも聞かずボタンを押す。天井に埋め込まれているレールが作動しはじめた。窓の上部とつながっているワイヤーが送り出され、窓の一枚が上側から外に向かって倒れ込むように開いていく。四十五度ほど開いたところで、窓の動きが止まった。外から、凍《い》てつくような風が吹き込んでくる。

「勝手に開けないでください。寒いんですけど」

「けれど、この部屋、なんとなく空気が澱《よど》んでいましたよ。換気をしないと」

「だからって、全開にしなくてもいいじゃないですか」

「これ、上側から開くのは転落防止のためなんでしょうねえ。ただ、この辺りは豪雪地帯ですから、開けた状態で雪が降ったら、部屋の中に思いきり入ってきちゃいますね。最悪、窓に積もって重さで壊れてしまうかも」

腕を組みながら、月夜は窓周りの構造を観察する。遊馬の抗議が耳に入っている様子はなかった。しかたなく、遊馬は自分でボタンを押して窓を閉める。

「どうして閉めるんですか？　空気が澄んでいた方が、頭が回って推理がはかどるのに」

「寒いからだって言っているじゃないですか。なんなんですか、さっきから。いきなり押しかけてきたと思ったら、好き勝手に動いて。話がないなら帰ってください」

まるで、シャーロック・ホームズのような奇行だ。ある意味、名探偵らしいと言えるのかもしれない。遊馬が頭痛をおぼえていると、月夜は「ああ、すみません」と頭を下げた。

「魅力的な事件が起こったので、昨日からついテンションが上がってしまって。寝たあとも事件についての夢ばかり見ていました。とても楽しい夢でした」

月夜はうっとりとした目で天井を見つめる。

「……俺もそうですよ。悪夢でしたけどね」

「さて、いつまでも雑談していてもしかたがないですね。本題に入りましょう」

ソファーに腰掛けた月夜は、長い足を組んだ。

「神津島さんを恨んでいた人物に心当たりはありませんか？」

何の前置きもなくぶつけられた問いに、顔がこわばる。

落ち着け。妹のことを知られたわけじゃない。ただ、専属医として一般的な質問を受けているだけだ。自分に言い聞かせながら、遊馬は月夜の向かいのソファーに座った。

「あまりにも心当たりがありすぎますよ」

「たくさんの人物が、神津島さんを恨んでいたと？」

「雇い主のことをとやかく言うのはどうかと思いますけど、神津島さんはとにかく偏屈というか、情がないというか、かなり付き合いにくい人物でしたからね。あれだけの実績がある人物なら、定年で教授を退官した後も、いろいろな大学から引く手あまたなのが普通です。けど、神津島さんにはそういう誘いはなかったらしい。以前、本人が愚痴っていましたよ」

「なぜ誘いがなかったんでしょう。有名なトライデントを開発した神津島さんの功績は、ノーベル賞をもらってもおかしくないと聞いていますが」

「よくご存じですね。基礎研究の内容なんて、一般の人にはほとんど知られていないのに」

「私は『一般の人』ではなく、名探偵ですから」

微笑《ほほえ》んだ月夜は、「それで、質問の答えは？」とわずかに首を傾けた。

「神津島さんのパワハラ、いや大学だとアカハラというのかな、それがひどいということが業界内で有名だったからですよ。学生、助教、准教授、だれかれかまわず怒鳴りつけ、罵倒し、場合によっては暴力すらふるっていたらしいですね」

「そんなこと許されるんですか？」月夜の眉根が寄る。

「いまなら、まず許されないでしょうね。ただ、かなり前の話ですし、神津島さんの研究は、世界中で難病に悩む多くの人々の希望になるものだった。大学としても、ことを荒立てて研究を中断させたりはしたくなかったんでしょう。ただ、その結果、神津島さんの研究室ではたくさんの人が精神のバランスを崩して、療養を余儀なくされたようです。自ら命を絶った人もいたとか」

「なるほど、それは十分動機になりますね」

「それだけじゃありません。トライデントの特許を取得した神津島さんは、共同研究をしていた製薬会社に莫大《ばくだい》な特許使用料を求めました。もし払わなければ、他の会社に特許を渡すと脅してね」

「研究のサポートを受けていたのにですか？」

「以前は製薬会社から研究費を受け取るときも、あまりしっかりした契約書を作成せず、なあなあでやっていたことが多かったんですよ。と言っても、仁義ってものがあるので、共同研究の成果を他社に売るなんて普通の研究者ならまずしませんけどね」

「けれど、神津島さんは『普通の研究者』ではなかった」月夜は口角を上げる。

「そう、あの人は守銭奴《しゅせんど》と言っても差《さ》し支《つか》えがないほど、金にはうるさい人でした。裁判とかごたごたもあったようですが、結局製薬会社は神津島さんの要求をのみ、天文学的な特許使用料と引き換えにトライデントの技術を手に入れ、様々な新薬を生み出しました」

「その特許使用料が、神津島コレクションや、この硝子館を建てる原資になっているということですね」

「そういうことです。神津島さんに多額の特許使用料を払う必要があったので、新薬の値段はかなり高額になってしまいました。薬を待ち望んだ人々の中には、代金を払えずに治療を受けることができなかった人も少なくありませんでした」

「そういえば、聞いたところでは神津島さんには遺産を相続する権利を持つような身内がいないらしいですが、本当ですか？」

口元に手を当てた月夜に、遊馬は「そうらしいですね」と答えた。

「つまり、神津島さんが亡くなったら、製薬会社は特許使用料を支払わなくて済むようになる。薬価は下がり、多くの患者が新薬の恩恵を受けられる。なるほど、動機を持つ人は数えきれないほどいるわけだ。この館にいる方たちの誰かが神津島さんを恨んでいても、おかしくはないですね」

月夜の薄い唇に、妖しい笑みが浮かぶ。

「……楽しそうですね」

遊馬はぼそりとつぶやく。月夜は「いえいえ」と胸の前で両手を振るが、その顔は緩んでいた。

「やっぱり碧さんは、神津島さんが殺されたと思っているんですか？」

「昨日も言った通り、それを判断するには材料が足りません。ただ、もし自殺だとしたら、明後日やってくる警察が現場を調べ上げて、科学的捜査からその証拠を見つけるでしょう。そうなれば私の出番はありません。ですから、私は名探偵として、神津島さんが何らかのトリックを使って殺害されていた場合を想定し、捜査を行っているんです」

「けれど、現場である壱の部屋の扉には、錠がかかっていましたよ。それに、ほかの客室と違って、あの部屋は窓がはめ込み式で開かない。だとしたら、自殺の可能性が高いんじゃないですか。あの部屋はいわゆる密室だったと思い……」

名探偵の意識をなんとか自殺に向けようと必死にまくしたてていた遊馬は、『密室』と口にした瞬間、月夜が目を細めたのを見て失敗に気づく。

『密室』。ミステリマニアにとって、なによりも心の琴線《きんせん》に触れる単語だ。

「そう、たしかに事件が起こったとき、壱の部屋は密室だったように見えました。ただ、そのことで神津島さんが自殺だとするのはおかしいです。なんといっても毒死なんですから」

月夜は顔の横で人差し指を立てると、意気揚々と話しはじめた。

「毒は現場に犯人がいなくても被害者を殺害できる凶器です。つまり、神津島さんが口にしそうなものに前もって毒を仕込んでおけば、殺害時に犯人が壱の部屋にいる必要はないのです。他には、時間差で作用するタイプの毒薬を飲ませておき、被害者が部屋に入って錠をかけた後に効果が発揮されるといったケースもありますね。ただ、使用された毒物がテトロドトキシンだとしたら、夕食に毒が混入していた可能性は低いでしょう。ディナーが終わってから神津島さんから助けを求める電話が入るまで、一時間ほどたっていました。テトロドトキシンは比較的早く効果を発揮する毒です。時間が合いません」

遊馬が口をはさむ隙も与えず、月夜はまくしたてる。

「もちろん、老田さんが受けた神津島さんのヘルプコールに、何らかの細工が施されていた可能性はあります。何者かが神津島さんのふりをした。前もって録音しておいた音声を再生した。老田さんが嘘《うそ》を言っていて、神津島さんからの電話なんてなかったのかもしれません。その辺りはもう少し、情報を集めてから検討しようと思っています」

「そこまで考えているんですか？」

圧倒されながら遊馬がつぶやくと、月夜は目をしばたたいた。

「名探偵なら、これくらい当然じゃないですか。さて、それでは午後八時半、神津島さんが前もって犯人が仕込んでいた毒を飲んで死亡したケースを考えてみましょう。その場合、デスクにあったチョコレートかコニャックに混入されていた可能性が高いでしょう。警察が調べればその辺りのことははっきりするはずです。ただし……」

言葉を切った月夜は、低い声で続けた。

「これが殺人事件だとしたら、犯人は犯行当時、壱の部屋にいたのではないかと思っています」

「……どうしてそう思うんですか？」遊馬は喉を鳴らして唾をのみ込む。

「毒を前もって仕込むという方法では、いつ被害者がそれを口にするか分からず、殺害するタイミングを決めることができないからです。昨夜、神津島さんは午後十時になんらかの重大な発表をするはずでしたが、その直前に命を落とした。犯人はその『発表』を防ぐために神津島さんの命を奪ったとも考えられます。つまり、神津島さんに毒を手渡し、うまく言いくるめて、それを飲ませたのではないでしょうか」

違う。神津島が発表しようとしていたのは、有名作家の遺作かなにかを見つけたということだ。俺はそれを阻止しようとして神津島を殺したわけじゃない。遊馬は内心でつぶやく。前提が間違っているにもかかわらず、名探偵がじりじりと真相に近づいていることに焦っていた。

「でも、さっき言ったように、あの部屋は密室だったじゃ……」

「そう、密室です！」月夜は甲高い声を上げて立ち上がると、遊馬の鼻先に指を突き付けた。

「な、なんですか？」

「一条先生、『密室の講義』はご存じですか？」

「それって……、カーのですか？」

「その通りです。数々の密室ミステリを生み出し、『密室の王者』とさえ呼ばれたジョン・ディクスン・カーが一九三五年に発表した『三つの棺《ひつぎ》』の第十七章、『密室の講義』は、密室トリックを分類したエッセイとして有名で、その後、様々なミステリで引用されてきています。『密室の講義』の最初では、探偵役であるフェル博士が、自分は小説の中の登場人物であると明言するという、変わった構成になっています。これは、一種のメタミステリということができるかもしれません」

月夜は歌うように言葉を紡いでいく。

「ああ、そういえばメタミステリの傑作と言えば、私はなんといっても東野圭吾《ひがしのけいご》の『名探偵の掟《おきて》』を挙げたいと思います。物語の語り部であり、自らが小説の登場人物であることを自覚している大河原番三警部と、名探偵という自らのキャラクターを演じ続けなければならないことに苦悩する天下一大五郎。その二人がミステリのお約束ともいえる様々なシチュエーションをこなしていく。ただのユーモアミステリとして秀逸なだけではなく、それはある意味、ミステリ小説というスタイルへのアンチテーゼとも言えます。現在でこそ、東野圭吾作品は重厚な人間ドラマをベースにしたミステリが多くなっていますが、初期にはパズラーとして秀逸な本格ミステリ小説も多く発表しているのです。つまり、東野圭吾という稀代《きたい》の作家の土台には、本格ミステリの素養が備わっていると言えるでしょう。そのことは、代表作である『容疑者Xの献身』が直木賞だけでなく、本格ミステリ大賞を受賞したことでも明らかです。ただ一方でその際に、『容疑者Xの献身』が果たして本格ミステリなのか。そもそも、本格ミステリとはなんなのかという論争が……」

焦点の合わない瞳を空中に向けながら滔々《とうとう》と話し続ける月夜を、遊馬は呆然《ぼうぜん》と眺める。完全に自分の世界に入り込んでしまったようだ。

ちょうどいい、この時間を動揺から回復するために使わせてもらおう。月夜の話を聞き流しながら、遊馬はゆっくりと深呼吸をして、加速している心臓の鼓動を抑えていく。

「……というわけで、後期クイーン的問題を解決する手段として、私が提案したいのは……」

たっぷり二十分ほど月夜に語らせたあと、心の均衡《きんこう》を取り戻した遊馬は「あの」と声をかける。

気持ちよく話しているところを邪魔された月夜は、「なんですか？」と不満げに答えた。

「碧さんのミステリ論はとても興味深いんですけど、そろそろ本題に入りませんか？」

「本題？　本格ミステリの定義についてでしたっけ？」

「違います！　事件が起きたとき、壱の部屋が密室だった件ですよ！」

月夜は数秒、視線を彷徨《さまよ》わせたあと、ぽんっと手を叩《たた》いた。

「ああ、そうでしたそうでした。そこから『密室の講義』の話になっていったんでしたね」

話に夢中になって、本当に忘れていたのか。遊馬が呆《あき》れていると、月夜の表情が引き締まった。

「『密室の講義』では、密室トリックを大きく二つに分類してあります」

月夜は指を二本立てる。

「一つは最初から殺人犯が室内にいなかった場合です。前もって毒が仕込まれていて、密室内で神津島さんがそれを食べて死亡したケースはこちらにあたります」

指を一本折った月夜は「もう一つは」と続ける。

「犯行時に室内に殺人犯がいたケースです。そして殺害後に部屋から出て外から錠をかける、または錠がかかっているように見せかけるといったトリックですね。さっき説明したような理由で、私は昨日の事件で、これが使われたのではないかと睨んでいます」

「けど、みんなが駆け付けたとき、壱の部屋の錠は確実にかかっていたんですよね。それとも、錠はかかっていなかったけど、部屋の中にあるなにかが引っかかっていただけとか？」

遊馬は必死に、自分のトリックから名探偵の意識を離そうと誘導する。

「いいえ、マスターキーで扉が開いたことから、間違いなく鍵はかかっていたと思われます」

「じゃあ、やっぱり合鍵があったとか？」

「その可能性は低いのではないでしょうか？　合鍵がなかったことは、昨日、セキュリティ会社に電話して確認しましたから。あの会社のことはよく知っていますが、信頼ができる会社です」

「それなら、マスターキーを使ったんですかね？」

「そう、マスターキーです」月夜は遊馬を指さす。「マスターキーで壱の部屋が施錠された可能性は、大いに考慮するべきです。ただ私は、それは違うと結論づけました」

「どうしてそう言えるんですか？」

「マスターキーは、遊戯室の暖炉のそばにあるキーキャビネットに保管されていたらしいですね。けど、ディナーのあと遊戯室に移動してから、私はずっと暖炉のそばに立っていました。その間、キーキャビネットを開けた人はいません」

「前もって誰かがマスターキーをキャビネットから取り出していたのかも……」

「それができるとしたら、酒泉さんだけですね。昨夜、壱の部屋の扉が開かなかったので、酒泉さんがマスターキーを取ってきました。その際、実は酒泉さんはすでにマスターキーを持っていて、遊戯室に戻ってキーキャビネットから取り出したふりをして戻ってきた。それなら可能かもしれません」

「なら、酒泉君が⁉」

遊馬は驚いたふりをする。酒泉に疑いを向けることができれば、この名探偵を真相から遠ざけられるかもしれない。しかし、月夜は「それはあり得ません」と首を横に振った。

「なんでですか？　あのとき、酒泉さんは一人で遊戯室に取りに行った。誰も彼が、キーキャビネットからマスターキーを取り出すところを見ていないんですよ」

「けど、酒泉さんには神津島さんを直接殺害することはできません。ディナーが終わって遊戯室に移動してからずっと、酒泉さんは常にバーカウンターの中にいたんですから」

遊馬の口から「あ……」と声が漏れる。月夜はあごを引いた。

「そう、酒泉さんはゲストに対して、常にアルコールを提供し続けていました。彼がいなくなったら、すぐに誰かが気づいたでしょう。給仕をしていた老田さん、巴さんにも同じことが言えます。誰にも気づかれずに遊戯室を抜け出し、壱の部屋に行って神津島さんを殺害できたとしたら、それはゲストの誰かということになるでしょう」

「ということは俺も容疑者ですか？」

内心の動揺を悟られぬよう遊馬がおどけて言うと、月夜は朗らかに答えた。

「ええ、もちろんです」

喉が痙攣《けいれん》して、すぐには声が出なかった。

「な、なにを言っているんですか！　なんで俺が、神津島さんを殺さないといけないんです！」

「そう興奮しないでください。まだ十分に情報が集まっていないいまの時点では、全員が容疑者という意味です。もちろん、私も含めてね」

月夜はそのマニッシュな外見には似合わない、妖艶な笑みを浮かべる。

「酒泉さんが犯人の可能性もまだ完全に否定されたわけではありませんよ。単独犯では難しいですが、誰かと共犯なら彼にも犯行は可能でしたからね。けれど、まず単独犯の場合から検討していきたいと思います」

この名探偵は、俺のことを疑っている。どの程度、真相に迫っているかは分からないが、間違いなく俺を第一容疑者と考えている。その予感に足が震えそうになり、遊馬は慌てて両手を膝に置いて力を込めた。

「けど、合鍵もマスターキーも使っていないなら、どうやって壱の部屋に錠をかけたんですか?」

「まず考えられるのは、壱の部屋に落ちていた鍵が偽物だったということですね。壱の部屋の扉の錠を、あの鍵でかけられるか試したわけじゃありません。あれが形だけ似せた偽物で、本物は犯人が持っていたというケースです。ただ、この可能性は低いと思っています」

「どうしてです?」

「もし偽物なら、簡単に気づかれるからですよ。試しに使ってみればいいだけですからね。警察の捜査が入ればすぐに分かるでしょうし、そうでなくても昨夜の時点でばれてしまうかもしれない。事実、私は加々見さんに追い出されなければ、落ちていた鍵で実際に錠をかけられるのか調べるつもりでした。そんなすぐに暴かれる方法で密室を作る意味なんてないはずです」

月夜の説明は理路整然としていて、反論の余地を見つけることは困難だった。

「じゃあ、何かの道具を使ったり……」

「物理トリックですね。扉の外から糸などを使用して錠をかける。古典的ですが、効果的な方法です。しかし、残念ながら今回は違いますね。昨夜、解散になったあと私は一人で、壱の部屋の扉を徹底的に調べました。あの扉はまったく隙間がないタイプです。外から道具を通すことはできません。そもそも、シリンダー錠は物理トリックには向いていないんですよ。小さいつまみに力を加えないと錠がかからない仕組みになっていますから。ということで、磁石などを使ったトリックも違うでしょう。あとは、扉ごと取り外すという方法もありますが、そのような痕跡は見つかりませんでした。今回の密室は、物理トリックによって生じたものではありません」

「なら、どうやって……？」

「毒を盛られたあと、その効果が出る前に神津島さんが中から錠をかけていたなど、偶発的に密室が生じた可能性も否定はできませんが、私の勘では違いますね。犯人はきっと、毒の効果があらわれたのを確認してから壱の部屋を出て、密室を作ったのです。そうすれば、神津島さんの死が自然死、もしくは自殺として処理されるだろうから。事実、もしあのダイイングメッセージがなければ、神津島さんは心臓発作で死んだと誰もが思ったでしょう」

「だから、どうやってその密室を作ったのか、俺は訊《き》いているんです！」

じわじわと追い詰められている感覚に、思わず声が大きくなる。

「ああ、すみません、まどろっこしくて。けど、どんなミステリ小説でも、名探偵の説明ってまどろっこしいと思いませんか？　あれって犯人にプレッシャーを与えるという意味合いとともに、読者の気持ちを盛り上げる効果を狙っていると思うんですよ」

そこで言葉を切った月夜は、薄い唇を舐《な》める。その姿が、遊馬には肉食獣が舌なめずりしているかのように見えた。月夜は「さて」とつぶやくと、腹の前で手を組んだ。

「私は今回の事件では、心理トリックが使われたのではないかと踏んでいます」

「心理トリックと言うと？」口の中がからからに乾き、声がひび割れた。

「昨夜、壱の部屋が密室だったとされたのは、壱の鍵が室内に落ちていたからでした。けれど、本当にそれは室内にあったんでしょうか？」

「なにを言っているんですか？　たしかに鍵は壱の部屋の床に……」

「ええ、床に落ちていました。けど、いつから鍵はそこにあったんでしょう？」

あごを引いた月夜は、上目遣いに視線を送ってくる。

「巴さんが鍵を見つけたのは、部屋に入って数分経《た》ったときでした。つまり、部屋に入った時点で、そこに鍵があったとは限らないんですよ」

「……なら、いつ鍵が床に落ちたって言うんですか？」

遊馬は喘《あえ》ぐように言う。部屋の空気が急激に薄くなっていくような気がした。

「部屋に入ってすぐではないでしょうか。あのとき、全員の注意は倒れている神津島さんに向けられていました。その隙をついて、犯人は持っていた壱の部屋の鍵をそっと床に落としたんです。壱の部屋にはやわらかい絨毯《じゅうたん》が敷かれています。鍵が落ちたところで、音はほとんどしなかったでしょう。そうやって、もともと鍵が室内にあったように見せかけることで、犯人は壱の部屋はさも密室であったかのように見せかけたんです」

完璧だ……。遊馬の体に戦慄《せんりつ》が走る。完璧に見破られている。俺が必死に考えて作り上げたトリックを、この名探偵はあっさりと解き明かしてしまった。

この窮地をどうやって逃れればいい？　めまいをおぼえつつ、遊馬は必死に脳に鞭《むち》を入れる。密室トリックがばれたからと言って、まだ俺が犯人だとは断定できていないはずだ。あのトリックは、ゲストなら誰でも可能なのだから。しかし、この名探偵が俺を疑っているのは間違いない。当然だ。神津島の専属医なんて、誰が見ても毒殺事件の容疑者としては最も怪しい。

放っておけばこの名探偵は間違いなく、俺が犯人だという証拠を見つけてくるだろう。その前に、どうにかしなくては。

ふと、自らの視線が無意識に、月夜の細い首筋に注がれていることに気づく。

いかに長身とはいえ、相手は女性だ。力なら自分の方が強いだろう。そして、月夜がこの部屋を訪れていることは誰も知らないはず。なら……。

そこまで考えたところで、はっと我に返る。いったいなにを考えていたんだ。自らの保身のため、なんの罪もない女性を殺そうだなんて……。激しい自己嫌悪が容赦なく遊馬を苛《さいな》む。

神津島の命を奪ったのは、しかたがなかったからだ。そうしなければ、多くのALS患者が苦しむことになる。誰かがやらなくてはならなかった。そう、誰かがやらなくては……。

それが罪の意識から逃れるための言い訳だと気づきつつ、遊馬は心の中でくり返す。

けれど、もし目の前の女性に手をかけたりすれば、本当の鬼畜になってしまう。そんなことができるわけがない。なら、どうすれば……。

激しい葛藤に襲われていると、月夜が「あの……」と立ち上がった。遊馬はとっさに身構える。

「なんですか？」

「ちょっとお手洗い借りてもいいですか？」

「え？　あ、ああ、どうぞ」

拍子抜けした遊馬が答えると、月夜は「失礼」と言って、洗面所へと向かった。ドアが閉まり、月夜の姿が見えなくなると、遊馬は大きく息をつく。

絶体絶命の状態が終わったわけではない。しかし、少しでも落ち着く時間があるのがありがたかった。壁時計を見ると、間もなく午前七時になるところだった。いつの間にか、一時間近く月夜と話をしていたらしい。疲弊するはずだ。

このあと、どうすればいいのだろう。乱暴に髪をかき上げたとき、遊馬は電撃を食らったかのように体を硬直させ、洗面所の扉を見る。トイレの貯水槽には、毒カプセルが入ったピルケースを隠してある。まさか、あの名探偵はそれを確認するために洗面所に行ったのではないか。

おさまっていた心臓の鼓動が一気に加速していく。裁判官の判決を待つ被告人のような気持ちで、遊馬は月夜が洗面所から出てくるのを待った。

ドアが開き、ハンカチで手を拭きながら月夜が出てくる。

「どうしました？　そんな怖い顔をして」

自分を凝視する遊馬に気づいた月夜は、小首をかしげた。

「いえ、なんでもありません」

慌てて視線を外しつつ、遊馬は息苦しさをおぼえる。この名探偵はただトイレを借りただけなのだろうか、それとも貯水槽に隠した凶器を探していたのか。

奥歯が鳴りそうになるのを、あごに力を込めて耐えながら、遊馬は月夜の次の言葉を待った。

「ところで、一条先生……」

月夜がハンカチをポケットにしまった瞬間、唐突にけたたましいアラーム音が部屋の空気をかき乱した。

「え？　なんですか、これ？」

月夜がせわしなく室内を見回す。遊馬が「俺にも分かりません！」と答えると同時に、窓際の天井についていたモーターが一斉に動き出し、すべての窓が外に向かって開いていく。

『ダイニングで火災発生　ダイニングで火災発生　すぐに避難してください』

人工的な音声が鳴り響いた。

火事？　ということは、窓が開いたのは排煙のためか。硬直した遊馬がそんなことを考えていると、いきなり手を引かれた。

「一条先生、行きましょう。上にいたら煙に巻かれる可能性があります」

遊馬の手をつかんだ月夜が言う。金縛りから解けた遊馬は、「あ、はい」と呆《ほう》けた声で答えると、月夜とともに出入り口に走った。

扉を開けて部屋から出る。幸い、螺旋《らせん》階段に煙や炎が充満していることはなかった。遊馬と月夜は顔を見合わせ小さく頷《うなず》きあうと、階段を駆けおりはじめる。

四分の三周分ほど階段をおりると、漆《しち》の部屋の扉が開き、派手なピンク色の寝間着を着た夢読が階段の様子をうかがっているのが見えた。

「夢読さん、一階に避難しましょう」

碧が声をかける。夢読は戸惑い顔をこちらに向けた。

「でも、私まだこんな格好だし」

「そんなこと言っている場合じゃありません。行きますよ」

月夜に寝間着の裾を引かれた夢読は、「分かったから、引っ張らないで」と叫びながら、スリッパを鳴らして階段をおりはじめた。

アラームが鳴り続ける中、遊馬たちは一階に到着する。ホールに煙が充満しているようなことはなかった。しかし、かすかに焦げた臭いが鼻先をかすめる。

「こっちです!」

悲鳴じみた叫び声が聞こえた。遊馬は床を蹴ってそちらに向かう。メイド服姿の円香と、コック服を着た酒泉がダイニングの扉を押していた。

遊馬が「どうしたんですか⁉」と近づくと、円香は泣きそうな顔を向けてきた。

「扉が開かないんです」

遊馬は円香たちとともに扉を押す。わずかに動きはするものの、扉が開くことはなかった。

「なにがあったんだ⁉」

背後からだみ声が聞こえてくる。振り返ると、加々見がやってきていた。続いて左京と九流間も到着する。

「ダイニングで火事があったみたいです。けれど、中に入れません」

遊馬の答えを聞いた加々見は、円香の肩を摑《つか》んだ。

「おい、この扉の鍵はどこにある? 俺が持ってるマスターキーで開くのか?」

「いいえ、鍵では開きません」怯えた表情で円香は答える。「このドアは、ダイニングの準備をお客様の目に触れないように閉めるため、簡単な閂《かんぬき》が二つついているだけです。外側からそれを外すことはできません」

円香の言う通り、扉には鍵穴がついていなかった。昨夜見た回転する金属の棒を突起に引っ掛けるだけの閂を遊馬は思い出す。

「ということは、中に誰かいるっていうことですか？」

左京の言葉に遊馬が人々の顔を見回すと、円香が「老田さんです！」と叫んだ。

「老田さんが中で、朝食用にテーブルの準備をしているはずなんです！」

「なら、なんであの執事さんは出てこないのよ⁉　中でなにをしているの⁉」

声を裏返す夢読を、円香はきっと睨んだ。

「それが分からないから、どうにか扉を開けようとしているんじゃないですか！」

相手がゲストだということを忘れたかのような円香の剣幕に、夢読は軽くのけぞった。

「……しかたねえな」円香を押しのけるようにして、加々見が前に出る。

「鍵で開かねえっていうなら扉を破るしかねえ。おい、先生、コック、手伝え」

加々見に声をかけられた遊馬と酒泉は、大きく頷いた。三人は固まって扉の前に立つ。

「タイミングに合わせろよ。行くぞ。一、二の……三」

加々見の合図と同時に、三人は扉に向かって体当たりをする。肩に衝撃と痛みが走り、扉が大きく軋《きし》んだ。遊馬たちは呼吸を合わせると、再び扉に突進する。大きな音とともに扉が開いた。バランスを崩した遊馬たちは室内に向かって倒れ込んだ。

黒い煙がホールに向かって流れ込んでくる。目に刺すような痛みが走り、涙で視界が歪《ゆが》む。喉に侵入した煙で大きくせき込む遊馬の体を、冷たい水が打ちつける。顔を上げると、天井のスプリンクラーから大量の水が降り注いでいた。焦げた匂いに交じって、刺激臭が鼻をつく。

次の瞬間、鼓膜に痛みをおぼえるほどの悲鳴が響き渡った。首を回して後ろを見る。真っ青な顔の夢読が、両手で口を押さえていた。他の者たちの表情も固くこわばっている。腰が抜けたかのようにその場に膝をついた円香が、震える指でダイニングを指した。

「お、老田……さんが……」

かすむ目をこすりながら、円香が指し示す方向に視線を向ける。全面ガラス張りの窓から容赦なく差し込んでくる朝日に目がくらんだ。少ししてなんとか明るさに慣れた目に室内の様子が映った瞬間、思考が固まった。自分がなにを見ているのか理解できなかった。

テーブルの手前に老田があおむけに倒れていた。その執事服のシャツは赤黒く変色しており、体の下からは赤い液体がスプリンクラーの水に希釈されて、床に大きく広がっていた。顔は奥側を向いているのでよく見えないが、ピクリとも動かない。

なぜか、老田の周囲には白い羽毛のようなものが散らばっていた。

立ち上がった加々見が、スプリンクラーの水も気にすることなく老田に近づくと、ひざまずいて首元に手を触れる。

「死んでる。胸を何度も刺されているな」

「そんな……」口からこぼれた声は、自分でもおかしく感じるほどに弱々しかった。

そのとき、響き渡っていたアラーム音が消え、同時にスプリンクラーからの水も止まる。

「おい、なんだよ、これは……」

立ち上がった加々見がダイニングテーブルを見て声を上げた。遊馬は身を起こし、ふらふらと進んでいくと、テーブルに視線を落とす。全身に鳥肌が立った。

テーブルクロスの中央辺りが黒く焼けていた。おそらく、そこから火が上がったのだろう。しかし、遊馬の視線を引いたものは、その焦げ跡ではなかった。

純白のテーブルクロスには大きな文字が書きなぐられていた。

くすんだ赤黒の、禍々《まがまが》しい色の文字が……。

「これって、まさか……」

遊馬がかすれ声でつぶやくと、加々見はがりがりと乱暴に頭を掻《か》いた。

「ああ、間違いねえ。老田の血で書いたんだ」

「血で……」

視界が大きく揺れるのをおぼえながら、遊馬は乱れて読みにくい血文字を目で追う。

『蝶ヶ岳神隠し』

その文字が浮き上がって襲い掛かってくるような錯覚をおぼえ、遊馬の体がぐらりと揺れた。

2

「二人目の犠牲者が出てしまいましたね」

近づいてきた月夜が、倒れている老田を見下ろした。

「しかし、最初の現場とは対照的に今回はかなり派手ですね。このテーブルクロスに書かれた『蝶ヶ岳神隠し』っていうのはたしか、十年以上前にこの地方で起きた連続殺人事件のことでしたっけ。わざわざ血文字でそれを書くなんて、どういう意図なんでしょう」

「おい、現場に素人《しろうと》が入ってくるんじゃねえよ」

肩を押してこようとした加々見の手を、月夜は軽く払った。

「固いこと言わないでくださいよ。別に現場を荒らすつもりはありません。そもそも、スプリンクラーの水でめちゃくちゃになっていますから、現場保全もあったものじゃない」

「どんな状態だって、現場は鑑識が来るまでできる限りそのままにしておくもんなんだよ」

「けど、その鑑識が来るのは明後日です。そんなに時間がたったら、その『証拠』も消え去っているかもしれませんよ。やっぱり私たちで記録しておくべきでは」

すまし顔で月夜が言うと、加々見の眉根が寄った。

「やけに落ち着いているな。あれか？　連続殺人事件になるって確信があったからなのか」

違う、連続殺人事件なんかじゃない。俺が殺したのは神津島だけだ。なのにいったいなぜ、老田が殺害されているんだ。遊馬が呆然と立ち尽くすそばで、月夜が肩をすくめた。

「もしかして、私が犯人だと疑っているんですか？　私は名探偵ですから、凄惨な現場も見慣れているだけですよ。ただ……」

月夜は唇の端を上げ、目を細める。その恍惚《こうこつ》ともいえる表情を見て、遊馬の体がこわばった。

「たしかに、連続殺人になる可能性は考えていました。けれど、こんな常軌を逸した現場を目の当たりにできるとは思ってもみませんでしたよ」

「……嬉《うれ》しそうだな。こんな現場を見て笑うなんて、頭の線が何本か切れてるんじゃねえか」

吐き捨てるように加々見が言うと、月夜は恭しく頭を下げる。

「お褒めにあずかり光栄です」

「褒めてねえよ。いいから出ていけ。あんたがなにを言おうが、この部屋は立入禁止だ」

「待ってください！」部屋の外で固まっていた円香が、唐突に大声を上げた。「老田さんをそこに放っておくんですか？」

加々見は「当然だろ」と円香に一瞥《いちべつ》をくれる。

「けれど、警察の人が来るのは明後日の夕方なんですよね。この一階は全ての空調が繋がっています。ダイニングの温度だけ下げることはできないんです。だから……」

円香は声を詰まらせる。月夜が柔らかい声で言葉を引き継いだ。

「このままにしていたら、老田さんの遺体が腐敗してしまうということですね」

目を真っ赤に充血させながら、円香はくり返し頷いた。

「メイドとしての振る舞いを、私に指導してくださったのは老田さんです。四年間、この館に住み込んで一緒に旦那様のお世話をしていたんです」

円香は両手で顔を覆うと、嗚咽《おえつ》を漏らしはじめる。

「加々見さん、現場保全も大切ですけれど、遺体を腐らせるのはよくないんじゃないですか。遺体から得られる多くの情報を失うかもしれない。そうじゃなくても、この館で過ごすためには利用せざるを得ない一階で遺体を腐敗させるのは、皆さんの精神衛生上も問題だと思いますよ」

月夜の指摘に苦虫を嚙《か》み潰したような表情になった加々見は、数十秒考え込んだあと円香を見た。

「おい、メイドさんよ。それなら、どこに遺体を保管すればいい？　食料保管用の冷凍室とかか？」

「待ってください！」円香の代わりに酒泉が声を上げた。「冷凍室は勘弁してくださいよ。俺、食材取りに、一日に何度もあそこに行かないといけないんスよ。皆さんだって、遺体がある部屋で保管されていた食料なんて食いたくないでしょ」

月夜が「私は気にしませんけど」と首を傾けると、酒泉は大きくかぶりを振った。

「碧さんが気にしなくても、他の人が気にするんスよ。絶対に冷凍室はやめてください」

「なら、どこに置けばいいってんだよ」加々見は苛立《いらだ》たしげに髪を搔き上げた。

「拾の部屋は、どうでしょうか……？」おずおずと円香が言う。「老田さんが使っていた拾の部屋なら空調が独立していますので、暖房を消して部屋を冷やすことができます。それに、一番低い階の部屋ですから、老田さんを運ぶのもそんなに大変じゃないかもしれません」

「拾の部屋の鍵はどこにある？」

「老田さんは、いつも執事服の胸ポケットに入れていました」

加々見は老田のポケットを探り、そこから『拾』と刻印された鍵を取り出した。

「決まりだな。あんた、運ぶのを手伝えよ。俺が上半身を持つから、あんたが足を持つんだ」

加々見に指示された円香の表情がこわばる。それを見て、遊馬が前に出た。

「いくら老田さんが痩せているとはいっても、女性に運ばせるのは酷ですよ。俺が代わりに……」

「うるせえ、黙ってろ！」

加々見に一喝され、遊馬の体が震える。

「このメイドがどうしてもって頼むから、しかたなく遺体を移動させるんだ。その責任をとってもらわないといけねえんだよ。分かったら、先生は引っ込んでな」

遊馬が「でも……」と口ごもると、硬い表情を浮かべた円香がそばを通過する。

「巴さん、無理しない方が……」

「いいんです」決意がこもった声で円香は言う。「加々見様のおっしゃる通りです。それに、老田さんにせめてものお礼をしたいんです。だから、老田さんの遺体は私が運びます」

「いい覚悟だ。それじゃあ、さっさと準備しな」

加々見は老田の両脇に手を差し込む。円香は目を逸《そ》らしながら、その両足を持った。

加々見の力が強いためか、老田の体は簡単に持ち上がった。

「よし、このまま行くぞ。遺体を置いたら、拾の部屋は誰も入れないように錠をかける。そのあと、この濡《ぬ》れた服を着替えて戻ってくるから、あんたたちはおとなしく待ってな。分かったな」

指示を出した加々見は、円香とともに老田の体をダイニングルームから運び出すと、そのままホールの中央にそびえ立つガラスの柱の陰へと消えていく。その姿を見送っていた遊馬に、酒泉が声をかけてきた。

「一条先生、俺たちも着替えてきません？　このままじゃ、風邪《かぜ》ひいちゃいますよ」

指摘されてようやく、自分が放水を浴びてずぶ濡れになっていることに気づく。

「ああ……、そうだね。そうしようか」

酒泉と連れ立った遊馬は、加々見たちのあとを追って、階段の入り口へと到着する。螺旋階段を一周と四分の一分ほどのぼると、いままさに閉まろうとしている拾の部屋の扉が見えた。無事に老田を運び上げることができたらしい。

さらに階段をあがり、肆の部屋の前の踊り場についた。急いで出てきたため、錠はかけていなかったので、遊馬はそのまま扉を開く。

「じゃあ一条先生、またあとで。けど、マジでなにがどうなってるんスかね……」

陰鬱な声でつぶやきながら、酒泉は階段をのぼっていく。

たしかに、なにがどうなっているのだろう。あまりに異常な事態に頭の芯が痺《しび》れ、思考がまとまらないまま、遊馬は部屋に入る。

月夜や加々見は、これが連続殺人だと思い込んでいるようだが、それも当然だ。わずか半日ほどの間に、二人もの犠牲者が出たのだから。

明らかな殺人事件が起きたことで、もはや誰も神津島が自殺したとは思っていないだろう。自然死、もしくは自殺として神津島を葬るという計画は完全に破綻してしまった。

「ただ、悪い面だけじゃない……」遊馬は小声でひとりごつ。

誰もがきっと、神津島と老田は同じ犯人によって殺害されたと思っているはずだ。それをうまく利用することができるかもしれない。

衝撃的な出来事に麻痺していた脳神経が、少しずつ回復してきた。

しかし、誰がなんの目的で老田を殺したというのだろう。遊馬は思考を巡らせる。

一番考えられるのは、神津島を狙っていたのが自分だけでなかった可能性だ。さっき月夜に説明したように、神津島を殺す動機を持つ者は数えきれないほどいる。そして今回の催しは、この館にこもってほとんど他人と会うことがなかった神津島の命を奪う、数少ないチャンスだった。自分以外にも神津島殺害を企《たくら》んでいた者がいたとしても不思議ではない。

着替えを手にした遊馬は、洗面所に入ると濡れたシャツを脱いでいく。

そいつは俺に先を越された。ただ、そいつと俺には決定的な違いがあった。

「そいつの標的は神津島だけでなかった……」遊馬はバスタオルで体を拭く。

なぜ、老田まで殺さなくてはならなかったのだろう。なぜ、あんな異様な殺害現場を演出したのだろう。血文字で記された『蝶ヶ岳神隠し』の文字。それこそが、謎を解くヒントに違いない。

いや、いま考えるべきはそこじゃない。新しい服に着替えながら、遊馬は首を振る。

「うまくいけばそいつに、神津島殺しの罪をなすりつけられるかもしれないってことだ」

遊馬は便器に近づくと、貯水槽の蓋を取る。中には茶色のピルケースがぷかぷかと浮いていた。

これを捨てなくてよかった。老田を殺した犯人を見つけ出し、持ち物にこのピルケースをうまく紛れ込ませることができれば、神津島を毒殺したのもそいつだということになる。いかにその人物が否定しようと、決定的な証拠があれば言い逃れはできないはずだ。

やるべきことは決まった。遊馬は貯水槽の蓋を閉めると、両手で頬を張って気合を込めた。

新しい服に着替え、肆《し》の部屋を出て扉に錠をかけた遊馬は、階段をおりて一階へと向かう。神津島に抵抗され、衣服が乱れた場合を考えて着替えを持ってきておいてよかった。そんなことを考えながらダイニングの前まで戻ると、九流間たちが眉を顰めて室内を眺めていた。

「どうしたんですか?」

声をかけた遊馬は、ダイニングを見て言葉を失う。老田が倒れていた辺りの床に月夜が這いつくばり、そこに溜《た》まっている赤く濁った水に顔を近づけていた。その姿は四足歩行の獣が、床に落ちた血を舐めようとしているかのようだった。

「なにしているんですか？」

近づいて声をかけると、月夜は「捜査ですけど？」と、不思議そうに顔を上げる。

「捜査って……、そんな水びたしのところに膝をついたら服が汚れますよ」

「さっき言ったように、このスーツは名探偵としてのユニフォームです。捜査のためにそれが汚れるのは当然です。気になんてしません」

「……そうですか。それで、なにか分かりましたか」

「もちろん、いろいろと分かりましたよ。テーブルの下などを確認しましたが、この部屋には犯人らしき人物はいませんでした」

「そりゃそうでしょうねえ」

遊戯室と違い、ダイニングテーブルと椅子、他には観葉植物のポプラとヒーターぐらいしかない部屋だ。ほとんど死角はない。室内に犯人がいたら、すぐに気づいたはずだ。

「あと、眩《まぶ》しかったからカーテンを閉めたので見えませんが、この部屋の窓ガラスは遊戯室や壱の部屋と同じようにはめ込み式になっています。つまり弐から拾の部屋のように、窓が開くことはありません。最後に、閂を見てください」

月夜は出入り口に近づく。ドアのそばの壁に取り付けられた二つの回転式の閂。そのうち、上の一つが大きく内側に向かってひしゃげ、壁から外れそうになっていた。

「真鍮製ですね。この閂がかかっていたからドアが開かなかったとみて間違いないでしょう。そして、一条先生たちがこの閂ごと扉を壊してなだれ込んだとき、ダイニングには老田さんの遺体だけが置かれ、犯人はいなかった」

「じゃあまさか、この部屋も……」

「その通り」月夜は指を鳴らした。「密室だったんです」

「でも、壱の部屋のシリンダー錠と違って、この閂は回して引っ掛ける単純なタイプです。これなら、物理トリックも簡単に使えるんじゃないですか？」

「そうとも言い切れないんですよ。ドアが壊れるまで、煙も水も漏れ出していなかったんですから、ほとんど隙間はなかったはずです。糸などを使ったトリックは容易ではありません。それに、そのような物理トリックを使うと多くの場合、その痕跡が残っているものなんですよ。たとえば、塗装が剝げたりとかね。けれど、今回のケースではそれは見つかりません。閂が壊れた際にできたと思われるものだけです。密室のスペシャリストである、九流間先生のご意見はいかがですか？」

　月夜は唐突に、部屋の外に立っている九流間に声をかける。

「いや、スペシャリストと言っても、私は密室をテーマにした小説を書いているだけだから……」

「謙遜なさらないでください。この日本広しと言えど、九流間先生ほど密室に精通している方はいらっしゃいません。それに、いままさに小説の中でしか起こりえないような事件を私たちは目の当たりにしているんです。ぜひ知恵を貸してください」

　熱のこもった月夜の要請に、躊躇《ためら》いがちにダイニングに入ってきた九流間は、まだ壊れていないもう一つの閂を眺める。

「もし、上で壊れている閂がこれと全く同じものだと仮定すると、たしかに糸を使った物理トリックは作りが単純すぎて逆に難しいかもしれない。棒状の板で、先端部分が丸まっているので糸を引っ掛けるのが極めて難しい。しかも、ほとんど隙間がなかったとしたら、糸以外の道具を使用して外から閉めるのは非現実的と言わざるを得ないだろうね」

「ありがとうございます、九流間先生。とても参考になりました」月夜は慇懃《いんぎん》に頭を下げる。「ということで、老田さんの殺害についてはまず、どうやって密室を作ったかという謎があります」

「まず、ということは、他にも謎があるんですか？」

部屋の外から左京が声をかけてくる。月夜は「ええ、もちろんです」と頷いた。

「犯罪現場に火が放たれたということは、証拠隠滅を図ったと思われます。しかし、スプリンクラーが作動して、テーブルクロスを少し焦がしただけで火は消し止められてしまった。さて、では犯人はどうやって火を起こしたのでしょう」

「え、そんなのライターかなにかを使ったんじゃないですか？」

左京が言うが、月夜は首を横に振った。

「それは違うと思います。ほんのわずかしかテーブルクロスが燃えていないことを考えると、おそらく火がついてすぐにスプリンクラーが作動したのでしょう。同時にアラームが鳴り、みんなが一階に駆けつけました。私と一条先生はおそらくアラームが鳴ってから二分程度というところでしょうか。巴さんたちはもっと早かったはずです。その間に、なんらかのトリックを使って部屋を密室にして逃げ去る。それは難しいと思います」

「それじゃあ、どういうことになるんですか？」左京はこめかみに手を当てる。

「おそらく、火が上がったときすでに犯人はこの部屋を密室にして、脱出していたのでしょう」

「犯人が直接火をつけたわけではなく、自動的に火がつくようなトリック、ある種の時限発火装置を使ったということかな」

九流間の言葉に、月夜は「その通りです」と答えると、テーブルを指さした。

「ただし、その『時限発火装置』がどのようなものなのかが分かりません。時間差で火を放つような装置を作れば、普通は蠟燭《ろうそく》や時計、あるいはマッチ棒の燃えかすなどの痕跡が残るものです。けれど、いくら探してもそれが見つからない」

「燃え尽きたんじゃないですか。または、水で洗い流されたとか」遊馬が口を挟む。

「すぐ火が消えているのに、完全に燃え尽きたとは考えにくいです。それに、洗い流された可能性を考え、床を這って隅々まで探しましたが、めぼしいものは発見できませんでした。唯一、見つかったものといえば、これくらいです」

月夜はテーブルの上にある、白く小さな羽毛のようなものをつまみ上げる。

「それは？」遊馬は顔を近づけた。

「おそらく、ポプラの綿毛《わたげ》でしょう。この部屋には、観葉植物としていくつもポプラが置かれていますから。見てください。この部屋に置かれているポプラの綿毛が、あらかた毟《むし》り取られています」

「なんでそんなことを……」

「それはまだ分かりません。けれど昨夜、老田さんの説明では、神津島さんはポプラの綿毛を雪に見立てて飾っていたらしいですね。そして散らばり具合から見ると、おそらく綿毛は主に、老田さんの遺体の上に置かれていた」

「見立て殺人ということかな。遺体が雪に埋まっているかのように見せたかったとか」

九流間は禿《は》げあがった頭を撫でる。

「そうかもしれません。テーブルクロスに書かれている血文字を見ても、犯人がなにかを伝えたかったのは間違いないでしょう。ただ、ここにもおかしな点があります。血文字を残してまで伝えたいメッセージがあるにもかかわらず、なぜ火を放ったのか。もしスプリンクラーが作動しなかったら、そのメッセージは燃えて消え去り、誰にも伝わらなくなってしまうのに」

遊馬は「あっ」と声を漏らす。当然の謎、それに気づかなかったことが恥ずかしかった。

「この事件はあまりにも不可解です。謎を一つ一つ丁寧に解いていかなければ、真相にたどり着くことはできない。ただ、そのためにはまず情報が不可欠。とりあえずは、これからですね」

月夜はテーブルクロスの血文字を指さす。

「『蝶ヶ岳神隠し』、聞いたことはあるのですが、私が名探偵として活動する前の事件なので、詳細はあまり知りませんね」

月夜がつぶやくと、左京が手を挙げた。

「私、けっこう詳しいですよ。去年、うちの雑誌で特集を組んだことありますからね」

「そうなんですか。ぜひ、説明をお願いします」

月夜の顔がぱっと輝いた。左京が「では……」と居ずまいを直したとき、怒声がこだまする。

「お前ら、なにやってるんだ！」

加々見が戻ってきていた。その後ろには、円香と酒泉の姿も見える。

「なにって、見てのとおり現場検証ですけど。あなたに待っていろと言われたので」

「俺はおとなしく待っていろって言ったんだ。おとなしく、だ！　なんで素人が勝手に現場を荒らしているんだよ！」

「べつに、荒らしてなんていません」

「さっさとその部屋から出てこい。県警に連絡を入れて、これからどうするべきか指示を仰ぐ」

月夜は渋々と、遊馬たちとともにダイニングから出た。

「けど、連絡したからって警察が早く来るわけじゃないんですよね」酒泉が不安げに言う。

「すでに二人も死んでいるんだ。場合によっちゃ、県警のヘリを飛ばしてもらえるかもしれない。今日は天気もいいしな」

「ヘリがあるの⁉」それまで青い顔で黙り込んでいた夢読が、甲高い声を上げた。「なら、すぐに呼んで、私たちをここから助け出してよ。二人も殺されたのよ。昨日の夜からずっと感じるの。なにか邪悪なものがこの館に潜んでいて、私たちを狙っているって。きっと、殺人鬼が忍び込んで、神津島さんと老田さんを殺してから逃げたのよ！」

「いいえ、おそらく違いますよ」月夜がすぐに否定する。「一条先生たちが着替えに戻っている間に、このダイニングと遊戯室の窓から確認しましたが、館の周囲の雪に足跡は残っていませんでした。昨夜わずかに雪が降りましたが、足跡を消せるほどではありません。神津島さんが命を落として以降、この館に出入りした者はいません」

「じゃあ……」夢読は周りの人々を見回すと、大きく後ずさった。

「ええ、二人を殺した犯人は、いまも館の中にいる可能性が高いです」

淡々と発せられた衝撃的な言葉に、ホールの空気が歪に揺れる。誰もがこわばった表情で、お互いに顔を見合わせた。

「ああ、ご心配なく。皆さんの中に犯人がいると断定しているわけではありません。もしかしたら、昨日の夕方までに何者かがこの館に侵入し、夢読さんが言うとおり潜んでいるのかもしれません。ただ、誰にも見つからずに長時間潜伏するのは困難でしょうから、この中に犯人がいる可能性がかなり高いのは事実ですが」

月夜のセリフがさらに空気を重くする。

「誰が殺したかなんてどうでもいいの！　問題なのは、この館に人殺しがいるってことでしょ。お願いだから早く通報して、ヘリで私たちを街まで運んでよ！」

夢読が金切り声をあげる。加々見は両手で耳を押さえた。

「キーキー叫ぶんじゃねえ。あんたに言われなくても通報する」

ズボンのポケットからスマートフォンを出した加々見は、「なんだこりゃ？」と顔をしかめる。

「繋がらねえぞ。お前らのはどうだ？」

遊馬は慌てて、ジャケットのポケットからスマートフォンを取り出す。昨夜まで繋がっていたはずのＷｉ－Ｆｉがいまは接続できなくなっていた。

「俺のもだめっス」「私のもね」「私のも……」

スマートフォンを手にした人々が、口々に言う。

「それなら、私が固定電話で」

円香は壁に取り付けてある電話の受話器を取り、耳に当てる。番号を押そうとした円香の動きが止まる。彼女の手から受話器が零れ落ちた。

「おい、どうしたんだよ？」

加々見が訊ねると、円香は頸椎《けいつい》が錆《さ》びついたかのような動きで首を回し、こちらを向いた。

「電話が……通じません。たぶん……、電話線が切れています。皆様のスマートフォンが繋がらないのも、そのせいかと……」

「どういうこと⁉　なんで電話線が切られると、スマートフォンが繋がらなくなるのよ⁉」

夢読が悲鳴じみた声で叫ぶ。

「この地域は街から離れているので、携帯電話の電波は届きません。ですから、電話線と一緒にインターネット回線を引いて、Ｗｉ－Ｆｉの電波を使って携帯電話が繋がるようにしているんです。たぶん、電話線と一緒にそのインターネット回線も切られたんだと思います」

「それって、直せないんですか？」

左京の質問に、円香は首を横に振った。

「設備についてはすべて老田さんが担当していたので、私にはどこに回線があるのかすら分かりません。申し訳ございません」

深々と頭を下げる円香に、「申し訳ございませんじゃないわよ！」と夢読がつめ寄った。

「まあまあ、夢読さん。巴さんを責めてもしかたがないじゃないか」九流間が夢読を諭す。「しかし、電話というライフラインが絶たれたのは由々《ゆゆ》しき事態だね。電気やガスなどは大丈夫なのかな」

「はい、いまのところ電気は大丈夫なようです。万が一、電線が切られたとしても、地下に非常用の発電装置があります。燃料のガソリンも十分に保管してあるので、心配はございません。ガスはボンベで蓄えてあります」

「それは助かる。少なくとも凍死する危険性はないということだ。しかし、外部との連絡は完全に途絶えてしまっているということか」

「陸の孤島というわけですね！　〝嵐の山荘もの〟のクローズドサークルで起こる連続殺人の舞台として、代表的なシチュエーションです！」

はしゃいだ声を上げる月夜に、誰もが非難の目を向けた。さすがに不謹慎と気づいたのか、月夜は首をすくめる。九流間は気を取り直すように「では」と言った。

「とりあえず、これからどうするべきなのか考えないと」

「なに言ってるの！　山をおりるに決まっているじゃない！」夢読の顔が紅潮する。

「しかし、雪崩《なだれ》で道が塞がっていると……」

「その手前まで車で行って、その後は歩けばいいじゃない。少なくとも、工事をしている人はいるんでしょ。その人たちに助けてもらいましょうよ」

「それが最も危険性が少ないかもしれないな」

九流間が腕を組んで考え込むと、月夜がすっと手を挙げた。

「そもそも、車って使えるんでしょうか？」

「……どういう意味かな？」

「電話線が切られたのは、外部との連絡を絶つためだったと考えるのが妥当でしょう。だとしたら、車も放っておかないと思うんです」

数瞬の沈黙のあと、夢読が床を蹴って走り出す。そのあとを、「お待ちください」と円香が追った。

すぐに、他の者たちもあとに続いた。ホールから正面玄関へと続くドアを通って、藍色のガラスで作られたアーチ状の廊下を進んでいった。正面に金属製の玄関扉が見えてくる。夢読が鉄製の閂を外し、観音開きの重い扉を開けると、張り詰めた冷気が吹き込んできた。寒さに体を縮こめながら遊馬たちは外に出る。

正面玄関から駐車場までの道には屋根があり、正方形のガラスが石畳のように敷き詰められていた。屋根のおかげで雪が積もっていないガラスの道を、遊馬たちは早足で進んでいく。三十メートルほど進むと広々とした駐車場にたどり着く。こちらも屋根があるため、車に雪が積もっているようなことはなかった。

「なんなのよ、これは⁉」

ショッキングピンクのクラウンの前で、夢読が両手で髪を掻きむしっていた。その隣では、円香が呆然と立ちつくしている。

「いったい、どうしたって……」

二人に追いついた遊馬は、そこまで言ったところで言葉を失う。クラウンの四つのタイヤすべてがパンクしていた。遊馬は踵を返すと、愛車のアテンザに走り寄る。

「まじかよ……」

クラウンと同様、アテンザのタイヤもすべてパンクし、完全につぶれていた。

「私たちが乗ってきたバスもだめだ。これじゃあ走れない」

自動車を持っていないゲストたちを街から運んだ小型バスのそばで、九流間が暗い声でつぶやいた。加々見が「ちくしょう！」と、バスのつぶれたタイヤを蹴る。

ふと遊馬は、数メートル先に停《と》めてあるクーペタイプの赤いミニの前で、月夜が絶望の表情を浮かべていることに気づく。凄惨な殺人事件が起こったにもかかわらず、空気を読まずにはしゃいでいたこの名探偵も、ようやくことの重大さに気づいたようだ。

「碧さん、大丈夫ですか？」

近づいた遊馬の耳に、月夜のつぶやきが聞こえてくる。

「先月、納車されたばかりの新車なのに……。この日のために、わざわざスタッドレスタイヤに替えたのに……」

のんきなことを言っている月夜に呆れていると、左京が両肩を抱きながら声を上げた。

「皆さん、とりあえず館に戻りましょうよ。このままじゃ、凍えちゃいます」

「それがいい。まず体を温めてから、このあとどうするか話し合おう」

九流間の提案に反対する者はいなかった。人々が寒さに震えながら館への道を戻ろうとするなか、月夜だけが一人、駐車場を歩き回っていた。

「碧さん、なにしているんですか？　館に戻りますよ」

遊馬が声をかけると、月夜は駐車場の周りの雪原を指さした。

「見てください、一条先生。この駐車場の周りにも足跡はありません。やっぱり犯人は館の中にいます。まあ、館から遠くにつながる秘密の地下通路とかあったら別ですけど」

「分かりましたから、戻りましょう。碧さんだって寒いでしょ」

「いえ、魅力的な謎に立ち向かうことができる興奮と、新車を傷物にされた怒りで、私の心は燃え上がっています」

胸の前で拳を握りしめた月夜の歯が、カチカチとなりはじめる。

「ほら、いくら心が熱くなっても体は冷えるんです。行きましょう」

遊馬は月夜の手を引いて、ガラスの道を戻りはじめる。ふと視線を上げると、悠然とそびえ立つ硝子館の最上部、展望室のガラスにだけうっすらと雪が積もっていた。夜中に少し雪が降ったというのはたしからしい。

「綺麗《きれい》ですね……」

隣を歩く月夜がつぶやく。まだ彼女の手を握っていたことに気づき、遊馬は慌てて手を離した。

「綺麗ってなにがですか？」

「硝子館ですよ。こんな美しい館で連続殺人事件の謎に挑めるなんて夢みたい。いいえ、もしかしたら本当に夢なのかもしれませんね」

恍惚の表情でつぶやく月夜を見て、遊馬の体に寒さとは別の理由で震えが走る。

この名探偵は想像以上に壊れている。月夜を横目で警戒しつつ、遊馬は進んでいった。

入り口からガラスのトンネルをくぐってホールへと戻ると、人々はまだ冷え切っている体を震わせながら、悲痛な表情で黙り込んでいた。凄惨な殺人事件が起こり、外部との連絡が遮断され、そして山をおりる唯一の手段が奪われた。この数十分で一変した状況に、空気は重く濁っていた。

「とりあえず、遊戯室に移動しよう。あそこなら、いくらか落ち着いて話をすることができる」

数分の沈黙のあと、九流間が暗い声で言う。「そうですね」と頷いて、他の者たちとともに遊戯室に向かおうとした遊馬は、さっきまで隣にいた月夜の姿が見えないことに気づく。視線を巡らせると、いつの間にかサブキッチンでうろちょろとしていた。

もはや呆れを通りこして疲労をおぼえながら、遊馬はサブキッチンに入る。焼けたチーズの香りが鼻をかすめた。普段なら食欲を誘われただろうが、あまりの異常事態に疲弊しているせいか、胸やけすらおぼえる。サブキッチンには朝食用に用意されていたのであろう、色鮮やかに焼き上げられたオムレツと、サラダの盛られた皿が並んでいた。

「碧さん、なにしているんですか？」

「いい香りがしたからお腹《なか》がすいちゃって」

月夜はオムレツを指で崩すと、つまんで口の中に放り込む。

「うわ、すごくおいしいですね。半熟の中身にチーズが溶け込んでいて絶品です」

指についたソースを舐める月夜に、遊馬は「マナー違反ですよ」と冷たい声で言う。

「みっともなかったですね。これは失礼しました。ああ、コーヒーもあるみたいですね。一条先生もいかがですか？」

月夜は銀のポットを手に取り、カップに注《つ》いでいく。わずかに湯気が上がった。

月夜の奇行についていけなくなった遊馬が「結構です」と答えると、円香と酒泉が入ってきた。

「碧様、もうコーヒーは冷めているでしょうから、淹《い》れ直します」

「オムレツも作り直しますよ。それ、冷めたら味が落ちるんスよ」

月夜はコーヒーを一口飲むと、カップをテーブルに戻した。

「まだ温かいですけど、外は寒かったから熱いコーヒーの方がいいですね。巴さん、申し訳ないですけど、淹れ直していただけますか。それを飲んで体を温めながら、遊戯室で今後のことについてゆっくり話し合いましょう。それでよろしいですか、九流間先生」

サブキッチンをのぞき込んでいた九流間たちは、ためらいがちに頷いた。

「あの、朝食はどうしますか？　オムレツをまた焼くってことでいいっスかね」

「それだと時間がかかるでしょう。酒泉さんも話し合いに参加していただきたいので、簡単に作れるものにしません？　軽くつまめるようなものがいいかもしれません」

「サンドイッチでよければすぐに作れますけど、それでいいっスか」

「ええ、十分です。よろしくお願いします。それでは他の皆さんは、遊戯室に向かいましょう」

いつの間にか場を仕切りはじめた月夜の快活な声が、サブキッチンに響き渡った。

3

やけどしそうなほどに熱いブラックコーヒーを口に含む。深い苦みと爽やかな酸味が口に広がり、芳醇《ほうじゅん》な香りが鼻に抜けていった。食道から胃へと熱い液体が落ちていくのを感じながら深い息をついた遊馬は、目だけ動かして周囲に視線を送る。

駐車場から戻ってきてから三十分ほどが経過していた。この館にいる人々は、遊戯室の暖炉のそばに置かれたソファーセットの周りに集まっている。ローテーブルにはコーヒーカップと、サンドイッチが盛られた皿が置かれていた。しかし、せっかく酒泉が作ってくれたサンドイッチも、みんな食欲がわかないのかあまり手を付けられていない。コーヒーをすする音だけが、広々とした遊戯室に寒々しく響いていた。

「さて……」重苦しい沈黙を九流間が破る。「とりあえず、今後のことを話し合いましょう」

「今後のことって、どうやって山をおりたり、助けを求めたりするかってこと？」

一度、漆の部屋に戻って寝間着からドレスに着替えてきた夢読が声を上げる。砂糖とミルクを大量に入れたコーヒーがカップからわずかにあふれ、ピンクのドレスを汚した。

「いや、それは難しいんじゃないかな。巴さん、街と連絡を取る通信手段はないんですよね」

コーヒーの入ったポットを手にした円香は、「はい、ございません」と小声で答えた。

「そうなると、助けを呼ぶことはできない。タイヤがパンクした車では雪道は走れないだろうし、徒歩でこの雪山をおりるのも難しいだろう」

「じゃあ、どうするの⁉　もう二人も殺されているのよ！」

「明後日の夕方には警察が来るはずだ。それまで、ここで待つしかないだろうね」

「そんな！　あと二日もここにいなくちゃいけないの？　二つも死体があるこの館に？　そんなの我慢できない。最初から嫌な予感がしていたのよ。昨日の夜からずっと、不吉なオーラが漂っているのを感じていたから。この館は呪われているのよ！」

夢読がヒステリックにまくしたてると、足を組んでソファーにふんぞり返っていた加々見が、小馬鹿にするように鼻を鳴らした。

「我慢できなきゃ、どうすんだよ？　あんた一人で、歩いて山をおりるのかい？　やりたきゃ好きにしな、止めねえからよ。あんたぐらい脂肪があれば、凍死せずに下山できるかもな」

夢読は「なんですって！」とソファーから腰を浮かした。左京が慌てて二人の間に入る。

「二人とも落ち着いてください。いまは喧嘩《けんか》をしている場合じゃありませんよ」

加々見を睨みつけながら、夢読はピンク色に染められた頭髪を乱暴にかき乱す。

「どうして、私たちを閉じ込める必要があるのよ。人を殺したなら、一人で逃げればいいじゃない」

「きっと、あれじゃないっスかね。警察が事件を調べるまでの時間稼ぎをしているんスよ」

酒泉が夢読を落ち着かせようとする。そのとき、一人だけ食欲が落ちる様子もなくサンドイッチを食《は》んでいた月夜が、「それは違うと思いますよ」と口をはさんだ。

「警察の捜査までの時間稼ぎのために通信手段を奪い、車を使用不能にしたなら、犯人はすでに逃亡していないとおかしいです。けれど、いなくなった人物はいない」

「前もって、犯人は館に潜んでいたんスよ。そいつが神津島さんと老田さんを殺して、ここから逃げたんスって」

「いいえ、それも違います。もし隠れていた犯人が逃げたのなら、その跡が残っているはずです。けれど、この館の周りの雪には、足跡もタイヤ痕もありません。犯人はまだこの館の中にいます」

「旦那様と老田さんを殺した犯人が、どこかに隠れているということですか？」

円香が蚊の鳴くような声で訊ねる。

「その可能性を否定することはできませんが、私はもっと簡単な話だと思っています」

月夜はもったいつけるように言葉を切ると、顔の横で人差し指を立てた。

「この中に、犯人がいるんですよ」

空気が歪に揺れた。酒泉が「そ、そんなわけ……」と上ずった声を出す。

「そんなわけないと言うんですか？　どうして？　殺人鬼が誰にも見つからずに館に潜んでいると考えるより、館の中を自由に動き回れる私たちの中の誰かが、二人を殺したと考える方が自然じゃないですか」

淡々と述べられた月夜の説明はあまりにも合理的で、誰も反論できなかった。誰もが周りにいる者たちの顔をうかがいはじめる。辺りに漂う空気が急速に澱みはじめていた。

「ちょっと待ってよ!」夢読が喘《あえ》ぐように言う。「あんた、まだ私の質問に答えていないじゃない」

「質問? ああ、なんでこの館を孤立させ、私たちを閉じ込める必要があったかでしたね。そんなの簡単ですよ。犯人がまだ目的を果たしていないからです」

「目的? なんなのよ、それは⁉」

月夜は薄い唇を舐めて湿らすと、ゆっくりと口を開いた。

「もちろん、もっと人を殺すことです」

誰もが頭の隅では気づきつつも口にしなかったことを、月夜はあっさりと指摘する。部屋の温度が一気に下がったような気がした。

「犯人が最終的に何人殺すつもりなのかまでは分かりません。あと一人かもしれないし、最悪、アガサ・クリスティの代表作である『そして誰もいなくなった』のような計画なのかもしれません」

「なによ、その『そして誰もいなくなった』って? どういう意味なの?」

夢読が訊ねるが、あの名作とあまりにも似通った状況に、その内容を知るであろう者は誰も口を開かなかった。

「じゃあ、私たちはこのまま、犯人に怯えていることしかできないんですか」

左京がつぶやくと、月夜は「なにを言っているんですか?」と口角を上げた。

「外界との連絡手段、交通手段を絶たれ、館の中に閉じ込められた。たしかに『そして誰もいなくなった』に似たシチュエーションではありますが、一つ大きな違いがあります」

「大きな違い？」左京は眉を顰める。

「そう、名探偵がいるか否かです」月夜は高らかに言った。「『そして誰もいなくなった』は名探偵が登場しないタイプのミステリでした。だからこそ、あんな悲惨な状況が生まれてしまったのです。それに対して、この硝子館には私という名探偵がいます」

「あんたになにができるって言うのよ？」夢読が苛立たしげに吐き捨てる。

「もちろん、名探偵としてこの事件の真相を暴くんですよ。そうすれば、『そして誰もいなくなった』のようなことにはなりません。というわけで、事件解決のためには情報が必要です。いまから皆さんにいろいろと質問させてください」

「勝手に話を進めないでよ。名探偵だかなんだか知らないけど、なんであんたの言葉に従わないといけないの。犯人を見つけることより、どうやってここから逃げ出すかを考えるべきでしょ」

夢読が早口で言うと、腕を組んでいた加々見が「いや、そんなことねえな」とつぶやいた。

「自称名探偵の姉ちゃんの言う通りだ。このヤマのホシは、まだ殺《や》るつもりだろうし、山をおりる方法はねえ。とすると、ホシの正体を暴いて拘束するのが一番だ。そして、この館に隠れている奴《やつ》がいるなんていう馬鹿げた話より、ここにいる奴らの中に犯人がいると考える方が妥当だ」

「はじめて意見が合いましたね。頭が固い刑事も、名探偵が事件を解き明かしていくうちにその実力を認めていく。まさにミステリ小説のお約束です」

「べつにあんたのことを認めたわけじゃねえよ」

加々見が舌を鳴らすが、それが耳に入らなかったのか、月夜は上機嫌に話しはじめる。

「老田さんの事件での謎は、どうやって密室を作ったのか、どうやって火を起こしたのか、そして火を放たなくてはいけなかったのはなぜなのか。その三つです。それを解くために、まずは……」

「ああ、密室とかそんなのはどうでもいいんだよ」

加々見にセリフを遮られ、月夜は頬を膨らませる。

「質問は俺がする。まず、最後にあの執事の生きている姿を見たのは誰だ？」

加々見がこの場にいる者たちを見回す。

「私は朝の五時五十分ごろ、一階から階段をあがっていく際に老田さんとすれ違いました」

不満げに月夜が言った。

「そんな朝早く、あんたなにしてたんだよ」

「ダイニングと遊戯室の窓から外を観察して、足跡がないか確認してました。夜のうちに、誰かが館から脱出していないかどうかを調べていたんです。足跡は見つかりませんでした」

「また、探偵ごっこしてたってわけだ」

小馬鹿にするような加々見の口調に、月夜の顔が険しくなる。二人が視線をぶつけ合っていると、円香が小さく手を挙げた。その顔は血の気が引いていて、いまにも倒れそうなほどに蒼白《そうはく》だった。

「最後に会ったのはたぶん、私だと思います。ゲストの皆様の朝食の用意をするため、サブキッチンで酒泉さんと軽く打ち合わせして、それから一緒に地下の倉庫に向かったんですが、そのときにホールで老田さんとすれ違いました」

加々見が「本当か？」と酒泉に視線を向ける。

「本当っスよ。そのあと、老田さんはすぐにダイニングに入りました。掃除とか、食器の準備をするためだと思います」

「それは何時ごろか分かるか」

「もちろん。俺、料理をするときは準備段階から、ちゃんと時間を見ながらやりますからね。あれは、午前六時をちょっとすぎたところでした」

「午前六時に、ガイシャはダイニングに入ったってわけか。そのあと、執事に会った奴は？」

加々見の問いかけに答える者はいなかった。

「つまり、午前六時から火災報知器が鳴った午前七時過ぎまでの約一時間、その間に執事は殺されたってことになるな。それ以上は、犯行時間を絞り込むのは無理か」

「あの……」蚊の鳴くような声で円香が言う。「私、地下倉庫で三十分ほど酒泉さんのお手伝いをしたあと、一階のサブキッチンに戻りました。……酒泉さんが地下のメインキッチンで作ったオムレツが、業務用の小型エレベーターでサブキッチンに運ばれてくるので、それを受け取ったり、コーヒーを淹れたりしていたんです。その間、サブキッチンの扉は開けていたので、ダイニングの出入り口は見えていました。火災報知器が鳴るまで、ダイニングに出入りした人はいませんでした」

「六時半から七時過ぎまで、誰もダイニングに出入りしていないということか？　間違いないのか？」

加々見が鋭く訊ねると、円香が首をすくめた。

「はい……、間違いありません。ダイニングの扉は開くとき、かなり大きく軋むんです。扉が開けば、気づいたはずだと思います」

「なるほどな。ということは、犯行は午前六時から六時半の、三十分の間に行われたということになるな。……もちろん、あんたの証言が本当ならだけどな」

「ほ、本当です！　信じてください！」

怯えた様子で円香が言うと、加々見は鼻の頭を撫でた。

「殺人犯ってやつは、いつも『本当です。信じてください』って言うもんなんだよ。あんたがホシなら簡単だ。六時半に地下から上がってきてすぐダイニングで執事を殺した。そして三十分かけて、あのグロテスクな演出をしたあと、火を放って部屋を出た」

「それじゃあ、どうやって密室を作ったんですか？」

月夜が口をはさむ。加々見は虫でも追い払うように手を振った。

「密室？　んなもの知るかよ。さて、メイドさん。俺の言っていることを否定できるかい？」

前のめりになった加々見は、いまにも泣き出しそうな表情の円香を睨《ね》め上げる。

「それは、違うっスよ」

円香の代わりに酒泉が答える。加々見は「どういうことだ？」と酒泉に視線を移した。

「地下のメインキッチンと、サブキッチンは直通回線のスピーカーがつながっているんス。六時半にオムレツを作りはじめてから火災報知機が鳴るまで、俺は円香ちゃんとずっと話してました」

「……途中、何分か会話が途切れたりはなかったか？」

「ありませんって。俺って、けっこうお喋《しゃべ》りなんで、ずっと話をしながら料理してましたもん。というわけで、円香ちゃんは犯人なんかじゃないっスよ」

酒泉は円香に向かってウインクをする。しかし、円香の表情から怯えが消えることはなかった。

加々見は渋い表情になると、ソファーにふんぞり返る。

「ということは、犯行時間は午前六時から六時半の三十分らしい。メイドとコック以外で、その間にアリバイのある奴はいないか？」

「朝なんだからそんなものないわよ。一人で自分の部屋にいたに決まっているじゃない」

夢読の言葉に、九流間たちも同調するように頷いた。

午前六時から六時半。その時間なら、俺は名探偵と部屋にいた。遊馬が口を開きかけた瞬間、機先を制するように月夜が声を上げた。

「私もアリバイはありませんね」

なんでアリバイを主張しないんだ？　遊馬が唖然《あぜん》としていると、月夜が目配《めくば》せをしてきた。なにか意図があるのだと理解した遊馬は渋々、「俺もアリバイはありません」と言う。

「全員アリバイなしかよ。それじゃあ、犯行時間が分かっても犯人は絞り込めねえじゃねえか」

「ただ、犯人が誰かは分からなくても、その意図は十分に分かるんじゃないかな」

ひとりごつように九流間がつぶやく。加々見が「どういう意味ですかい」と、九流間を睨んだ。

「テーブルクロスに書かれた『蝶ヶ岳神隠し』という血文字だよ。あんな恐ろしい方法でメッセージを残すなんて尋常じゃない。あの現場からは、強い怨念が漂ってくる。きっと、神津島君と老田さんを殺害した動機を示しているんじゃないかな。たしか『蝶ヶ岳神隠し事件』というと、十年以上前に世間を騒がせた事件だったよね」

「それについては私が説明するところでしたね。さっき言ったように、去年、うちの雑誌で『蝶ヶ岳神隠し事件』の特集を組みましたから。私が神津島さんと知り合いになったのも、その特集記事を書く際、お話をうかがったからなんですよ」

左京は手を挙げると、「よろしいでしょうか？」と加々見をうかがう。加々見は「勝手にしろ」とでも言うようにあごをしゃくった。

「では。『蝶ヶ岳神隠し事件』は、十三年前に発覚した連続殺人事件です。そのころ、この辺りには小さなスキー場がありました。また、北アルプス連峰の登山口である上高地《かみこうち》からも近く、車でこの蝶ヶ岳の中腹までのぼり、整備された散歩道を歩くことで登山気分を味わうことができるということでにぎわっていました。しかし、事件発覚の数年前から、このスキーリゾートにやってきた女性が失踪するという事件が起こっていて、ネット上などでは『蝶ヶ岳神隠し』などとまことしやかに語られていました」

怪談のような口調で語られる左京の説明に、誰もが耳を傾ける。

「被害者たちは、予定も決めずにふらっと一人で旅行に出かけ、家族とも疎遠な女性ばかりでした。犯人はかなり慎重に、失踪しても誰も探さないような人物を選別していたようです。それに、犯行が年に一、二回と少なかったことも、事件がなかなか明るみに出なかった理由です。しかし、十三年前の冬、スキー場で血まみれの二十代の女性が保護されたことで、事件は動き出します」

左京は低い声で話し続けた。

「その女性は、泊まっていた近くのペンションの地下に何週間も監禁され、そこで暴行を受けていました。犯人はペンションの経営者である冬樹大介《ふゆきだいすけ》という中年の男でした。通報を受けた警察はすぐにペンションに向かいましたが、すでに冬樹は逃げたあとで、森に向かっている足跡が発見されました。警察は冬樹が森に逃げ込んだと判断して捜索を開始しましたが、すぐに吹雪《ふぶき》になり中止を余儀なくされ、そしてその夜、冬樹が逃げ込んだ森の奥で大規模な雪崩が起きました。天気が回復をしたのを見て翌日以降、警察は百人を超える警官を動員して森を探索しましたが、最後まで冬樹を発見することはできず、雪崩に巻き込まれて死亡したものと判断されました。また、ペンションを徹底的に捜索したところ、地下室の壁のコンクリートに埋め込まれているような形で、合計十一人の若い女性の白骨遺体が発見されました」

あまりにおぞましい話に、遊馬の表情がこわばる。左京は一息入れてから、説明を再開した。

「この事件は大々的に報道され、蝶ヶ岳スキーリゾートの客は一気に落ち込みました。不景気や若者のスキー離れでもともと苦しい状況だったのに追い打ちをかけられ、リゾートを経営していた会社は破綻し、その周囲にあった個人の宿泊施設も軒並み廃業することになりました。これが十三年前に起きた出来事です」

一気にしゃべった左京はカップを手に取り、冷めたコーヒーをすする。

「なるほど、事件のことについては分かった。しかしなぜ、その事件について神津島君の話を聞いたのかな?」

九流間が訊ねると、左京はコーヒーカップをソーサーに戻した。

「そのスキーリゾートの跡地はずっと放置されていました。それを数年前に安値で買い上げたのが、神津島さんだったんです。神津島さんは廃墟《はいきょ》と化していた施設をすべて壊して更地にしたうえで、この硝子館を建てました」

「つまり、この硝子館はもともとリゾートホテルだった場所に建っていると?」

「いいえ、違います」左京はゆっくりと首を振る。「硝子館が建っているこの場所は、まさに『蝶ヶ岳神隠し事件』の現場だったペンションがあった場所です」

遊馬は絶句する。ふと隣に視線を向けると、名探偵さえも顔をしかめていた。

「……つまり、神津島君は何人もが殺害された現場に、この館を建てたというわけか」

九流間の顔には明らかな嫌悪が浮かんでいた。

「はい、神津島さん自身が認めていました。そうですよね、巴さん」

水を向けられた円香は体を震わせると、ぼそぼそと聞き取りにくい声で話しはじめた。

「その通りです。旦那様はせっかく住むのなら、そういういわくつきの場所の方が魅力的だと考えていらっしゃいました」

「魅力的……」

遊馬が言葉を失ったとき、唐突に夢読が立ち上がった。

「やっぱり、私の霊感は正しかった！　この館には、なにかよくないものが憑いているのよ！　きっと、殺された女の恨みが染みついているの！」

「夢読さん、とりあえず落ち着こう。いまはパニックになっている場合じゃない」

九流間にたしなめられた夢読は、崩れ落ちるようにソファーに腰を戻すと、両手で頭を抱えて俯いた。九流間は「さて」と、気を取り直すように言う。

「十三年前にここでおぞましい犯行があったことは分かった。けれど、そんな前のことで、しかも犯人は死んでいる。いったいそれが、この館で起きた事件とどんな関係があるというのかな？」

「話はそれで終わりじゃないんです」左京は再び話しはじめる。「この蝶ヶ岳は北アルプスではそれなりに有名な山です。特に数年前、名前の由来となった、春に山稜《さんりょう》に現れる蝶が舞うような雪形《ゆきがた》がテレビで特集されてからは、多くの登山者がこの蝶ヶ岳を訪れるようになりました。上高地の登山口から長塀《ながかべ》尾根をのぼって五時間半ほどの道。中級の登山者にとってはちょうどいいルートです。ただ、テレビを見て登山をしようとした者のなかには、しっかり準備もせず、軽い気持ちでのぼる人もいます。そのような登山者が、ここ数年で何人も行方不明になっているんです」

「それって、たんに遭難しただけじゃないんスか？」

酒泉の問いに、左京は頷いた。

「その可能性が高いですね。ほとんどが山を甘く見た素人がめちゃくちゃな道を通って遭難してしまったケースです。登山計画書も提出していないから、救助することすら難しい。だから、最終的に遺体すら見つからない。しかし、蝶ヶ岳で失踪者が出ると、どうしても十三年前の『蝶ヶ岳神隠し事件』を連想する人々が出てくるんですよ」

「しかし、同じ蝶ヶ岳といえど、ここは中腹のはずだ。登山道とは離れているんじゃないかな？」

九流間が首をひねる。

「その通りです。ただ、さっきも言ったように失踪者の多くは、登山の初心者でした。そういう人たちが大きく道を間違って、この周辺に迷い込んでしまったのではないか。そして……、稀代の殺人鬼、冬樹大介の餌食になってしまったのではないか。そんな噂《うわさ》が、ネットを中心にまことしやかに語られるようになってきたんです」

「待ってくれ。その犯人は死んだんだろう？」

「公式記録ではそうなっています。しかし、遺体が見つかったわけじゃない」

「雪山で生き延びたかもしれないと？」

「その通りです」左京は大きく頷いた。「十三年前、冬樹は雪崩から生還し、森の奥にいまも潜んでいる。そして、……まれに迷い込んでくる登山客を獲物として狩っている」

おどろおどろしい左京の言葉に、遊馬は身震いする。そのとき、黙って話を聞いていた加々見が手にしていたコーヒーカップを乱暴にソーサーに置いた。硬質な音が響き渡る。

「あほか。ブームに乗って山を舐めた素人が、どっかで滑落でもして死んで、発見されていないだけだ。この広大な北アルプスなら、そう珍しいことじゃない」

「けれど、加々見さんも行方不明者の捜査でこの館に何回か来たんじゃないですか？　それで長野県警捜査一課の刑事と知り合いになったって、神津島さんが言っていましたよ」

左京の指摘に、加々見は顔をしかめる。

「そんなことまで言っていたのかよ。たしかに、その刑事っていうのは俺だ。ただな、本気で捜査していたわけじゃねえ。去年、蝶ヶ岳に登って失踪した若いＯＬの母親が、絶対に娘は事件に巻き込まれたって言ってきかねえんだ。まあ、女手一つで育て上げた娘だから、気持ちは分からんでもないがな。で、そいつの元夫が警察関係者なんだよ。それで、俺にお鉢が回ってきたってわけだ。ったく、面倒なことこのうえねえよ」

加々見は「話はこれで終わりだ」とでもいうようにかぶりを振った。

「『蝶ヶ岳神隠し事件』についてはよく分かったが、それがなぜ事件現場に血文字で書かれていたかは分からないな」

九流間は腕を組んでうなる。

「ねえ、そんな事件のことどうでもいいから、どうすれば明後日まで無事に過ごせるかを考えるべきなんじゃないの」

夢読が伏せていた顔を勢いよく上げる。加々見はこれ見よがしにため息をついた。

「だから、無事に過ごせるようにホシを見つけようとしているんだろ。分かんねえ女だな」

「犯人を追い詰めたら、その人がやけになって標的以外の人も殺そうとしだすかもしれないじゃない。私は人に恨まれるようなことをしてないんだから、犯人なんて見つけない方が安全なのよ」

「自分の都合しか考えてねえんだな。あのなあ、ホシの動機が分からない現状で自分が狙われていないなんて、誰にも断言できねえんだよ。もしかしたら、誰でもいいから無差別に殺したいだけかもしれねえんだからな」

加々見がからかうように言うと、夢読の顔がさっと青ざめた。

「あんたもさ、自称霊能力者なら、自分の能力で犯人を当ててみようとか思わねえのかよ。よくテレビに出て、未解決事件について偉そうに、でたらめまくしたてているだろ」

「でたらめなんかじゃない！」青くなっていた夢読の顔が、今度は赤く変色する。「私の霊能力は本物よ。いまだって、この館に潜んでいる人ならざる気配を感じ取っているんだから」

「殺された女の幽霊が犯人だとでも言いたいのか？　それとも、死んだ連続殺人鬼か？　ったく、くだらねえミステリの世界に迷い込んだと思っていたら、今度はホラーかよ」

「死人が直接殺したなんて言ってない！　ただ、現世に残った怨念が、生きている人の精神に影響を及ぼして、あんな恐ろしいことを……」

「分かった分かった、オカルトはもういい。もっと、現実的な話をしようぜ」

加々見にセリフを遮られた夢読は、ピンクの口紅が塗られた唇を噛む。

「しかし、夢読さんの言う通り、どうやれば警察が来るまで無事に過ごせるか検討するのも、十分に現実的な問題だと思うよ」

九流間は同意を求めるように、周りの人々を見回した。

「まず、一人で行動しないことが重要だと思う。できれば三人以上、そうでなければ、誰と一緒に行動しているのかを他の人に分かるようにするべきだ。そうすれば、リスクは十分に減らせる」

「誰が殺人犯か分からないのに、ずっと一緒にいろって言うの⁉　もし犯人が、まとめて人を殺そうとしていたらどうするのよ。私は絶対に嫌よ！」

夢読がヒステリックに叫んだ。九流間の顔に困惑が浮かぶ。

「では、あなたはどうしたいのかな？　現実問題として、明後日までこの館を出ることはできないんだよ」

「鍵をかけて、自分の部屋にこもるわよ。そうすれば、誰も入ってこれないでしょ！」

「あっ……、それってフラグ」

黙って話を聞いていた月夜が、ぼそりと言う。夢読がきっと睨んできた。

「なによ、フラグって」

「こういう〝嵐の山荘もの〟と呼ばれるクローズドサークルのミステリでは、自分の部屋にこもると選択した登場人物は決まって殺されるんです」

「不吉なこと言わないで！　ミステリなんて興味ない！　誰がなんと言おうと、私は部屋にこもるからね。誰の指図も受けない！」

「好きにしろよ。あんたみたいなヒステリー女、いない方がスムーズに話が進む」

顔の横で手を振る加々見を、夢読が指さした。

「その前にやることがあるのよ。あんたよ、あんた」

「俺がなんだって言うんだよ」

「あんた、マスターキーを持っているでしょ。それじゃあ、部屋にこもっても安心できない。どうにかしなさいよ」

「……俺が犯人だとでも？」

加々見の声が危険な色を帯びる。その迫力に一歩後ずさった夢読は、助けを求めるかのように他の人々を見回した。

「あなたたちだって心配でしょ。どの部屋の錠でも開けて入ってこられるのよ」

「まあ……、たしかにそうっスね」

おそるおそる同意する酒泉を、加々見は睨んだ。

「おい、コック。俺は刑事だぞ。それを分かって言っているのか？」

「まあまあ、加々見さん、落ち着いて」九流間が二人の間に割って入る。「べつにあなたが犯人だと思っているわけじゃないが、すでに二人も亡くなっているんだ。老田さんにいたっては密室で殺され、血文字まで残されていた。誰もが不安になっている。それに、巴さんと酒泉さんを除いては今朝の事件のアリバイもない。ここは慎重になるのも当然だよ」

年長者らしい柔らかい口調で正論をぶつけられた加々見は、顔をしかめるとスーツの内ポケットからマスターキーを取り出した。

「じゃあ、どうしろって言うんだよ。俺以外の誰がこれを持っていても同じことだろ。それとも、下水にでも流せって言うのか？」

「あの……」円香が小さく手を挙げる。「金庫に保管するというのはいかがでしょうか？」

「金庫？　そんなの番号を知っている奴がいたら意味ないだろ」

「金庫の番号は旦那様しか知りません。いまはなにも入っていないので、開いていると思います」

「それじゃあ、一度閉めたら二度と開かないってことじゃねえか。下水に流すのと変わらねえ。これから、マスターキーが必要になる状況になるかもしれねえんだぞ」

「いえ、その金庫は番号をダイヤルしたあと、二つの鍵を同時に回さないと開きません。ですから、ダイヤル錠はかけずに閉めて、二つの鍵を別々の人が持つのはどうかと思いまして……」

「二つの鍵を別々に、か……」加々見は無精ひげの生えたあごを撫でる。「悪くないかもな。この中にホシがいても、一人じゃマスターキーを取り出すことはできない。そして、必要になったら全員が立ち会いのもと金庫を開ければいい」

「そうしましょう！　その金庫ってどこにあるの？」夢読が勢いよく立ち上がる。

「地下倉庫にございます。ご案内しましょうか？」

「ええ、すぐに案内してよ。あんたも文句はないでしょ」

水を向けられた加々見は、無言で舌を鳴らした。

「それじゃあ、みんなで行こうか。全員で金庫に保管されたのを確認した方が、お互い疑心暗鬼になるのを避けることができる」

九流間に促され、その場にいる全員が円香を先頭に、重い足取りで移動をはじめる。相変わらず顔色が冴えない円香は、暖炉のそばにあるキーキャビネットから小さな鍵を二つ手に取ると、「こちらです」と遊戯室を出た。

円香に導かれた遊馬たちは、一階ホールからガラスの階段をおりていく。螺旋階段を四分の三周分ほど下ると、地下倉庫にたどり着いた。蛍光灯に照らされたテニスコートほどの空間にいくつも棚が並び、生活に必要な備品や、米、小麦粉、缶詰などの食料が置かれている。右手には一つ、左手には二つ扉が見えた。

「あそこの奥がメインキッチンなんっスよ。かなり広くて、調理用具も一級品がそろっています。高級レストラン並みなんで、料理しがいがあるんスよね」

右手の扉を指さしながら、酒泉が言う。

「あっちの扉の奥にはなにがあるのかな」

九流間が左手の扉に視線を向けながら、円香に訊ねる。

「金属製の扉の奥は冷凍室になっています。生鮮食品はそちらで保管しています。もう一つの扉の奥は、発電室です。非常時にこの館の電力を賄う自家発電装置があります。燃料のガソリンも保管されていて危険ですので、入室はお控えください。金庫はこちらです」

円香は棚の間を歩いていく。遊馬たちもその後を追った。次の瞬間、絹を切り裂くような悲鳴が倉庫の白い壁にこだまする。鼓膜に痛みをおぼえ、遊馬はとっさに両耳を押さえた。

「何事だ⁉」

九流間が身構えながら訊ねると、悲鳴を上げていた夢読が震える指ですぐわきにある棚の、下の段を指さす。並んでいるワイン樽《だる》の隙間で、二十センチほどの大きさのネズミが死んでいた。

「たんなるネズミじゃねえか。でかい声出すんじゃねえよ」

呆れ声で加々見が言うと、夢読は青ざめた顔をせわしなく横に振った。

「なに言っているの。この大きさ見なさいよ。こんなのを急に見つけたら、驚いて当然でしょ。私、ネズミ大っ嫌いなのよ」

「申し訳ありません、夢読様」円香が弱々しく頭を下げる。「冬になると、どうしても食料を求めてネズミが忍び込んでくるんです。棚の下に殺鼠剤《さっそざい》を仕掛けているので、ここで繁殖したりすることはないのですが……」

「ほっとけって。それより、さっさと金庫まで案内してくれよ」

加々見に急《せ》かされた円香は、「はい……」と再び歩きはじめる。倉庫の一番奥までたどり着くと、腰ほどの高さの金庫が置かれていた。扉の中心にはダイヤル錠が埋め込まれ、その両脇に鍵穴が開いている。金庫の前でしゃがみこんだ円香は、三日月形のノブに手をかけて押し下げた。

「ダイヤル錠がかかっていない状態ではノブは動きますが、鍵を使わなければ扉は開きません」

円香がノブを引く。ガタガタと音がするだけで金庫は開かなかった。続いて、メイド服のポケットから二つの鍵を取り出した円香は、それぞれを鍵穴に差して両方同時にひねる。錠が外れるガチャッという音が響いた。再び円香がノブを引くと、金庫の扉が軋みを上げて開いた。

「それでは、加々見様。マスターキーをお預かりしてもよろしいでしょうか」

加々見が差し出した『零』と刻印された鍵を受け取ると、円香はそれを空の金庫の中に置いて扉を閉め、二つの鍵を回す。

「これで金庫は閉まりました」

月夜が「どれどれ」とノブを引くが、当然、扉が開くことはなかった。円香は二つの鍵が載っている掌を差し出す。

「あの……、この鍵はどなたにお渡しすればよろしいでしょう」

「一つは当然、俺だな」

鍵を取ろうとした加々見の手を、夢読が横からはたいた。「なにすんだ！」と加々見が怒鳴る。

「なにしれっと、鍵を取ろうとしてるのよ。言ったでしょ、あんたは信用できないって」

「ふざけんな、俺は刑事……」

「刑事だったらなんだって言うの！　この中で、あんたが一番粗野で、怖いのよ。その鍵はもっと安全そうな人に持ってもらうべきよ」

「まさか、自分が持つなんて言わねえよな。インチキ霊能力者のあんたこそ怪しいんだよ」

「インチキじゃないって言っているでしょ！」

加々見に摑みかかりそうな勢いの夢読に、九流間が「まあまあ」と声をかける。

「それじゃあ、夢読さんは誰が鍵を持っていれば安心なのか、教えてくれるかな。反対がなければ、その人たちが鍵を保管することにしよう」

「安心……」夢読は一人一人の顔を順番に見ていく。「この刑事は当然ダメ、それに名探偵とかおかしなこと言っている女も信頼できない。そこのメイドはあの執事と一緒に働いていたんでしょ。なにかいさかいがあったかも。コックのあんたもなんかちゃらちゃらして信頼できないし……」

失礼なことをつぶやきながら、ひとしきり考え込んだ夢読は、九流間の鼻先に指を突きつけた。

「まずはあなたね」

「私？」九流間は自分を指さす。「しかし、ご存じのように私はミステリ作家だよ。人が殺される話を三十年以上書き続けてきたんだ。客観的に見て、信用できるとは言えないと思うんだが……」

「けど、あなた年寄りじゃない」

歯に衣着《きぬ》せぬ夢読のセリフに、九流間の表情が引きつる。

「体力的にあの執事を殺すのは難しいと思うの。だから、鍵の一つはあなたが持ってよ」

「……承知した」

九流間は不承不承と言った様子で、円香から鍵を受け取る。夢読は「あと一人は……」と鼻の頭を掻くと、遊馬と目を合わせた。

「先生、もう一個はあんたが持って」

「え、俺でいいんですか?」

「だって、あの編集者の人は、おかしなオカルトの雑誌を作っているんでしょ」

左京が「オカルトじゃなくてミステリです」と訂正するが、夢読は「どうでもいいわよ」と切り捨てた。

「なんにしろ、医者のあなたが一番まともそうに見えるの。あなたが鍵をもらってよ」

この場で金庫の鍵を受け取ることのメリットとデメリットを、遊馬は必死に頭の中で考える。しかし、結論が出る前に「もらうの? もらわないの?」と夢読が迫ってきた。

「……分かりました」

躊躇しつつも、遊馬は円香から金庫の鍵を受け取る。それを見た夢読は満足げに頷くと、ドレスのスカートをはためかせて身を翻した。

「じゃあ、私は自分の部屋にこもらせてもらうわよ」

夢読は一人で階段へと向かっていった。

「自分勝手な女だ」

加々見は吐き捨てるように言うと、首筋を掻いた。

「俺も部屋に戻る。とりあえず、現場の保全はした。いま俺にできることはねえからな」

「え、刑事さんなのに捜査はしないんですか?」

驚きの声をあげる左京に、加々見は鋭い視線を投げかける。

「お前らが大好きなくだらないミステリ小説とは違ってな、現実の犯罪捜査ってやつは、大量の捜査員が一人一人地道に自分の役目を果たし、少しずつ真相に迫っていくもんなんだよ。ここで俺が一人で勝手に動いたら、捜査がめちゃくちゃになる。俺の役目は、明後日までできる限り現場が荒らされないように目を光らせることだけなんだよ」

加々見は「あんたに言ってるんだぞ」と、月夜を指さした。

「たしかに、私のような天才的な能力がない捜査員にできることと言えば、人海戦術で情報を集めてくることとくらいでしょう。けれど、名探偵という存在は、警察官数十人、数百人分の事件解決能力があるのです。警察が来られない現状では、私が事件の捜査をすることが合理的だと考えます」

なんの気負いもなく、自分のことを『名探偵』『天才』とくり返す月夜の相手に疲れたのか、それともいくら言っても無駄だと諦めたのか、加々見は「いいから、おとなしくしているんだぞ」と言い残して去っていった。

「さて、私たちはどうしようかね」加々見の姿が階段に消えるのを見送って、九流間が言う。

「俺はそこのメインキッチンでディナーの仕込みしていてもいいっスかね。なんか、めちゃくちゃな状況で混乱してるんスよ。こういうときは、料理しているのが一番落ち着くんで」

酒泉がメインキッチンの扉を指した。

「しかし、さっき言ったように、自分の部屋以外の場所に一人ではいない方がいいからねぇ」

九流間が思案顔になると、円香が「なら、私が一緒にいてもいいでしょうか」と弱々しく言った。

「もともと、仕込みのお手伝いは私の仕事ですから。それに、部屋に一人でいると、……旦那さまや老田さんのことを思い出してつらいので」

「そうか。では、酒泉君と巴さんはそこのキッチンで料理ということで。私はできれば遊戯室で気を紛らしたいと思っているんだが、誰か付き合ってくれないかな」

「私がご一緒いたします」すかさず左京が言う。

「こんな年寄りに付き合わせて悪いね、左京君」

「いえ、私も部屋に一人でいたら怖くなりそうなので、どなたかと話していたいと思っていたんですよ。それに、もしよろしければ、いつかまた弊社で先生の御本を出版したいなと思っておりましたので、そのご相談などもできればと」

冗談めかして左京が言うと、九流間は「ははっ」と笑い声をあげた。

「さすがは敏腕編集者、抜け目がない。じゃあ、私と左京君は遊戯室にいるとしよう」

「承知しました。それでは万が一、四人の中から次の犠牲者が出た場合は、一緒にいた人が犯人というわけですね」

屈託ない笑みを浮かべて月夜が言い放ったセリフで、わずかに緩んでいた場の空気が凍りつく。

「ま、まあ、そうならないように気をつけるよ。それで、碧さんと一条先生はどうする？　私たちと一緒に、遊戯室で過ごすかい？」

無理やり笑みを作って九流間が訊ねた。月夜は首を横に振る。

「ぜひ九流間先生とミステリ論議を交わしたいところですが、いまはミステリマニアとしての悦《よろこ》びよりも、名探偵としての使命を優先させていただきます。部屋に戻って、これまでに得た情報を整理したいと思っています」

「そうか。一条先生は？」

水を向けられた遊馬は迷う。どの選択肢が正解なのか、すぐには判断できなかった。

「……俺も、部屋で休ませてもらいます。いろいろなことがありすぎて、疲れ果てているので」

正直な気持ちが口をつく。昨夜、神津島にカプセルを飲ませてから、いや、計画を実行すると決心してからというもの、いっときとして心が休まらなかった。さらに、名探偵に追い詰められ、そのうえ予想だにせぬ事態に巻き込まれた。緊張に次ぐ緊張に晒《さら》された神経が限界を迎えつつある。少し、ほんの少しだけでも、すべてを忘れて横になりたかった。

「二人は部屋で待機だね。では、それぞれの場所に移動しようか。分かっているとは思うが、くれぐれもみんな気をつけて。警察が来るまでの間、これ以上の悲劇がおきないようにしよう」

九流間の言葉に、遊馬たちは神妙な表情で頷いて移動をはじめた。

酒泉と円香がメインキッチンへと入り、その他の者たちはガラスの螺旋階段をのぼりはじめる。

一階についたところで九流間と左京が遊戯室に向かい、遊馬と月夜だけが階段をのぼり続けた。

口元に手を当てて、なにやらぶつぶつつぶやきながら前をのぼっていく月夜に、遊馬は「あの……」と声をかけた。しかし、月夜はまったく反応することなく足を動かし続ける。無視をされたというより、声が聞こえていない様子だ。完全に自分の世界に入り込んでいるのだろう。

「碧さん、ちょっといいですか」

呆れつつ、遊馬は月夜の肩に触れる。次の瞬間、体が大きくふられ、ガラスの壁面が目の前に迫ってきた。壁に叩きつけられそうになった遊馬は、とっさに顔の前に右手をかざす。掌《てのひら》を貫通した衝撃が頭を激しく揺らし、左腕と肩に激痛が走った。

「なにするんですか⁉」左腕を背中側で捻りあげられ、壁に顔を押し付けられながら遊馬が叫ぶ。

「あ、ごめんなさい。急に触られて驚いてしまって。声をかけてくださいよ」

遊馬の関節を極《き》めたまま、月夜が言った。

「声かけましたよ。それより、早く放してください」

月夜は「ああ、すみません」と慌てて手を放す。解放された遊馬は、鈍痛が走る肩をさすった。

「いまのは合気道ですか？」

「そうですね。名探偵として活動していると、どうしても危険な目に遭うこともあるので、護身術として身につけているんです。こう見えても、かなりの腕前なんですよ」

「実力は身に染みました。それより、ちょっと訊きたいことがあるんですけど、いいですか？」

「好きなミステリ作家は、王道ですけどクリスティです。特に『アクロイド殺し』が最高ですね。ミステリとしてアンフェアだという批判もありますが、私はぎりぎりでフェアだと思っていますし、犯人が分かったとき、そんなことどうでもいいほどの衝撃に頭が真っ白になりました。ああ、もちろん『オリエント急行殺人事件』も至高の一作です。ただ、探偵としてはやっぱりポワロより、ホームズ派ですね。コロンボやミス・マープル、御手洗潔《みたらいきよし》に金田一耕助《きんだいちこうすけ》も捨てがたいですけど」

「誰もそんなこと訊いていません。少しは人の話を聞いてくださいよ」

脱力感をおぼえた遊馬が肩を落とすと、月夜は「なんでしょう?」と首を傾けた。

「なんでさっき、加々見さんがアリバイを確認したとき、俺といたことを言わなかったんですか。間違いなく俺たちには、老田さんが殺された犯行時間のアリバイがありました」

少女の雰囲気を孕んでいた月夜の表情が、一気に引き締まる。薄い唇にかすかに笑みを浮かべて佇《たたず》む悠然とした立ち姿は、まさに『名探偵』の威厳を醸し出していた。

「一条先生、よく考えてみてください。あそこで私たち二人のアリバイがあることを表明したら、なにが起きていたと思いますか」

「なにがって……」

豹変《ひょうへん》した月夜の態度に圧倒されて口ごもると、月夜は落ち着いた口調で説明をはじめる。

「秘密の地下通路など、雪に足跡をつけないで脱出できる特別な方法がない限り、神津島さんと老田さんを殺害した犯人はまだこの館の中にいます。そして、誰にも気づかれず犯人が潜んでいると考えるのもなかなか無理がある現状、私たちの中に犯人がいる可能性は極めて高い」

遊馬はかたずを飲んで月夜の言葉に耳を傾ける。

「メインの登場人物の中に犯人がいる。〝嵐の孤島もの〟や〝吹雪の山荘もの〟と呼ばれるクローズドサークルの不文律です。クローズドサークルというと、当然、最初に思いつくのは『そして誰もいなくなった』ですが、本邦での新本格ムーブメントの火付け役である『十角館の殺人』にはじまる綾辻行人の『館シリーズ』も、それに負けず劣らず素晴らしい作品だと思います。最近ではあまりにも予想外の展開で読者の度肝を抜いた、『屍人荘《しじんそう》の殺人』などもゾ……」

「碧さん、話が脱線しています。なんでアリバイを主張しなかったかを教えてください」

頭痛をおぼえながら遊馬が指摘すると、月夜は「失敬」と咳払《せき》いした。

「昨日のディナーの時点で、この館には十人の人物がいました。この中に犯人がいたとすると
……」

月夜は指を広げた両手を胸の前にかかげる。

「昨夜、神津島さんが毒により死亡し、そして今朝、老田さんが殺害された。これで残りは八人ということになります」

月夜は指を二本折る。

「さらに、犯行の時間帯、巴さんと酒泉さんがお互いに内線で話しながら仕事をしていたというアリバイを認めるなら、容疑者はさらに二人減る」

さらに月夜の指が二本折れた。

「これで容疑者は六人になった。ここで、もし私たち二人がアリバイを主張したらどうなりますか？」

「……容疑者が四人に絞られる」

九流間、加々見、左京、夢読、その四人の顔が次々と遊馬の頭に浮かんでは消えていく。

「その通りです」月夜は指を四本立てた手を遊馬の顔の前に持ってきた。「わずか四人です。本当にその中に犯人がいた場合、その人物は追い詰められ、焦るでしょう。そうなると、犯人が自暴自棄になって暴発するかもしれません」

「暴発？」

「たとえば、犯行を隠そうとすることを止《や》め、武器を持ってこの場にいる人々を皆殺しにしようと

するとか」

淡々と語られる恐ろしい予想に身を固くしつつ、遊馬は内心で感嘆する。そこまで計算していたとは、思いもよらなかった。

「そんなことになれば興ざめです。せっかく密室殺人が二つも起きたというのに。とくに、今朝のおどろおどろしく、強いメッセージ性が込められた現場など、そう簡単にお目にかかれるものではありません。じっくり時間をかけてその魅力的な謎を解くためにも、ここで犯人を追い詰めすぎて、自暴自棄にさせるわけにはいかなかったのです」

「魅力的な謎を解くため……ですか」

不謹慎なセリフを冷めた口調でくり返すと、月夜は「はい、そうですけど、それがなにか？」と曇りない眼《まなこ》で見つめてきた。この名探偵に常識を求めるだけ無駄だと諦め、遊馬は話を進める。

「つまり、九流間さん、加々見さん、左京さん、そして夢読さん。その四人の中にこの事件の犯人がいるってわけですか？　神津島さんを毒殺し、老田さんを刺し殺して、血文字を書いた犯人が」

神津島と老田が同一犯によって殺害されたと、暗に刷り込もうと遊馬は試みる。

「普通に考えたらそうでしょう。しかし、今回の事件は決して『普通』ではありません」

月夜の顔に妖しい笑みが浮かぶ。その瞳が危険な光を湛えた。

「歪《いびつ》なガラスの塔に招かれた一癖も二癖もあるゲストたち。毒殺された館の主人が遺《のこ》したダイイングメッセージ。密室で起きた火事と、血塗《ちまみ》れで死んでいた執事。血文字で記された十三年前の事件。あまりにも異常な犯行です。犯人はなにか、とてつもないトリックを仕掛けた。名探偵としての私の勘がそう告げています。ですから、アリバイがない四人の中に犯人がいるとは限らない。たとえば……私や、一条先生が犯人の可能性だって、まだ完全に消えたわけじゃありませんよ」

月夜の目がすっと細くなる。氷の手で心臓を鷲摑《わしづか》みにされたような心地に、遊馬は身を震わせた。

「じょ、冗談はやめてくださいよ」

「まあ、それは冗談ですけど、それだけ謎が多い事件だということです。というわけで、私は名探偵としてその謎を解き、真相を暴くためにも一人で精神集中して、頭を整理したいと思います。それでは一条先生、ひとまず失礼いたします」

月夜は胸元に手を当てると深々と頭を下げる。長身の体を男装に包んだ月夜には、その芝居じみた仕草がやけに似合った。

スーツの内ポケットから鍵を取り出し、伍の部屋の錠を外した月夜は、扉の中へと消えていく。

遊馬は肺の底に溜まった空気を吐き出すと、階段をさらに四分の一周分ほどのぼり、肆《し》の部屋に到着した。ジャケットを脱いでハンガーにかけると、誘蛾灯《ゆうがとう》に誘われる虫のようにふらふらとベッドに近づき、倒れこむように横になる。

仰向《あおむ》けになって天井を仰ぐ。昨夜からのことが走馬灯のように次々と頭をよぎっていった。

孤立した巨大なガラスの尖塔《せんとう》、二人の被害者に二つの密室、ダイイングメッセージに血文字、あまりにも常軌を逸した出来事が続き、現実感が希釈されている。月夜が言うように、まるでミステリ小説の中に迷い込んでしまったようだ。

昨夜は神津島を毒殺したことで神経が昂《たかぶ》り、深い睡眠がとれなかった。長時間の緊張に疲弊した神経が、いまにも過負荷で焼け落ちそうだ。水銀が全身の血管を流れているかのように体が重い。

少しだけ休もう。何もかも忘れて、まどろみに心身を委ねてしまおう。

遊馬はゆっくりと瞼《まぶた》を閉じる。

すぐに意識が、昏《くら》く深い闇の中へと落下していった。

4

目を見開くと見知らぬ天井が網膜に映し出された。遊馬は首筋に手を当てる。掌にべとついた脂汗がついた。

また悪夢を見ていたらしい。内容はよく思い出せないが、何者かに追われていた気がする。何者か。神津島が復讐《ふくしゅう》に来たのだろうか。それとも、殺人犯として名探偵に追い立てられたのだろうか。

「……どうでもいいか。しょせんは夢だ」

口から零れた言葉は、自分のものとは思えないほどに弱々しかった。

ベッドの上で上半身を起こした遊馬は、腕時計を見る。時刻は午後一時になろうというところだった。この部屋に戻ってきたのが午前九時頃だから、四時間ほど眠ってしまったらしい。

少し横になったおかげで、全身に纏《まと》わりついていた倦怠感《けんたいかん》はいくらか良くなった。脳の処理速度もある程度は戻ってきている。

「……これからどうしようか」口の中が乾燥しているせいか、独白がひび割れる。

なんとか、病死か自殺ということで神津島の死を処理したいと思っていた。しかし、老田の事件が起きたことで、その計画は根底から瓦解《がかい》してしまった。

何者かが神津島と老田を殺害したと、誰もが思っているだろう。

「なら、それを利用してやるまでだ」自らを鼓舞するように遊馬はつぶやく。

この館には、自分以外にも殺害を計画していた人物がいた。そいつが、老田を惨殺した。そこまで考えたところで、遊馬は額に手を当てる。

老田だけが犯人の標的だったのだろうか。いや、その可能性は低い。老田は頭が固いところはあったが、基本的に善良な男だった。あんなふうに惨殺されるほど恨まれることがあるとは思えない。だとしたら……。遊馬の脳裏に、悪意に満ちた笑みを浮かべる神津島太郎の姿がよぎる。

神津島だ。本当の標的は神津島だった。しかし、俺に先を越されたため、老田を殺害したのだ。

犯人が神津島だけではなく、老田まで手をかけたのはなぜだろうか。きっと、血で記された『蝶ヶ岳神隠し』という言葉が、そこに関係しているのだろう。

老田は神津島の協力者として、なにか他人に恨みをかうようなことをしていた。だからこそ、犯人は老田を惨殺し、現場に血文字を残した。

そこで、思考が袋小路に迷い込む。いったい、神津島と老田がなにをしたというのだろう。十三年前の殺人事件、それと今回の件が、いったいどう繋がるというのだろうか。そもそも、どうやってあの密室を作り、そして火を放ったというのだろう。

額辺りに熱がこもっていくのをおぼえた遊馬は、立ち上がって洗面室へと向かう。洗面台のガラスを覗《のぞ》き込むと、無精ひげが生え、目の下に濃いくまをたくわえた男と目が合った。

「酷《ひど》い面しているな、お前」

自虐的につぶやき、顔を洗う。冷水の刺激が、思考にかかっていた靄《もや》をいくらか晴らしてくれた。

重要なのは、『どうして』でも『どうやって』でもない。誰が老田を殺したかだ。神津島は毒殺されたのだと誰もが思っている現状のままだと、遅かれ早かれ俺が殺したと突き止められるだろう。それを防ぐ唯一の方法は、さっき考えた通り……。

遊馬は横目でトイレに視線を向ける。真犯人を見つけ出し、あの貯水槽に隠してあるピルケースをその人物の持ち物に忍びこませることで、神津島殺しの罪をかぶせる。それ以外にない。

その瞬間、遊馬の背中に冷たい震えが走った。

老田を殺した犯人も同じことを考えているかもしれない。誰が神津島を殺したか探り、老田殺しの罪をなすりつけようとしているのかもしれない。

神津島を殺しただけなら逮捕されても、妹の命を救うためだったという情状酌量の余地もあることから、無期懲役ほどの重い罪を受けることはないだろう。心の隅でそんな考えがあった。しかし、二人も殺したとなれば話は別だ。無期懲役どころか、極刑を宣告されることすら考えられる。

相手よりも早く、老田を殺した犯人を見つけなければ。できれば、警察が介入して身動きが取れなくなる明後日の夕方までに。

思考がクリアーになってくるにつれ、自分がどれほど危険な状況に置かれているのかが鮮明に浮かび上がってくる。しかし、一介の医者でしかない遊馬には、どのように老田殺害犯の正体に迫っていけばいいのか見当もつかなかった。

数時間前に見た、老田が倒れていた現場を遊馬は必死に思い出す。

スプリンクラーで水びたしになった室内、胸元を血で染めた老田、壊れて取れかけた閂、老田を中心に散乱するポプラの綿毛、そしてテーブルクロスに書きなぐられた血文字。どこから思考をはじめればいいのか、とっかかりすら見つけることができない。

あまりにも禍々《まがまが》しい犯行現場。本当にミステリ小説の中に迷い込んでしまったかのようだ。

「ミステリ小説……か」鏡の中の自分と視線を合わせながら、遊馬はひとりごつ。

もし俺がミステリ小説の登場人物だとしたら、どのような役割を担っているのだろう。名探偵に追われる犯人役か？　それとも、連続殺人犯の濡れ衣を着せられる、哀れなスケープゴートか？

いや、それじゃあだめだ。遊馬は小さく首を振る。妹のためにも、俺は老田殺しの犯人を見つけ、その人物に自分の罪を被《かぶ》せなければ。

なら、名探偵役に挑戦してみるか？　馬鹿な。すでに混乱しきっている俺に、そんな大それた役が務まるわけがない。だとしたら……。遊馬ははっと息を呑《の》む。

「まだ空いている役があるじゃないか。……重要な役が」

鏡の中の男が、不敵な笑みを浮かべた。

シェービングクリームを顔に塗り、髭を剃《そ》っていく。剃り残しがないことを確認した遊馬は、両手で頬を張った。鋭い痛みとともに、ぴしゃっという小気味いい音が響いた。

善は急げだ。すぐに行動に移そう。重要な『あの役』を他の者に奪われる前に。

タオルで顔を拭き、洗面所をあとにした遊馬は、椅子の背にかけてあるジャケットを羽織って部屋から出る。念のため、扉に鍵をかけてから階段をおりた遊馬は、伍の部屋の前で足を止めた。

数回深呼吸をくり返し心を落ち着かせた遊馬は、『伍』と刻まれた金属製の扉をノックする。十数秒の沈黙のあと、「どなたですか？」という声が扉越しに聞こえてきた。

「碧さん、一条です」

「一条先生？　なにかご用ですか？」

「はい、とても大切な話があるんです。よろしければ、部屋に入れていただけませんか？」

「部屋に入れる？　いま、どんな状況か分かっています？　さっき九流間先生がおっしゃっていたでしょ。誰が犯人か分からないから、慎重に行動するべきだって」

月夜の口調は、警戒しているというより、どこか楽しんでいるかのようだった。

すぐに部屋に入れないのは想定内だ。ここで月夜を説得できるかが、『あの役』を手に入れられるかどうかの分かれ目だ。遊馬は乾いた唇を舐めて湿らせる。

「けれど、碧さんと俺は、お互いが犯人でないことを知っている。老田さんが殺された時刻、ずっと話をしていたんですからね。まあ、実際には訊問《じんもん》を受けていたような感じでしたけど」

「なるほど、お互いにアリバイがあるというわけですか」

「ええ、他人には言えない秘密のアリバイが。だから、部屋に入れてもらえませんか？」

月夜の返事はなかった。だめなのだろうか。掌にじっとり汗が染み出してくる。

諦めかけた遊馬がうなだれたとき、錠を外す音がガラスの階段に響き渡った。扉が開いていき、その隙間から顔を出した月夜がいたずらっぽくウインクをする。

「秘密のアリバイ。なんだか、そそられるキーワードですね。そんなタイトルの短編ミステリがありそう。どうぞお入りください」

遊馬は「ありがとうございます」と室内に入る。見ると、ソファーセットのローテーブルに、ティーポットとカップが置かれていた。

「紅茶を飲みながら、いろいろと推理をしていたんですよ」

「推理というと、なにか分かりましたか？」

「まだ内緒です。名探偵というものは、中途半端な段階で推理を披露はしないものですから。ああ、せっかくですから一条先生も紅茶をどうぞ。淹れ直しますよ」

「おかまいなく」

「遠慮しないでください。事件のことを話しにいらっしゃったんですよね。それなら、せっかくですから紅茶を飲みながらにしましょう。ミス・マープルの気分を味わえますよ」

「じゃあ、お言葉に甘えて」

「私、クリスティ作品が好きって言いましたよね。作品自体としてはポワロ派なんですが、実は名探偵としてはミス・マープルの方が好みなんですよ。ミス・マープルの作品としては『パディントン発4時50分』とか『鏡は横にひび割れて』などの長編ももちろん好きなんですけど、個人的なベストは『火曜クラブ』ですね。ミス・マープルの家にいろいろな職業の人が集まって、自分が過去に経験した不可思議な事件を語り、その謎をミス・マープルが解き明かしていく。これって、北村薫がデビュー作『空飛ぶ馬』で流れを作り、その後、『ビブリア古書堂の事件手帖』や『珈琲店タレーランの事件簿』の大ヒットもあって、ミステリの一つのジャンルとして確立した『日常の謎』の原型ではないかと思っているんですよ。最近のライトミステリと呼ばれる分野では、特殊な店の女主人が客の語る謎を……」

ポットに茶葉を入れつつ、月夜が延々と喋りつづけるミステリ談義を聞き流しながら、遊馬は室内を見回す。基本的には肆の部屋と同じ作りだったが、壁に備え付けられている本棚に入っていたミステリ小説が全て棚の前で山積みになっている。そのそばには、リクライニングチェアーが置かれ、本棚の上には大きなスーツケースが置かれていた。

「もしかして、そこに出されている本、全部読んだんですか？」

遊馬が訊ねると、茶葉を蒸らしていた月夜が振り返る。

「全部じゃないですよ。この部屋に来てすぐ、そこにリクライニングチェアーを移動させて、目ぼしい本を見繕って読んでいたんです。すべて既読でしたけど、なかなか懐かしかったですね」

「スーツケースを棚の上に置いているのは？」

「ああ、なんとなく目線の高さに置いておいた方が荷物取り出し易《やす》くないですか。名探偵として必要な道具をいろいろ入れているので、すぐ取り出せるようにしたいんです」

「……そうですか」

相変わらず、とらえどころのない人だな。そんなことを考えていると、月夜が紅茶の注がれたカップを持ってやってきた。

「アールグレイです。本当なら、スコーンでも欲しいところですけどね」

遊馬の向かいのソファーに腰掛けた月夜は、優雅な手つきでカップを取り、紅茶をすする。遊馬もそれにならった。爽やかな香りが神経の昂りをいくらか癒してくれる。

ほうと、満足げに息を吐いた月夜はあごを引くと、上目遣いに視線を向けてきた。

「では、一条先生。さっそくですが、部屋に押しかけてきた理由を教えていただけますか」

遊馬はカップをソーサーに戻すと、まっすぐに月夜と視線を合わせる。

「単刀直入に言います。碧さん、俺を相棒にしてもらえませんか」

「相棒……？」月夜の顔に戸惑いが浮かぶ。「あの、一条先生。申し訳ないですが、それにかんしてはなんと言うか、……間に合っています」

「もう相棒がいるということですか？」遅かったか。遊馬は軽く唇を嚙む。

「いえ、そういうわけではありません。ただ、現時点では特に欲していませんし、そもそもこんな状況で女性を口説くというのもどうかと……」

「違います！」遊馬の声が高くなる。

「男女のパートナーという意味ではありません。名探偵のパートナーに立候補しているんです」

月夜は不思議そうに数回まばたきをしたあと、にまーとどこかいやらしい笑みを浮かべる。

「つまり、私のワトソンになりたいと？」警戒心を露《あら》わにしながら、月夜は聞き返してきた。

「ええ、その通りです」

名探偵に寄り添い、捜査のサポートをする相棒。現状では、これ以上に望ましい役割はない。老田の事件が誰の犯行なのか早く知ることができるだろうし、うまくすれば名探偵の疑いを自分から逸《そ》らすことができるかもしれない。どうにかして、碧月夜のワトソンという役柄を射止めなくては。

膝の上に置いた拳を握りしめて返事を待つ遊馬の前で、月夜はゆったりした動作で足を組んだ。

「なるほど、たしかにホームズのそばに常にワトソンがいたように、名探偵には相棒がつきものですね。ポワロとヘイスティングズ、御手洗潔と石岡君、それに……」

指折り、名探偵とその相棒を挙げていった月夜は、目を細めた。

「けれど一条先生、あなたに私のワトソンが務まりますか？」

「務まるかと言いますと？」

「一見するとミステリ小説の中のワトソン役は、名探偵の行動に翻弄され、名推理に驚くだけの引き立て役のように見えます。しかし、よくよく読み込んでみると、ワトソン役は名探偵の相棒として、とても重要な任務を担っていることが少なくありません」

「具体的には、どのような任務ですか？」

「名探偵はその天才性もあいまって、概してエキセントリックな言動をとることが少なくありません。私のように常識的な名探偵は、実はかなりの希少種なのです」

あなたも十分エキセントリックだよ。内心で突っ込みつつ、遊馬は「なるほど」と相槌《あいづち》を打つ。

「そのため、名探偵が他人の気分を害し、捜査に支障が出ることがままあります。人当たりの良いワトソン役は、そんな社会性が低い名探偵と事件関係者の間を取り持ち、捜査がスムーズに進むようにするという役目があります」

「俺はあの偏屈な神津島さんの専属医を務めていたんですよ。人当たりには自信があります。そもそも、碧さんは決して社会性が低くないので、関係者の間を取り持つ必要などないのでは？」

遊馬が持ち上げると、月夜は「たしかにそうですね」と誇らしげに鼻を鳴らした。

「ただ、ワトソン役にはもう一つ、重要な役割があるんです。名探偵と関係者の橋渡しより、ずっと重要な役割が」

「それはなんですか？」

遊馬が慎重に訊ねると、月夜は唇の片端を上げた。

「名探偵にひらめきを与えることです」

「ひらめき？」

「そうです。凡人であるワトソン役が放った何気ない一言が、名探偵の灰色の脳細胞を刺激して、難事件の真相に近づくための貴重なひらめきを誘発する。ミステリ小説ではよくあることです。たとえば、不朽の名作である『占星術殺人事件』では、事件が解決できず落ち込む御手洗潔の気を紛らわせようと、相棒である石岡君がテレビニュースを見て振った話題、それこそがあの伝説的なトリックを暴くきっかけになりました。つまりワトソン役は、自分自身はさえない凡人であるにもかかわらず、そばにいることで名探偵を輝かせることができる、触媒のような存在なんです」

「触媒……」

その言葉をくり返す遊馬に、月夜が挑発的な視線を向けてくる。

「一条先生、あなたは触媒として、私にさらなる光を与える存在になれますか？」

「もちろんなれます」

遊馬が即答すると、月夜はソファーの背に体重をかけて反り返り、臍《へそ》の前で両手を組んだ。

「では、それを証明してみてください」

ここで月夜を満足させなければ、彼女のワトソンにはなれない。遊馬は喉を鳴らして唾を飲み込むと、ゆっくりと口を開いた。

「老田さん殺害の犯行時刻ですが、もしかしたら午前六時から六時半の間ではない可能性もあると思うんです」

遊馬はついさっき思いついた仮説を口にする。

「それは興味深いですね。どういうことですか」言葉と裏腹に、月夜はどこかつまらなそうに言う。

「その時刻に犯行があったとされた根拠は、午前六時に老田さんと挨拶をし、午前六時半に一階に戻ったときには、すでにダイニングの扉が閉まっていて、その後、出入りした者はいないという巴さんの証言によるものでした。また、巴さん自身が犯人ではないという根拠は、午前六時半からずっと内線で話していたという酒泉君の証言によるものです」

「その通りですね。さて、どのような仮説を立てれば、その犯行時間がずれるんでしょう？」

「巴さんと酒泉君が共犯だったと考えればどうでしょう。二人が協力して老田さんを殺害し、お互いのアリバイを主張した。あの二人は実はかなり親しい間柄なんですよ。なんらかの理由で神津島さんと老田さんを殺害してしまった巴さんの偽のアリバイを、彼女に好意を持っている酒泉君が証言したんですよ。老田さんの遺体を見てから、巴さんはかなり怯えている様子だった。同僚を殺されたので当然と思っていましたが、もしかしたらあれは自分が犯人だったからかもしれない」

「老田さんが殺されたのがもっと遅かった可能性があるということですか？」

「そうです。六時半から七時の間に老田さんを殺害し、あの禍々しい演出をしたうえで、ライターかなにかでテーブルクロスに火をつける。そしてすぐに部屋を出て、扉をなんとか開けようとしているふりをする。そう考えれば、少なくとも密室でどうやって火をつけたかという謎は解けます」

「どうやって密室を作ったかは？」

間髪入れずに月夜が言う。遊馬は「うっ」と言葉に詰まった。

「それは……、例えば部屋の中につっかえ棒かなにかを置いて、閂がかかっているように見せかけて、扉を壊して中に入ったときにそれを回収……」

「いえ、違います」

しどろもどろの遊馬のセリフを、月夜が遮る。

「扉が壊れたあと、私は怪しい動きをする人がいないか、注意深く観察しました。しかし、巴さんや酒泉さんがつっかえ棒を回収したという動きはありませんでした。そもそも、そのつっかえ棒自体、どうやって設置したと言うんですか？」

「それは……。でも、二人が共犯で六時半から七時の間に犯行が行われた可能性はあるでしょ」

「では、サブキッチンに用意されていたオムレツとコーヒーはいつ準備したものなんですか。メインキッチンで次々にオムレツを焼き、それを小さなエレベーターで運んで並べ、さらにコーヒーも淹れる。二人がかりでないと難しいですよ」

「きっと、犯行の前ですよ」

「つまり、六時半の時点ではすでにオムレツとコーヒーが出来上がり、サブキッチンに用意されていた。二人はその後に犯行に及んだかもしれない。そう考えているんですね」

詰問するような月夜の口調に気圧《けお》されながら、遊馬は「そ、そうですけど……」と答えた。月夜はこれ見よがしに大きなため息をつく。

「一条先生、名探偵である私がその共犯説にたどりつかなかったとでも？」

「え？　じゃあ……」

「もちろん、すぐに思いつきました。だからこそ、検証したんです」

遊馬が「検証？」と聞き返すと、月夜はこめかみを掻いた。

「もしかして一条先生、さっき私がサブキッチンに置かれていたオムレツを食べたり、コーヒーを飲み出したのが、たんに空腹だったからだと思っていますか？」

「違うん……ですか……？」

「違いますよ」月夜は呆れ声で言う。「あれは、オムレツとコーヒーの温度を確かめていたんです」

遊馬の口から、「あっ」という声が漏れた。

「理解していただけたみたいですね。そう、あれは朝食が前もって作られていなかったかどうかの確認ですよ。あのとき、オムレツもコーヒーもそれなりに温かかった。作られてからそれほど時間が経っていなかったということです。つまり、六時半から七時の間、酒泉さんと巴さんが朝食を作っていたという証言は真実だということです」

証明終わりとでも言うように、月夜は軽く手を振った。

あの奇行の裏で、そんな緻密な推理が展開されていたなんて。遊馬はあらためて、目の前にいる名探偵の実力を思い知らされる。

「二人が共犯という可能性を完全に否定できるわけではないですが、少なくとも犯行時間が午前六時から六時半だということは間違いないでしょう。そして、どうやって密室に火を放ったかも、いまだ謎のままです」

言葉を切った月夜は、「さて」と冷めた口調で続ける。

「まことに遺憾ながら、一条先生が私のインスピレーションを刺激することは難しそうです。残念ですが、今回のご提案は遠慮させていただいてもよろしいでしょうか」

過剰なまでに慇懃《いんぎん》なセリフが、遊馬の前に壁となって立ちはだかる。

このままでは、ワトソンになることができない。老田殺害犯の正体を知り、自らの安全を確保するためのベストポジションを手に入れることができなくなる。

焦りで頭に血がのぼる。顔が火照《ほて》り、汗が染み出してきた。月夜は立ち上がると、ゆっくりと出入り口に近づき、扉を開いた。

「体調が思わしくないようですね。ご自分の部屋で休まれてはいかがですか？」

あなたでは私のワトソンにはなれない。婉曲《えんきょく》な拒絶の言葉が胸を抉《えぐ》る。遊馬は俯くと、固く唇を嚙む。犬歯の先が皮膚を薄く破り、鋭い痛みが走った。口の中に鉄の味が広がる。

「……神津島さんがなにを発表するつもりだったか、興味ありませんか？」

頭《こうべ》を垂れたまま、上目遣いに月夜を視《み》る。名探偵の顔から、人工的な笑みがはぎ取られた。

「一条先生はご存じなんですか？」

「おおまかなことは知っています。以前、神津島さんが診察中にぼそりと漏らしましたからね」

「どうして、それを黙っていたんですか？」

「誰にも聞かれなかったからですよ」

「詭弁《きべん》はやめましょうよ。大富豪であり、有名な科学者であり、そして世界的なミステリコレクターでもあった神津島さんが、仰々しいパーティを開き、個性に富んだメンバーを招いて発表しようとしたもの。それは、今回の事件の真相を探る、大きな手がかりになるかもしれない。それくらい、分かっているでしょ」

「ええ、分かっていますよ。けれど、神津島さんと約束したんです。自分が発表するまで、絶対に情報を漏らさないと」

「それも詭弁ですね。すでに神津島さんは亡くなっています。約束の効力は切れているでしょう」

「逆ですよ。死者と交わした約束だからこそ、破ることはできないと考えたんです」

平板な声で言いながら、遊馬は顔を上げる。遊馬と月夜の視線が空中でぶつかった。

ミステリマニアとして、そしてなにより名探偵として、月夜は神津島が発表しようとしていた内容に興味を持っている。それを利用しなくては。

そうだ。媚《こ》びを売って相棒にしてもらおうなど、あまりにも甘すぎた。碧月夜という人物は、狂信的なまでに自らが名探偵であることにこだわっている。そんな人物の横に立つためには、真正面から斬り合って、相棒にふさわしい実力を証明するべきだったのだ。

「では、なぜいまになって私に言う気になったんですか？」

「故人との約束を守ることも大切ですが、それ以上に、神津島さんと老田さんを殺した犯人をのさばらせるわけにはいかないと思ったんです」

思ってもいないことを遊馬は口にする。この情報を漏らすことで、自分に疑いが向く可能性があると思い、黙っていたのだ。しかし、背に腹は代えられない。

「ですから、もし俺が知っている情報を事件解決の役に立てることができる人物がいたら、教えてもよいかと思っています」

月夜は開いていた扉を閉めると戻ってきて、再び向かいのソファーに腰掛けた。

「何度も言っていますが、私は名探偵です。誰よりも情報を有効に活用できます」

「できることなら、それをそばで確認させてもらえませんか。神津島さんと、老田さんには本当にお世話になりました。あの二人の命を奪った犯人を絶対に見つけて、罰を受けさせたいんです」

「つまり、情報を渡すから相棒にしろ。そうおっしゃっているんですか？」

月夜の表情に、かすかな侮蔑が滲《にじ》む。

「情報は重要ですが、ミステリ小説でそれを持ってくるのは、きまって警察関係者や情報屋であって、名探偵の相棒ではありませんよ」

「勘違いしないでください。情報と引き換えに、ワトソン役に据えてもらおうなんて思ってはいません。この情報についてお互いに意見を言い合ってみて、それで俺にワトソンの素質があるかどうかを判断してもらいたいんですよ」

数瞬、不思議そうにまばたきをしたあと、月夜の顔に無邪気な笑みが浮かぶ。

「なるほど、それはなかなか面白いですね。では一条先生、早速ですが教えていただけますか。神津島さんはいったいなにを発表しようとしていたのか」

「未公開原稿ですよ。有名な人物の未公開原稿を見つけて、それを発表しようとしていたんです」

「それって、有名作家の未公開のミステリ作品ということですか⁉」

突然、月夜がソファーから腰を浮かし、両手をローテーブルについて身を乗り出してきた。

「落ち着いてください。あの神津島さんが、ここまで大々的に発表しようとしていたのだから、ミステリであることは当然でしょ」

「これが興奮せずにいられますか！　本人でなく、神津島さんが発表しようとしていたということは、おそらく作者はすでに亡くなっているのでしょう。つまりは遺作ということになります。いったい誰の遺作なんですか⁉　長編？　それとも短編？　いったいどんな内容なんでしょう？　そもそも、神津島さんはそれをどこで、どうやって手に入れたんでしょう？」

頰を紅潮させながら、月夜は早口でまくしたてる。

「そこまでは聞いていません」

「海外の作家なのか、日本の作家なのかは？　いつぐらいに書かれたものですか？　どんな内容なんでしょう？　名探偵は出てきますか？　本格もの？　それとも社会派？」

目を血走らせた月夜がさらに顔を近づけてくる。その姿からは、名探偵の凛《りん》としたたたずまいが完全に消え去っていた。

「だから、そこまで詳しくは聞いていませんって。お願いだからちょっと落ち着いてください。これじゃあ話せません」

遊馬が必死になだめると、月夜ははっと我に返ったかのような表情になり、「失礼」と、再びソファーに腰を下ろす。しかし、遊馬を見るその瞳は、期待と好奇心で爛々《らんらん》と輝いていた。

「俺が聞いたのは、有名な人物の未公開原稿を手に入れたので、昨夜それをみんなの前で発表するつもりだったということだけです」

「その未公開原稿の内容については、まったく分からないということですね」

月夜の声に失望の色が混じる。

「ええ、そうです。ただし……」遊馬は一拍置いてから告げた。「神津島さんはこうも言っていました。その原稿が発表されたら、ミステリの歴史が根底から覆されると」

「ミステリの歴史が根底から⁉」

再び立ち上がった月夜の歓声は、もはや悲鳴じみてさえいた。

「いったいどういう意味でしょうか？　歴史が根底から覆されるということは、生半可《なまはんか》な作家の原稿ではないということですよね。そのレベルのミステリ作家となると、……ドイル？　……クリスティ？　それとも、まさか……ポー？」

焦点を失った目で顔の前にかざした両掌を眺めながら、月夜はぶつぶつとつぶやく。その姿はまるで、なにかに憑《つ》かれているかのようだった。かすかな恐怖をおぼえつつ、遊馬は計画通りに事態が進んでいることに手ごたえをおぼえる。

事件に対しては、冷静に類まれなる洞察力を発揮している月夜だが、ミステリ小説の話題になると途端に落ち着きを失う。おそらく、名探偵から一介の熱烈なミステリマニアになっているのだろう。その状態の月夜からは、普段の知性がいくらか失われる。自分が誘導することで、その状態からうまく聡明さを取り戻させることができれば、ワトソン役の座は一気に近くなる。

「たしかに、そのレベルのミステリ作家の遺作が見つかったら、大きなニュースになるでしょう。けれど、それで『ミステリの歴史が根底から覆される』という事態になりますか?」

遊馬の言葉に、緩みに緩み切っていた月夜の表情が、いくらか硬度を取り戻した。

「……いえ、なりませんね、『ミステリの歴史が一ページ書き加えられる』というぐらいでしょうか。それでも、とても素晴らしいことですけど」

「そうです。『歴史が根底から』というところに、俺はヒントがあると睨んでいるんです」

「根底から……。たんに超有名ミステリ作家の原稿が発見されたわけじゃない。その原稿には、素晴らしい作品である以上の価値があった……」

月夜は口元に手を当てる。遊馬は「そうです」とあごを引いた。

「内容が素晴らしいミステリはたしかに評価されます。けれど、その内容以上に評価される作品、評価される作家がいると思うんです。新しいジャンルを生み出した作品です」

「……新しいジャンルを生み出した作品」月夜がつぶやいた。「ハードボイルド、社会派、日常の謎、叙述トリック。新しいミステリのジャンルの始祖となった作品、そして作者にはたしかに最高の称賛が送られる」

「ええ、その通りです。きっと、そんな作品だと俺も最初は思いました。けど、それだとたしかに『ミステリの歴史を覆す』ぐらいにはなっても、『根底から覆す』ことにはならないと思います」

「言われてみればそうかも。そもそも未公開なら、そのミステリ作品がいつ書かれたものかを証明することは困難……」

「一つ、引っかかっていることがあるんですよ」

眉間にしわを寄せて考え込む月夜に、遊馬は声をかける。

「神津島さんは作者について、『有名な人物』としか言わなかった。熱狂的なミステリフリークだった神津島さんなら、『有名なミステリ作家』と言いそうなものなのに」

「まさか、その原稿を書いたのはミステリ作家じゃなかった⁉」月夜の目が大きく見開かれる。

「その可能性もあるんじゃないかと」

「ミステリ作家じゃない有名な人物が書き、ミステリの歴史を根底から覆すような小説……」

熱に浮かされたように独り言をつぶやいていた月夜の体が、雷に打たれたかのように大きく震えた。

「根本から間違っていたのかも。未公開のミステリ作品というから、無意識に十九世紀後半から、二十世紀の半ば辺りに書かれた作品だと思っていた。けれど、……もっと早い時期に書かれたのかもしれない。もっと、遥《はる》かに早い時期に……」

月夜は口を半開きにして天を仰ぐ。

「ミステリの歴史の根底、つまりはミステリの歴史そのもの。それは一八四一年、グレアムズマガジンの四月号に掲載されたエドガー・アラン・ポーの短編小説、『モルグ街の殺人』からはじまった。モルグ街に建つアパートの四階に住む母娘が惨殺され、扼殺された娘は逆さの状態で暖炉の煙突に詰まっていて、母親は裏庭で首が取れかけた状態で発見された。さらに、部屋のドアに鍵がかかっていて、窓には釘が打ち付けられ人の出入りができない状態だった。この奇妙な密室殺人の謎に、オーギュスト・デュパンが挑むというストーリー。この短編小説こそ、犯罪事件の謎を解くというミステリの原型であり、ここからミステリの歴史がはじまった」

虚《うつ》ろな目で天井を見つめたまま、ナレーションをしているかのような平板な口調で喋っていた月夜が、急に身を乗り出して遊馬に手を伸ばしてくる。あまりにも唐突な行動に固まっている遊馬の肩を、月夜は両手でつかんだ。

「けれど、もし『モルグ街の殺人』の前に、犯罪の謎を解くという小説が書かれていたら！　もしもそんな原稿が見つかったら、それこそミステリの歴史が根底から覆されることになる！」

「そ、そうですね」月夜の勢いに圧倒されつつ、遊馬は首を縦に振る。

「けれど、どうしてその原稿が一八四一年の前に書かれたと証明できるんだろう。……そうか、きっとその作者は一八四一年以前に亡くなっているんだ。だからこそ、神津島さんは作者を『ミステリ作家』とは呼ばなかった。なぜなら、その人物が生きている間には『ミステリ作家』という概念自体が存在していなかったから。ああ、『モルグ街の殺人』が発表される前に没している作家によって書かれたミステリ小説。そんなものが発表されたら、いったいどうなるの？　ミステリ愛好家界隈《かいわい》が、いや、世界中が大騒ぎだ」

「だとしたら、その原稿はとんでもない価値がありますね」

「価値があるなんてものじゃない。まさに、人類の宝です！」

「つまり、どれだけの富を生み出すか想像もつかない、と」

遊馬がつぶやくと、祈るように両手を組んでいた月夜の瞳に焦点が戻ってきた。

「ええ、想像もつきません」

「それなら十分、殺害動機になりますね。その原稿を奪えば、大金持ちになることもできるし、ミステリマニアなら自分が世界の宝を所有できるんですから」

「その通りです。もしかしたら、ダイニングの血文字は、捜査を攪乱《かくらん》し、未公開原稿を奪うという本当の動機を隠すために、不穏なキーワードを書いただけかもしれない」

名探偵の顔に戻った月夜は、鼻の前で人差し指を立てた。

「どうですか、碧さん。我ながら、推理をうまくサポートできたと思うんですが」

遊馬が声をかけると、月夜は思案顔になる。

「そうですね、おかげさまで気持ちよく推理をすることができました」

「その口調だと、まだ決め手が足りないという感じですか。それなら、俺をワトソン役にするべき、決定的な理由をお教えしましょう」

「決定的な理由？」

訝《いぶか》しげに聞き返す月夜に、遊馬は「ええ、そうです」とウインクをする。

「ワトソンと言えば、医者と相場が決まっているじゃないですか」

きょとんとした表情が浮かんだ月夜の顔に、心から楽しげな笑みが広がっていく。

「ワトソンと言えば医者ですか。なるほど、たしかにそうだ。これは一本取られた」

大仰に肩をすくめたあと、月夜は右手を差し出してきた。

「では、あらためまして。よろしく、私のワトソン君」

5

「これまでに見聞きした情報については、部屋にこもっていたこの四時間ほどで私なりに整理は終わったんだ。だから、この恐ろしくも魅惑的な事件の謎を解くための手がかりを、現場検証や関係者の証言からさらに集めたいと思っているんだよ。一条君」

人差し指を顔の横で立てながら、楽しそうに月夜が言う。相棒同士となった月夜と遊馬は、伍の部屋をあとにして一階へと向かっていた。

遊馬が答えないでいると、前にいる月夜が階段をおりる足を止め、不思議そうに振り返ってきた。

「どうかしたかな、一条君」

「いえ、なんかいきなり口調と俺の呼称が変わって、戸惑っているというか……」

「ん？　一条君と呼ばれるのが気になるのかな？」月夜は小首をかしげる。

「まあ、そうですね」

いきなり、タメ口になったのにも面食らっているけどね。遊馬は内心でつぶやく。

「名探偵が相棒の名を呼ぶときは、『君』付けが基本じゃないか。ホームズは『ワトソン君』、御手洗潔は『石岡君』と呼んでいる。親愛の情を込めて呼び捨てにする場合もあるけれど、私は『君』を付ける方が好みなんだよ」

「御手洗潔はともかく、ホームズの場合は翻訳次第では？」

脱力感をおぼえつつ遊馬が言うと、月夜は胸の前で両手を合わせた。ぱんっという小気味いい音が、ガラスの階段にこだまする。

「つまり、原語に忠実に『My dear Ichijo』と呼んでほしいと？」

「……一条君でいいです」

「それはよかった。私のことはぜひ、『月夜』と呼び捨てにしてくれ。ワトソン役は概して、名探偵を呼び捨てにするから」

「いや、さすがにそれは……。これまで通り、『碧さん』と呼びますよ」

「どうして？」月夜は唇を尖《とが》らせる。

「いや、いきなり女性を呼び捨てにするなんて落ち着きませんって。他人にも変な目で見られますし。そこは相棒として、もっとお互いに信頼関係を結べるまで待ってくださいよ」

月夜は「ふむ」とあごを撫でる。

「たしかに、私のワトソンが無礼な男に見られるのは遺憾だね。とりあえずは『碧さん』で我慢するしかないか。ただ、いつかは私を『月夜』と呼んでもらうからそのつもりで。まあ、とりあえずその敬語だけでもやめてくれないかな。せっかく相棒になったんだから」

「それくらいなら」

遊馬がためらいつつ頷くと、月夜は正面に向き直り、意気揚々と「では行こう、一条君」と再び階段をおりはじめる。遊馬はため息をつきながら彼女のあとを追った。

一階に到着すると、月夜は迷うことなくダイニングへと向かった。

老田の事件現場であるダイニングは、いまだに水浸しの状態だった。月夜が室内に入ると、革靴を履いた足元からわずかにぴしゃりと水音がする。

月夜に続いてダイニングに入った遊馬は、入り口で立ち尽くす。さっきはあまりの混乱でしっかり観察する余裕がなかったが、老田の倒れていた辺りに広がる赤い水たまり、テーブルクロスにでかでかと書かれた血文字など、禍々しい雰囲気に圧倒される。

月夜はためらうそぶりも見せず、ダイニングを進んでいく。

「あの、碧さん。入って大丈夫なんですかね。さっき、現場を荒らすなって加々見さんが……」

振り返った月夜は、「敬語……」と湿った視線を投げかけてきた。

「あ、ああ、悪い。ただ、また加々見さんに文句言われるんじゃないかって」

「文句は言われるかもね。けど、そんなこと気にしていても仕方がないよ」

月夜はかぶりを振る。

「さっきも言っただろ。警察の捜査というものは基本的に、マンパワーに頼った人海戦術なんだ。明後日まで警官が来ることができない現状では、警察の捜査に気を使っていても意味がない。今回のような特殊な犯罪の真相究明については、一騎当千の私の捜査こそなにより優先されるんだよ」

ごく当然といった様子で言い放つと、月夜は老田が倒れていたあたりでしゃがみこみ、赤い水たまりがある床に顔を近づける。

「なにしてるんだ?」

遊馬が近づくと、月夜はしゃがんだまま手招きした。

「この辺りから石油燃料の匂いがする」

遊馬は「え？」と月夜の隣で膝をおり、嗅覚に神経を集中させる。月夜の言う通り、床からかすかに刺激臭が漂ってきた。

「老田さんの遺体に、なにかかけられていたってことか」

遊馬がつぶやくと、月夜がすっと立ち上がり、ダイニングを見回す。

「たぶん、ストーブの灯油じゃないかな。確認しよう」

ダイニングに置かれている数個のストーブの燃料タンクを、月夜は一つ一つ確認していった。四台目の灯油ストーブの燃料タンクを取り出した月夜は「これだ！」と声を上げる。

「他のストーブの燃料は十分に入っているのに、これだけほとんど空っぽだ。犯人は、このタンクに入っていた灯油を老田さんの遺体にかけたんだ」

月夜は燃料タンクを顔の前まで持ってきた。

「けれど、これはかなりの容量がある。老田さんにかけただけで、これが空になるとは思えない」

タンクを戻した月夜は、目を閉じると形の良い鼻をひくつかせながら、ふらふらと移動する。

「こっちからも灯油の匂いがする」

テーブルの手前で目を開けた月夜は、水を含んだテーブルクロスに両手をついて身を乗り出し、中央に殴り書きされた『蝶ヶ岳神隠し』の血文字に顔を近づけていく。

「ここだね」

月夜が『岳』の文字に触れる。その文字は、炎で焦げて読み取りにくくなっていた。

「そこがどうかしたのか？」

訊ねた遊馬の鼻先に、月夜はテーブルクロスに触れた指先を突き付けてくる。灯油の匂いが鼻孔を刺激した。

「そこにも灯油がかけてあったってことか？」

「そうみたいだね。まあ、もしこの部屋を焼き尽くすつもりなら、いやそれどころかこの館を火だるまにして全員殺すつもりだったら、当然の選択だ。火の勢いが段違いだからね。事実、炎は一瞬で火柱になって天井近くまで上がったんだろう。だからこそ、すぐにスプリンクラーが反応し、結果的にすぐ消し止められることになった」

月夜は『岳』の真上の天井にあるスプリンクラーを指さすと、「ただ……」とつぶやいた。

「本当に、犯人は老田さんの遺体を燃やすつもりだったのかな？」

「え、どういうことだよ？」

遊馬が聞き返すと、月夜は振り返って血文字を見る。

「こんな芸術的な……、もとい、悪趣味な演出をしているところを見ると、犯人はこの血文字を見せつけたかったはず。にもかかわらず、なぜか火が付けば真っ先に燃えて消えてしまうテーブルクロスに血文字を残した。もし確実に文字を見せつけたいなら壁にでも、いや、そもそもダイニング以外にでも書けばよかったはず。どこに書こうが、血文字なら十分なインパクトを残せるんだから」

月夜はあごを引くと、声を低くする。

「この犯行現場からは、部屋を燃やしたいという思いと残したいという思い、矛盾する二つの意思が伝わってくる。これがなにを示すのか……」

「なにか、テーブルクロスに血文字を残さなければいけない理由があったのか……？」

遊馬がひとりごつようにつぶやくと、月夜は「その通り！」といきなり声を張り上げた。驚いて遊馬は軽くのけぞってしまう。

「さすがは私のワトソン、いいところに目を付けるね。そう、そこを解明できれば、きっとこの事件の真相に近づくことができる」

「そ、それはよかった」

「いまの時点では、犯人が本当に老田さんの遺体を燃やそうと思って灯油をかけたのか、もしくはそう見せかけただけなのか、判断がつかない。ただ、遺体を焼き尽くすつもりだったとしたら、そこに犯人にとって知られたくない手がかりが残っていたのかもしれない。どうにか拾の部屋に忍び込んで、老田さんの体を調べられないかな」

「それは難しいんじゃないか。加々見さんは、徹底的に遺体には触れさせないようにしているし、拾の部屋を開けられるマスターキーは金庫の中だし」

「……一条君、金庫の鍵のうち一つは君が持っているんだよね。なら、九流間先生が持っている鍵さえあれば、マスターキーを手に入れられる」

月夜の顔にいやらしい笑みが広がっていく。

「なに不穏なこと言っているんだよ。全員の安心のために、マスターキーは誰も手にできないようにしようって決まっただろ。そもそも、九流間先生が鍵を渡してくれるわけがない」

「それなら大丈夫、私がすり取るから。スリの技術なら、本職に負けない自信があるよ」

月夜は右手で力こぶを作った。

「なんで、名探偵がスリの技術なんて持っているんだよ？」

「名探偵だからこそさ。犯罪捜査にはいろいろな技術が必要なんだ。スリだけでなく、尾行、電子工学、危険物取扱、エトセトラエトセトラ、私はすべてに精通している。その気になれば、この館にある物で遠隔爆破装置だって作れるよ」

「それはすごい。けれど、俺の鍵は渡さないからな。またトラブルになるのが目に見えている」

もし月夜とともにマスターキーを取り出したなんてことがばれたら、他の者たちから疑惑の目を向けられる。それは避けたかった。

「了解了解。分かったよ」

月夜は遊馬のわきをすり抜けて、出入り口に向かう。その背中を見送った遊馬は、ふとジャケットのポケットに手を入れる。そこに入っていたはずのキーケースがなくなっていた。

「ちょっと待て！」

足を止めた月夜は首だけ振り向くと、キーケースを顔の横にかかげながら小さく舌を出した。

「ああ、残念。ばれちゃったか」

「油断も隙もない」

大股で近づいてキーケースを取り返すと、月夜が背中を叩いてきた。

「そんなに怒るなよ、ワトソン君。ちょっとした冗談だって。それより、老田さん殺害事件の最大の謎に挑もうじゃないか」

「最大の謎？」

遊馬が眉を顰めると、月夜は大きく両手を広げた。

「もちろん、『密室』だよ！『モルグ街の殺人』が発表されて以来、あまたの密室ミステリが生み出されてきた。密室こそ謎の王、キング・オブ・ミステリなんだよ。いかにしてこの部屋が密室になったのか。名探偵として、その謎に挑めることに身が震えるほどの感動を禁じ得ないね」

「神津島さんの事件では、そこまで興奮していなかったじゃないか」

「当然じゃないか。神津島さんは毒殺、つまりは遠隔殺人が容易な凶器によって殺害された。しかも、今朝説明したように、簡単なトリックで密室が作れる状況だった。けれど、この老田さん殺害事件は違う」

月夜の口角が上がっていった。

「犯行現場の状況からして、犯人はここで老田さんを殺害したうえ、血文字を残し、何らかのトリックを使ってダイニングを密室にして出ていった。さらに、犯人が去った密室では火災が起こっているけれど、どうやって火を起こしたかも分からない。素晴らしい密室殺人事件だと思わないかい」

遊馬の口から「はぁ」と相槌なのかため息なのか、自分でも分からない音が漏れる。殺人事件を「素晴らしい」と形容できる月夜の感覚が理解できなかった。

この名探偵もやはりどこかいびつに歪んでいる。このガラスの塔と同じように。

「どうやって密室を作ったのか。それを解かない限り、犯人の正体には近づけない。私はそんな気がするんだよ。だからこそ、この出入り口を徹底的に調べる必要がある。ほら一条君、見てみなよ」

遊馬の冷たい視線に気づくそぶりも見せず、月夜は陽気に手招きをすると、数時間前に遊馬たちの体当たりによって開いた扉の縁に触れた。

「縁にはとくに異常がない。これにより、接着剤などを使用して密室を作り出したという可能性は否定できそうだ。また、さっき言ったようにつっかえ棒などが使われた形跡はない。この扉には鍵穴などはなく、内側から回転式の閂をかけるだけなので、合鍵の有無なども考えなくていい。まとめると、この壊れた閂がかかっていたために扉が開かなかったと考えるのが合理的だろう」

月夜は出入り口のわきの壁に備え付けられている二つの回転式閂の、下のものを指さした。

「下の閂と同様、回転させて扉の突起に引っ掛ける、簡単なタイプのようだね。さすがにしっかり整備されているのか、動きもスムーズだ」

月夜が指先で弾《はじ》くと、その閂は滑らかに一回転した。

「さて、どうやったら外からこの閂をかけられるかな」

唇に指を当てながら月夜は前傾し、額が当たりそうなほどの距離で閂を凝視する。

「やっぱり、糸かなにかを使ったんじゃないか」

遊馬がつぶやくと、月夜が横目で冷たい視線を送ってきた。

「具体的には？」

「え、具体的にって……」

「だから、具体的に糸をどう使えば、このほとんど引っ掛ける箇所もなく、しかも扉の突起までに二七〇度も回転させなければいけない閂を外からかけることができるんだい？」

「いや、それは……」

姿勢を戻した月夜は、口ごもる遊馬にぐいっと端整な顔を近づけてきた。

「さっきも言ったとおり、煙も水もほとんどホールに漏れ出さなかったことを見ても、扉が閉まったあと隙間から道具を通すのはほぼ不可能。けれど、閂に糸を引っ掛けた状態で扉を閉めたなら、外部からそれを引っ張ることぐらいはできたかもしれない。じゃあ、具体的にどこに引っ掛けて、どの角度で糸を引けば外から閂をかけられるのか教えてくれるかな」

スーツのポケットに手を突っ込んだ月夜は、そこから一房の束ねられた細い糸を取り出した。

「なんでそんなもの持っているんだよ?」

「捜査のために決まっているだろ。糸を使った物理トリックは、密室の基本だからね。いつでも現場検証ができるように、こうして持ち歩いているんだよ」

月夜はとがった八重歯に引っ掛けて糸を数十センチの長さに切ると、それを「はい、どうぞ」と遊馬に差し出してきた。

「どうぞと言われても……」

戸惑いつつ糸を受け取った遊馬は、それを閂に引っ掛けようとする。しかし、先端部分が半円状になっており、スムーズに回転するその閂は糸で操作することはおろか、糸を引っ掛けることすら困難だった。扉を閉めた状態で、二七〇度回転させることなどできるとは思えない。

「じゃ、じゃあ、こうやって立ててバランスをとって、それに糸を立てて……」

遊馬は閂を地面に垂直に立て、その状態を保とうとする。しかし、あまりにも閂の動きが滑らかで、どれだけ慎重にやっても閂は左右のどちらかに回転してしまう。

「だめみたいだね」冷めた口調で月夜が言う。

「ちょっと待ってくれ。こういうのはどうかな。この状態で閂と壁の間に何かをはさむ」

遊馬は閂をつまんで、垂直から少しだけ扉側に傾けた状態にする。

「そして、そのはさんだものに糸を引っ掛けて、外から引っ張った。そうすれば、つっかえていたものがなくなった閂は、扉側に回転して閉まるっていう寸法になる。そうだ、きっとこれだよ」

「なにをはさんだんだい？」

再び、冷え切った口調で質問され、遊馬は「え……？」と呆けた声を漏らした。

「たしかに、その方法なら閂をかけられるかもしれない。けど、具体的にはなにを閂と壁の間に挟み込んだのかな？　そんなものどこにも落ちていなかった。扉が蹴破られたあと、みんなの行動を監視していたから、誰かが回収したということもない」

口ごもる遊馬に、月夜はここぞとばかりに畳みかけてくる。

「そもそも、煙や水が漏れないほどの隙間がない扉の場合、私の経験上、糸も挟み込まれて動かないことが多い。それに、糸を使ったトリックだとほとんど、よくよく観察するとその跡が錠や扉に残っている。けれど、今回はいくら確かめても、そんな形跡は見つからない。つまり、この密室が糸を使用して作られたとは思えない」

証明終わりとでも言うように、月夜は軽くあごをしゃくった。

「なら、どうやって犯人がこのダイニングを密室にしたのか、碧さんには分かるのかよ」

得意げな月夜の態度が癪《しゃく》に障り、遊馬は不機嫌に言った。

「まだ分からない」

月夜はあごを引くと、口元に手を当てる。かすかに見えたその唇には、妖しい笑みが浮かんでいた。

「これは単純にできるような密室じゃない……。きっと、なにか思いもつかないようなトリックが使われているはず。私には名探偵としてそれを解き明かす義務がある。私はずっと、こういう事件を待っていたんだ。そう、ずっと……」

忍び笑いを漏らす月夜の姿に寒気をおぼえた遊馬は、一歩後ずさった。

「おや、一条君、どうかした？」

月夜が不思議そうに訊ねてくる。その顔からは、さっきまで浮かんでいた危険な雰囲気は消えていた。遊馬は「いや、なんでもないよ」とごまかしつつ、月夜を見つめる。名探偵であることに対する、異常なまでの執着。いったい、なにが彼女をここまで駆り立てるのだろう。

「ならいいんだけどさ。さて、必要な情報はあらかた確認したから、もうここはいいかな」

月夜はダイニングに背を向ける。

「もう？　密室の謎を解かなくてもいいのか？」

遊馬が目を丸くすると、月夜は皮肉っぽく薄い唇の片端を上げる。整った顔に、そのシニカルな表情がやけに似合っていた。

「一条君、いまはまだ推理を展開する段階じゃないんだよ。まずは推理の土台となる情報を、できる限りかき集める必要があるんだ。いかに美しく芸術的な建築物も、その基礎がしっかりしていなければ砂上の楼閣だからね」

「それじゃあ、次はどんな情報を集めに？」

「捜査の基本は警察も名探偵も一緒さ。現場検証が終わったら、次は関係者の証言だ。というわけで、とりあえず遊戯室に行こう」

月夜は意気揚々と胸を張って進みはじめる。遊戯室に入ると、九流間と左京が疲れた表情で暖炉のそばのソファーに腰掛けていた。

「ああ、碧さん、一条先生」二人に気づいた九流間が片手をあげた。「二人してどうしたんだい？部屋にこもっているのに飽きたかな？」

「私にもようやくワトソンができたので、一緒に捜査をしているんです」

月夜の回答に、九流間は「ワトソン？」と眉を顰める。

「はい、そうです。こちらが私のワトソン、一条君です」

高らかと月夜に紹介された遊馬は、気恥ずかしさをおぼえつつ「どうも」と首をすくめる。

「いや、一条先生は知っていますけど……。どういうことですか？」

戸惑いの表情を浮かべる左京を尻目に、九流間は「なるほどなるほど」と手を叩いた。

「一条君は名探偵である碧さんの相棒、すなわちワトソン役を手に入れたということか。それは素晴らしい。名探偵にワトソンは欠かせないからね」

「さすがは九流間先生、ご理解が早くて助かります」

「相棒を手に入れ、名探偵としてレベルアップして、事件の謎に挑もうというわけだね。それで、私たちから情報収集というところかな。ぜひお願いするよ。館の中に殺人犯がいて、しかも逃げ場がないとなると、さすがに気が気じゃないんだ。これまで、同じようなシチュエーションのミステリを散々書いてきたっていうのに、いざ自分が巻き込まれたらこの有様だ。情けないよ」

「そんなことはありません。ぜひ本格ミステリ小説の登場人物になったかのような今回の経験を活かして、素晴らしい作品を書いてください。きっと、これまで以上にリアリティと迫力のある一冊になるでしょう」

「いやあ、どうかな。〝嵐の山荘もの〟の本格ミステリは、これまで数えきれないくらい書かれてきたからね。よっぽど読者の度肝を抜くようなトリックでもない限り、どこかで見たことのあるような作品になってしまうんだよ。だから、最近はなかなかチャレンジできないというか……」

「なら、ぜひみんなの度肝を抜くトリックを生み出してください。楽しみにしています」

期待に目を輝かせる月夜に苦笑しながら、九流間は頭髪のない頭を掻いた。

「そこまで期待されると、頑張らないといけないかな。この年寄りの脳みそでどれだけ斬新なトリックを生み出せるか分からないけれど、一生懸命やらせてもらうよ。ただし……」

九流間は気障《きざ》な仕草で、月夜を指さす。

「そのためには、無事にここを出ないといけない。というわけで碧さん、どうかこの事件を解決してくれ。期待しているよ」

「もちろんです。九流間先生の新作のためなら、この名探偵、碧月夜、全身全霊をもって事件の真相を暴いてみせます」

月夜が胸を軽く叩くと、冗談じみた口調で左京が口をはさんだ。

「九流間先生、その新作が完成した暁には、ぜひ弊社での刊行をご検討ください。こうして一緒に足止めされたのも何かの縁。私が丹精込めて編集させていただきますから」

「あれ?」遊馬はまばたきをする。「左京さんは雑誌の編集者じゃなかったでしたっけ?」

「以前は文芸編集部にいました。九流間先生の作品の編集もさせていただいたことがあるんです」

「ということは、ミステリ作品の編集も行っていたということですか?」月夜の表情が引き締まる。

「ええ、そうです。弊社の文芸編集部はミステリ作品に特に力を入れていますので。ミステリ作品なら営業部も積極的に宣伝を打つ傾向があります」

月夜と遊馬は顔を見合わせた。

ミステリ作品の刊行に携わっていた編集者と、ミステリの歴史を変えるような未公開原稿を手に入れていた神津島。神津島はその未公開作を、左京に預けようとしていたのかもしれない。

「左京さん、ちょっと質問よろしいでしょうか?」

月夜の雰囲気の変化に気づいたのか、左京は「はい、なんでしょう?」といずまいを正す。

「左京さんが神津島さんと知り合いになったのは、『蝶ヶ岳神隠し事件』の取材のためでしたよね。それでは、今回のこの館に来た目的も、神津島さんからその話を聞くためだったんですか?」

「いやあ、『蝶ヶ岳神隠し』については、もう去年、特集し終えていますからね。いまさらあらためて話をうかがう必要はありませんよ」

「では、なぜこの硝子館に?」

「取材の際はこの館に泊めてもらったり、いろいろとお世話になったのでね、断るに断れなかったというところでしょうか。正直、あまり来たくはなかったんですけどね」

奥歯にものが挟まったような口調で左京は言う。

「なにか事情がありそうですね。詳しく教えていただけませんか?」

月夜が微笑みかけると、左京は「困ったな」と頭を掻いた。

「口外しないと神津島さんと約束していたんですよ。ただ、こんな状況だからなぁ」

数秒、腕を組んで考え込んだあと、左京は「分かりました。お伝えします」と月夜を見る。

「実はですね、私が今回の催しに参加すると伝えたあと、神津島さんから連絡があったんですよ。

素晴らしいミステリ作品の原稿があったら、うちの社で出版することができるのかってね」

「素晴らしい作品……、それがどんなものかは聞きましたか？」

「聞いていないですね」左京は肩をすくめる。「正直、それを聞いたときに暗澹《あんたん》たる気持ちになりましたから、『よっぽど素晴らしい作品なら検討します』ってごまかして、通話を切り上げました」

「なぜですか？　素晴らしい作品を刊行できれば、出版社の利益になるんじゃないでしょうか？」

「素晴らしい作品なんてあるわけがないんですよ」左京の顔に苦笑が浮かんだ。「去年、取材で会ったときも、神津島さんからさんざん同じようなことを言われたんですよ。ミステリを書いたから、それをうちの社から刊行できないかってね」

「それでどうしました？」

「やんわりとお断りさせていただきましたよ。お世話になった手前、いくつかの原稿には目を通しましたが、なんといいますか……、率直に言ってひどい代物でした。どこかで見たようなシチュエーション、どこかで見たような名探偵、どこかで見たようなトリック。オリジナリティがまったくなければ、文章力も皆無、謎の解明にかんしても論理が破綻していて、とてもとても商品にできるようなものではありませんでした」

手厳しい左京の評価に、九流間も「まあ、そうだろうね」と同意を示す。

「私の小説講座で書いた作品も似たようなものだったよ。ミステリマニアとして膨大な作品に目を通しているから、トリックにかんしてはなんとか書けてはいるんだ。まあ、それも過去の名作の劣化版でしかなかったがね。ただ、登場人物のキャラクター造形、状況を描写する文章力にいたってはひどいものだった。読んでいて苦痛以外のなにものでもなかったよ」

そのときのことを思い出したのか、九流間は鼻の付け根にしわを寄せた。

「そして、なによりも問題だったのが、探偵の事件解決シーンだ。本格ミステリとしてフェアじゃないとか、後期クイーン的問題があるなどというレベルではなかった。探偵がまるで最初からすべてを知っていたかのように、ただ淡々と犯人やトリックを説明するだけで、どうやってその真相にたどり着いたのかが、ほぼ書かれていないんだ。あれでは、読者はただ問題とその解答を見せられている気分になるだけだ」

「先生のおっしゃる通りです。私の感想もまさにそれでした」左京は重々しく頷いた。

「その評価は神津島さんにはっきりと伝えましたか？」

「最初は言葉を濁しましたよ。磨けば光るところもあるかもしれないけれど、賞を受賞したわけでもない新人作家の本を出すのはビジネスとして難しいとか言ってね」

「神津島さんの反応は？」

「それなら、出版にかかる費用をすべて出すから刊行してくれないか。宣伝も自腹を切るから。そうおっしゃっていましたね」

「費用を持ってくれるなら、出してあげてもいいんじゃないですか？」

遊馬が口をはさむと、左京の表情が険しくなる。

「そういうわけにはいきません。弊社はこれまでいくつも傑作ミステリ小説を世に送り出してきた、いわばミステリ界の老舗《しにせ》です。あんな作品を出版したりしたら、百年近く守ってきた社の看板に泥を塗ることになる」

「よほどひどい作品だったようですね」月夜は口元に手を当てて、小さな笑い声を漏らす。

「なので、自費出版をお勧めしたんですが、それは断固として拒否されましたね。弊社から出版することに意味があるんだって」

「御社の看板に価値がある証拠ですね」

「最後にお会いした際には正直な評価をはっきりお伝えしたうえで、こう言いました。弊社で神津島さんの作品を出版することは絶対に不可能ですから、あきらめてください、と」

「神津島さんの反応は？」

「激怒されていましたよ。『出ていけ』と灰皿を壁に投げつけられましたからね。まあ、それ以来、没交渉だったので、今回の催しに誘われたのは驚きました。ただ、最後にお話ししたとき、さすがにこちらの態度にも問題があったかと思っていましたので、参加させていただくことにしたんです」

「けれど、また原稿の話をされてうんざりしていたというわけですね」

「そうです。あれだけはっきりと言ったのに、まだ諦めていなかったのかと、正直呆れました。形だけでもまたあの読むに堪えない原稿に目を通さなければならないのかと」

「左京さん、もしその原稿が、神津島さんが書いたものでなかったとしたらどうですか？」

月夜の問いに、左京は「どういうことでしょう」と眉を顰めた。

「自らの作品を完全に拒否されたにもかかわらず、また見せようとするのは少しおかしいと思いませんか？　よほどの傑作ができて見返してやろうとしていたというなら理解できますが」

「もし、他人が書いたものだとしたら、なぜ神津島さんが私に見せようとするんですか？」

「その作者がすでに亡くなっていたから。そう考えるのが妥当かと思います」

「亡くなっていた？」訝しげに左京は聞き返す。

「神津島さんは生命科学ではなく、ミステリの世界で名を残したいと考えていました。しかし去年、左京さんに厳しい評価を受けたことで、自分が執筆した作品で名を残すことは難しいことにようやく気づいた。そこで、方針を変えることにしたのかもしれません」

「方針を変えるというと、具体的には？」興味をひかれたのか、九流間が先を促す。

「ミステリの世界で名を残すのは、作者だけではありません。評論家や研究者もです。たとえば、本格ミステリ作家クラブが主催している本格ミステリ大賞では、小説部門だけでなく、評論・研究部門が設けられています。ミステリ小説が重要な文化である以上、その研究者も後世に名を残すことは十分に可能だということです」

「神津島君はミステリについての研究原稿を、左京君に見せるつもりだったということかな？　たしかに、彼のミステリに対する知識と情熱には目を見張るものがあった。彼が執筆する小説よりは、遥かに価値があるものになるだろうね」

「それもおそらく違います」月夜が首を横に振る。「実は、神津島さんは一条君にこう告げていたんですよ。未公開原稿を手に入れた。それを公開すれば、ミステリの歴史が根底から覆るってね」

遊馬は耳を疑う。その重要な情報をこんなに簡単に教えてしまうとは思っていなかった。啞然とする遊馬に、月夜は「大丈夫」とでもいうように流し目を送ってきた。

「ミステリの歴史が根底から……。それはいったい、どんな原稿なんでしょうか？」

編集者として興味をひかれたのか、左京の体が前傾していく。

「『モルグ街の殺人』以前に書かれたミステリなのではないかと思っています」

数瞬の沈黙のあと、左京と九流間が同時に立ち上がる。二人の声が重なった。

「『モルグ街の殺人』以前に書かれたミステリ⁉」

「あくまで私と一条君の推測では、ですけどね。ただ、もしそんな原稿が見つかったら、文字通りミステリの歴史が根底から覆されることになります」

「な、なんでそんなものを、神津島さんが……」左京が目を白黒させる。

「神津島さんは大富豪であり、同時に世界有数のミステリコレクターでもありました。自ら傑作を執筆してミステリの歴史に名を残すことを諦めた彼は、そのコレクターとしての人脈と、有り余る財産を使って、いまだ日の目を見ていない名作を探し出すことにしたんじゃないでしょうか。いわば、ミステリ界のハインリヒ・シュリーマンを目指したんですよ」

「た、たしかに『モルグ街の殺人』より前に書かれていたミステリがあったとすれば、トロイアの発見が考古学界に与えたインパクト以上の衝撃がミステリ界に走るだろう」

九流間の言葉は、興奮のためか舌が十分に回っていなかった。

「その原稿はどこにあるんですか⁉」

勢い込んで左京が訊ねる。月夜は「さあ、そこまでは」と笑顔ではぐらかした。

「きっと壱の部屋だ！　そうに違いない！　早くあの部屋を探さないと」

叫んだ左京は、はっとした表情を浮かべると、遊馬と九流間を見る。

「マスターキーが保管されている金庫の鍵は、お二人が持っているんですよね。いますぐマスターキーを取り出して、壱の部屋を探しましょう！」

「左京君、少し落ち着きなさい。壱の部屋には神津島君の遺体があるんだよ。しかも、あそこは犯罪現場だ。私たちが勝手に荒らすわけにはいかないよ」

「なにをおっしゃっているんですか、九流間先生。警察の捜査で万が一その原稿を破損したりしたら、人類にとって大きな損失になるんですよ。その前に見つけて保護しないと」

「保護して、それをどうするおつもりですか？」月夜は笑顔のまま訊ねる。

「そりゃ当然、全世界に向けて公表します。そのうえで、弊社で刊行させていただきますよ。この場に私が呼ばれたということは、神津島さんもそれを望んでいたはずなんですから！」

「そうでしょうか？」

月夜は小首をかしげた。拳を握りしめて力説していた左京が、「へ？」と目をしばたたく。

「だって、左京さんは神津島さんの作品を酷評したんですよね」

「酷評というか……、正直な感想を……」

「小説というものは、一作仕上げるのにも大変な労力が必要だと聞きます。ですよね、九流間先生」

急に水を向けられた九流間は、「まあ、そうだね」とあごを引く。

「プロである九流間先生ですら苦労なさるということは、アマチュアである神津島さんにとって、長編小説を書き上げるのはとてつもない苦行だったのではないでしょうか。それを支えたのは、この作品でミステリ史に名前を残すという執念でした。けれど、残念ながら左京さんにはそれが評価されなかった」

「いや、ですから私は、あくまで正当な評価をしたつもり……」

「もちろんそうなんでしょう。客観的に見れば、左京さんの評価が正しかったはずです。ただ、作者というものは作品を侮辱されると、自らの存在自体が否定されたと感じるとも聞きます。いかがですか、九流間先生」

「そう感じる作家も少なくない。特に執筆経験が浅いうちは、そういう錯覚にとらわれがちだ」

「と、いうわけです。それからだいぶ没交渉になっていたところを見ても、神津島さんは左京さんに対して、怨恨に近い感情を抱いていたのではないでしょうか。だとしたら、貴重な原稿を左京さんに渡すとは思えません」

「な、なら、どうして神津島さんは私を今回の催しに呼んだっていうんですか⁉」

「表向きの理由は、あなたが編集長をつとめる雑誌に未公開原稿発見の記事を載せてもらい、世間に知らしめるためでしょう」

「では……、裏の理由は？」左京はどこまでも硬い声で訊ねる。

「その原稿をあなたに見せつけたうえ、それを他社に預けると伝えるためではないでしょうか。ミステリ界の宝とも言える原稿を見せつけたうえ、それを目の前で取り上げる。それが神津島さんの復讐だった」

「そんな馬鹿な！」左京は唾を飛ばして声を荒らげる。「神津島さんは弊社で作品を刊行することを強く望んでいました。原稿は私に渡そうとしていたはずです！　きっとそのはずです！」

「神津島さんが亡くなった以上、推測の域を出ませんけどね」月夜はハンカチで顔を拭う。

「なら、その原稿はうちの社が預かるべきだ。神津島さんと一番付き合いが深かったんだから。刊行はしなかったといえ、神津島さんの原稿を読んだんだ。ある意味、私は神津島さんの担当編集者ということになる。私にはその原稿を刊行する義務がある！」

顔を紅潮させながら左京が拳を掲げると、月夜はなだめるように胸の前で軽く手を振った。

「興奮しないでください。その原稿を誰が相続するのかまでは私には分かりませんが、その相続人の方と後日、交渉なさったらいかがですか。そもそも、『モルグ街の殺人』以前に書かれたミステリの原稿があるというのは、いまのところ私と一条君の想像でしかありません。もしかしたら神津島さんは『今度こそミステリの歴史を根底から覆す傑作を書いた』と、自分が書いた原稿を発表するつもりだったのかもしれませんし」

興奮に水を差された左京は、「はぁ」と拍子抜けした表情になる。

なるほど、そういうことか。そばで二人のやりとりを眺めていた遊馬は、月夜の意図を悟る。

神津島が昨夜発表するつもりだった未公開原稿。それが左京にとって、どれほどの価値があるのか、月夜は確認したのだ。神津島を殺害してでも手に入れようとするほど、執着するかどうか。

もし、自分以外の者に貴重な原稿をあずけるつもりであることを前もって知っていたら、左京はどんな手を使ってでもそれを阻止しようとした。左京の反応は、そう疑わせるに足るものだった。

ダイニングの血文字は捜査を攪乱させるために書かれたもので、本当の殺害動機は未公開原稿にあった。月夜はその可能性を検討しているのだろう。

自分が容疑者リストに入ったことに気づいていない左京は、狐《きつね》につままれたような表情で立ち尽くしている。そのとき扉が開き、盆を持った酒泉が円香とともに遊戯室に入ってきた。

「おや、一条先生と碧さんもいたんスか。ちょうどよかった。軽食作って来たんで食べてくださいよ」

酒泉がローテーブルに置いた盆には、生ハムメロンやチーズクラッカーなど、簡単につまめる料理が載せられていた。

「コーヒーもありますので、よろしければどうぞ」

ポットを手にした円香が沈んだ声で言う。その表情は相変わらず暗く、顔色は青ざめていた。彼女が犯人でないとしたら、神津島と老田が殺害されたことに大きなショックを受けていることは間違いなかった。

自分のせいで円香が憔悴《しょうすい》している。身を焦がすほどの罪悪感が胸に湧き上がる。

いや、あれは必要なことだった……。俺は神津島を殺すことで、何千、何万というALS患者とその家族を救ったんだ……。ふと、『トロッコ問題』という単語が頭をよぎった。

トロッコが暴走し、このままでは線路の先にいる五人の作業員が轢死《れきし》する。自分は分岐器のそばにいて、それを切り替えることでトロッコを別の線路へと導き、五人を救うことができる。しかし、切り替えた先の線路にも一人の作業員がいる。

なにもしなければ五人が命を落とし、分岐器を切り替えれば五人は助かるが本来死ぬはずでなかった一人が犠牲になる。このとき、分岐器を切り替えることは赦《ゆる》されるのか否か。

そうだ、俺は分岐器を切り替えるという選択をしただけだ。それが赦されることだとは思っていない。ただ、俺は苦悩し、そして正しい選択をした。老田を惨殺した人殺しとは違う。

老田にあんなことをした犯人にもなにか事情があるのかもしれないという事実から目を逸らしつつ、遊馬は必死に自らに言い聞かせる。そうしないと、背中にのしかかってくる『人殺し』という十字架に圧《お》し潰されてしまいそうだった。

「わあ、美味《おい》しそう」

無邪気な声で遊馬は我に返る。月夜がチーズの載ったクラッカーを口に放り込んでいた。

「口の中で蕩《とろ》けます。これ、最高ですね。ほら、一条君も食べなよ」

食欲はなかったが、ここで断っては不審に思われるかもしれない。遊馬はしかたなくひき肉を小ぶりのパイ生地で挟んだものを口に運んだ。酒泉が作った料理なのでまずいわけがないのだが、なぜか砂を噛んだかのように味気なく感じる。

「それ、鹿肉を使っているんですよ。脂分が少ないんで、パイ生地とよくマッチしているでしょう」

「ああ、うまいよ」

遊馬が作り笑いを浮かべると、酒泉は「じゃあ、俺たちも食べようよ」と円香を促し、自らが作った料理に手を伸ばした。

パイを咀嚼《そしゃく》しながら、遊馬はこの場にいる者たちの様子を観察する。

月夜は相変わらず飄々《ひょうひょう》とし、酒泉はなんとか空元気を出して、目に見えて落ち込んでいる円香を励まそうとしている。九流間はやや緊張しているものの冷静さを保っていて、左京は壱の部屋に原稿を取りに行くという話がうやむやになったことに不満そうだった。

ここにいる面子《メンツ》に加え、部屋にこもっている加々見と夢読、その中に老田を殺した犯人がいるのだろうか？　いったい誰が、なんの目的で、そしてどうやって老田を殺害し、そしてあの密室を作り出したのだろう。頭蓋骨が疑問で満たされ、頭痛をおぼえた遊馬は額を押さえる。

「夢読さんと加々見さんは呼ばなくてもいいのかな？」

フォークで生ハムを刺しながら、九流間が思い出したように言う。

「いいんじゃないですか。お二人とも部屋にいるって宣言したんスから。それにあの二人、苦手なんスよね。占い師のおばさんはすぐヒステリー起こすし、刑事はなんか偉そうだし」

酒泉の歯に衣着せぬ評価に、九流間は苦笑する。

「たしかにあの二人が騒いでいると、料理もまずく感じてしまうかもしれないな。ここは酒泉シェフのためにも、美味しくいただくことを優先しよう」

冗談めかしたセリフに、澱んでいた場の空気がいくらか軽くなる。さすがは年の功と言ったところだろう。遊馬は円香から注いでもらったコーヒーをすすった。

黙々と月夜が料理を口に運んでいる間、九流間が事件についての話題を避けつつ会話の主導権を握り続けた。そのうちに腹が膨れた月夜が横やりを入れて、また手がかりを摑もうと試みるのではないかと思っていたが、予想に反して彼女はしゃしゃり出ることなく、九流間が話す出版業界の裏話や、ゴルフや将棋、酒など趣味の話題に楽しそうに耳を傾け続けていた。

やがて、遊戯室の壁沿いに置かれた柱時計が、ボーンボーンボーンと午後三時を伝えた。

「おっ、もうこんな時間か。そろそろディナーの仕込みをはじめないと。それじゃあ皆さん、おいとましますね。夕飯はダイニングがあんな状態なんで、この遊戯室でビュッフェ形式で出そうと思っています。準備できたら声かけますね。円香ちゃん、行こうよ」

酒泉と円香が出入り口に向かおうとすると、「あっ、私たちも行きます」と月夜が手を挙げた。

「え、碧さんもっスか？　どうして？」

「この一階はある程度調べ終わったんで、今度は地下を見たいんですよ。神津島さんと老田さんを殺した犯人を突き止めるために」

九流間が必死に事件の話題を避けることで軽くした空気が、一気に重量を増す。自分以外の全員の顔が曇るのに気づいたそぶりも見せず、月夜は「いいですよね」と首をわずかに傾けた。

「そりゃ、かまわないっスよ。俺の家ってわけじゃないんで、断る権利なんてないし」

「では、さっそく行きましょう」

月夜は嬉々《きき》として言うと、「一条君も早く」と振り返った。

遊戯室をあとにした遊馬たち四人は、階段をおりて地下倉庫へと到着する。

「左手にあるのは冷凍室と発電室ですよね。まずはそちらを見せてもらってもいいですか？」

いまにもスキップしだしそうな軽い足取りで月夜は扉に近づいていく。助けを求めるような視線を円香が送ってくるが、遊馬は肩をすくめることしかできなかった。

「わあ、これは凄《すご》いですね。高級食材がたっぷり」

月夜が冷凍室の扉を開けると、白く凍った空気が漏れだしてきた。

「街までかなり距離があるので、一度に大量に仕入れて、ここで保管しているんです」

追いついた円香が説明する。遊馬が中を覗き込むと、十畳ほどの空間が広がっていた。棚が設置され、そこに様々な種類の肉や野菜などが保管されている光景は、レストランの設備を見ているかのようだった。

「食事はいつも酒泉さんが作っていたんですか？」月夜はずかずかと冷凍室へと入っていく。

「いえ、酒泉さんは専属ではありませんので、何人か決まった料理人の方を順番で呼んでいました。誰も都合がつかないときは、私が作ることも……。あの、なにをなさっているんですか？」

月夜が突然這いつくばり、ポケットから取り出したペンライトで棚の下を照らしはじめたのを見て耐えられなくなったのか、円香がとがめるような口調になる。

「いえ、なにか事件解決の手がかりになるようなものはないかと思って」

「血塗れの死体でもありました？」

酒泉が皮肉いっぱいに訊ねると、月夜はつまらなそうにかぶりを振った。

「いえ、残念ながら。もし遺体があれば、また事件が大きく動くんですけど」

頰を引きつらせる酒泉を尻目に、一通りの観察を終えた月夜は冷凍室を出て、そばにある発電室の扉を開いた。二十畳ほどの部屋の奥にずらりと無骨な発電機が並んでいる。手前に置かれた棚には、三十個ほどのガソリン用の金属製携行缶が並んでいた。

「停電したらここで発電するというわけですね。携行缶に入っているのはガソリンでしょうか？」

「はい、そうです。念のため、こうしてストックしています」

「なるほど、しかし今朝の火災の際、これが使われなくてよかった。もしガソリンを大量にまかれて火を放たれたら、みんな逃げる間もなくバーベキューになっていたでしょうからね」

いちいち物騒な発言に、円香と酒泉は渋い表情になるが、月夜はそれに気づく様子もなく発電室を徘徊《はいかい》する。

「あの、碧様。この部屋は危険ですので、むやみに機械には触れないようにお願いいたします」

「心配していただかなくても大丈夫ですよ。こう見えても、機械工学には詳しいので、怪我《けが》をするようなへまはしませんから」

怪我をすることを心配しているのではなく、月夜が危険な行動を取って、他の者が被害を受けないか不安をおぼえているのだと思うが。遊馬が呆れていると、数分かけて部屋をくまなく徘徊した月夜が、「さて、次いってみましょう」と快活に言った。

「次って、今度はどこを見るつもりっスか」酒泉は茶髪の頭をぼりぼりと掻く。

「もちろん、メインキッチンですよ」

「……なんでキッチンを見る必要があるんスか?」

自らの仕事場に踏み込まれることに対する不快感が、その口調には色濃く滲んでいた。月夜は革靴を鳴らして酒泉に近づくと、顔を近づける。月夜の方が数センチ身長が高いので、酒泉は軽くのけぞるような体勢になった。

「お二人のアリバイを確認するために決まっているじゃないですか。今朝の六時半から七時の間、メインキッチンにいたあなたは、サブキッチンにいた巴さんと話をしていた。そうですよね」

「そうっスよ。まさか、俺を疑っているんスか⁉」

声を荒らげて虚勢を張っているが、酒泉の顔には怒り以上に、明らかな怯えが見て取れた。月夜は目を細める。

「ええ、もちろん、疑っていますよ」

酒泉の表情がこわばった。震えた唇から、「な、なにを言って……」と弱々しい声が漏れる。

「あなただけじゃありません、私はこの館にいる全員を疑っています。私のワトソンである一条君も含めてね」

冗談めかして月夜が発した言葉に、遊馬の心臓が大きく跳ねる。

大丈夫、ただの軽口だ。本当に俺を疑っているわけがない。老田が殺された時間帯、俺はずっと彼女といたんだから。必死に自分に言い聞かせるが、動悸《どうき》がおさまることはなかった。

「誰が犯人なのか、単独犯、複数犯、さらには殺人に偽装した自殺まで、ありとあらゆる可能性を検討するのが名探偵です。そうやって、一つ一つ可能性を丹念に潰していき、やがて真実にたどり着く。ですから、自分の疑いを晴らすためにも、ぜひメインキッチンを見せてください」

月夜の迫力に完全に圧倒された酒泉は、「……了解っス」とおとなしく先導していく。倉庫を横切って、冷凍室や発電室とは反対側の壁にある扉を開くと、中には小学校の教室ほどの大きさのキッチンが広がっていた。業務用の巨大な冷蔵庫が奥に鎮座し、磨き上げられたシンクと大型のコンロがどちらも数台並んでいる。棚には様々な種類の調理器具が整然と並んでいた。

「うわあ、広いですね。高級レストランの厨房《ちゅうぼう》みたい」

月夜がはしゃいだ声を上げると、円香がおずおずと頷いた。

「何十人もお客さんを招いて遊戯室でパーティーを開くこともありましたから」

「これだけの設備を一人で使えたら、料理人としてはさぞ気持ちいいんでしょうねえ。ああ、これが料理を一階のサブキッチンに運ぶエレベーターですか」

月夜は料理を並べるテーブルのそばにある、小型エレベーターの扉を開けて中を覗き込む。

「小さいですね。人が乗るのは無理かな」

「そりゃそうっスよ。料理を運ぶためのもので、積載重量が二十キロしかないんだから。どんなにダイエットしたって無理でしょ」

「そうですね、上限二十キロじゃ幼稚園児が限界でしょう。うーん、遺体をバラバラにして何回かに分けたら、運んだり出来そうだけど、今回はバラバラ殺人じゃないしなぁ」

酒泉が「気持ち悪いこと言わないでください！」と顔を赤くして抗議する。

「これは失礼」

たいして反省している様子も見せず、月夜はエレベーターのわきにある網目状の部分に触れる。

「で、これがサブキッチンと繋《つな》がっているスピーカーですかね。今朝の六時半から七時の間、酒泉さんと巴さんはこれを通して会話をしながら朝食の用意をしていた。そうですね」

円香が「はい、そうです」と弱々しく答えた。

「話せるのは、サブキッチンだけですか？　他の部屋と繋げることはできないんでしょうか？」

「サブキッチンだけです。料理の受け渡しのためにあるものですから。もしお疑いなら、どうぞ試してみてください」

自分も疑われていることを感じ取ったのか、円香は棘《とげ》のある口調で言う。しかし、月夜はどこ吹く風で、「ええ、あとで試させてもらいます」と答えると、きょろきょろと辺りを見回した。

「……なに探しているんスか？」

「いえ、電子レンジはないのかなと思いまして」

「そんなもの、ここにはないっスよ。プロの料理人に電子レンジなんて邪道ですって。サブキッチンには小さいのが置いてあったはずですけど」

「小さい電子レンジじゃ、ゲストの分のオムレツを温めるだけでもかなり時間がかかりますね。コーヒーのこともあるし、難しいか」

「え？　どういう意味っすか？」

胸の前で手を振って、「いえ、こっちの話です」とごまかす月夜がなにを考えているのか、遊馬には見当がついた。朝食用に準備されたオムレツが、今朝の六時半からの三十分で準備されたものではなく、前もって作られていたものが電子レンジによって短時間で温められたのではないかと疑っていたのだ。もしそれが可能なら、酒泉と円香のアリバイは成立しなくなる。しかし、電子レンジのサイズ的に実際は難しそうだ。まとめて加熱できるならまだしも、オムレツを一つ一つ小さな電子レンジで温めていては、調理するのと同じくらい手間と時間がかかるだろう。

やはり、この二人は老田殺害にはかかわっていないのだろうか。それとも、まだ何らかのトリックを使って、アリバイ工作をしている可能性が残っているのか。遊馬には判断ができなかった。

額に手を当て、なにやらぶつぶつとつぶやいていた月夜は、そのまま踵《きびす》を返すと出入り口に向かっていった。

遊馬が「どこに行くんだ?」と訊ねると、月夜は振り向いて不思議そうな表情を浮かべる。

「自分の部屋に戻るんだけど」

「部屋に?　なんで?」

「とりあえず、確認するべきものは全部見たから、あとはゆっくりと情報を整理したいんだよ。あっ、そうだ。酒泉さん、夕食は何時からですか?」

「夕食っスか。えっと、昼飯を抜いた人もいるんで、とりあえず十八時頃に遊戯室で出そうかと思っているんスけど……」

「十八時ということは、あと二時間半ぐらいか。うん、ちょうどいい。それじゃあ一条君。夕食まではちょっと休憩していてくれたまえ」

「たまえって……」

唖然としている遊馬を尻目に、月夜はキッチンから出ていった。立ち尽くす遊馬の肩を、酒泉がついてくる。

「一条先生、いつのまにかあの人とやけに仲良くなってるけど、なんかあったんスか。一条君、とか呼ばれているし」

「話せば長くなるんだよ」

名探偵のワトソン役になったなど、恥ずかしくて言えるわけもない。お茶を濁すと、酒泉が真剣な眼差《まなざ》しを向けてきた。

「美人っスけど、あの人と付き合うのはどうかと思いますよ。いくらなんでも変人すぎますって」

6

「夢読さん、開けてくださいよ。さすがに何も食べないのはよくないですよ」

『漆《しち》』の文字が彫られた扉を左京が叩く。

「左京君の言う通りだよ。警察がやってくるにはあと二日もある。なにか口に入れた方がいい。だから、出てきてくれ」

九流間が扉に向かって声をかけるが、中から反応はなかった。遊馬は腕時計に視線を落とす。時刻は午後六時半になろうというところだった。

メインキッチンで月夜に取り残された遊馬は、しかたなく遊戯室に戻って九流間、左京と話をして過ごした。肆《し》の部屋に戻ってもよかったのだが、一人でいると神津島にしたことに対する罪悪感に押しつぶされてしまうような予感がしていた。

うまく事件についての話題を避けながら二時間半ほど雑談を交わしていると、酒泉と円香がプレートに盛り付けた夕食を遊戯室に運んできた。鱈《たら》のムニエル、ラムチョップ、季節の野菜の炒《いた》め物、パエリアなど、ホテルのバイキングと見まごう料理が次々とテーブルに並べられているうちに、月夜も遊戯室にやってきた。

一通り料理を並べ終えると、円香が「加々見様と夢読様を呼んできます」と出ていった。しかし、そこで問題が起きた。加々見は来たが、夢読がいくら呼んでも返事をしないというのだ。

「腹減ったから先に食べているぞ」と、勝手に食事をはじめた加々見と、自分が作った料理をほうっておきたくないという酒泉を残し、他の者たちで漆の部屋の前へとやってきていた。

「夢読様、どうしたんでしょう」不安げに円香が言う。

「きっと寝ているだけですよ。いろいろなことがあって疲れただろうから」

左京の口調は、自分に言い聞かせているかのようだった。そのとき、月夜が唇に指を当てる。

「んー。そもそも夢読さん、ちゃんと生きているんでしょうか？」

空気が凍りつく。左京の顔がみるみる青ざめていった。

「いくら深く眠っていても、これだけ大声を出して扉を叩かれたら、普通は目が覚めると思うんです。だから、もしかしたらと思って」

「もしかしたらなんだって言うんですか！　おかしなことは言わないでください！」

左京が叫ぶが、月夜が動じることはなかった。

「全然おかしなことではないですよ。すでに二人が殺害され、しかも山をおりる手段を奪われて、この館に閉じ込められているんです。そんななか、扉越しにいくら声をかけても反応がなければ、室内で命を落としている可能性も当然考慮に入れる必要があります」

「だ、だからって……」

「さっきも言ったように、〝嵐の山荘もの〟のミステリ小説で、一人で部屋に閉じこもるという選択は、一種の死亡フラグなんですよ。大抵、密室内で殺害されて発見される」

「これは現実です。ミステリ小説の中の出来事ではありません。あまりに不謹慎です」

左京の主張は、どこまでも正しいものだった。しかし、この異様な館の中では、その『正しさ』が力を失っていた。遊馬は黒い光沢を放つ、『漆』と彫られた重厚な扉を眺める。

この扉の奥に、夢読の遺体が転がっているかもしれない……。

「不謹慎かどうかは置いといて、夢読さんが無事か確認する必要があります。もし殺害されていたら、できるだけ早く現場検証をしないといけないですからね。だから、この扉を破るか……」

「生きてるわよ！」扉越しに響いた金切り声が、月夜の言葉を掻き消した。

よかった、生きていた。胸を撫でおろす遊馬たちを尻目に、月夜は扉に顔を近づける。

「ああ、無事だったんですね。それはよかった」

「なにがよかったよ、白々しい。私が殺された方がいいと思っていたくせに」

「殺された方がいいなんて思っていませんよ。万が一、殺害されていたら、すぐに遺体を確認して、捜査を開始しなければと思っていただけです」

天然なのか、それとも故意にか、月夜は相手の神経を逆なでするようなセリフを吐く。扉越しにも、額に青筋を立てている夢読の姿が見える気がした。

たぶん、天然なんだろうな。呆れつつ、遊馬は内心でつぶやく。まだ出会ってわずか二日だが、碧月夜という人物が、なによりも『名探偵』に人生の重きを置いていることは痛いほどに理解できた。だからこそ彼女は、凄惨な事件が起きたこの歪なガラスの塔に閉じ込められているにもかかわらず、恐れるそぶりも見せず、嬉々として捜査を行い、不謹慎な言動をくり返すのだろう。月夜にとって『名探偵であること』は、常識やモラル、そして自身の命よりも遥かに重要だから。なぜ、月夜はここまで『名探偵』にこだわるのだろう。どんな経験をすれば、ここまで偏った価値観を持つようになるというのだろう。

扉越しに夢読と話している月夜の横顔を、遊馬は見つめる。

「なんにしろ、私が生きていることは分かったでしょ。さっさとそこから消えてよ」

「そうはいきません。さっき九流間先生もおっしゃったように、明後日まで食事をとらないと倒れちゃいますよ。ほら、一緒に遊戯室に行きましょ」

「絶対嫌よ。私はここから出ないからね」夢読の口調からは強い決意が伝わってきた。

「では夢読様。私がお食事と飲み物を運びますので、お部屋で食べるのはいかがでしょう」

円香がおずおずと提案するが、再び「いやよ！」という怒声が響くだけだった。

「扉を開けるのが嫌なの。錠を外したら、殺人鬼が押し入ってくるかもしれないじゃない」

「夢読さん、少し冷静になろう。扉の外には私を含めて五人もいるんだ。万が一この中に犯人がいるとしても、この場で君を襲うわけがないじゃないか」

九流間が説得を試みる。

「そんなの分からないでしょ。あなたたち全員が犯人かもしれないじゃない。全員で示し合わせて、神津島さんと執事を殺して、今度は私を狙っているのよ。そうでしょ！　そうなんでしょ⁉」

支離滅裂な夢読の言葉に、九流間は大きなため息をついた。代わりに月夜が前に出る。

「全員が犯人というミステリ小説はたしかにありますが、今回のような『館もの』のシチュエーションでは珍しいですね。もちろん一番有名なのは、世紀の名作である『オ……』

「小説のことなんてどうでもいいのよ！」

あまりにもまっとうな突っ込みに、月夜を除く全員が小さく頷いてしまう。

「これは失礼。あまりにも好きな作品なだけに、話が脱線してしまいました」

さすがにはしゃぎ過ぎたと反省したのか、月夜は首をすくめる。

「ただ、私たち全員で夢読さんを殺そうとしていないことは、すぐに証明できますよ」

「……どうやってよ」

「簡単です。もし私たち全員が共犯者で、夢読さんを殺すつもりなら、こうしてわざわざ説得する必要なんてありません。地下倉庫に行って、一条君と九流間先生が持っている鍵で金庫を開けて、マスターキーを取り出せばいいんです。そうすれば、この扉を開けて中に踏み込み、五人で夢読さんを簡単に殺害することができます」

軽い口調で、月夜は物騒な説明をする。

「というわけで、必死に説得していることが、私たち全員が犯人でない証拠です。理解していただけたなら出てきてください。じゃないと、私はずっとここで話しかけ続けますよ。それは嫌でしょ」

たしかに、それは嫌だな。遊馬がそんなことを考えながら成り行きを見守っていると、十数秒後に錠が外れる音が響いた。扉が開いていき、不信感で飽和した表情の夢読が顔を覗かせる。

「ご理解いただけて幸いです。それではお腹もすきましたし、遊戯室に向かいましょう」

開いた扉の隙間にそっと足先を差し込みながら、月夜は朗らかに言う。しかし、夢読は部屋から出てこなかった。

「どうしました、夢読さん。少なくとも、いまこの場にいる全員が殺人犯だということはないとご理解いただけたんでしょう。だから、安心して出てきてください。この場ですぐに襲われたりすることはありませんから」

「……そんなの分からないじゃない。あなたたちじゃない誰かが襲ってくるかも」

「私たちじゃない誰か？」

訝しげに月夜が聞き返すと、夢読は「そうよ！」と目を大きく見開いた。

「ずっと言ってるでしょ！　この館にはなにかが潜んでいるって。危険ななにかが」

「それは、私たちがまだ知らない人物がどこかに隠れていて、その人物こそが神津島さんと老田さんを殺したということかな？」

九流間が質問する。夢読は「そんなの知らないわよ！」と髪を掻き乱した。

「凡人には分からないんでしょうね。けれど、霊能力者である私には分かるの。なにか危険な存在の気配を。そいつはずっと私たちを監視して、殺す機会をうかがっているって」

夢読は遊馬たちをきっと睨みつけた。

「あなたたちは鈍感だからいいわよね。私みたいな選ばれた人間は、部屋にいてもそいつの気配をずっと感じて、怯えなくちゃいけないのよ」

強いストレスを受けて不安定になっているのか、夢読は妄想じみた主張をまくしたて続ける。

けれど、それも当然か。目を血走らせて喚《わめ》きたてる夢読を、遊馬は冷めた気持ちで眺める。恐ろしい事件が起きたガラスの塔に足止めされ、外部との連絡も途絶えているのだ。不安で錯乱状態になったとしても不思議ではない。

いまはなんとか平静を保っている他の者たちも、なんらかのきっかけがあれば夢読と同様の反応を呈しはじめるかもしれない。神津島にカプセルを飲ませた自分ですら、わけのわからない状況にパニックになりかけているのだから。

そうならないと断言できる者といえば……。遊馬は月夜に視線を向ける。相変わらずその顔には、楽しげな表情が浮かんでいた。

「錠をかけた部屋の中でも気配がするなら、どこにいても同じじゃないですか。ほら、さっさと行きましょうよ」

月夜は夢読の腕を摑んで、強引に部屋から引っ張り出す。

「ちょっと、やめてよ。痛いじゃないの。分かった、出ればいいんでしょ、出れば」

諦めたのか、それとも自棄《やけ》になったのか、夢読は部屋から出ると、鍵を取り出して錠をかける。

「では、夕食に参りましょう！」

先陣を切って月夜が階段をおりはじめた。遊馬たちは重い足取りでそのあとを追う。

「夢読様、大丈夫ですか」

背後から円香の声が聞こえてきて、遊馬は足を止めて振り返った。見ると、最後尾で夢読が円香の腕にしがみつき、細かく震えていた。

「大丈夫じゃない！　ほら、いま聞こえたでしょ。後ろから追いかけてくる足音が！」

「いえ、聞こえておりませんが……」

「なに言っているのよ！　誰か後ろにいるのよ！」

「夢読さん、加々見刑事と酒泉君は遊戯室で、他は全員この場にいる。誰もいるわけがないよ」

九流間が言うが、夢読は駄々をこねる幼児のように激しく頭を振るだけだった。

「私には分かるの。あそこの先に誰かいるって！」

夢読は螺旋階段の上を指さす。九流間は大きくため息をついた。そのとき、先頭を進んでいた月夜が、遊馬の肩に手をかけた。

「では、私たちで誰かいるか調べてきますよ。ほら行こう、一条君」

遊馬が返事をする間もなく、月夜は階段に立っている人々とすれ違ってのぼっていく。遊馬は慌ててその後を追った。

月夜はその長い足をつかい、一段飛ばしで螺旋階段を駆けあがっていく。その姿を見失わないように、遊馬は必死に足を動かした。

『漆』、『陸』、『伍』、『肆』、『参』、『弐』、『壱』と文字が刻まれた扉の横を通過し、ついには展望室の階段室へとたどり着く。

「階段には誰もいなかったね。残るは、この展望室だ」

スーツの内ポケットから『伍』と刻まれた鍵を取り出した月夜は、鍵穴にそれを差し込んで錠を外し、軋みを上げる重い扉を開く。再びガラスの円錐《えんすい》に囲まれた展望室に足を踏み入れた遊馬は、素早く辺りを見回す。夢読が言ったように、何者かが潜んで獲物を狙っているとは思わないが、なにが起きているのか分からない状況だ。警戒するに越したことはない。

所狭しと並んでいる神津島コレクションのせいで、展望室には死角が多い。遊馬と月夜はアイコンタクトを交わすと、二手に分かれて探索をはじめる。

海外ミステリ小説の貴重な原書が詰め込まれた本棚や、ミステリ映画の撮影に使われた小道具が並んでいるキャビン、有名推理小説家が使っていたデスク。それらの陰を寒さに耐えながら、遊馬は注意深く調べていく。しかし、何者かが潜んでいるようなことはなかった。

刑事コロンボの撮影で使っていたというプジョー403コンバーチブルの下を覗き込みながら、遊馬が「そりゃそうだよな」とつぶやいたとき、すぐ背後に人の気配を感じた。

誰かが後ろにいる⁉ しゃがんだまま身を翻した遊馬は、バランスを崩して尻餅をつく。

「なにをしているんだい？」目を大きくした月夜が見下ろしてきた。

「音もたてずに背後をとらないでくれ！ 驚いただろ！」

「悪い悪い。容疑者を追跡することもあるので、尾行技術は名探偵には必須なんだよ。だから、自然と足音を殺す癖がついてしまってね」

たいして反省した様子もなく、月夜はけらけらと笑った。

「やはり誰もいないようだね。まあ、姿を隠して潜む殺人鬼というシチュエーションもなかなか魅力的ではあるけれど、やはりこのような〝嵐の山荘もの〟では、メインの登場人物たちの中に真犯人がいたほうが面白いからね」

「……実際に人が殺されているんだぞ」

面白い、という表現を使った月夜に対する苛立ちが、声に混じってしまう。

「おや、どうしたんだい、一条君。そんなに苛立って？」心から不思議そうに、月夜は訊ねてくる。

この頭のネジが何本か外れた名探偵に、常識など求めても仕方がない。そもそも、神津島にあのカプセルを飲ませた自分に、月夜を非難する資格などあるわけもない。再び背負った十字架の重みをおぼえた遊馬は、力なく首を横に振った。

「なんでもないよ。ただ、これだけは忘れないでくれ。これは現実だ。俺たちはミステリ小説の中の登場人物なんかじゃない」

「さて、それはどうかな」

歌うような月夜のセリフに、遊馬は眉根を寄せた。

「どういう意味だよ?」

「最近はメタミステリも珍しくないからね。もしかしたら、私たちは気づいていないだけで、実は『館もの』の本格ミステリ小説に迷い込んでしまった登場人物なのかもしれないよ。私も一条君もね」

「……本気で言っているのか?」

だとしたら、この名探偵の正気を疑わなくては。

「さあ、どうだろうねえ。さて、とりあえず階段をおりてみんなと合流しようか。このままじゃ凍えちゃうよ。誰も見つからなかったと伝えれば、夢読さんの精神状態が少しは落ち着くかもしれないしね」

月夜は軽い足取りで、階段室に向かっていった。

階段をおりて合流した遊馬と月夜が誰もいなかったことを告げても、予想通り夢読が落ち着くことはなかった。「あなたたちが気づかないだけよ!」「絶対に誰かいるの!」などと喚き散らし続けたが、やはり空腹だったのか、遊戯室に向かうことに抵抗はしなかった。

遊戯室に戻ると、ソファーに座った加々見が皿に口をつけてパエリアを掻きこんでいた。

「あっ、夢読さん出てきてくれたんスね。よかったよかった。せっかく腕によりをかけて作ったんで、みんなに食べて欲しかったんスよ」

酒泉はやけに明るい態度で言う。その姿は必死にいま置かれている恐ろしい状況を忘れようとしているのが明らかで、どこか道化じみて見えた。

「……それでは、皆様。ダイニングが使用できないため、このようなビュッフェ形式になって申し訳ございませんが、どうぞお食事をご堪能《たんのう》ください。飲み物などの給仕は、老田に代わって私が担当させていただきます」

酒泉とは対照的に、円香の声は暗く沈んでいた。青ざめた顔でうつむきつつも、メイドとしての仕事を必死にこなそうとしている姿が痛々しかった。

「なにを言っているんですか」唐突に月夜が言う。「こんな状況です。もうゲストとかホストとか関係ありません。みんな同じ立場ですって。その中で、頑張って働いてくれた巴さんと酒泉さんこそ、一番優先されるべきだと思うんです。というわけで、お二人が先に食べてください。私たちはそのあとでいいんで」

「いえ、そういうわけには……」困惑した様子で円香は視線を彷徨《さまよ》わせる。

「遠慮しないで。あっ、それじゃあ私がよそってあげますね。ちょっと待っていてください」

月夜は片手で皿を二つ摑むと、器用に料理を盛り付けていった。

「はい、どうぞ」月夜は料理が載った皿を、酒泉と円香に差し出す。

「え、いいんスか。それじゃあ、お言葉に甘えて」

あっさりと酒泉が受け取ったのを見て、円香もおずおずと手を伸ばす。

「どうぞ、おいしいですよ」

自分が作ったわけでもないのに、月夜は明るく勧める。

「それでは皆様、お先にいただきます。……申し訳ありません」

円香は逃げるように部屋の隅に移動すると、ためらいがちに食事をはじめた。それを見た月夜は、「じゃあ、私たちも食べましょう」と両手を合わせる。

事件が起きてからというもの、延々と繰り返される月夜の奇行にそろそろ慣れてきたのか、九流間たちはただ頷いて列をつくった。食欲はなかったが、なにか腹に入れておかなければいざというときに動けない。遊馬も列の最後に並んだ。

なんとなしに全員がソファーの周りに集まる。ほとんどの者が思いつめた表情で食事をする中、月夜だけが「おいしいですね。これはどうやって作っているんですか？」などと、しきりに酒泉に話しかけていた。

パエリアを咀嚼しながら、遊馬は横目で柱時計を見る。時刻は午後七時に近づいていた。

あと二日すれば、雪崩で塞がれた道が開通し、警察がやってきてしまう。彼らに徹底的に調べられたら、妹の件で俺に動機があることはすぐに気づかれるだろう。警察は神津島殺しの第一容疑者として、俺を徹底的に尋問するはずだ。果たして、耐えられるだろうか。

それに、ノーベル賞さえ期待されていた科学者にして大富豪が、こんなガラスの館で殺されたとなれば、マスコミが飛びつく。奴らは間違いなく妹のところにも押し掛け、取材という名の社会的なリンチを行うだろう。それだけは避けなければならない。

最初に盛った料理を食べ終え、再び料理を取りに行っている月夜に、遊馬は視線を向ける。

あの名探偵は、どこまで真相に迫っているのだろうか。本当に彼女と行動を共にすることは正解なのだろうか。自らの選択に疑いを抱きはじめたとき、料理を取り終えて戻ってきた月夜が声を上げた。

「皆さん、せっかくのディナーなんですから、なにかお話をしませんか。黙って食べていたら、こんなおいしい料理がもったいないですよ」

「話と言っても……、いったいどんなことを？」

戸惑う九流間の問いに、月夜は快活に答える。

「もちろん、この館で起きた事件のことについてですよ」

数人が露骨に顔をしかめる。ソファーでもくもくと料理を口に運んでいた夢読が、「いい加減にして！」と甲高い声を上げた。

「なんでまぜっかえすのよ！　あんな恐ろしい事件のことなんて、もう忘れたいのよ。実際に人が死んでいるのよ！　殺されているの！　名探偵だかなんだか知らないけど、自分のひどい悪趣味に他人を巻き込まないでよ！」

「悪趣味？」月夜の顔から一瞬で笑みが消えた。「私が趣味で捜査をしているとでも」

「な、なによ。違うって言うの？」

能面のように無表情になった月夜に見つめられ、夢読は身をこわばらせる。

「私にとって『名探偵』は、決して趣味などではありません。人生のすべてをかけ、すべてを捨て去ったとしても、ひたすらに求め続けているものです」

月夜は抑揚なく話し続ける。普段の陽気な口調がなりをひそめたその姿は、鬼気迫るものだった。いつの間にか、この場にいる誰もが彼女に呑まれていく。

「実際に人が死んでいるとおっしゃいましたね。ええ、その通りです。人が死んでいるからこそ、名探偵が必要なんです。警察ですら解明できない難事件。放っておけば犯人は野放しになる。それを解決し、真実を白日のもとにさらして犯人の罪を裁く。それが名探偵の使命です。ただ、現在私たちが置かれている状況では、被害者の無念を晴らす以上に大切なことがあります」

「なによ、大切なことって」

「これ以上、犠牲者を出さないことですよ。昨日も言ったじゃないですか、今回のようなクローズドサークルで起きる殺人事件の場合、一人や二人が殺されただけでは事件が終わらないことが多い。真相解明が遅れれば遅れるほど、さらに命が奪われるリスクが高くなります。そして、この場にいる全員に、次の犠牲者になる可能性があるんです。もちろん、私も含めて」

平板な声で告げられた恐ろしい内容に、夢読が絶句する。他の者たちも、同様に言葉を失っていた。神津島にカプセルを飲ませた遊馬でさえ。

あと二日で老田殺害犯を見つければいいと思っていた。しかし、そんな悠長なことを考えているような状況ではないのかもしれない。

もし俺が神津島を殺したことに気づいたら、老田を殺害した犯人はおそらく、俺に老田殺しの濡れ衣を着せようとするだろう。そこまでは予想できていた。しかし、もしかしたら犯人は生きている俺ではなく、死んでいる俺に罪を被せるつもりなのかもしれない。死人に口なし。その方が、犯人にとっては明らかに都合がいい。遊馬の頭で思考が渦を巻く。

ずっと自分が狩る側だと思っていた。しかし、もしかしたらこのガラスの塔の中で自分は、巨大なハンターから逃げ回っている獲物に過ぎないのかもしれない。

自分もいつ殺されるか分からない。犯人の正体を暴かない限り。

無意識に目を背けていたその事実が突き付けられ、誰もが黙り込む。そんな中、料理が載っている皿をテーブルに置いた月夜が勢いよく両手を合わせた。パンッという小気味いい音が遊戯室に響き渡り、他の者にかかっていた金縛りを解く。

「というわけで、身の安全を確保するには、できるだけ早く犯人が誰なのか突き止め、拘束する必要があります。そのためにも、皆さんが持っている情報が必要です。どうかご協力くださいね」

いつの間にか、月夜の顔には屈託のない笑みが戻っていた。

「しかし……、情報と言っても、なにを話せばいいのか……」九流間がおずおずと言う。

「そんなに重く考える必要はありません。何気ない会話の中から、事件解決の大きなヒントが得られる。ミステリ小説ではよくあることじゃないですか。みんなで食事を楽しみながら、事件についての雑談を交わせばいいだけの話ですよ」

月夜は「では、どうぞ」と促すが、誰もが口を閉じたままだった。

「急に言われても難しいですか。それでは、私からはじめましょう。巴さん」

唐突に名を呼ばれた円香は、「は、はい……」と身を小さくした。

「昨夜、神津島さんがみんなの前で、なにを発表しようとしていたかはご存じですか?」

「い、いいえ、私は存じ上げません。旦那様からなにも聞いてはいません」

「そうですか。実は神津島さんは、一条君にだけ発表の内容を話していたんです」

突然、全員の視線を浴びることになり、遊馬は軽くのけぞる。

「いや、具体的に聞いたわけじゃありませんよ。この前、診察していたとき、神津島さんが少しだけ話してくれただけです」

実際に神津島からその話を聞いたのは、カプセルを飲ます寸前だ。下手《へた》をすればこの情報から、神津島殺しの疑いをかけられかねない。遊馬は慌てて釈明する。

「で、神津島氏はなんて言ってたんだよ」

加々見が鋭く訊ねてくる。その瞳に疑いの色が浮かんでいる気がして、額から汗が滲んだ。

「貴重な未公開原稿を手に入れていたらしいですよ。ミステリの歴史を根底から覆すような原稿を」

遊馬の代わりに月夜が答えた。加々見が「原稿？」と眉を顰《ひそ》める。

「そうです。私の推理では、もしかしたらそれは、なんと『モルグ街の殺人』が発表される以前に書かれたものかもしれないんです！」

目を輝かせながら月夜は高らかに言う。しかし、皆の反応は薄かった。その価値が分かる遊馬、九流間、左京はすでに知っていることだし、ミステリマニアではない他の者たちは、それがどれだけ凄いことなのか理解できず、訝しげな表情を浮かべている。

「よくわからねえけど、それは価値があるものなのか？」

「価値があるものか⁉」月夜が目を剝《む》く。「当たり前じゃないですか！　この世のどんなものよりも価値がありますよ。どんな財宝も、その原稿の前ではごみに等しいんです！」

「そんなに興奮すんなよ。あんたら、ミステリマニアの間では、それくらい重要だってことだな」

「ミステリマニアの間だけじゃありません！　人類にとっての宝そのものです。どれだけの文化的価値があるか理解していますか⁉」

「んなこた、どうでもいいんだよ。重要なのは、ある一部の人間にとって、その未公開原稿ってやつは喉から手が出るほど欲しいものだってことだな。……場合によっては、人の命を奪うこともいとわないほど」

加々見の声が低くなる。顔を真っ赤にし、前のめりになって力説していた月夜も姿勢を戻した。二人が同時に口角を上げる。どこか危険な笑みを浮かべる月夜と加々見の姿が、獣が牙をむいて威嚇し合っているかのように遊馬の目には映った。

「そう理解していただいて構いませんよ、加々見さん。それではせっかくですから、あなたからもお話を聞かせていただいてもよろしいでしょうか？」

「俺から？　俺からなんの話を聞こうっていうんだ、名探偵さんよ？」

加々見は鼻の付け根にしわを寄せると、月夜を睨みつける。多くの犯罪者を震え上がらせてきたであろうその視線を、月夜は全く動じることなく受け止めた。

「もちろん、蝶ヶ岳神隠しの件ですよ」

「今日、その編集者から聞いただろ」加々見は左京を指さす。

「加々見さん、あなたは刑事です。しかも、蝶ヶ岳神隠し事件の捜査を担当した長野県警捜査一課の刑事。左京さんよりはるかに詳しい情報を知っている。そうじゃないですか？」

月夜は「それとも」と挑発的に目を細めた。

「十三年前はまだ刑事ではなく、捜査にかかわることはできなかったんでしょうか？　だとしたら申し訳ありません。左京さんが語った以上のことは知りませんよね」

「おい、舐めるなよ」加々見の唇がゆがむ。「たしかに十三年前はまだ、俺は県警捜査一課所属じゃなかった。けどな、所轄の刑事として、あの事件の特別捜査本部に加わっていたんだよ」

「素晴らしい！　なら、ぜひ事件の詳細を教えてくださいよ」

「……なんで一般人のお前に教えないといけねえんだよ」

「一般人ではありません。私は名探偵です」

大真面目《おおまじめ》に答える月夜に、加々見は大きく舌を鳴らす。

「一般人にはかわりねえだろ。捜査情報なんて普通、洩《も》らせるわけがねえ」

「普通？」月夜は加々見に歩み寄ると、その目をのぞき込む。「二つの密室殺人が起き、下山する方法もなく、この奇妙なガラスの館に足止めになっている。この状況が『普通』とおっしゃるんですか？」

「揚げ足取るんじゃねえよ」

「ただ、事実を述べているんです。動機が分からない以上、犯人がこれからどれだけの人数を手にかけようと思っているのか、まったく予想がつきません。最悪、全員の命を奪おうとしていることだって考えられる。ミステリ史に燦然《さんぜん》と輝く、あの名作のように」

　恐ろしいことをつぶやきながら、月夜は目を細めた。

「というわけで、さっきも言ったように、私たちは一刻も早く犯人の正体を暴く必要があるのです。そのためには、捜査関係者であるあなたの持っている情報はとても大切です。なので加々見さん、どうかあなたの知っていることを教えていただけませんか。できるだけ詳しくね」

言葉面こそ慇懃だが、月夜の口調には拒否を許さぬ響きがあった。加々見の顔に逡巡《しゅんじゅん》が浮かぶ。

「加々見さん、私からも頼むよ。こんな状況なんだ。碧さんに協力してくれないかな」

最後の一押しをするかのように、九流間が促した。加々見はこれ見よがしにため息をつくと、ソファーの背もたれに体重をかけ、「で、なにが聞きたいんだよ」とふんぞり返る。

「蝶ヶ岳殺人事件についてあなたが知っていること、すべてです」

「すべてって言われてもな、ほとんどその編集者が説明したとおりだよ。ペンションの主人が、消えても問題にならない被害者を見繕って殺していたんだ。ただな、問題は犯人の冬樹大介の身元だ」

「身元？」左京がつぶやく。「たしか、冬樹大介は長野県出身で、高校卒業後に東京の工場に就職したけれど、三十歳になるとき会社がつぶれた。その数年後にペンションの経営者になるまでの経歴は不明だったはずですけど」

「工場をやめるまでは正しい。ただし、そのあとは正確には『冬樹大介』の経歴じゃねえ」

「どういう意味ですか？」左京の眉間にしわが寄る。

「事件が明るみに出てすぐ、東京に『冬樹大介』と名乗る男がいたっていう情報が入ったんだよ」

「冬樹が生きていたんですか⁉　なんで逮捕しなかったんです⁉」

「おいおい、編集者さん、落ち着けよ。たしかにその男は冬樹だった。ただな、蝶ヶ岳神隠し事件の犯人ではなかったんだよ。十三年前には、そいつはもう死んでいたんだからな」

「……死んでいた？」

「本物の冬樹大介は工場をやめたあと、ずっと東京でホームレスをやっていたんだよ。そしていまから十五年前の冬に、路地で凍死していた」

「じゃあ、ペンションで人を殺していたのは誰なんですか？」

「知らねえよ。ただ、冬樹はホームレスになってすぐに、食うものに困って自分の戸籍を売ったらしい」

「戸籍を売るなんてこと、できるんですか⁉」

遊馬が驚くと、加々見は皮肉っぽく鼻を鳴らす。

「青いな、先生。この世に売れないものなんてないんだよ。他人の戸籍を買えば、そいつになりすましていろいろとやばいことができる。そして、危なくなったらその戸籍ごと捨てればいいんだ。犯罪者は喉から手が出るほど欲しいさ」

「やばいことって、……殺人もですか」

遊馬の質問に、加々見は無言で唇の端を上げた。

「では、冬樹大介と名乗っていたのはいったい誰だったのでしょう？」

月夜が訊ねると、加々見は肩をすくめた。

「さあな。ただ、そいつは土日とか、冬のシーズンにしかペンションを開いていなかった。おそらく普段は、普通に仕事をしている善良そうな一市民だったんだろうよ。そして、自分の中に飼っていた怪物が抑えきれなくなったときだけ、『冬樹大介』になって獲物を物色していたんだ」

「分からないって、調べなかったんですか？」左京が責めるように言う。

「しかたがねえだろ。冬樹の件が分かったのは、容疑者死亡で書類送検して、捜査本部が解散したあとだったんだからよ。お前らマスコミも容疑者が死んで盛り上がらないから、一ヶ月もしたら蝶ヶ岳神隠し事件のことなんてまったく取り上げなくなったじゃねえかよ」

反撃を受けた左京は、「うっ」と言葉に詰まる。

「……本当に、犯人は死んだんでしょうか?」

口元に手を当てながらつぶやいた月夜を、加々見が「なんだと?」と睨んだ。

「もしかしたら冬樹大介と名乗っていた犯人は、事件が明るみに出たあとも生きていて、元々の身元に戻って普通に生活を送っているのかも」

「ありえねえよ。とんでもない規模の雪崩だったんだぞ。足跡からも、ペンションから逃げた犯人がそれに巻き込まれたのは間違いない。生きているわけがねえ」

「でも、遺体が見つかったわけじゃないですよね。それじゃあ、雪崩から生還した可能性もゼロではありません。ちなみに、その『冬樹大介』はどのような外見をしていたんですか?」

「はっきりしねえんだよ。いつもマスクをして、やけに縁の太い眼鏡《めがね》をかけていたらしいからな。ペンションに泊まったことがある奴らは、口を揃《そろ》えて『年齢不詳だった』って言いやがった」

「年齢や外見をごまかしていたんでしょうね。つまり、『冬樹大介』が誰だったのかは、いまだに誰にも分からない」

月夜は薄い唇に、妖しい笑みをたたえる。そのとき、夢読が勢いよく立ち上がった。

「そいつよ! きっとそいつが生き延びて、この館に隠れているの!」

「突然なんの話だよ?」加々見が顔をしかめる。

「さっきから言っているでしょ。この館には誰かが潜んでいて、私たちを狙っているって!」

「おいおい、まさか生き延びた『冬樹大介』が館のどこかに潜んでいて、神津島氏や執事を殺したって言うのか？　あんた、頭大丈夫かよ」

加々見の嘲笑に、夢読が反論しようとする。しかし、その前に月夜が声を上げた。

「『冬樹大介』がこの硝子館に潜んでいた可能性はありますね」

「あんたまでそんなこと言うのか？　名探偵っていうのは、こんなオカルト女と同じレベルなのかよ。俺たちが動き回っているっていうのに、そいつはどうやって見つかりもせずに、二人も殺せるって言うんだ。食料は？　排泄《はいせつ》はどうする？　十三年間も冬山で生き抜いた殺人鬼が、いきなり忍び込んで人を殺すなんて、もはやミステリじゃなくてホラーだろ」

「姿を見せていないとは限りません。私たちはすでに『冬樹大介』に会っているのかも」

謎かけのようなセリフに、誰もが狐につままれたような表情を浮かべる。数秒のタイムラグを置いて、月夜の言葉に込められた恐ろしい意味を理解した者から、表情がひきつっていった。

「まさか、『冬樹大介』が俺たちの中にいると⁉」

遊馬が声を裏返すと、月夜は「さすがは私のワトソン君」と満足げに頷いた。

「その可能性も否定はできないだろ。犯人なのか被害者なのかまでは分からないけどね」

遊馬ははっとする。一瞬、『冬樹大介』が老田殺しの犯人なのかと思った。しかし、逆に殺された神津島か老田が『冬樹大介』だったのかもしれないのだ。

蝶ヶ岳神隠し事件の被害者と親しかった者が、復讐のために『冬樹大介』を殺害し、『蝶ヶ岳神隠し』の血文字を現場に残した。十分に考えられる。あまりにも続けざまに浴びせかけられた情報に、誰もが混乱して黙り込む中、月夜は加々見に視線を向けた。

「では加々見さん、続いての情報をお願いいたします」

「続いての情報？」

「ええ、そうですよ。いまお話しいただいたのは、十三年前の事件についてじゃないですか。けれど『蝶ヶ岳神隠し』と呼ばれる事件はそれだけじゃない。最近起こっている登山者の失踪もです。そして、あなたはその捜査をするために神津島さんとコンタクトを取っていた。さて、新しい方の『蝶ヶ岳神隠し』についてお教え願えますか？」

険しい顔で腕を組んだ加々見は、唸《うな》るような声を出す。十三年前の事件ならともかく、現在捜査中の事件の詳細となると、話すのを躊躇するのも当然だった。

「ここにいる人たちの安全のためです。市民を守るのも警察の役目でしょう」

月夜のだめ押しに、「分かったよ、話しゃいいんだろ」と加々見は投げやりに手を振った。

「被害者……というか、行方不明になっているのは摩周真珠《ましゅうしんじゅ》っていうＯＬだ。去年の冬、そいつは、もうすぐ結婚する予定の婚約者と二人で蝶ヶ岳に登った」

「冬山にたった二人でですか？」

「ああ、そうだよ」加々見はいまいましげに吐き捨てる。「婚約者の男がにわか登山家だったらしく、無理やり誘われたらしい。素人が冬の北アルプスに挑むなんて、頭に何が詰まっているのやら」

「冬山を舐めていたというわけですね」

「案の定、二人は遭難した。予定日になっても下山してこないんで、家族が捜索願を出したところ、婚約者の滑落遺体が見つかった。けれど、摩周真珠は発見できなかった」

「婚約者が滑落し、どうしていいか分からなくなって下山しようとしたけれど、道に迷ってしまったというところでしょうか」

「たぶんな」硬い表情で加々見は言う。「かなりの人数をつぎ込んで捜索を行うと、正しい下山ルートから離れた森の中に、装備の一部が落ちているのが発見できた。けれど結局、摩周真珠は見つからなかった、……遺体もな」

「下山ルートから外れて広大な森に迷い込めば、そういうこともあるでしょうね。ただ、それだけだと普通は、警察による捜査など行われないはずですが」

「前にも言っただろ、家族が騒いだって。摩周真珠の母親が、娘はたんに遭難しただけじゃない、誰かに連れ去られたんだって騒ぎ出したんだよ」

「やや、話が飛躍している気がしますね。母親はなぜ、そう思ったんでしょう」

「そこの編集者のせいだよ」

加々見はあごをしゃくった。左京が「え、私ですか？」と自分の顔を指さす。

「なにが、私ですか、だ。お前の雑誌で、去年『蝶ヶ岳神隠し事件』の特集を組んだだろ。その中で、冬樹大介は生きていて、最近の遭難者ももしかしたらその犠牲者なのかもしれないなんて書きやがった。そんな適当な記事を載せやがって、どう責任取るつもりなんだ」

「どう責任と言われましても……」左京は体を小さくする。

「摩周真珠の母親はお前の雑誌を読んで、娘は誰かに誘拐されて監禁されているだけと信じ込んだんだよ。まあどうせ、娘の死を受け入れられないから、自分に言い聞かせてるだけだろうけどな。ただ、その母親はうちの県警にコネがあった。そのせいで、俺が捜査をする羽目になったんだ」

「そこまでは分かりました。でも、なぜあなたはその捜査の一環として、神津島さんに接触したんですか？　あなたは何度もこの硝子館を訪れ、何度かは宿泊してさえいるんですよね。そして、今回の催しに呼ばれるほどに親しくなった」

月夜は静かに訊ねる。加々見は大きく手を振った。

「この蝶ヶ岳に住んでいるのは神津島氏ぐらいだったからだよ。あと、痕跡があった場所からみて、摩周真珠はこの硝子館がある方向に向かっていたと考えられていたからだ。意味のない捜査だって分かっていても、調べているポーズだけはしないといけないからな」

「ポーズだけで何回も訪れるものですかね？」

「ポーズだからこそ、何回も来てるんだよ」加々見は皮肉っぽく言う。「ミステリフリークだった神津島氏は、刑事の俺をそりゃあもう歓待してくれた。実際に起きた事件の話を聞かせてくれってな。昔話をするだけで、高級レストラン並みの食事と、俺の給料じゃ一生飲めないような酒にありつくことができる。十年以上前に女房に逃げられてから、コンビニ弁当ばっかり食ってた俺にとっちゃ、こんなにありがたいことはない。しかも、神津島氏はこの地域に多額の金を落としている名士だ。コネを作っておいて悪いことはねえからな」

「ＯＬ失踪事件を調べるためというより、自分のため頻繁に硝子館を訪れていたということですか」

「そりゃそうさ。なにか問題があるか？　間抜けなＯＬが遭難した事故を、刑事の俺が無理やり調べさせられているんだ。それくらいの役得、あって当然だろ」

悪びれる様子もなく、加々見は言い放った。

「本当に事故だったんでしょうか？」

月夜のつぶやきに、加々見の顔から下卑《げび》た笑みが消える。

「なんだって？」

「だって、老田さんの殺害現場には、でかでかと『蝶ヶ岳神隠し』と書かれていたんですよ。しかも、被害者の血液を使って。そのOLの失踪が、今回の事件にかかわっていたとしてもおかしくはないでしょう」

「あんた、さっきから言っていることがめちゃくちゃじゃねえか。神津島氏が手に入れた未公表原稿が動機だって言ったり、『冬樹大介』がこの館にいるって言ったり」

「まずはあらゆる可能性をリストアップして、その中から慎重に真実を探っていくんです。ですから、OLの失踪が事件にかかわっているという可能性も外すわけにはいきません」

「じゃあ、あんたはOLの失踪が、この館で起きた殺人事件にどうかかわっているって言うんだよ」

「そうですねえ……」月夜はこめかみに手を当てる。「こういうのはどうでしょう。そのOLは遭難して死亡したのではなく、神津島さんや老田さんによって誘拐され、殺害された。それに気づいた関係者が復讐のために神津島さんに近づき、今回の催しに招待されるまでに親しくなった。そして、その人物はOL殺害にかかわった者たちを殺害する計画を実行に移した。ああ、もしかしたら神津島さんか老田さんが、十三年前の連続殺人犯、『冬樹大介』だったという説も考えられますね。『冬樹大介』として女性を殺すことはできなくなったが、その代わりに登山者を誘拐して……」

月夜がそこまで言ったとき、大きな音が響き渡った。遊馬が振り返ると、円香の足元に、粉々に割れた皿の破片が散乱していた。

「も、申し訳ありません……。手が滑って……」

かすれ声で言う円香の顔は死人のように青ざめ、しゃがんで皿の破片に伸ばした手は遠目でも震えているのが見て取れた。

「円香ちゃん、素手で触っちゃ危ないって。俺が片付けるから、休んでいなよ」

酒泉が慌てて声をかけるが、耳に入っていないのか、円香は大きな破片に触れる。次の瞬間、円香は手を引いた。震えたままの手で皿の破片を摑もうとしたので、指先を切ったらしい。

「ほら、言わんこっちゃない。どうしたんだよ、円香ちゃん。顔、真っ青だよ。あとは俺がやるからさ、ちょっと部屋で休んできたら？　いいっスよね、皆さん」

九流間が「ああ、そりゃもちろん」と頷いた。

「そ、それでは、お言葉に甘えさせていただきます。あの、酒泉さん、申し訳ありませんけど、明日の朝まで休ませていただいてもいいですか」

円香は目を泳がせながら言う。

「別にかまわないけど、大丈夫かよ？　俺、看病とかしようか」

「そんなのいらない！　一人にして！」

唐突に、その小さな体からは想像できないほどの声量で円香は叫んだ。酒泉は啞然として立ち尽くす。すぐに円香ははっとした表情になると、つむじが見えるほどに深々と頭を下げた。

「取り乱してしまい、まことに申し訳ございません。体調がすぐれないので、部屋に下がらせていただきます」

早口で言った円香は踵を返し、逃げるように遊戯室から出ていった。予想外の事態に誰もが固まるなか、加々見が「ちょっと待てよ！」と立ち上がる。

「どうしたんだい、加々見君」

九流間が訊ねると、加々見は円香が消えた扉を指さした。

「あのメイドをこのまま逃がしていいわけがないだろ。あいつはなにか知っている。だからこそ、あんなに動揺して逃げ出したんだよ。呼び戻して、口を割らせねえと」

「しかし、体調が悪いというのに、そんな乱暴なことは……」

「なに甘いこと言ってんだよ。やばい状況だから、すぐに犯人を捕まえねえといけないんだろ。俺が連れてくるから、お前らはのんきに飯でも食ってな」

そう言い残して加々見も遊戯室から駆け足で出ていく。急な展開についていけず、遊馬は皿を片手に加々見の後姿を見送ることしかできなかった。

「まあ、加々見君の言い分も一理ある。私たちはここで食事をしながら待っていようか」

九流間の提案に、遊馬、左京、酒泉、夢読が小さく頷く。月夜だけが、黙々と料理を口に運び続けていた。五分ほどすると、加々見が一人で遊戯室に戻ってくる。

「一足遅かった。あのメイド、自分の部屋にこもって錠をかけやがった」

勢いよくソファーに腰掛けた加々見は、もくもくと食事を続けている月夜に視線を送る。

「で、名探偵さんよ、この後はどうするつもりだ？　まだ、だらだらと話をするのか？」

口に入っていたものを飲み込もうとした月夜は、のどに詰まったのか胸を数回たたいたあと、慌ててテーブルに置いてあった水を飲んだ。

「そうですねぇ。ある程度、情報は得ることができましたから、今日はそろそろお開きにしましょうか。いま聞いた情報も合わせて、しっかりと考えたいんで」

「好きにしな。これ以上あんたのままごとに付き合わされないで済むなら、それに越したことはねえからな」

「待ってください。今夜はどうするんですか？」

腰を浮かした加々見に、左京が慌てて訊ねる。加々見は「今夜？」と眉根を寄せた。

「そうですよ。また夜中に犯行があるかもしれないじゃないですか」

「なんだよ、あんた。殺される心当たりでもあるのか？」

からかうように加々見は言う。左京の唇がゆがんだ。

「ありませんよ、そんなもの！　けど、犯人は無差別に人を殺しているかもしれない。こういう場合、みんなで固まって行動した方がいいんじゃないですか？」

「お前たちと固まって一晩過ごすって言うのか？　俺はごめんだね。もしホシが俺を狙ってきたら、好都合だ。返り討ちにして、とっ捕まえてやるよ。というわけで、俺は自分の部屋で休むぜ」

「嫌よ！　あんたたちの中に人殺しがいるかもしれないんだから。私も自分の部屋に帰るから」

加々見と夢読が相次いで遊戯室から出ていき、残された者たちは顔を見合わせた。

「さて、私たちはどうしようかね。私はもう少し、ここにいようかと思っているけど」

九流間のつぶやきに、酒泉は料理の載っているテーブルを指さす。

「俺はとりあえず、料理の後片付けをします」

円香に怒鳴られたからか、その声は暗く沈んでいた。

遊馬が「それなら、俺も手伝うよ」と言うと、酒泉は頭を搔いた。

「いいんスか。それじゃあ、お願いしようかな。助かります」

「私は九流間先生ともう少し、遊戯室でご一緒するつもりです」

左京は「碧さんは？」と月夜に視線を向ける。

「私は部屋に戻ります。左京さんが言う通り、みんなで固まって夜を過ごすのが一番安全なんですが、すでに三人が部屋に戻っていてはあまり意味ないですし。少人数で誰もが出入りできる場所で夜を過ごすのも、結構危険だと思うんですよ」

「碧さんの言う通りかもねぇ。それじゃあ、私たちもあと少ししたら、自分の部屋に錠をかけてこもることにしようか」

九流間が提案する。反論する者はいなかった。

「一条君」

テーブルに置かれている皿の片づけをはじめた遊馬に、月夜が耳打ちしてくる。

「明日の朝に君の部屋に行って、事件についての推理をするから。今晩はよく寝ていてくれよ」

遊馬の肩をたたくと、月夜は軽い足取りで出入り口へと向かっていった。

三日目

1

「というわけで、一九三二年に出版されたエラリー・クイーンの『エジプト十字架の秘密』と、バーナビー・ロスの『Yの悲劇』はどちらも素晴らしい傑作だった。読者たちの間でどちらの方がより素晴らしいか意見が分かれたところ、クイーンとロスが黒い覆面をかぶって講演会に登場し、論争するというイベントが行われたんだよ。しかし、それから数年後、バーナビー・ロスというのは、エラリー・クイーンの別ペンネームで、二つの作品は同じ作者によって書かれたことが明らかになる。そうなると、講演会で論争をくり広げていた二人が誰かということが問題となるわけだ。一条君、その答えを知っているかい？」

「……マンフレッド・リーとフレデリック・ダネイだろ」

遊馬はため息交じりに答えると、月夜は「その通り」と鼻先に指を突き付けてきた。

「エラリー・クイーンはいとこ同士であるリーとダネイの合作ペンネームだった。つまり、エラリー・クイーンの作品はその二人によって作られたもので、だからこそ二人で討論を交わすことも可能だったということだ。いやあ一条君、やるじゃないか。ミステリマニアでも、この話を知らない者は多いっていうのに」

「そりゃどうも」

「合作ペンネームの作家は実はそれほど珍しくはない。日本の作家でまず思い当たるのは、『焦茶色のパステル』で第二十八回江戸川乱歩賞を受賞した岡嶋二人《おかじまふたり》だね。ペンネームに『二人』という文字が入っていることから分かるように、岡嶋二人にかんしては最初から共作ペンネームであるということを発表して……」

遊馬は鈍痛がわだかまる頭を押さえながら、延々と続く月夜のミステリ談義を聞き流していく。午前五時にいきなり大きなノックで遊馬を叩《たた》き起こした月夜は、部屋に入ってくるなりソファーに腰掛けて足を組み、「さて、推理をはじめようか」と言い出した。

相変わらずの自分勝手な行動に辟易《へきえき》しつつも、できるだけ早く老田殺しの犯人の正体を暴くためには月夜の推理が不可欠なので、遊馬は重い体に鞭《むち》うって洗面所で顔を洗い、着替えをした。しかし、身なりを整えて話を聞きはじめたはいいが、ありとあらゆるところで月夜の話が脱線し、ミステリにかんする豆知識を語りはじめるので、推理らしい推理はまだほとんど聞けていなかった。

いまも神津島のダイイングメッセージに『Yの悲劇』が関係していたことから、いつの間にかエラリー・クイーンの話になり、さらに話は果てしなく見当違いの方向へと向かっていた。

「そういえば、岡嶋二人が解散したあと、一人で執筆を続けている井上夢人《いのうえゆめひと》はビートルズの大ファンで、同じくビートルズを愛してやまない島田荘司とコピーバンドを組んで……」

「ストップ。碧さん、ちょっと待ってくれ」

脱線に脱線を重ねていく話に我慢できなくなり、遊馬は口をはさむ。気持ちよく喋《しゃべ》っていたところを遮られた月夜は、「なに？」と不満げに唇を尖《とが》らせた。

「ミステリのトリビアはいつか聞かせてもらうからさ、まずは事件についての話をしてくれよ」

月夜は数秒間、視線を彷徨《さまよ》わせたあと、「ああ、事件ね！」と声を上げた。

本気で忘れていたのか。脱力感をおぼえながらうなだれた遊馬は、上目遣いに月夜を見る。

「それで、なにか分かったのか？　たとえば……犯人の目星とか」

「それはまだ全然」

即答され、遊馬の肩が落ちる。しかし、すかさず月夜は言葉を続けた。

「ただ、ダイニングの密室トリックについては、少しだけ見当がついたかもしれないよ」

「本当かよ⁉」遊馬は勢いよく立ち上がる。「どうやったんだ？　どうやって、あの密室を作ったんだ？　火をつけたのは、やっぱり老田さんの遺体を焼くためだったのか？　そもそも、どうやって火を放ったんだ？」

続けざまに質問をすると、月夜は窓の外に視線を向けた。

「なんだか、今日はまた雪が降りそうだねえ。昨日は天気が良かったのに」

「碧さん！」

「怒るなって。天気の話題は会話の基本じゃないか。ダイニングの密室については、まだ少しだけ分からない点があるんだ。名探偵として、不十分な推理を公表するわけにはいかないんだよ」

「そんな悠長なこと言っている場合じゃないだろ。いつになったら……」

遊馬がそこまで言った瞬間、けたたましいサイレン音が室内に響き渡った。

『一階サブキッチンで火災発生　一階サブキッチンで火災発生　すぐに避難してください』

人工的な音声が聞こえてくるとともに、天井に取り付けられたモーターが一斉に動きだし、すべての窓が一気に開いていく。

「嘘《うそ》だろ、またかよ！」

昨日の再現のような光景に、とっさに立ち上がった遊馬の手を月夜が引いた。

「一条君、一階に行くよ」

もしかしたら、昨日のダイニングのようなことが起こっているかもしれない。そうでなくても、本当に火事が起きていればすぐに消火しなければ。遊馬は「分かった」と頷くと、月夜とともに部屋を出て、ガラスの階段を駆けおりていく。一階に着いた二人は、わき目もふらずにサブキッチンの扉へと駆け寄った。

扉のノブを摑《つか》んだ遊馬は両腕に力を込める。昨日のように、扉が開かないということはなかった。明かりが落とされたサブキッチンに、スプリンクラーから放たれた大量の水が降り注いでいる。もう消し止められたのか、炎は見当たらなかった。月夜が入り口のわきにあるスイッチを押す。蛍光灯の漂白された光が、サブキッチンを浮かび上がらせた。

スプリンクラーの水が止まる。背後から足音が聞こえてきた。振り返ると、九流間、加々見、左京、酒泉、夢読の五人が、次々にやってきた。

「なにが起きたのよ⁉」

息を切らせながら夢読がヒステリックに叫ぶ。その表情には強い恐怖が浮かんでいた。きっと、密室に遺体があるという最悪の事態を想像しているのだろう。

「俺たちもいま着いたばかりなんで分かりません」

「遺体はねえんだろうな？」

押し殺した声で加々見が訊《たず》ねる。場の空気が一気に張り詰めた。

「一見したところありませんね。ただ、死角もあるので。しっかり調べる必要があります」

月夜が答えると、「ならさっさと調べるぞ」と加々見は大股でサブキッチンへと入っていった。

遊馬も月夜とともに扉の中へと入り、スプリンクラーの水で滑る床を慎重に進んでいく。そのとき、月夜が「あっ」と声を上げた。遺体が転がっていたのかと思い、心臓が大きく跳ねる。しかし、月夜が指さしていたのは、キッチンテーブルの上にある蠟燭《ろうそく》の残骸だった。

「これで火をつけたみたいですね」

「それって、蠟燭ですか？」月夜の肩越しに左京が残骸を覗《のぞ》き込む。

「ええ、そうです。それに、焼けたティッシュペーパーの燃えかすみたいなものが落ちているし、石油燃料の匂いもする」

月夜は形のいい鼻をテーブルに近づけた。

「おそらく、火をつけた蠟燭の足元に、灯油を浸したティッシュペーパーを大量に置いたんだと思います。蠟燭が短くなってティッシュに火が燃え移り、大きな火柱を立てた。それに反応してスプリンクラーが作動し、消火をしたんでしょう」

「簡易自動発火装置と言うわけか」九流間はテーブルの残骸を眺める。「蠟燭に火をつけてから、ティッシュに燃え移るまで、どれくらいかかったんだろうね？」

「溶けた蠟燭の跡が少ないので、二、三十分というところでしょう。ですよね、加々見さん」

月夜に声をかけられた加々見は、「そんなところだろうな」と、つまらなそうにあごを引いた。

「誰かが二、三十分後にスプリンクラーが作動するように仕掛けをしたということか。けれど、いったいなんの目的で……」

九流間は禿《は》げあがった頭に手を当てる。

「昨日のように遺体を見つけさせるつもりではないようですね。少なくとも、このサブキッチンに遺体はないようですし」

室内を見回した月夜は、ほっそりとしたあごに指を添えた。

「もしかしたら、こうして私たちを集めるのが目的だったのかもしれません。火災となれば、部屋にこもっているつもりの人も出てくるでしょうから」

「あの……、円香ちゃんはどこっスか？」

酒泉がおずおずと言う。たしかに、言われてみれば円香の姿が見えなかった。

「部屋にいるんだろ。あのメイド、やけに怯《おび》えていたからな」加々見が興味なさげにつぶやいた。

「そんなわけないっスよ。火災報知器が鳴ったんですよ。全員出てくるのが当然じゃないっスか。ほら、部屋にこもるって宣言していたその占い師のおばさんも出てきているんスよ」

酒泉に指さされた夢読の表情が歪《ゆが》む。

「たしかに、この騒ぎでも現れないのは異常かもしれないな。様子を見に行った方がいい」

九流間の提案に、全員がためらいがちにサブキッチンから出ると、酒泉を先頭にガラスの螺旋階段をのぼり、陸の部屋の前にある踊り場に到着した。酒泉はノブを引くが、錠がかかっているらしく、扉が開くことはなかった。

「円香ちゃん！　円香ちゃん、大丈夫⁉」

酒泉は拳で扉を叩く。重い音が階段に反響するが、中から返事はなかった。

「おい、部屋に閉じこもっていてもかまわねえから、返事ぐらいしろよ」

酒泉を押しのけた加々見が怒鳴るが、やはり反応はない。不穏な空気が辺りに流れはじめる。

「返事しないなら、この扉を破るぞ。それでもいいんだな」

しびれを切らしたのか、加々見は力任せに扉を蹴った。しかし、鈍い光沢を放つ金属製の扉はびくともしなかった。爪先が痛かったのか、加々見は小さなうめき声を漏らす。

「ダイニングの扉みたいに破るのは無理だな。錠を外さないと。おい、九流間さん、一条先生」

不意に名を呼ばれた遊馬は、「はい」と背筋を伸ばす。

「金庫の鍵はいま持っているか？　マスターキーを入れた金庫の鍵だ」

「え、ええ、持ってます」

遊馬はポケットからキーケースを出す。九流間も「私も持っているよ」と鍵の束を掲げた。

「なら、さっさと地下倉庫に行ってマスターキーを取り出すぞ」

「分かった。一条先生、一緒に行こう」

九流間に促された遊馬が階段をおりようとしたとき、「待て！」と加々見が大声をあげた。

「なんですか、急いだほうがいいんでしょ」

痛む耳を押さえながら遊馬が抗議すると、加々見は鼻を鳴らす。

「地下倉庫には全員で行く。本当にマスターキーが金庫に入っているのか確認するためにな。もしかしたら、昨日の時点で偽物とすり替えられているかもしれねえだろ」

「……好きにしてくださいよ」

あまりにも疑り深い加々見に辟易しつつ、遊馬は階段をおりていく。加々見の指示通り、他の者もついてきていた。地下倉庫に到着すると、遊馬より先に月夜が金庫に走り寄り、ノブを摑んで開けようとする。しかし当然、扉が開くことはなかった。

「ほら、一条君、早くしなよ」

月夜が手招きをする。「分かってるよ」と答えた遊馬は金庫に近づくと、九流間とともに手にしていた鍵を鍵穴に差し込んだ。

「それじゃあ九流間先生、いきますよ。一、二の、三」

合図とともに遊馬と九流間は鍵を捻《ひね》る。ガチャリという錠が外れる音が響いた。遊馬がノブを回すと、滑らかに扉が開いていく。中には、『零』と刻印されたマスターキーが収められていた。

次の瞬間、遊馬を押しのけた酒泉がマスターキーを摑み、身を翻して走り出す。円香の身が心配で、いてもたってもいられなかったのだろう。すぐに「あっ、待ちやがれ！」と加々見が後を追った。遊馬たちも小走りに階段へと向かう。

再び陸の部屋の前まで階段を上がると、酒泉が錠を開けようとしていた。しかし、手が大きく震えているため、鍵がうまく鍵穴に入らない。

「情けねえな。俺がやってやろうか？」

嘲笑するように言う加々見を、酒泉は「黙ってろ！」と血走った目で睨《にら》みつけた。

「おお怖い。それなら、さっさと開けてくれよな」

両手を軽く挙げておどける加々見を無視してようやく錠を外した酒泉は、ノブを鷲摑《わしづか》みにして扉を開く。冷たい風が隙間から吹き出してきた。網膜に映し出された光景に、遊馬は息を吞《の》む。

窓際のベッドに円香が横たわっていた。

胸元が真っ赤に染まったウェディングドレスを着た、巴円香が。

「あ、ああ、円香ちゃん。あああ……」

悲痛な声を上げながら円香に駆け寄ろうとした酒泉の後ろ襟を、加々見は無造作に摑むと、そのまま後方へと引き倒した。

「な、なにをするんだ！」

尻もちをつき涙声で抗議する酒泉を、加々見は睥睨《へいげい》する。

「どう見ても、もう死んでるだろ。つまり、この部屋は事件現場だ。現場を荒らすんじゃねえって、何度も言っているだろ」

「そんなこと言ってる場合じゃ……」

「そんなこと言ってる場合なんだよ！」壁が震えるほどの大声で、加々見が一喝する。「明日には警察が来て、捜査をはじめられるんだ。そうすりゃ、三人もぶっ殺したホシの正体は間違いなく分かる。もう、これだけしか容疑者がいないんだから」

無精ひげが生えた頰にえくぼを作って、扉の外で固まっている者たちを一瞥《いちべつ》した加々見が部屋に入ろうとしたとき、そのわきを猫のようなしなやかな動きで月夜がすり抜けた。

「この上下セパレートのクラシカルなウェディングドレスは、展望室に飾ってあったものでしょう。『シャーロック　忌まわしき花嫁』の撮影で使われた衣装ですね」

月夜はベッドに横たわる円香を眺める。

「おい、勝手に入るんじゃねえよ」

がなり立てる加々見を黙殺した月夜は、部屋を見回した。

「この部屋の鍵は見当たりませんね。犯人が持って逃げたということでしょうか」

ひとりごつように月夜が言うと、座り込んだままの酒泉がか細い声で言う。

「……頭のやつをみてください」

「頭のやつ？　ホワイトブリムのことですか」

円香がつけているメイド用のブリムを月夜が取ろうとしたとき、横から手が伸びてきた。

「ん？　なんかジッパーがついているな。これか？」

ブリムをはぎ取った加々見が言うのを、酒泉は生気を失った瞳で見つめる。

「円香ちゃんは、いつもそこに鍵を……。そそっかしくて……物をなくしやすいからって……」

加々見がジッパーを開けると、中から出た鍵が床に落ちた。さっきの仕返しとばかりに、月夜がその鍵を素早く拾い上げる。

「おい、触るんじゃねえ！」

加々見が声をあげるが、月夜は意に介す様子もなく、厳しい表情で遊馬たちに近づいてきた。

「この鍵には『陸』の刻印があります。この陸の部屋の鍵で間違いないでしょう」

鍵穴からマスターキーを抜いた月夜は、代わりに手にした鍵を差し込んで手首を捻る。がちりという音とともに、扉に内蔵された錠が飛び出してきた。

「部屋の鍵は円香さんのブリムの中にあり、マスターキーは金庫にしまわれていたことになる。となると、どうやって円香さんを殺した犯人は、扉の鍵を閉めて部屋から出ていったんでしょう」

月夜が低い声でつぶやいた。

「出て行ってないのよ！」突然、夢読が金切り声を上げた。「そのメイドを殺した犯人はずっとこの部屋にいるの！」

「おいおい、あんたなに言ってんだ。さっきサブキッチンに全員集まったのを忘れたのかよ」

加々見が呆《あき》れた様子で言う。

「違う！　私たちの中に犯人がいるんじゃない。ずっと言っているじゃない。この館には、私たち以外の誰かが潜んでいるって。そいつがそのメイドを殺して、ずっと部屋の中にいるのよ！」

「いまもその犯人が、この部屋の中にいるというのかな？」

九流間が訊ねる。夢読は何度も首を縦に振った。

「そうに決まっているじゃない。そいつはどこかに隠れているの！　だから、はやく逃げなきゃ！」

空気が張り詰める。遊馬は素早く室内全体を見渡した。しかし、人影はない。加々見も警戒した様子で、ベッドの下や家具の裏、洗面所などを見て回る。

「誰もいねえよ」洗面所から出てきた加々見が頭を掻《か》いた。「ったく、霊能力者だか占い師だか知らねえが、おかしな妄想を口走って驚かすんじゃねえよ」

「妄想なんかじゃない！　なんで信じてくれないのよ！　この館にはなにか危険な存在が潜んでいるって。邪悪な気配がするって……」

夢読の言葉はもはや嗚咽《おえつ》交じりになっていた。あまりにも異常な事態に、精神が限界を迎えたのかもしれない。極限状態において、パニックはどんな感染症よりも容易に人々の間を伝播《でんぱ》していく。

これは危険だ。このままでは、お互いへの不信感が爆発してもおかしくない。遊馬がそんな危機感をおぼえるほどに、場の空気は沸騰していた。

次の瞬間、ぱーんっという大きな音が空気を揺らした。助けを求めるように目を泳がせていた者たちの視線が、その音の源、胸の前で両手を合わせた月夜に注がれる。

「まずは落ち着きましょう。話はそれからです」

普段のはしゃいだ雰囲気とは一転して、静かに月夜は言う。心なしか、その表情は冴《さ》えないように見えた。

「パニックになっては犯人の思うつぼです。まずはなにが起きたのか、しっかり検証しましょう」

月夜はやけに覇気のない口調で言う。

「扉の錠はかかり、鍵は室内と金庫内にあった。そして、室内に犯人の姿はない。では、巴さんを殺害した犯人は、いかにしてこの錠のかかった部屋から消えたのかを考える必要があります」

「その開いた窓から脱出したんじゃないですか?」

左京がおずおずと窓を指さす。火災警報器が作動したせいで、窓は全て天井側から外に向かって、四十五度ほど開いていた。

月夜は滑るように窓に近づいていくと、ベッドのわきから窓の外を覗き込む。加々見が「おい!」と声をかけるが、月夜は無視して話しはじめる。

「この窓をのぼって外に出ようとすれば、ガラスに手や足の跡がつくはずです。けれど、一見したところそれは見つかりません。また……」

月夜はスマートフォンをスーツのポケットから取り出すと、気怠《けだる》そうに窓の外を撮影しはじめた。

「この館の外壁は、滑らかな装飾ガラスで覆われています。道具なしで登ったり降りたりするのは、ヤモリでもない限り不可能でしょう。そして、もし道具を使っても外壁にあきらかな足跡や、道具でついた傷などが残るはずです。しかし、いくら目を凝らしてもそのような形跡はまったく見つかりません。巴さんを殺害した犯人は、この窓から外に逃走したわけではありません」

「けれど、鍵は使えないし、窓から出たんでもないとなったら、この部屋は……」

九流間が震える声で言う。月夜は重々しく頷《うなず》くと、そのセリフを引き取った。

「ええ、『密室』ということになります」

「密室……」遊馬の口から、その単語が漏れる。

またた。また密室で人が殺された。この館でいったいなにが起こっていると言うんだ。遊馬は内心でつぶやきながら、髪を掻き乱す。

「三つの密室に三つの遺体か。自分が書いた本格ミステリの中に迷い込んだような錯覚に陥るよ」

目元を押さえ、力なく首を横に振った九流間に、月夜が声をかけた。

「錯覚ではないのかもしれませんよ」

「……え？」九流間の眉間にしわが寄る。

「自分たちが気づいていないだけで、私たちは物語の登場人物なのかもしれません。『嵐の山荘もの』の、本格ミステリ小説の登場人物」

「なにを……言っているんだ……？」

九流間の顔には戸惑いが色濃く浮かんでいた。そして、困惑しているのは遊馬も同じだった。

昨日も月夜は同じようなことを言っていたが、それはあくまでも冗談めかしてだった。しかし、いまの月夜の態度からは、まるで自分が本当に小説の主人公だと思い込んでいるかのような危うさが伝わってくる。

この状況を月夜は楽しんでいると思っていた。しかしその実、彼女は名探偵として、無理やりそう振る舞っていただけなのかもしれない。本当は他の者たちと同じように、恐怖に心をじわじわと蝕《むしば》まれていたのかもしれない。

本格ミステリ小説のような状況で、必死に『名探偵』を演じていた道化。それが碧月夜という女性だとしたら、たしかに彼女はいつの間にか、物語の登場人物になっていたとも言える。

「なに馬鹿なこと言ってんだ！　これは現実だ。小説の中の出来事なんかじゃねえ。目を覚ませ！」

加々見に怒鳴りつけられ、虚《うつ》ろだった月夜の目にわずかに焦点が戻ってくる。

「ああ……、すみません。それじゃあ、円香さんの遺体を調べないと」

おぼつかない足取りでベッドサイドに移動して円香のスカートに手をかけた月夜の肩を、加々見が乱暴に引いた。

「だから、素人《しろうと》が現場を荒らすんじゃねえよ。遺体に触れるなんてもってのほかだ。特に、いまのあんたみたいにぼーっとしている奴《やつ》にはな」

体に力が入っていなかったのか、ふらふらと後ずさってバランスを崩した月夜の体を、遊馬は慌てて支えた。

「女性になんてことするんですか⁉」

遊馬の抗議に、加々見はばつが悪そうに首筋を掻いた。

「そんなに強く引いたつもりはなかったんだよ。その姉ちゃん、タッパがあるから大丈夫だと」

「一条君、気にしなくていいよ。私は大丈夫だから」

遊馬に支えられたまま、月夜は蚊の鳴くような声で言う。

「たしかに、いまの状態の私が遺体に触れるのはよくないかもしれない。加々見さん、代わりにお願いします。その傷を見ると、おそらく円香さんは……」

「ああ、殺される前に拷問を受けているな」

加々見が押し殺した声で『拷問』という単語を口にした瞬間、一気に室温が下がったような気がした。

「拷……問……？」遊馬は喉の奥から、必死にかすれ声を絞り出す。

「ああ、そうだよ」加々見は円香が着ているウェディングドレスのスカートをめくった。

「おい、なにを……」

涙声で抗議しかけた酒泉が絶句する。遊馬も目を疑った。露わになった白い太腿《ふともも》には、何十本という赤い線が走っているのが遠目にも見て取れた。

「ナイフで太腿を何度も斬りつけて痛めつけたんだろう。口元には猿轡《さるぐつわ》を嵌《は》められた跡がある。悲鳴を出せないようにだろうな」

さすがの加々見も、遺体とはいえ若い女性の太腿を晒《さら》し続けるのはよくないと思ったのか、すぐにスカートを戻した。

「そんな……、ひどい……。円香ちゃん……」酒泉が両手で顔を覆って肩を震わせはじめる。

加々見は円香の赤黒い液体で濡《ぬ》れたウェディングドレスの襟を引いて、彼女の胸元を覗き込んだ。

「直接的な死因は刺殺だな。胸に刺された傷がある。おそらく、心臓を貫かれてほぼ即死だっただろうな。拷問で何かを聞き出して、用なしになったらさっさと始末したってところか。体はまだ温かいし、血も固まっていないところを見ると、殺されてからそんなに時間は経《た》っていないはずだ。長く見積もっても二、三十分だな」

つぶやいた加々見は振り返って遊馬たちを見た。

「お前たちのなかで、この二、三十分のアリバイがある奴はいるか？」

遊馬は横目で月夜の様子をうかがう。二時間近く、肆《し》の部屋で事件について遊馬と語り合っていたというアリバイを、彼女が主張する気配はなかった。

昨日と同じように犯人を追い詰めないようにだろうか。それとも、たんに思考が固まってなにも言えないだけなのだろうか。どちらか判断つかないまま、遊馬も口を固く結ぶ。他の者たちも、誰一人として発言することはなかった。

「誰もアリバイなしか。まあ、正直アリバイなんてどうでもいいんだけどな。犯人なら、もう分かっているんだしよ」

加々見が何気なく発したセリフに、場の空気がざわりと揺れた。

「あなたいま、犯人が分かっているって言ったの⁉」

夢読が声を張り上げる。加々見は鷹揚《おうよう》に頷いた。

「当然だろ。ちょっと頭を働かせりゃ分かることだ。この部屋の扉には錠がかかっていて、鍵はガイシャが持っていた。そして室内には遺体だけでホシの姿はないし、さっき自称名探偵の姉ちゃんが言ったように、窓から脱出することもできない。そうなると、ホシがどうやってこの部屋を、お前らミステリオタクが大好きな『密室』とかいうやつにしたのか、答えは一つしかねえ」

「どうやったのよ！　早く教えて！」

「単純なことさ」加々見は得意げに鼻を鳴らす。「マスターキーを使ったんだよ」

「マスターキー？　でも、それは金庫の中にしまわれていたじゃない」

拍子抜けしたのか、夢読は不満げに言った。

「ああ、そうだな。けれど、なにかのときに取り出せるよう、ダイヤル錠は回さなかった。つまり、二つの金庫の鍵さえあれば、簡単にマスターキーを取り出すことができたんだよ」

「それじゃあ……」怯えた表情で、夢読が遊馬から距離を取った。

「そう、鍵を持っていた小説家と医者。二人の共犯だったんだよ」

加々見に指さされた遊馬は、なにを言われたのかすぐには理解できず立ち尽くす。見ると、そばにいる九流間も、同じように呆然《ぼうぜん》とした表情で固まっていた。

「なぜだかは知らねえが、その二人は協力して、神津島氏、執事、メイドの三人を惨殺したんだ。もしかしたら、俺たちも殺すつもりだったのかもな」

「ま、待ってくださいよ」

硬直している遊馬と九流間の代わりに、左京が声を上げた。

「それじゃあ、二つ目の殺人はどうなるんですか。どうやってダイニングの密室を作って、そこを火事にしたんですか」

「知るかよ、そんなこと」加々見は面倒くさそうに手を振る。「そいつら二人を逮捕して徹底的に締め上げりゃ、どうやったのか吐くさ。なんにしろ、メイドを殺せたのはその二人だけなんだ。そいつらが犯人で間違いない。そいつらを拘束すりゃ、もう誰も殺されることはねえんだよ」

加々見はあごを引くと、ゆっくりと一歩踏み出した。鋭い眼光に射すくめられ腰が引ける。自分より背の低い中年男とはいっても、相手はかなり固太りの体をしている。体重も腕力も自分より上だろう。しかも、現役の刑事ならきっと、柔道や剣道の心得もあるに違いない。暴力によって制圧されては、抵抗するのは難しい。それに、酒泉や左京が加々見に加勢する可能性すらある。

ここで拘束されたら、老田殺害犯の正体を暴いて、その人物に神津島殺しの罪をなすりつけるという計画も破綻する。九流間とともに、三人を殺害した凶悪犯として逮捕されてしまう。

どうする？　どうすればいい？

じりじりと迫ってくる加々見に怯えつつ必死に頭を働かせた遊馬は、隣に立っている月夜に視線を向ける。

そうだ、アリバイだ。第二、第三の殺人が起きた時刻、俺は彼女と一緒にいた。そのことをこの名探偵が証言してくれれば……。

遊馬と月夜の視線が絡む。さっきまで虚ろに濁っていた彼女の瞳に、わずかに光が戻っていた。月夜は柔らかく微笑《ほほえ》んで軽く頷くと、加々見に向き直る。

「一条君と九流間先生を、巴さん殺害の犯人と断定するのは間違っています」

凛《りん》とした声が部屋に響き渡る。加々見の動きが止まった。

「間違っている？　じゃあ、誰が三人を殺したって言うんだ」

「それはまだ分かりません。ただ、二人が昨日、皆さん立ち会いのもとでマスターキーを金庫にしまってから、さっき取り出すまでの間に、金庫を開けていないのは確実です」

遊馬は目を大きくする。てっきり、アリバイを主張してくれるものだと思っていた。それなのに、なぜ金庫について？

「どうして言い切れるんだよ？　適当なこと言うんじゃねえぞ」

加々見は脅しつけるかのように言う。しかし、月夜が動じることはなかった。

「適当なことなんかじゃありません。金庫に細工をしていたので確実です」

「細工？」加々見の鼻のつけ根にしわが寄る。

「そうです。昨日、マスターキーがしまわれたあと、私は自分の髪の毛を数本抜いて、気づかれないように金庫の扉の隙間に差し込んでいたんですよ。もし誰かが金庫を開けたら気づくように」

昨日、金庫の扉が開かないことを確認したとき、そんなことをしていたのか。

「そして、さっき金庫を開ける前に確認したところ、髪の毛はしっかりと挟まっていました。つまり、誰もマスターキーを金庫から取り出してなんかいないんです」

「……そんなの証拠にならないだろ。お前しか確認してないんだからな。そいつらを守るために嘘をついているかもしれない」

「あなたならそう言うと思っていましたよ。まさに、ミステリ小説の中のダメ刑事そのものですね」

月夜の嘲笑に、加々見の顔が紅潮する。

「では逆にうかがいますけど、一条君と九流間先生が共犯で、マスターキーを使ってこの陸《ろく》の部屋に押し入り、巴さんを殺害したと仮定して、どうして二人はこの部屋を密室にしたんですか？」

「どうしてって……、そりゃあ、マスターキーを使って外から閉めたんだろ」

「『どうやって』ではありません。私が訊《き》いているのは『どうして』です。二人が犯人だとしたら、部屋から出たあと、わざわざマスターキーで鍵を閉めて、現場を密室にする必要なんてないんですよ。だって、扉の鍵さえ開けたままにしておけば、マスターキーを使ったなんて疑われることはなかったんですから」

加々見は「それは……」と言葉に詰まってしまう。

「もし扉に錠がかかっていなかったら、私たちはおそらくこう考えたでしょう。夜のうちに巴さんは誰かを部屋に入れ、その人物によって殺害されたと。その際に、疑われるのは誰でしょうか？　まずは、巴さんと親しかった酒泉さんでしょう」

名前を出された酒泉は、「え？」と泣きはらした顔を上げる。

「それに、女性である夢読さんなら安全だと思って部屋に上げたかもしれないし、警察関係者なら信頼できると考えたかもしれない」

「私は関係ない！」「俺がやったとでも言うのか！」

夢読と加々見が同時に大声を上げた。

「落ち着いてください。もしこの部屋が密室でなかったら、誰が疑われるかという話をしているだけです。つまり、扉の錠がかかっていなかったら、一条君と九流間先生は疑われにくい立場になっていたということです。それなのに、二人がわざわざマスターキーで扉に錠をかけたとおっしゃるんですか？　それはおかしい」

理路整然とした説明に、加々見が反論できずに黙り込む。

「逆に考えると、一条君と九流間先生をスケープゴートにするために、犯人はなんらかの方法でこの部屋を密室にしたのかもしれませんね。なんにしろ、現時点では二人を犯人だと断定する根拠はないということです。分かっていただけましたか？」

無理やり気力を振り絞って精魂尽き果てたのか、月夜は肩を落として大きな息をついた。

「……ああ、分かったよ」

ふて腐れたように言った加々見は、ベッドに向き直るとズボンのポケットからスマートフォンを取り出し、倒れている円香の写真を撮りはじめる。

「お前らは自分の部屋にでも遊戯室にでも、どこにでも行っていいぞ。俺は現場記録を残すために写真を撮っているから」

月夜に論破されたことがさすがにこたえたのか、加々見の声には力がなかった。

遊馬は九流間たちと顔を見合わせる。どこにでも行っていいと言われても、これからどうすべきか判断がつかなかった。これまでなら率先して次の行動に移っていた月夜も、いまは暗い表情で黙り込んでいた。

「酒泉さん、大丈夫ですか」

うずくまって肩を震わせている酒泉に、左京が声をかける。しかし、酒泉は弱々しく首を横に振るだけだった。

また犠牲者が出てしまった。また密室で殺人事件が起きた。遊馬は内心でつぶやく。どこからかカチカチと音がする。それが、自分の上下の歯が当たって生じていることに、すぐには気づくことができなかった。

「もう嫌よ！　出して！　こんなところからすぐに出してよ！」

夢読がピンク色に染められた髪を、両手で掻きむしる。酒泉の嗚咽が大きくなる。左京がおろおろと視線を彷徨わせる。九流間が禿げあがった頭に爪を立てた。

パニックが伝染病のように人々に感染していく。夢読のように大声で叫びながら、この館から逃げ出してしまいたいという衝動を、遊馬は必死に押さえ込んだ。

「なんだ、こりゃあ⁉」

突然、素っ頓狂な声を上げた加々見に、全員の視線が集まる。円香が着ているウェディングドレスの上着の裾をめくった状態で、加々見は目を見開いていた。

遊馬たちはおそるおそるベッドに近づいていく。露わになっている白いコルセットを見た遊馬の喉から「うっ」という呻《うめ》きが漏れる。そこには赤黒い文字が書き殴られていた。おそらくは、血液で書かれた文字。


『中村青司《なかむらせいじ》を殺せ』


視界から遠近感が消えていく。血文字が浮き上がり、迫ってくるような錯覚に遊馬は襲われた。

「誰なの、中村青司って⁉　もしかして、そいつが館に隠れている殺人鬼なの⁉」

夢読の金切り声に、遊馬は周りを見回す。九流間、そして左京と目が合った。二人の顔には、困惑が色濃く浮かんでいる。

やはり、あの中村青司のことか？　しかし、それを殺せとは……？

次々と押し寄せてくる情報に、頭痛をおぼえた遊馬がこめかみを押さえていると、月夜が小声でつぶやいた。

「……館シリーズ」

「ああ？　なにか言ったか？　お前もしかして、この『中村青司』って奴、知っているのか？」

「ええ、もちろん」気怠そうに月夜は頷いた。

「中村青司は一九三九年五月五日、大分県に生まれた建築家で、様々な奇妙な館を設計したことで有名になった人物です」

「戦前生まれというと、かなりの歳だな。なんでそいつの名前がここに出て……」

そこまで言ったところで、加々見の目が大きくなる。

「いま、奇妙な館を設計した建築家って言ったな。ということは、この建物もそいつの設計ってことか？　この館を設計した奴を殺せ、この血文字はそう言う意味なのか⁉」

「いえ、それはありません。中村青司は実在しませんから」

「はぁ？　なに言ってんだ？　いま知っているって言っただろ！」

加々見は月夜に食って掛かる。遊馬は慌てて二人の間に割って入った。

「落ち着いてください。中村青司は架空の人物なんです」

「架空の人物？」

訝しげに聞き返す加々見に、遊馬は頷いた。少しでもミステリに見識がある者なら、誰でもその名に心当たりがあるはずだ。新本格ムーブメントの火付け役となった、あの傑作に登場する人物、伝説的なあの館を設計した人物なのだから。

「中村青司は、綾辻行人の代名詞ともいえる一連の本格ミステリ小説、『館シリーズ』に出てくる登場人物です。『館シリーズ』は、中村青司が設計した奇妙な館で連続殺人が起き、その謎を主人公の島田潔《しまだきよし》が解き明かすというのが基本的なストーリーなんです」

「またミステリ小説か！　いい加減にしてくれ。もう三人も殺されてるんだぞ！　なんで、そんな奴の名前が遺体に血文字で書かれているんだ⁉　しかも、『殺せ』だぞ。架空の人物を殺すって、どういうことだ！」

地団太を踏む加々見を尻目に、月夜は踵《きびす》を返して出入り口へと向かっていく。

「おい、どこに行くつもりだよ」

「中村青司を殺しに行くんです」

平板な声で答えた月夜は、そのまま部屋を出て階段をおりていった。

「ちょっと待て、殺しに行くってどういう意味だ」

姿が見えなくなった月夜を、加々見が走って追う。遊馬たちもあとに続き、マスターキーで陸の部屋の錠をかけて階段をおりはじめた。

一階に到着した月夜は、わき目もふらずホールを進んでいく。しかし、その足取りはやけに重く見えた。シアターの前まで到着した彼女は、両手で観音開きの扉を開いて中へと入る。

薄暗いシアターの中、青い屋敷が映るスクリーンの前まで到着した月夜は振り返り、ついてきた加々見に手を伸ばした。

「ライターを貸してください。喫煙者なんだから持っていますよね」

「……なんで俺がタバコを吸うって知っているんだよ？」

「匂いで分かります。ヘビースモーカーの体にはタバコの匂いが染みついていますから。そして、巴さんのコルセットに書かれていた血文字の意味を説明するためには、ライターが必要なんです。

それとも、説明しなくてもいいんですか？」

加々見は渋い表情でスーツの懐に手を入れると、取り出したジッポーを放った。

放物線を描いたライターを受け取った月夜は、慣れた手つきで蓋を開け、ライターをスクリーンに近づける。遊馬は息を呑む。加々見も「おい、やめろ！」と目を剝《む》いた。しかし、月夜は迷うことなく火打石《ひうちいし》を回した。灯《とも》った炎がスクリーンへと燃え移る。

遊馬たちが絶句する中、スクリーンに映る青い洋館が瞬く間に炎に飲み込まれていくのを、月夜は冷めた目で見つめていた。炎がその顔を橙《だいだい》に照らす。

「なにやってるんだ、お前⁉　火事になったらどうするんだ！」

「大丈夫です。このスクリーンの周りには可燃物はありません。燃え移ることはありませんよ」

叫ぶ加々見に一瞥もくれることなく、月夜は力なく言った。その言葉通り、スクリーンを這《は》い広がった火は、壁や天井などを燃やすことなく消えていく。目の前で炎とともにスクリーンが焼け落ちても、月夜は表情を変えなかった。

スクリーンの向こう側に広がっていた光景を見て、遊馬は目を見開く。一メートルほどの奥行きがある空間、その床には金属製の蓋のようなものがあった。月夜は蓋に近づくと、錆《さ》びた取っ手に両手をかける。蓋が開くと、地下へとおりる階段が姿を現した。

「階段？　地下倉庫に繫《つな》がっているのか？」

加々見がつぶやく。月夜は気怠そうに首を横に振った。

「いいえ、違います。位置関係からして、この下にはなにもないはずです。つまり、これは『秘密の地下室への階段』です。巴さんを殺害した犯人は、これを見つけさせるために、コルセットにあんな血文字を残したんですよ」

まだわずかに火を上げるスクリーンの残骸を乗り越え、階段をおりようとする月夜の肩を、加々見が摑んだ。

「おい、待てよ。どうしてあの血文字から、この階段のことが分かったんだ？　説明しろ」

「……隠されていた地下室が見つかったんですから、どうでもいいじゃないですか」

「そんなわけにゃいかない。説明しないなら、お前があれを書いたって疑われて当然だ。思わせぶりに意味不明の暗号を書いて、それを解いたふりをして俺たちをここに連れてきたんだってな」

「なんで、そんな面倒なことする必要があるんですか。分かりましたよ、説明します」

月夜は疲れ果てた様子で話しはじめた。

「さっき一条君が言ったように、中村青司は綾辻行人の『館シリーズ』に登場する建築家です。そして、ミステリフリークだった神津島さんは、『館シリーズ』を偏愛していました。特に、本格ミステリブームの火付け役となった『十角館の殺人』を」

月夜は鼻の頭を撫《な》でる。

「神津島さんの気持ちもよく理解できます。『十角館の殺人』はまさに日本ミステリ界のマイルストーンでした。それを皮切りに、法月綸太郎、有栖川有栖、我孫子武丸など錚々《そうそう》たる才能が日本ミステリ界に登場し、松本清張の活躍以来、縮小の一途をたどっていた本格ミステリの人気が一気に爆発して、新本格ムーブメントが起きたんですから」

月夜の口調にだんだんと熱がこもっていくにつれ、加々見の顔が険しくなっていく。

「ただ、『十角館の殺人』で新本格ムーブメントが爆発する土壌を作ったのは、島田荘司なのは間違いないでしょう。一九八一年に刊行されたデビュー作『占星術殺人事件』は多くの本格ミステリファンを魅了しました。綾辻行人もその一人だったはずです。また島田荘司は自らも『斜め屋敷の犯罪』や『暗闇坂の人喰いの木』などの名作を生み出す一方、綾辻行人、法月綸太郎、歌野晶午など新本格ムーブメントを担う若手作家を世に送り出しています。島田荘司がいなければ『十角館の殺人』も生まれることなく、新本格ムーブメントも起こらなかったのではないでしょうか。また新本格ムーブメントを仕掛けた宇山日出臣、戸川安宣などの編集者の功績も忘れてはなりません。もちろん、本格ミステリ不遇の時代を支えてきた、鮎川哲也など……」

「おい、べらべらわけの分からない話をしてんじゃねえよ。さっさと結論を言え！」

我慢できなくなったのか、加々見がだみ声で遮る。月夜は目をしばたたいた。

「結論？　私が一番好きな『館シリーズ』の作品ですか？　それなら『時計館の殺人』が……」

「違う！　どうしてここに隠し階段があることが分かったかだ！」

「ああ、そんな話をしていましたね」月夜の口調から、熱が一気に引く。「つまり、神津島さんは『館シリーズ』にあこがれて、この硝子館を作ったわけです。そして、そのシリーズの舞台になった奇妙な館を設計した中村青司の家こそ……」

「青屋敷！」

思わず叫んだ遊馬に視線を向けた月夜は、「その通りだよ、一条君」と弱々しく微笑んだ。

「なんだ、その青屋敷って言うのは？」加々見の矛先が遊馬に向く。

「『十角館の殺人』の舞台である角島《つのじま》に、十角館とともに立っていた中村青司の自宅です。ただ物語のなかでは、青屋敷は火事で全焼し、中村青司は焼死体で発見されているという設定なんです」

遊馬が説明すると、加々見は月夜に視線を戻す。

「焼死体……、ということは……」

「ええ、そうです。コルセットに書かれていた『中村青司を殺せ』という血文字は、このスクリーンを燃やせという指示だったんですよ。きっと、犯人は巴さんに拷問を加え、この場所を聞き出した。そして、血文字のメッセージを残して、私たちをこの場所に導いたんです」

「その階段の下には、なにがあるの⁉」

夢読の問いに、月夜は「さあ、なんでしょうね」と力なく言うと、なんのためらいもなく階段をおりはじめた。遊馬たちは慌ててそのあとを追う。

狭く、薄暗い石造りの階段を遊馬たちはおりていく。足音がやけに大きく壁に反響した。手を伸ばせば容易に届く低い天井からは、裸電球がぶら下がっている。

「なんだか、中世の地下牢《ろう》みたいだな」

遊馬がつぶやくと、前を歩いていた月夜が振り返って、皮肉っぽく唇をゆがめた。

「地下牢か。いい線いっているかもしれないよ、一条君」

「どういうことだ？」

月夜はふっと鼻を鳴らしただけで、再び足を動かしはじめる。

数十秒かけて慎重に階段をおりていくと、暗い空間にたどり着いた。階段から漏れる裸電球の光で、石畳の暗い廊下が伸びているのは分かるが、奥には深い闇が揺蕩《たゆた》っていてなにも見えない。

「ああ、ここにスイッチのようなものがあるね」

九流間が石壁に埋め込まれたスイッチを押す。石畳の隙間に埋め込まれたＬＥＤライトが点灯する。淡い橙色の光が薄暗い廊下の奥に向かって続いている光景は、誘導灯のともった滑走路のようだった。

「牢屋……」

左京がかすれ声を漏らす。彼の言う通り、奥に向かって伸びる廊下の左右には、鉄格子がはまった部屋が並んでいた。

「言っただろ、一条君。いい線いっているって」

奥に向かって伸びる廊下を、月夜はまばたきもせずに見つめる。

「ここに地下牢があるって分かっていたのか？」

「分かってたわけじゃないよ。ただ、これまでの情報から推理すると、十分に予想できたことさ」

月夜は廊下を進んでいく。革靴が石畳を叩く音が反響した。

月夜のすぐ後ろについていった遊馬は、鉄格子の中を覗き込む。トイレと簡易ベッドだけが置かれた四畳半ほどの空間。コンクリートが剝き出しの床には、割れたコップと大型犬のえさを入れるための皿が転がっている。

明かりがなく、暗い牢獄の奥はよく見えなかった。遊馬は目を凝らす。暗順応した瞳が、部屋の奥に置かれたベッドの上にある『物体』をとらえる。その瞬間、激しい嘔気《おうき》に襲われ、遊馬はとっさに両手で口を押さえた。

それは、遺体だった。登山ウェアを着たほぼ白骨化した遺体。女性用のウェアからのぞく手や顔にはほとんど肉が残っておらず、空洞の眼窩《がんか》が恨めしそうにこちらを見つめている。

「なんなのよ、これ⁉」

叫びながらその場に崩れ落ちた夢読は、腰を抜かした状態で後ずさる。彼女の背中が、向かい側の牢獄の鉄格子に触れた。振り返った夢読の口から、鼓膜に痛みをおぼえるほどの悲鳴が迸《ほとばし》る。

そちらの牢獄のベッドにも、登山ウェアを着た白骨遺体が横たわっていた。こちらは服装から、おそらく男性だったのだろう。

「大きな声を出さないでください。遺体ですよ。死後、かなりの時間が経った白骨遺体」

月夜が両手で耳を押さえる。

「碧さん、ここはいったいなんなんだ？　この遺体は誰なんだ？　分かっていたら教えてくれ。私にはなにがなんだか……」

息を乱しながら九流間が訊ねた。

「見た通り、地下牢ですよ。そして、おそらく遺体は、蝶ヶ岳神隠しの被害者のものでしょう」

「蝶ヶ岳神隠しの……」

「ええ、そうです。行方不明になった登山者たちは、ただ遭難していたんじゃありません。登山ルートを外れて迷った被害者たちは、この硝子館にたどり着き、助けを求めた。しかし、神津島さんたちに拉致されて、この地下牢に閉じ込められたんですよ」

突然、加々見が走り出し、左右三つずつ並んだ牢獄の、右奥の鉄格子を摑む。その表情筋は激しく蠕動《ぜんどう》し、軋《きし》むほどに食いしばった歯の隙間から、「畜生……、畜生……」という怨嗟《えんさ》の声が漏れる。

「どうしたんですか、加々見さん」

おずおずと遊馬が訊ねると、加々見は震える指で牢獄の奥をさす。他の牢と同様に、そこにも登山用のウェアを着た白骨遺体が横たわっていた。

「あれは、行方不明になったとき摩周真珠が着ていたものだ。あれは……摩周真珠の遺体だ」

「摩周真珠っていうのは、加々見さんが探していた被害者ですね」

「そうだ。俺が来るのが遅かったから……」

加々見は血が滲《にじ》みそうなほどに強く、分厚い唇を嚙《か》む。傍若無人な振る舞いが目立つ男だが、その姿からは被害者を助けられなかったことへの無念が、痛いほどに伝わってきた。

「錠がかかって開かないですね。残念ながら、牢獄の中を詳しく調べることはできなそうです」

鉄格子の扉を見つめながら月夜がつぶやいたとき、「あの……」と酒泉が声を上げる。

「こっちの牢獄は扉が開いていますけど……」

一番奥の左側の牢獄を指さしながら、酒泉が力ない声で言う。円香の死のショックからはいくらか回復しているようだが、その表情には覇気がなく、消耗しきっているのが見てとれた。

遊馬は振り返って、その牢獄を見る。たしかにその扉は開き、牢内に遺体は見当たらなかった。

「もともと誰も閉じ込められていなかったんじゃないか」

左京が言うと、月夜が「もしくは逃げ出したか」とつぶやいた。牢獄から逃げ出した人物が、どこかに潜んでいるかもしれない。一気に空気が張り詰める。

「つまり、昨日の仮説のように、神津島さんか老田さんが十三年前の蝶ヶ岳神隠しを起こした冬樹大介で、その後も犯行を繰り返していたということなのか?」

緊張をはらんだ口調で九流間が訊ねる。

「それも絶対にないというわけではありませんが、違う可能性の方が高いと思います」

月夜は廊下の突き当りにある観音開きの鉄製の扉の前に立つと、両手でそれを押し開けた。その奥に広がっていた光景を見て、遊馬は目を疑う。蛍光灯の漂白された光が部屋を照らしていた。そこは実験室だった。バスケットコートほどはありそうな大きな実験室。巨大なキャビネット、遠心分離機、顕微鏡、超低温冷蔵庫、奥には手術台すら置かれている。

「なにより、実験動物の面倒を見るのが大変でした。すごい大きな声で泣くし、食事の世話も大変だし、実験の際には暴れるしで」

大根役者が棒読みするような口調で月夜は言う。初日、もう神津島が研究をしていなかったのかと九流間が訊ねたとき、円香が答えたセリフ。

「まさか、その実験動物とは……」

青ざめて言葉を失った九流間の喉から、笛を吹くような音が漏れる。

「ええ、遭難して拉致された登山者たちだったんでしょう。神津島さんはかなり名誉欲の強い人でした。愛するミステリの分野で名を残したいと希望していましたが、自分が専門とする科学の分野の方が名を残せる可能性が高いことも理解していたんだと思います」

「けど、神津島さんはすでにトライデントで十分な金と名誉を得ていたはずだ」

反論する遊馬に、月夜は一瞥をくれる。

「一条君、人間の欲望っていうやつは限りがないんだよ。栄誉を手に入れれば手に入れるほど、乾いていくんだ。さらなる賞賛が欲しいってね。そうなるともはや、底なし沼に沈んだようなものさ。目的のためには手段を選ばなくなる。どんな倫理に反した手段もね」

月夜は実験室に入っていく。

「倫理が科学の発展を妨げているという一面があるのは事実だ。受精卵を利用して作られるES細胞が、生命倫理に反しているという理由で実験が禁じられたことで、再生医学はｉＰＳ細胞の発明まで大きく足踏みをすることになった。倫理という楔《くさび》が外れた科学者は、まさにドーピングをしたアスリートのようなものだ。一気に研究を進めることができる」

——ナチスこそが最も短期間で医学を進歩させたんだよ。

毒を飲ませて殺害しようとする寸前、神津島が口走った言葉が脳裏をよぎり、遊馬は脊髄に氷水を注ぎ込まれたような心地になる。

「じゃあ、被害者たちを使って神津島さんは人体実験を⁉」

「そんなところだろうね」

月夜はわきにあるテーブルを指でなぞる。指先が埃《ほこり》で白くなった。

「ただ、これだけ埃をかぶっているということは、かなり前にその計画は頓挫したみたいだね。いくら金をかけて研究施設を作ったところで、研究には人手がいるからね。素人の老田さんや巴さんでは、雑用はできても、専門的な手伝いはできなかったはず。かといって、こんな人道に反した研究に、専門知識のある助手を雇うわけにはいかない。ということで、再び科学の分野で名声を得ることをあきらめた神津島さんはこの実験施設を放棄し、ミステリの分野で功績を上げることに注力するようになった。埃の厚さからすると、一年ぐらい前かな。巴さんも、それくらいに研究から手を引いたと言っていた」

「ちょ、ちょっと待ってくれ」九流間が声を上げる。「放棄するって、牢獄に閉じ込められていた人たちはどうなったんだ」

「おそらくですけど、実験室と同時に放置されたんだと思います」

「放置……」

「ええ、そうです。もう研究はしないと決めた神津島さんは、被害者を牢獄に閉じ込めたまま設備を放棄しました。逃がすわけにはいきませんし、わざわざ殺すのも大変です。なにもしないのが最も手間がかかりません」

「しかし、なにもしなければ……」

「もちろん餓死します」

言葉を失う九流間を見ながら、月夜は淡々と説明していく。

「闇の中、飢えと渇きに苦しみながら、被害者たちは少しでも生き残る確率を上げようと、ベッドに静かに横になっていたんだと思います。いつか助けが来てくれると信じて。しかし、その願いは届くことなく、一人、また一人と絶望のなか命を落としていった。肉体は腐って消えていき、最後には白骨化した遺体だけが残されたんです」

月夜は言葉を切ると、周りの人々を見回す。実験室に鉛のように重い沈黙がおりた。

「それじゃあ、今回の連続殺人は……」

おそるおそる九流間が沈黙を破る。月夜は大きく頷いた。

「ええ、動機は復讐《ふくしゅう》でしょう。この地下牢で非業の死を遂げた被害者と親しかった誰かが、非人道的な研究に加担した三人を殺害したんです。まずは首謀者である神津島さんを毒殺し、そして老田さんを殺害して、現場に『蝶ヶ岳神隠し』の血文字を残すことでなにゆえの犯行かを示した。そして、最後に巴さんに拷問を加えて、この実験室の場所を吐かせたうえで殺害し、コルセットの血文字で私たちをここに導いたんです」

「どうして、私たちにここを見せようと？」

「自分の正義を示したかったのではないでしょうか。私利私欲のために殺人を行ったのではなく、人の道から外れた者たちに正当な罰を与えただけだと。老田さんの殺害現場に、動機に繋がる情報を残したことからも、そのことが推測されます」

「……なにが正当な罰だ」

摩周真珠と思われる遺体を見つけてから黙り込んでいた加々見が、低くこもった声で言う。

「正当な罰って言うのは、警察が逮捕し、起訴されて判決を受けることなんだよ。自分の手を汚したら、殺した奴らと同じ畜生道に堕《お》ちるだけだろうが」

「けれど、警察であるあなたもこの地下牢を見るまでは、摩周真珠さんは単に遭難していたと思っていたじゃないですか。きっと犯人は、警察は頼りにならないと判断して、こんな手段に出たのではないでしょうか」

加々見は苦虫を嚙みつぶしたような表情で黙り込む。代わって、夢読が早口で喋り出した。

「ねえ、待ってよ。あの空の牢屋はどうなるの？　もしかしたら、あそこから逃げ出した人が復讐したのかもしれないじゃない」

「そうですねぇ」月夜はあごを撫でる。「ここが放棄されてからかなりの期間が経っていることを考えると、その可能性は低い気がするんですが」

「いいえ、きっとそうよ。私がずっと感じていた邪悪な気配はそいつだったのよ。そいつはずっとこの館に潜んでいて、あの三人を殺すチャンスをうかがっていたの」

「この暗闇の中、一年以上も生き抜いてきた復讐の鬼が犯人というわけですか」

月夜は「なかなか面白い仮説ですね」と続けるが、その表情は冴えなかった。

「碧さん、あなたにはもう犯人が分かっているのか？　どうやって密室を作り、どうやって三人を殺したのか、見当がついているのか？」

九流間が一歩前に出る。月夜はゆっくりと首を横に振った。

「いいえ、それはまだ分かりません。ただ、犯人の正体や密室トリックよりも、いまははるかに重要なことがあります」

「犯人の正体より重要なこと？」

「復讐が殺人の動機だとしたら、これ以上、被害者が出る可能性は低いということです」

おおっ、という控えめな声が上がるなか、月夜はわずかにあごを引いた。

「この硝子館に住んでいたのは、神津島さん、老田さん、巴さんの三人です。この悪魔の実験にかかわっていたのは、おそらくその三人だけでしょう。神津島さんを殺害し、私たちにこの秘密の地下室を発見させた時点で、犯人は目的を達したはずです。ならこれ以上、被害者は増えない。私たちは明日まで、警察の到着を待てばいいだけです」

「ああ、それがいい」加々見が低い声で言う。「あとは俺たちに任せればいいんだよ。鑑識さえ到着すれば、現場を調べて、犯人の遺留品を見つけることができる。それに、動機が復讐なら話は簡単だ。お前らのことを徹底的に調べ上げれば、そこの牢獄で死んでいる被害者たちと関係ある奴が分かるはずだ。そうすりゃ、そいつを締め上げればいい」

これはまずい。遊馬は喉を鳴らして唾を飲む。このまま警察の介入を許せば、妹のことを調べ上げられ、神津島殺害の動機があることがばれてしまう。老田と円香を殺害した犯人が警察に逮捕されたとしても、その人物は神津島だけは殺し損ねたと主張するだろう。

なんとか、明日の夕方までに老田と円香を殺害した犯人を見つけ出し、神津島殺しの決定的な証拠を押し付けなければ。しかし、どうやって……。

遊馬が必死に悩んでいると、左京がおそるおそる口を開いた。

「じゃあ、このあと私たちはどう過ごせば……」

「最低限の警戒は必要だと思います。昨日と同様に部屋にこもるか、そうでなければ常に誰といるのかを公言して過ごすことにしましょう」

「それじゃあ……私はまた、九流間先生と遊戯室にいようかな。先生、いかがでしょうか？」

「ああ、そうしよう。明日までとなれば、眠らずに過ごすことも可能だろう。できれば、警察が来るまで遊戯室で警戒したいんだが、左京君はどうだ」

「あっ、私もぜひそうしたいです。巴さんが自分の部屋で殺された以上、一人で部屋にこもるのはどうにも気味が悪くて。あの、他に一緒に遊戯室で一晩過ごす人はいませんか？」

左京が訊ねると、酒泉が「俺もいいっスか……」と、弱々しく手を上げた。

「もちろんだよ。やっぱり、大人数の方が安心だしね」

「いえ……、安心とかそういうんじゃなくて、一人じゃ耐えられそうにないんス。まだ、円香ちゃんが死んだのが信じられなくて。それに、こんな恐ろしいことに彼女がかかわっていたなんて……」

両手で顔を覆って肩を震わせはじめた酒泉の背中に、九流間がそっと手を添えた。

「では、私と左京君、酒泉君は遊戯室で過ごす。他に参加する人はいないかな？」

「私はごめんよ！」夢読は唾を飛ばしながら言う。「私を狙っていないとしても、連続殺人犯かもしれない男たちと一緒にいるなんて。今度こそ、私は警察がくるまで部屋にこもらせてもらうから」

「けれど、巴さんは部屋で殺されたんですよ。錠をかけても無駄なのかも」

左京が言うが、夢読は「うるさいわね」と大きく手を振った。

「扉の前に家具を置いて開かないようにすればいいでしょ。なんにしろ、私は部屋で過ごすから」

「俺も自分の部屋で過ごす。俺には殺されるような理由はないからな」

夢読に続いて加々見も部屋ごもりを宣言する。九流間は月夜と遊馬に視線を向けた。

「残りのお二人はどうする？」

どうする？　どうした方が老田と円香を殺した犯人を見つけられる？　必死に頭を働かせる遊馬が答えを出す前に、月夜が視線を向けてきた。

「私は部屋で休みます。一条君も自分の部屋にこもるよね」

月夜に見つめられた遊馬は、「あ、ああ……」と頷く。

「それじゃあ、各々の場所に移動しようか。とりあえず、みんな気を付けて」

ためらいがちに九流間が言うと、加々見が「ちょっと待てよ」と酒泉を指さした。

「その前に、そいつが持っているマスターキーを金庫に戻すのが先だ。マスターキーを持っている奴にうろつかれたら、部屋にこもっていても落ち着かねえだろ」

「ああ、たしかにそうだね。まずは倉庫に行くとしよう」

九流間の言葉を合図に、みんな重い足取りで歩きはじめる。特に酒泉は足元がおぼつかず、いつ倒れてもおかしくないような様子だった。

地下牢をあとにして一階に戻ったあと、遊馬たちは螺旋《らせん》階段を下って地下倉庫へとたどり着く。

「ほら、マスターキーを入れろ」

加々見に促された酒泉は、ふらふらとした足取りで開いている金庫に近づき、しゃがみこもうとする。そのとき、彼の体が大きく揺れた。倒れる、遊馬がそう思ったとき月夜が素早く動き、抱きとめるように酒泉の体を支えた。

「大丈夫ですか、酒泉さん？」

月夜は傍目《はため》から見ても無理に作っているのが分かる人工的な笑みを浮かべる。その姿は、いまにも崩れ落ちそうな名探偵としての誇りを、必死に支えているかのように見えた。

「大丈夫です。すみません」

体勢を立て直した酒泉がマスターキーを金庫の中に置くと、つかつかと加々見が近づいてきて、金庫の扉を力任せに閉めた。

「ほら、あんたらも鍵をかけろよ」

加々見はあごをしゃくる。遊馬と九流間は、各々が持っている金庫の鍵で錠をかけた。

「これで、とりあえずはいいかな」九流間は鍵穴から抜いた鍵を懐にしまう。

「いや、まだだ」

そう言うや否や、加々見は勢いよくダイヤル錠を回した。遊馬は目を剝く。

「なにをしているんですか⁉　このダイヤル錠の番号は神津島さんしか知らなかったんですよ」

「だからどうした？」加々見が冷めた視線を向けてくる。

「どうしたって。これで、なにかあってもマスターキーを取り出せなくなったじゃないですか」

「なにがあるって言うんだ？」

遊馬の口から、「え？」という声が漏れる。

「だから、これ以上なにがあるって言うんだよ。地下で白骨化していたガイシャたちの死にかかわっていた三人が殺された。そこの名探偵さんが言った通り、もうホシの復讐は終わったんだ。なのに、まだなにかあるって言うのか……」

言葉に詰まる遊馬に肩をぶつけながら、加々見はすれ違う。

「明日になりゃ警察がやってくる。俺たちはそれを待ちさえすればいいんだ。なら、これから部屋にこもる奴らのためにも、もうマスターキーなんて取り出せない方がいい。『誰かさんたち』がマスターキーを取り出して、あのメイドを殺したって疑いは、まだ晴れたわけじゃないんだからな」

振り向くこともなくそう言い残した加々見は、棚からいくつかの保存食を手に取ってスーツのポケットにねじ込みながら階段へと消えていった。警察が来るまで、部屋にこもるつもりなのだろう。

「……すみませんけど、部屋に行く人たちは、適当にここにある食料を持って行ってください。俺はもう、料理を作れそうにないから」

いまにも消え入りそうな声で酒泉は言う。それを聞いた夢読は、せわしなく棚から食料を取り出し、両手に抱えると、逃げるように倉庫から出ていった。

「それじゃあ、私たちも移動しようか」

九流間の声を合図に、残った者たちも動き出す。

階段へと向かう間、遊馬は非常食用のビスケットをいくつか手に取り、ジャケットのポケットに押し込んだ。食欲はなかったが、なにか腹に入れておく必要がある。これから警察がやってくるまでの一日半、その間になんとか老田と円香の事件の犯人を突き止めなければならないのだから。

遊馬以外の者たちは食料に手を伸ばすことはなかった。一行は無言のまま螺旋階段をのぼりはじめる。一階に到着したところで、「じゃあ、私たちはここで」と九流間が、左京、酒泉とともに遊戯室へと向かっていった。残された遊馬は、月夜とさらに階段をのぼる。

俯《うつむ》いたまま前を進んでいる月夜と話をしなければ。老田と円香を殺害した犯人の正体を暴くためには、彼女の助力が必要なのだから。しかし、なぜかは分からないが明らかに落ち込み、名探偵としての覇気を完全に失っている月夜に、かけるべき言葉が見つからなかった。

無言のまま二人は伍の部屋の前までたどり着く。月夜は鍵で錠を外すと、扉を開いた。

遊馬は「あの……」と声をかける。振り返った月夜と目があった瞬間、舌先まで出ていた言葉が霧散した。遊馬を見つめる双眸《そうぼう》は、どこまでも深く、昏《くら》かった。まるで、底なし沼のように。そこに吸い込まれていくような錯覚に襲われる。

どれほど苛烈な経験をすれば、これほどまでに深い闇を瞳に湛《たた》えることができるのだろう。

魅入られたように固まっている遊馬から目をそらした月夜は、扉の中へと消えていった。扉が閉まる重い音に続いて、錠がかけられる軽い音が続く。それが遊馬には、名探偵と相棒という自分たちの関係が切れる音のように聞こえた。

もはや彼女は、『名探偵』であることを放棄してしまったのかもしれない。そんな予感をおぼえながら、遊馬は枷《かせ》がついているかのように重い足を引きずって、肆の部屋までたどり着く。

部屋に入り錠をかけた遊馬は、倒れ込むようにベッドに横になった。

これからどうすればいいのだろうか？　天井を眺めながら考え込む。さっきの様子を見るに、もはや月夜を当てにするのは難しいだろう。彼女はなぜか、円香の事件に大きなショックを受け、名探偵として機能不全を起こしてしまったようだ。彼女に頼れないなら、自分で老田と円香の事件の犯人を見つけなければならない。遊馬は必死に頭を働かす。

状況からみて、地下で見つかった被害者と親しかった者が、復讐した可能性は極めて高い。しかし、このガラスの尖塔《せんとう》に閉じ込められた状態で、誰がその『親しかった者』なのか、明日の夕方までに調べるのは不可能だろう。

動機から探っていくのが無理なら、犯行の状況から犯人を突き止めるしかない。

そこまで考えたところで、遊馬は歯を食いしばる。

どうやってダイニングを密室にし、その中で火事を起こしたのか。マスターキーは金庫に保管されていたというのに、どうやって陸の部屋に侵入し、そして扉に錠をかけて脱出したというのか。犯人が使った密室トリックを解けば犯人の正体を暴けるかもしれない。そう感じるのだが、それを解明するための取っ掛かりすら思いつかなかった。

目の奥に鈍痛が走る。思考に霞《かすみ》がかかってくる。この二日間、神経が昂《たかぶ》って睡眠が極めて浅くなっていた。あまりにも異常な状況に、心身とも疲弊しきっている。瞼《まぶた》がやけに重かった。

遊馬はゆっくりと目を閉じる。少し。ほんの少しだけ仮眠を取ろう。そうすれば、この処理速度が低下した脳細胞も、いくらか機能を取り戻すかもしれない。意識が闇の中に落ちていく。そのとき、ノックの音が部屋の空気を揺らした。目を見開いた遊馬はベッドから飛び起きる。

誰が来たんだ？　赤く濡れたウェディングドレスを纏《まと》ってベッドに横たわる円香の姿が、脳裏に蘇《よみがえ》る。まさか、犯人が俺まで殺そうとしてやってきた？

扉に近づいた遊馬は、警戒しつつ「誰ですか？」と訊ねる。

「私だよ、一条君」

扉越しに、月夜の声が聞こえてきた。しかし、緊張が消えることはなかった。

月夜こそ、老田と円香を殺害した犯人ということはないだろうか。重度のミステリフリークな彼女だからこそ、あんな本格ミステリ小説に出てくるような犯罪現場を演出したのでは……。そこまで考えたところであることに気づき、遊馬は自虐的に唇を歪めた。

なにを馬鹿なことを考えているんだ。第二、第三の事件があったとき、彼女は俺と一緒にいた。彼女が犯人なんてあり得ない。

「開けてくれないのかい、一条君」

「ちょっと待ってくれ」遊馬は慌てて錠を外して扉を開けた。

「ありがとう、部屋にあがってもいいかな？」

月夜は上目遣いに視線を向けてくる。その姿は迷子の子供のようで、長身がいまはやけに小さく見えた。

「そりゃもちろん」

遊馬が招き入れると、月夜はゆっくりとソファーに近づき、腰掛ける。

「どうしたんだよ、急に」遊馬は再び錠をかけると、月夜の向かいの席に座った。

「迷惑だったかな？」

「いや、迷惑っていうわけじゃないけど……。ただ、なんというか、落ち込んでいるように見えたから心配で」

「落ち込んでいる……。そうだね、たしかに私は落ち込んでいる。だから、ここに来たんだよ。落ち込んでいる名探偵を慰め、力を与えるのがワトソン役の仕事だろ」

「慰めるって……」

「ああ、勘違いしないでくれ。この『慰める』には、決して性的な意味はないよ。相棒と男女の関係になるつもりはない。ただ、友人として慰めて欲しいんだ」

遊馬は「それくらい分かっている」と顔をしかめた。

「一条君が紳士で安心したよ。ほら、『占星術殺人事件』でも、事件の真相を摑むことが出来なくて落ち込む御手洗潔を石岡君が慰めて、あの空前絶後のトリックを解き明かすヒントを与えていたじゃないか。それを思い出して、君を訪ねたんだよ」

「そんなこと言われても……。そもそも碧さんは、なんでそんなに落ち込んでいるんだよ？」

「……失望したから」

「失望したって何に？」

月夜は言葉を探すように、空中を眺める。

「自分が名探偵であることに……かな」

「名探偵であることに？」

遊馬が聞き返すと、月夜は重々しくあごを引いた。

「ああ、そうだよ。名探偵というものは矛盾を孕《はら》んだ概念なんだよ。一条君、君にとっての『名探偵』とはどんな存在だい？」

質問に質問で返された遊馬は、数秒考えたあとに答える。

「どんな難事件でも解き明かす存在、かな」

「その通り。難事件を解決する。個々に様々なスタイルこそあるが、名探偵の定義は警察でも手に負えないような不可解な犯罪を解決する存在だ。しかし、そのことに何の意味がある？」

「犯罪者を逮捕することができるんだから、意味はあるだろ」

「君の言うことは正論だよ。けれど、被害者にとってはどうだろう」

「被害者にとって……」遊馬はその言葉をくり返す。

「殺害された犠牲者にとっては、犯人が捕まろうが野放しだろうが、関係ないんじゃないかな」

「そんなことない。犯人を暴いて、罰を与える。そのことできっと、被害者の無念を晴らすことができるはずだ」

「被害者の無念か」月夜は力ない笑みを浮かべた。「一条君はなかなかロマンチストだね。人が死んだあとも、魂は残っているという考えみたいだ」

「いや、別に魂の存在を信じているとかいうわけじゃ……」

「まあ、それについての議論はやめておこう。人は死んでも意識が残るのか、それとも無になるのか。天国は存在するのか。なかなか面白いテーマだけど、いまの状況で話し合うようなことじゃないからね。ただね、もし魂なんてものがあるとしたら、名探偵に対して被害者は『犯人に罰を与えて欲しい』じゃなくて、こう思うんじゃないかな。『なんで、私が殺されるのを防いでくれなかったんだ』って」

「いくらなんでも考えすぎだ。いくら優秀な名探偵でも、事件が起こらなきゃ動けるわけがない」

「井上真偽《いのうえまぎ》の『探偵が早すぎる』では、事件を未然に防ぐ探偵が登場しているよ」

皮肉っぽく、月夜は唇の端を上げた。

「それは特殊な例だろ。現実じゃ小説みたいにうまくはいかない。気に病む必要なんてないさ」

「一条君は優しいね。ただね、私はこう思うんだ。どれほど鮮やかに事件を解決する名探偵もその実、自らの推理力を発揮できる難事件が起きるのをただ待つしかできない受け身の存在、弱々しい存在なんだってね」

「それは……、しかたがないだろ。未然に犯罪を防げなくたって、名探偵であることには違いない。矛盾なんてないさ」

「ああ、誤解させてしまったね。それで落ち込んでいるわけじゃないんだよ。そのことは、すでに呑み込んでいるんだ。私が矛盾って言ったのはね、名探偵としての評価と、事件の規模だよ」

遊馬は「事件の規模？」と聞き返す。

「被害者が一人の事件と、多くの被害者が出た連続殺人事件、どちらが名探偵にふさわしい？」

「……連続殺人事件の方だな」

月夜がなにを言いたいのか理解し、遊馬は静かに答える。

「そう、たくさんの被害者が次々に惨殺される複雑怪奇な連続殺人事件。まさに名探偵の檜舞台《ひのき》だ。それを解決すれば、名探偵としての評価が上がるだろう。けれど、それは言い換えれば、連続殺人を防げなかったことを意味する」

月夜は天井を見上げると、ふぅと大きく息を吐いた。

「犯行を止めることができず、いたずらに被害者を増やした挙句、犯行がすべて終わったあと、多くの人を集めて得意げに犯人を糾弾する。果たして、それでいいのだろうか。最初の事件の時点で真実を見極め、その後の犯行を未然に防ぐことこそ理想のはずだ。けれど、実際は前者の方が『名探偵』として認められるんだ。それこそが、私をずっと悩ませていた矛盾さ」

「……だから自分に失望して、落ち込んでいたのか。巴さんが殺されるのを防ぐことが出来なくて」

遊馬は小声でつぶやく。神津島にかんしては殺人事件だとは断定できない状況だったが、老田の事件現場はどう見ても殺人としか思えない。ならば、名探偵としてはなんとしても早く犯人の正体を暴き、さらなる被害を防がなくてはならなかった。

月夜は答えることなく、笑みを浮かべた。触れれば壊れるガラス細工のような、儚《はかな》い笑みを。

「なあ、碧さん……」

遊馬は月夜の目を見つめる。二人の視線が絡み合った。

「なんで君は、そこまで名探偵にこだわっているんだ」

碧は数回まばたきをくり返したあと、小さく肩をすくめた。

「話してもいいけど、長い話になるよ。長い割には、全然面白くない話」

「いいじゃないか。もし碧さんがこの事件で名探偵を降りるなら、俺たちがやるべきことは、明日やって来る警察を待つことだけだ。時間は十分にある。面白くない話を聞く時間もね」

「うーん、そうだね。あまり人に話したいような内容じゃないんだけど、ワトソン君には話しとかないといけないかもしれないないな」

月夜は天井辺りに視線を彷徨わせる。おそらく、そこに過去の記憶を見ているのだろう。

「自分ではよく分からなかったけど、子供時代の私はかなり変わっていたようでね、周囲にあまり馴染《なじ》めなかったんだよ」

いまも十分変わっているけどな。内心でつぶやきながら、遊馬は相槌《あいづち》を打つ。

「人間というのは残酷な生き物だね。自分と違う者を排除しようとする本能があるんだ」

「いじめを受けていたってことか？」

「いじめ……。そうだね、マイルドな言い方をすれば、『いじめ』に分類できるかな。けれど、幼い私にとって、それはまさに迫害だった。私という存在を排除されるような迫害」

そのときのことを思い出しているのか、月夜の顔に暗い影が差す。

「ただね、幸運なことに私の家はかなりの資産家だったんだよ。だから私は、自分の部屋という、なかなか居心地《いごこち》のいい逃げ場があった。私は一日の大半を、自分の部屋にこもって過ごしていたんだ」

学校で苛烈ないじめを受け、家に引きこもっていたというところだろうか。遊馬は黙って耳を傾け続けた。

「もう一つ幸運だったのが、私の父親はなかなかのミステリマニアでね。自宅の蔵書には、読み切れないほどのミステリ小説があったんだ」

「さすがは君の父親だね」

月夜は「ああ、そうだね」と懐かしそうに目を細めた。

「ポー、ルブラン、ドイル、クリスティ、クイーン、カー、乱歩、横溝、鮎川、島田、綾辻……。

海外の古典から新本格まで、私は夢中になって父の蔵書を読み漁《あさ》った。世界から拒絶されているような思いに囚《とら》われていた私にとって、ミステリ小説の世界はまさに理想郷だった。目くるめく魅惑的な謎が提示され、それを颯爽《さっそう》と登場した名探偵が鮮やかに解き明かしていく。そんな物語に私はのめり込み、魅了されていくうちに、小説と現実の世界の境目が曖昧になっていった。ホームズ、デュパン、エラリー、ポワロ、明智、金田一、御手洗。それらの名探偵が実際に存在し、どんな悲劇も冷静に解き明かしてくれると信じて疑わなくなっていったんだ」

「それは、さすがに……」

遊馬が苦笑すると、月夜は肩をすくめた。

「まともじゃない、かな？」

「いや、まともじゃないというわけじゃ……」

遊馬が言葉を濁すと、月夜は「いいんだよ」とかぶりを振る。

「あのときの私は、たしかにまともじゃなかったのかもしれない。ただね、言い訳させてもらえば、それも仕方なかったんだよ。あまりにもつらい現実から目を背け、精神が壊れないようにするために空想の世界で生きるようになる。苛烈な経験をした子供にはよく見られる防御反応だ。私は名探偵の存在を信じ、彼らとともに物語の難事件に挑むことで、自我を保っていたんだよ」

月夜は遠い目になる。

「私にとって、名探偵はまさにヒーローだった。いつでも私を助けてくれるヒーロー」

「だから、自分もそのヒーローの一員になろうとしたのか」

「いいや、そんな微笑ましい話じゃないんだ」

月夜の顔から、潮が引くように表情が消えていった。部屋の温度が急に下がったような気がして、遊馬は体をこわばらせる。月夜は唇を舐《な》めると、静かに告げた。

「ちょうど十年前、私がまだ高校生のとき、ある事件が起きたんだ」

「事件……？」

口の中が乾燥し、声がひび割れる。月夜はゆっくりとあごを引いた。

「私の両親が殺されたんだよ。まるで、ミステリ小説に出てくるような不可解な状況でね」

あまりにも衝撃的な告白に絶句する遊馬を眺めながら、月夜は淡々と話し続ける。

「その日、朝になったのに両親が起きてこなかったので、私は三階にある両親の寝室の扉をノックしたが、反応がなかった。ふと足先にぬるりとした感触をおぼえた私が視線を落とすと、スリッパが赤い液体で濡れていたんだよ。扉の隙間から流れ出した赤黒い液体で」

感情が読み取れない口調で喋り続ける月夜に圧倒され、遊馬はただ無言で耳を傾け続ける。

「すぐに通報して、警官が駆けつけた。錠がかかっていた扉を無理やり蹴破った彼らは、中に広がっていた悪夢のような光景に悲鳴を上げたよ。一人なんて、その場で嘔吐《おうと》したぐらいだ。それほどに、凄惨な現場だったんだよ」

「ご両親は……、どうなっていたんだ……？」

「父と母は、ベッドに並んで座って絶命していた。膝に置いたお互いの生首を抱えながらね」

目を剝く遊馬の前で、月夜は痛みをこらえるように眉間にしわを寄せた。

「警察が現場検証をしたところ、二人は深夜に眠っているところを鋭利な刃物で胸を刺されて殺害され、死後に首を切断されたらしい。部屋の扉には錠がかかっていて、唯一の鍵は父のデスクの上に置かれていた。そして、窓のクレセント錠もおりていた」

「それって……」

「そう、密室殺人だったんだよ。密室で資産家の夫婦が、切られたお互いの首を抱いて死んでいた。まさに、本格ミステリ小説に出てきそうな事件だろ」

おどけるように両手を広げる月夜の姿は痛々しく、遊馬は思わず視線を外してしまう。

「……それから、どうなったんだ」

「どうなったかって？　どうもならなかったよ」

どこまでも自虐的な笑みが、月夜の整った顔に浮かぶ。

「私は当然、どこからか名探偵がやってきて、両親を惨殺した犯人を暴いてくれると思っていた。そう確信していたんだ。けれど、待てど暮らせどそんな名探偵は現れなかった。捜査本部が設置され、警察が必死に捜査したけれど、どうやって犯人が密室を作ったのかさえ分からないまま、時間が過ぎていった」

「犯人の見当は？」

「何人か怪しい人物はいたみたいだね。父は事業の関係で、それなりに敵が多かったみたいだから。ただ、誰が犯人なのか特定はできなかった。やがて、捜査本部は解散し、捜査の規模は縮小され、事件は迷宮入りすることになった。だから私は個人的に、いろいろな探偵に調査を依頼したんだ。父の遺産を受け継いだんで、金は十分にあったからね」

「それで、なにか進展はあったのか？」

「いいや、ないよ。彼らは浮気調査などの専門家であって、刑事事件にはたいして役には立たなかった。残念ながら、私が待ち望んでいたヒーローは現実には存在しなかったんだよ。事件は未解決なままさ。私の両親を殺害した犯人は、いまものうのうと生きている」

月夜は投げやりに手を振る。

「私は失望したよ。心から失望した。それはそうだよね。私にとって世界とは、名探偵が存在するものだった。そんな私に、名探偵の不在が突き付けられたんだ。世界が音を立てて壊れたんだ。足元が崩れて、空中に投げ出されたような気持ちさ。数ヶ月間、私は抜け殻のように過ごした。ただ、呼吸をし、生命維持に必要な最低限の飲食をし、排泄《はいせつ》をし、そして眠る。まさに生ける屍《しかばね》だね。けど、そんな生活を続けていたある日、天啓がひらめいた。私は気づいたんだよ」

曲がっていた月夜の背中が伸びる。

「名探偵が存在しないこの世界を、私自身の力で変えればいいんだと」

「つまり、自分自身が名探偵になればいいというわけか」

遊馬の問いに、月夜は不敵な笑みで答えた。

「それから私は、そのために必要なありとあらゆる技術を求めて修業を積んだ。幸いなことに、私には才能があった。みるみると能力が上がっていき、そして警察が解けない難事件の噂《うわさ》を耳にしては、それを解きに行った」

「警察には嫌がられただろう」

「もちろんさ」月夜は快活に言う。「何度も捜査を妨害するなと怒鳴られたよ。逮捕されかけたこともある。ただね、私はどんな妨害にもめげることなく捜査を続け、そして事件の真相を暴いていった。それを積み重ねるうちに、警察もじわじわと私の実力を認めはじめ、不可解な事件があると非公式に私の協力を仰ぐようになってきた。結果、私のもとにはひっきりなしに、捜査の依頼が舞い込むようになったんだ」

「名探偵、碧月夜の誕生だ」

月夜は満足げに頷いた。

「私はこの世の誰よりも、『名探偵』を求め続けてきた女なんだよ。フィクションでも現実でもい い、残酷で幻想的な事件とそれに挑む名探偵にあこがれ続けてきたんだ。だからこそ……」

月夜の顔が痛みに耐えるようにゆがむ。

「私は巴さんの現場を目の当たりにして、失望したんだ。……心の底から失望した」

喉の奥から絞り出すように言うと、月夜は力なくうなだれた。

理想があまりにも高すぎるがゆえに、名探偵として円香を救えなかった自分が赦《ゆる》せなかったということか。そんなことを考えながら、遊馬は必死に頭を働かせる。

自分だけでは、この館で起きた密室殺人の真相を暴くことは無理だ。老田と円香の事件の犯人を見つけ、神津島殺しの罪までなすりつけるためには、やはり月夜の協力が欠かせない。ならばいま必要なことは、月夜に自信を取り戻させ、再び事件解決に邁進《まいしん》してもらうことに違いない。

どうすればそれができる。どうやれば、彼女に再び名探偵としてこの難事件に挑んでもらうことができる。悩みつつ、遊馬はゆっくりと口を開いた。

「名探偵が、いつまでも落ち込んでいてもいいのかい?」

月夜は「え?」と顔を上げる。

「巴さんを救えなかったことで、名探偵としての足場が揺らいだのは分かった。けれど、ここで心が折れて事件から手を引いたら、さらに君は名探偵から離れていくんじゃないのかな」

興味を惹《ひ》かれたのか、月夜の体勢が前傾してきた。

「たしかに名探偵は矛盾を孕んだ存在かもしれない。事件を未然に防ぐことができず、被害が大きくなってしまうことも多い。けれど、名探偵にはもっと大きな特徴がある」

遊馬は一度言葉を切ると、月夜と目を合わせる。

「決して諦めないことだ」

月夜の体が大きく震える。

「俺の知っている名探偵たちは、どんな苦境に陥っても、絶対に捜査を放棄することなく犯人を追い詰め続け、そして最後には事件の真相を暴いてきた」

手ごたえをおぼえた遊馬の声に熱がこもっていく。

「巴さんが犠牲になる前に犯行を止めることができていたら、それが理想だっただろう。けれど、すでに事件は起きてしまった。いくら後悔しても、死者が生き返ることはない。どんなにつらくても、いま君がするべきは諦めることなく捜査を続け、この館でなにが起きたのかを白日の下に晒し、そして犯人の正体を突き止めて報いを受けさせることじゃないのか。名探偵を名乗る君には、その義務があるはずだ。それを拒否したら、君はもはや名探偵ではなくなる。すべてを捧《ささ》げ、求めてきたものを自ら手放すことになる」

遊馬はソファーから腰を浮かすと、月夜の目をまっすぐにのぞき込む。

「だから俯いていないで、君がいまやるべきことをしよう。本当の姿を取り戻そう」

「私のやるべきこと……。私の本当の姿……」

円香の現場を目撃して以来、暗く濁っていた月夜の瞳に、みるみる強い意志の光が灯っていく。

次の瞬間、月夜は勢いよく立ち上がった。

「ありがとう、一条君。あまりのショックで私はどうかしていた。君の言う通り、私はどんな状況であっても、自分自身の役割を全力で果たさなくてはならないんだ」

月夜が手を差し出す。遊馬はその手を力強く握った。

「君は最高のワトソンだ。さて、それでは仕切り直しといこう。そうだ、よかったらコーヒーを淹《い》れてくれないかな。カフェインを補給して灰色の脳細胞を再起動させたいんでね」

「はいはい、了解ですよ、名探偵さん」

コーヒーぐらいでやる気を取り戻してくれるなら安いものだ。それに、自分も苦いコーヒーで、寝不足で重い頭にかかった霞を晴らしたかった。遊馬は部屋を横切って、ポットが置いてある簡易キッチンへと向かうと、二つのカップに紙フィルターをセットし、そこに備えつけられているコーヒーの粉末を入れていった。

「カフェインの補給が目的だから、少し濃い方がいいかな」

コーヒーの粉末にポットの湯を回しかける。湯気とともに、芳醇《ほうじゅん》な香りが鼻腔を刺激した。そのとき、月夜が突然、「誰だ⁉」と叫んだ。ポットを片手に、遊馬は振り返る。

「どうした？」

「いま、扉から音が聞こえた。誰かがいる！」

素早く出入り口に走った月夜は、錠を外して扉を開くと、螺旋階段の上下に視線を送った。

「やっぱり、足音が聞こえる」

「本当か⁉」

慌てて駆け寄った遊馬は、月夜とともに扉の外を見る。視界に入る範囲には人影は見えなかった。

「もう聞こえなくなったけど間違いない。誰かが扉の外で聞き耳を立てていて、私に気づかれて逃げ出したんだ」

「聞き耳って、いったい誰が？」

「分からない。けど、事件と関係している可能性は高い。一条君は上を調べて。私は下を調べる」

そう言い残して部屋を飛び出した月夜は、一段飛ばしで螺旋階段を駆けおりていく。すぐにその姿は、ガラスの壁の死角へと消えていった。

「調べろって言われても」

状況についていけないまま、遊馬は言われた通りに部屋から出て、階段を早足で上がっていった。ガラスの空間に足音が反響する。それが自分のものなのか、それとも月夜のものなのか、はたまた外で聞き耳を立てていたという人物のものなのか、遊馬には判断できなかった。

本当に誰かいたのだろうか。月夜の勘違いではないだろうか。脳に湧いたそんな疑問を、遊馬は頭を振って消し去る。

名探偵である月夜は、捜査のために必要な様々な特技を持っている。その彼女が誰かがいたと断言したのだ。勘違いという可能性は低いだろう。

なら、自分たちの会話を盗み聞きしていたのは誰だ？　足の動きが遅くなる。

月夜が名探偵だということは、この館にいる誰もが知っていることだ。彼女がどこまで事件の核心に迫っているのか、それを誰よりも知りたい人物。それは間違いなく……。

「老田さんたちを殺した犯人……」

だとしたら、心の中心が定まらないまま追うべきではない。相手はすでに二人を惨殺した殺人犯かもしれないのだ。油断せず、慎重に進まなければ。

遊馬は深呼吸をくり返すと、全身に緊張を湛えながら階段をのぼっていく。

引き返すという選択肢はなかった。相手に追いつけば、誰が犯人かを知ることができるかもしれないのだから。

『参』、『弐』、『壱』と刻まれた扉の前を通過していく。しかし、視界に人影をとらえることはなかった。さらに上へとのぼっていき、ついには展望室の階段室にたどり着いた遊馬は、肆の鍵で錠を外し、汗がにじむ掌《てのひら》でノブを握る。重い軋みを上げながら扉は開いていく。

展望室へ入った遊馬は、寒さに肩を抱きながら素早く視線を周囲に送る。見える範囲に人影はなかったが、神津島コレクションが並んでいるこの空間は死角が多い。どこかに身を隠しているかもしれない。警戒心を絶やすことなく、遊馬は慎重に展望室を歩いていった。

「……誰もいないな」

数分間、展望室の探索をした遊馬はひとりごつ。くまなく展望室を探したが、人影を見つけることはできなかった。月夜の勘違いだったのか、それとも盗み聞きしていた人物は下へと逃げたのか。なんにしろ、戻って月夜と合流しよう。

遊馬は階段室へと戻る。ガラスの壁に反響する自らの足音を聞きながら階段をおりていき、肆の部屋の前を通過したとき、ふとデジャヴをおぼえた。一日目の夜、神津島の事件のあと自分の部屋へと戻る際、誰かに尾《つ》けられているような錯覚に襲われた記憶が頭をよぎった。

なんでいま、あのときのことを。疑問が足を止める。遊馬は大きく目を見開いた。

足音が聞こえる。自分は止まっているというのに、まだかすかな足音が鼓膜をくすぐってくる。月夜がのぼってきているのだろうか。それとも……。

振り向こうとした瞬間、背中を軽く押された。体が前方へと傾いていくのが、遊馬にはやけにスローモーションに感じられた。

反射的に伸ばした手が宙を掻く。視界が回転する。そして、側頭部に激しい衝撃が走った。意識に白い幕が下りかけるのを歯を食いしばって耐えると、遊馬は体を丸めてさらなる衝撃に備える。

肩、腕、腰、膝、臀部《でんぶ》、そして後頭部、様々な場所を打ち付けられながら階段を転がり落ちた遊馬の体は、ガラスの壁に激しく背中から衝突してようやく止まった。

全身を走る激痛で、息をすることすらできない。脳震盪《のうしんとう》を起こしたのか、視界が大きく歪む。

誰かに押されて、この急な螺旋階段を転げ落ちた。けれど、いったい誰が？

階段にも、展望室にも誰もいないことは確認したはずだ。

——この館には、なにかよくないものが憑《つ》いているのよ！

夢読の叫び声が耳に蘇る。

もしかしたら、初日の夜に尾けられていたというのも、錯覚ではなかったのだろうか。姿が見えない悪霊がこの館を徘徊《はいかい》し、俺の背中を押したのだろうか。

「……馬鹿なこと言うな」か細い声が口から漏れる。

俺は足音を聞いたのだ。霊魂の類に足などあるわけがない。俺の背中を押したのは人間だ。姿の見えない人間……。

扉が開いていた空の地下牢が脳裏をよぎる。あそこに誰か閉じ込められていたのだろうか。そして、そいつは餓死することなく牢獄を脱出して、いまもこの館に潜んでいるのだろうか。

疑問で飽和した頭に濃い霞がかかっていく。思考がじわじわと希釈され、視界が暗くなっていく。そのとき、再び足音が聞こえてきた。

俺を突き落とした奴が、とどめを刺しに来たのだろうか。

逃げなくてはと焦るのだが、脳と体をつなぐ神経が断裂してしまったかのように、指一本動かすことができなかった。足音が近づいてくる。

ここまでか……。絶望と諦めが心を暗く染めたそのとき、聞き慣れた声が響き渡った。

「どうした、一条君⁉ 大丈夫か？ しっかりするんだ！」

いまにも泣き出しそうな月夜の顔が、かすむ視界に大きく映し出されると同時に、遊馬の意識は闇の中へと落下していった。

2

やけに重い瞼をあげると、天井が見える。もう見慣れてしまった肆《し》の部屋の天井。自分がベッドに横たわっていることに気づく。

「俺は……」

上体を起こした瞬間、鈍器で殴られたような痛みが側頭部に走る。小さく呻《うめ》きながら痛む場所に手を当てると、大きなこぶが出来ていた。

「気が付いたみたいだね。でも、まだ動かない方がいいよ、一条君」

すぐそばから声が聞こえてくる。驚いて振り向いた遊馬は、再び走った痛みに顔をしかめた。

「ほら、言わんこっちゃない」

ベッドのそばに置かれた椅子に前後逆に腰掛けた月夜が、背もたれにあごを載せながら言った。

「どうして、俺はベッドに……」

「覚えていないのかい。まあ、激しく頭を打ったみたいだから仕方ないね。君は階段を転げ落ちて、気を失ったんだよ。君をここまで運ぶのは大変だったよ。脱力した体は重いからね。遊戯室にいた九流間先生たちに手伝ってもらって、なんとか四人がかりで搬送したんだ」

「それは……、ごめん。迷惑をかけた」

「気にすることはないよ。相棒というのは助け合うものだからね。さっき、落ち込んでいた私をはげましてくれたんだ。それで、おあいこさ」

月夜はシニカルに微笑む。その姿は、完全に名探偵としての自分を取り戻しているように見えた。

「俺は、どれくらい意識を失っていたんだ？」

「ん？　十五分くらいかな」

月夜は腕時計に視線を落とした。遊馬は安堵《あんど》の息を吐く。警察がやって来るまで、すなわち老田たちを殺した犯人を見つけ出すタイムリミットまで、すでに一日半を切っているのだ。長く意識を失って、貴重な時間を消費せずに済んでよかった。

「しかし、一条君、気をつけてくれよ。相棒が足を滑らせて階段を転げ落ちてリタイヤなんて、きょうびユーモアミステリでもなかなかお目にかからないよ。それくらいの怪我《けが》ですんだのは幸運だったね。この館の階段は勾配が急……」

「違う、足を滑らせたんじゃない！」

「どういうことかな？」月夜は訝しげに聞き返す。

「誰かに背中を押されて、落とされたんだ」

「誰かって、誰に？」

「分からなかった。気づいたときにはもう転げ落ちていたから」

背もたれにあごを載せたまま、月夜は表情を引き締める。

「そうなると、話は大きく変わってくるね。状況からして、盗み聞きしていた人物が君を突き落とした可能性は高い。……一条君、君は階段の上を探したんだよね。誰か見つからなかったのかい？」

「階段を上がって、展望室までくまなく探したけれど、誰もいなかった。てっきり、盗み聞きしていた奴は下に逃げたんだと思って、君と合流しようと階段をおりていたときに後ろから襲われたんだ。まるで……、急に現れた幽霊に襲われたみたいにね」

「幽霊？　おかしなことを言わないでくれよ。最近、本格ミステリ界隈《かいわい》では特殊設定ミステリが流行《はや》ってはいるけど、その場合は最初にそれを明示するのがルールだ。事件が起こってから、いきなり特殊設定が出てくるなんてフェアじゃない。邪道だ。私のポリシーに反している」

「君のポリシーはどうでもいい。これは小説なんかじゃなくて、現実の話なんだからな。俺だって、本当に幽霊や悪霊の類にやられたなんて思っていないよ。ただ、もしかしたら俺たちがまだ知らない人物がこの館には潜んでいるんじゃないか」

「……空の地下牢に閉じ込められていた人物か」

「そうだ。俺たちは最初からあの牢には誰も囚われていなかったと考えていた。けれど、一人だけ錠を外して脱出して、地下倉庫の食料を盗みながら生きながらえていた人物がいたんじゃないか」

「遺体が白骨化していることから見て、あの地下牢が放棄されてからかなりの時間が経っているはずだ。その間、神津島さんたちに気づかれることなく、ずっと闇の中に息をひそめていたと？」

「難しいけれど、不可能ではないだろ？　普段はこの大きな館に三人しか住んでいなかった。深夜に気づかれずに倉庫に忍び込んで食料を盗むことぐらいできたはずだ」

「なんで、そいつは逃げ出さなかった？　電話を使って通報することもできたはず」

「ここは山奥だ。歩いて逃げるのは難しいと判断したんじゃないかな。それに電話なんかで通報しても、この地方の名士である神津島さんなら、警察なんて簡単に追い出せて、逆に自分が生きていることを知られて危険になると思った」

月夜は額に手を当てて、「んー」とうなる。

「かなり無理筋じゃないかな。君の仮説が正しいとすると、その人物は一年間もあの地下牢で生きていたことになる。死んだ他の被害者たちの遺体が腐っていくのを目の当たりにしながらね。まともな神経じゃいられない」

「まともな神経じゃなかったからこそ、あんな常軌を逸した犯罪を起こせたのかもしれない」

もし老田たちの事件の犯人が正気を失っていたとしたら、都合がいい。罪をなすりつけやすくなる。遊馬は「どう思う？」と月夜に水を向けた。

「なんだか詭弁《きべん》なような気もするね。本当にそんな奴がいるとして、どうしてわざわざ、館に人がたくさん集まったこのタイミングで連続殺人をはじめたんだい？　それに、そいつが一条君を襲う必然性もないじゃないか」

いや、なんで俺を襲ったかについては心当たりがある。「そうだな」と生返事をしながら、遊馬は内心でつぶやく。

俺が神津島を殺したことを、そいつは知っているのではないか。最も恨んでいたであろう神津島という獲物を俺に横取りされた。その恨みで俺を階段から突き落とし、殺そうとしたのではないか。

遊馬が頭の中で推理していると、月夜は「ふむ」と小さくつぶやいた。

「ただ、あの牢から逃げ出した人物かどうかは分からないけれど、まだ私たちが知らない人物がこの館のどこかに潜んでいて、そいつが一条君を突き落とした可能性は考慮に入れておかないとね。盗み聞きしていた神出鬼没の人物か。いよいよ情報が集まってきた」

「あとはどこを調べればいい？　どうすれば事件の真相にたどり着ける？」

ベッドから出ようとした遊馬は、全身に軋むような痛みをおぼえてうめき声をあげる。

「焦るなよ、一条君。とりあえず、横になりな」

両肩に手を当てて、月夜は遊馬を寝かそうとする。その口調はやんわりとしているものの、抗議を許さない強さがあった。

「けれど、もう時間がないんだぞ」

おとなしく遊馬がベッドに横たわると、月夜は目をしばたたいた。

「時間がない？　どうして？」

警察が来るまでに、神津島殺しの罪を誰かになすりつけなくてはならないから。そんなことを言えるわけもなく、遊馬は言い訳を考える。

「加々見さんの態度から見て、君の名探偵としての名声は長野県警には十分に届いていないみたいだからね。警察が来たら、君は邪魔者扱いされて、十分に捜査ができないんじゃないかな。けれど、俺にはこの事件が君抜きで解けるとは思えない。解決までに時間がかかって、犯人に逃げる余裕を与えないためにも、警察が来る前に真相にたどり着いていた方がいい」

「なるほど、一理あるね。それに君が襲われた時点で、犯人は復讐を終えてこれ以上犯行を重ねないという前提も崩れてしまっている。たしかに、早く真相を突き止めるべきだ。それじゃあ、さっそくはじめるとしよう」

「まずはどこに行くんだ？」

再び体を起こそうとした遊馬の胸を月夜は軽く押した。三十度ほど持ち上がっていた体が、ベッドに戻る。それだけで、全身のいたるところに痛みが走り、遊馬は小さな悲鳴を上げた。

「そんな体でどこに行くつもりだい。当分の間、君はここで休んでいるんだよ」

「そんな！　君一人でこの館をうろうろするのは危険すぎる」

「勘違いするなって。私もここにいるよ」

遊馬は「え？」と呆《ほう》けた声を出す。

「だって、いま捜査をはじめるって……」

「一条君、私は名探偵なんだよ。靴底をすり減らして、足で情報を集めることしかできない刑事たちとは違うんだ」

月夜は立てた人差し指を、メトロノームのように左右に振った。

「私たちはこの三日間で様々な情報を手に入れた。それらの情報を一つ一つ分解し、パーツを有機的に組み合わせて合理的な仮説を作り上げる。それこそが名探偵の推理なんだよ」

「ここで、いままでの情報から推理を展開していくということか？」

遊馬の質問に、月夜は「ザッツライト」と上機嫌に言った。

「それに、怪我人の君をこの部屋に放っておくわけにはいかないからね。もしかしたら、犯人が君にとどめを刺しにくるかもしれない」

「脅かさないでくれよ」

遊馬は軽く笑い声をあげる。それだけで、わき腹に痛みが走った。

「脅しなんかじゃない。どうして君が階段から突き落とされたか分からない以上、警戒を怠るべきじゃないんだよ。というわけで、君は安心して休んでいてくれたまえ。私がしっかり見張っているから。他に、なにかして欲しいことはあるかい？　食事がしたいとか、水を飲みたいとか。捜査で負傷した相棒を労《ねぎら》うくらいの甲斐性《かいしょう》はあるから、遠慮せずに言ってくれ。痛み止めの薬とか持ってこようか？　どんな状況に巻き込まれるか分からないので、一通りの薬も持っているよ」

月夜はスーツに包まれた胸を拳で叩いた。

「薬なら俺も持っているから大丈夫だよ。神津島さんの専属医として、この館にきているんだから」

「いやいや、たぶん君が用意していないような薬もあるよ。例えばだね、勃起不全の……」

「なんで、そんなものを持ってるんだよ⁉」

反射的に大声で突っ込んでしまった遊馬は、胸に痛みをおぼえてうめく。

「だから、ありとあらゆる場合を考えてだよ。それで、なにか必要な薬はあるかな？」

「それじゃあ、水を一杯くれ。喉が渇いているんだ」

「了解」

月夜は簡易ダイニングに向かうと、ミネラルウォーターをコップに注いで持ってきてくれた。

「上体を起こせるかい。ゆっくり飲むんだよ」

遊馬の体を支えて起き上がらせた月夜は、コップを手渡してくる。遊馬はその中身を一気に飲み干す。疲労と緊張で乾いていた体に、冷たい水が染み込んでいった。

横になった遊馬の額に、月夜が手を添える。冷たい掌の感触が心地よかった。遊馬は静かに瞼を閉じる。この三日間、鉄の鎖のようにずっと体に巻き付いていた緊張が、いつの間にか消えていた。襲ってくる心地よい睡魔に、遊馬は抵抗することなく身をゆだねる。

「お休み、一条君。いい夢を」

月夜の柔らかい声が、遊馬にはやけに遠くから聞こえてくる気がした。

3

かすかに水音が聞こえる。

……小川？　薄く目を開けた遊馬は体を起こす。同時に背中と腰に重い痛みが走り、小さなうめき声が漏れた。

ああ、階段から突き落とされたあと、眠っていたんだっけ。

痛みで覚醒した遊馬は、周囲を見回す。遮光カーテンが閉められた部屋が、間接照明に淡く照らされていた。おそらく、眠りやすいようにと月夜が気を利かせてくれたのだろう。

「どれくらい寝ていたんだ……」

口の中が乾燥して声がひび割れる。遊馬は手を伸ばし、ベッドのわきのカーテンを開いた。巨大なガラス窓の外には、漆黒が広がっていた。

「……え？」

思考が固まる。遊馬は慌てて腕時計を確認する。針は九時過ぎを指していた。

九時？　外が暗いということは、午後九時⁉

遊馬はベッドから飛び降りる。全身に痛みが走るが、そんなことを気にする余裕はなかった。

まさか俺は、半日近くも眠ってしまったのか。警察が来るまでの貴重な時間を無為に過ごしてしまったのか。焦りで全身の汗腺から脂汗が噴き出してくる。

「碧さん！」

なぜ起こしてくれなかったんだと文句を言おうとして、遊馬は名探偵の姿を探す。しかし、彼女の姿はなかった。胸の中で心臓が大きく跳ねる。

まさか、あまりにも深く眠っている自分を置いて、月夜は一人で館の捜査に行ってしまったのではないだろうか。そして、犯人に襲われて……。

遊馬は靴を履くと、月夜を探そうと出入り口へと向かう。扉の錠を外し、ノブに手をかけたとき、水の音が鼓膜を揺らしていることに気づく。

そういえば、この音を聞いて目が覚めた。いったい、どこから聞こえてくるんだ。

耳を澄ませて音の源を探っていった遊馬は、洗面所の前へと移動する。扉に耳を付けると、間違いなく音は中から聞こえてくる。誰かがシャワーを浴びている？

大きく息を吸った遊馬は「碧さん！」と声を張り上げた。すぐにシャワーの音がやんだ。

「ああ、一条君、起きたのかい」

扉越しに聞こえてくる月夜の声に、遊馬は膝が崩れそうなほどの安堵をおぼえる。

「洗面所でなにをしているんだよ⁉」

「なにをって、シャワーを浴びているんだよ。昨夜は入浴することも忘れて、推理に没頭していたから、体がべたついていてね。それに君が寝ている間、ちょっと頭を使いすぎて疲れたんで、熱いシャワーでリフレッシュしようと思ったんだよ。ああ、覗かないでくれよ。貴重な友情を、そんなことで壊したくないからね」

呑気《のんき》な答えに、遊馬は「そんなことするか！」と苛立ちを言葉に乗せる。

「一条君は紳士だね。いい相棒をもって幸せだよ。すぐ出るから、ちょっと待っていてくれ」

再びシャワーの音が聞こえてくる。遊馬は大きなため息をついて、扉から離れた。

ソファーに腰掛けて数分待つと、洗面所の扉が開き、Ｙシャツにズボン姿の月夜が、ショートカットの髪をバスタオルで拭きながら出てきた。名探偵が醸し出す風呂上がりの色気に、遊馬は軽く動揺する。

「いやあ、お待たせお待たせ。さっぱりしたよ」

月夜は化粧台に近づいていく。そこには、折りたたまれたスーツの上着と、群青《ぐんじょう》色のネクタイが置かれていた。

「服も新しくしたのか？」

「当然じゃないか。汚れが染みついた服じゃ、リフレッシュなんかできないだろ。伍の部屋で着替えてきたんだ」

「けど、同じ服なんだな」

「これは私のユニフォームだからね。学生時代から、名探偵に憧れてずっと男装で通してきたんだ。だから、下級生の女子からモテモテだったよ。毎日のようにラブレターをもらったりしてね。うらやましいかい、一条君」

「じゃあ、一度自分の部屋で着替えてから、この部屋にシャワーを浴びに来たってことか？　そのまま伍の部屋でシャワーを浴びればよかっただろ」

呆れながら言うと、月夜の表情が険しくなる。

「こう見えても私は女性なんだよ。男性よりも入浴には時間がかかる。いろいろとケアが必要だからね」

ショートカットとはいえ、ドライヤーも使わないくせになにがケアだよ。遊馬は唇を歪める。

「それなら、なおのこと自分の部屋でゆっくり風呂に入ればよかったじゃないか」

「その間に、君が殺されたらどうするんだ」

言葉を失う遊馬の前で、月夜はさらに話し続ける。

「伍の部屋に行って着替えるだけなら、二、三分もすれば戻ってこられる。さすがに、そんな短い時間で君が殺されるとは思えない。けれど、入浴まですれば三十分はかかるだろう。それだけの間、寝ている君を一人でほうっておけると思うかい？」

「扉に錠をかけておけば……」

「巴さんの遺体は、錠のかかった密室で発見されたんだよ。扉をロックしたところで、安全とは限らない。忘れたのかい？　君は誰かに階段で突き落とされたんだよ」

「忘れるわけないだろ」

「なら、この部屋でシャワーを浴びるという選択が妥当なものだってことは理解してくれたかな」

「ああ、理解したよ。ただ……」遊馬は目つきを鋭くする。「どうしてこんな時間まで起こしてくれなかったんだ。もう夜じゃないか」

「どうしてって、何時間で起こしてほしいなんて私は聞いていないよ」

「だとしても、常識で判断できるだろ。二、三時間で起こした方がいいって」

「名探偵に常識を求めるなんて、それこそ非常識だと思わないのかい。それに、あまりにも君が気持ちよさそうに、いびきをかいて寝ていたもので、起こしちゃ悪いと思ったんだよ。なかなか可愛《かわい》い寝顔だったよ、一条君」

人を食った回答に、遊馬は頭を抱える。

「こんな切羽詰まったときに、半日近く無駄にするなんて……」

「無駄？」月夜が肩をすくめる。「なにを言っているんだ。この上なく有意義な時間だったよ」

「……どういう意味だよ？」

遊馬が顔を上げると、月夜はにっと口角を上げげた。

「言っただろ、君が寝ている間に私はこれまでに得た情報から推理を進めるって。君が夢の中を彷徨っている間、私の灰色の脳細胞はずっと働き続け、この『硝子館の殺人』の謎に挑み続けていたんだよ」

「もしかして、犯人が分かったのか⁉」

遊馬がソファーから腰を浮かすと、月夜はいたずらっぽく微笑んだ。

「どうだろうねえ」

「はぐらかさないでくれ。ふざけている場合じゃないだろ」

「心外だね。ふざけてなんかいないさ。かなり確信のある仮説なら、すでに私の精神の迷宮のなかに収められているよ」

「どんな仮説なんだ⁉　いったい、誰がどうやってあの密室で人を殺していったんだ」

「落ち着きなって。仮説はあくまで『仮』の説でしかないんだよ。そんな中途半端なもの、いくら相棒とはいえ教えるわけにはいかないね。これを披露するのは、明らかな確証を得たあとさ」

「じゃあ、どうやったら、その明らかな確証ってやつを得られるんだ」

「もちろん、現場検証さ」

化粧台に置かれていたネクタイを手に取った月夜は、慣れた手つきでそれを締めると、勢いよくスーツの上着を羽織った。

「一条君、怪我の具合はどうかな？　動けそうかい？」

「え？　まあ、痛いけれど、安静にしていたおかげで普通に動くぶんには問題なさそうだな」

「君が休んで怪我と疲労を癒し、私は推理を進めた。つまり、この半日はこのうえなく有意義だったということだ。さて、それじゃあワトソン君、最後の現場検証に向かうとしようか」

男物のスーツ姿に戻った月夜は、胸を張って高らかに言う。

「どこに行くつもりだよ」

「ついてくれば分かるよ。ああ、そうだ一条君、聴診器は持っているかい？」

「聴診器？　そりゃあ持ってるけど、どうして？」

「それを持ってきてくれ。あとで必要になるから」

「聴診器が必要？」

眉根を寄せて聞き返した遊馬は、「いいから早く」と月夜にせかされて、仕方なく診療バッグから愛用の聴診器を取り出す。

「これで準備オーケーだ」

なにも説明しないまま、月夜は出入り口に向かう。遊馬は慌てて「待ってくれ」と声をかける。

「なんだよ。いいところなのに」月夜は扉のノブを握りながら、唇を尖らせた。

「先に洗面所に行かせてくれ」

「洗面所？　私がシャワーを浴びてすぐの洗面所に行きたい？　特殊な性癖でもあるのかな？」

「おかしなこと言うな！　トイレを使いたいだけだ」

「冗談だって。そんなに怒るなよ。ほら、さっさと出すもの出してきなよ」

月夜はひらひらと手を振る。遊馬は顔をしかめると、洗面所に入り、中から錠をかけた。

洋式便器の前に立ち、小便をし終えた遊馬は、ズボンのチャックを閉めると、音が響かないように注意しながらそっと貯水槽の蓋を開けた。中に溜《た》まった水に、茶色いピルケースがぷかぷかと浮いている。それを摑んだ遊馬は、水を切るとジャケットのポケットへとねじ込んだ。

月夜は完全に名探偵として復活した。ここからは、いつ彼女が真犯人を指摘するか分からない。そのときに、すぐにこのピルケースを押し付けるためにも、今後は持ち歩いていた方がいい。

「おーい、一条君。まだ？　もしかして、大きい方だったりする？」

「すぐ出るよ！」

遊馬は肺の底に溜まっていた空気を吐き出すと、洗面所をあとにした。

肆の部屋を出て扉に錠をかけ、二人は階段をおりていく。一階に着いた月夜は、迷うことなく遊戯室へと向かった。扉を開けて室内に入ると、ソファーに座っていた九流間と左京が勢いよく振り返り、警戒で飽和した視線を向けてくる。

「ああなんだ、君たちか」九流間が安堵の息を吐いた。「一条先生、怪我は大丈夫かい。かなり派手に転んだようだったけど」

「ご心配おかけしました。まだ痛みは残っていますけど、大きな怪我ではありませんでした」

「それはよかった」

頷く九流間に近づいた月夜は、ソファーに横たわっている酒泉を見る。その周りには、ワインのボトルが何本も転がっていた。

「酒泉さんの様子はどうですか？」

酒泉に近づいた月夜は、軽くその体をゆする。酒泉はうなりながら月夜の手を払った。

「見ての通りですよ」左京が酒泉を見下ろす。「巴さんが亡くなったのがよほどショックだったんでしょうね。ひとしきり泣いたあと、ワインを呷《あお》り続けて、いまじゃこんな状態ですよ」

「それで、お二人はどうしたのかな？　部屋にこもるのをやめて、私たちと一緒にここで夜を明かしたいというなら歓迎するよ」

重苦しい雰囲気を払拭しようとしているのか、九流間はやけに陽気に両手を広げた。

「そうだ。ポーカーテーブルがあるんだから、みんなで一戦交えながら、トランプに関係するミステリの話をするのはどうだろう。まず思いつくのは鮎川哲也の『りら荘事件』だね、あと法月綸太郎の『キングを探せ』も外すことはできない。他には『11枚のとらんぷ』『トランプ殺人事件』なども……」

「とても魅力的なお誘いで残念なんですが、本当に本当に残念でしかたがないんですが、大切な用事があるので辞退させていただきます」

よほど九流間とトランプミステリ談義をしたかったのか、月夜は沈痛な口調で言う。

「大切な用事？」

「はい、金庫の鍵を渡していただきたいんです」

九流間の目が大きくなる。

「なんで、金庫の鍵を？」

「マスターキーが必要だからです」

九流間の問いに、月夜は即答する。

「しかし、あの金庫は加々見刑事がダイヤル錠を回してしまった。私と一条先生が持っている鍵だけでは、もう開かないよ」

「それなら大丈夫です。私は名探偵として、金庫破りの技術を身につけていますから」

金庫破りは、探偵じゃなくて強盗に必要な技術だ。遊馬は心の中で突っ込みを入れる。

「いや、それは……。そもそも、どうしてマスターキーを取り出そうとしているんだい？」

「現場検証のためです。この事件の真相を明らかにして私たちの安全を確保するためにも、犠牲になった三人の遺体、そしてその現場をしっかりと調べる必要があるんです」

「ダメダメ、絶対にそれはダメですよ！」左京が勢いよく立ち上がった。

「どうしてですか」月夜は首を傾ける。

「当たり前じゃないですか。全員が安全に過ごせるようにって、マスターキーをあそこにしまったんですよ。それを取り出したら、少なくとも部屋にこもっている人の安全が確保できなくなる」

「マスターキーを取り出したのが私だということが分かれば、今晩誰かが部屋の中で殺された場合、私が疑われます。たとえ私が犯人だとしても、そんな状況で犯行を起こすわけがありません」

「そんなの分からないじゃないですか。そもそも、全員を殺そうとしているのかもしれないし」

「それなら、わざわざ頼んだりしないで、殺して鍵を奪おうとするはずです」

恐ろしいセリフに、左京の唇が歪んだ。

「なんにしろ、私は反対ですね。事件の真相を暴いて安全を確保っておっしゃいますけど、そんなこと必要ないんですよ。だって、明日には警察が来て私たちは助け出されるんだから」

「それまで、犯人がおとなしくしているとは限らないのでは？」

「この連続殺人の動機は、あの地下の人体実験の復讐だったんでしょ。なら、もう殺人なんて起こらないはずだ。だって、実験に関係していた三人はもう死んでいるんだから」

「残念ながら、そうとは言い切れません。まだ殺人は続くかもしれないんです」

不吉な月夜の予言に、左京は「え……？」と体をこわばらせる。

「一条君は誤って足を滑らせて、階段から転げ落ちたとお思いですよね。私も最初はそう思いました。けれど、実は誰かに背中を押されて突き落とされたんです」

左京が目を剝いた。九流間が「本当か⁉」と身を乗り出してくる。

「ええ……、本当です」

遊馬がためらいがちに頷くと、左京は「そんな……」と絶望の声をあげて両手で顔を覆った。

「運よく、一条君は大怪我を負わずに済みました。けれど、打ちどころが悪ければ死んでいてもおかしくなかった。つまりこの館には、生き残った者たちに対して害意を持っている存在がまだ潜んでいるということです。その正体を暴かない限り、私たちの安全は確保されません」

月夜は言葉を切ると、大きく息を吸う。

「だからこそ、名探偵である私が事件を解決する必要があるんです。どうか、金庫の鍵を渡してください」

「でも……、それは……」

おろおろする左京を尻目に、九流間は立ち上がると、和装の懐からキーホルダーを取り出し、そこから小さな鍵を取り外した。

「ありがとうございます、九流間先生」

差し出された金庫の鍵を月夜はつまむ。しかし、九流間は鍵を摑んだまま、離さなかった。

「碧さん、あなたの言うことには一理ある。ただ、君たちが犯人ではないという確証を私はまだ得られていない」

「さっき説明したように、私たちが犯人なら……」

「私たちを殺して鍵を奪うはずだと。けれど、君たちの目的が皆殺しではなかったとしたら、話は変わってくる」

「どういうことでしょう？」

　この手の議論が楽しくて仕方がないのか、月夜は明るく訊ねる。

「君たちが証拠隠滅を目論《もくろ》んでいるかもしれないということだ。三人を殺してすでに復讐は終わったが、いまになって事件現場に重大な証拠を残してしまったことに気づいた。しかし、現場のうちの壱の部屋と陸の部屋は、錠がかかって入ることができない。だからこそ、警察がやってくる前にどうにか現場に入って証拠を消し去ろうとしている」

「なるほど、素晴らしい仮説です。さすがは九流間先生」

「お世辞はいらないよ。それで、いまの仮説を否定できるかな」

「いえ、否定は難しいですね。けれど、そう疑われるのであれば対処する方法はある。先生ならもう、お気づきなんじゃないですか？」

　挑発的な月夜の言葉に、九流間は渋い表情になる。

「誰かが君たちの捜査に同行し、証拠を隠そうとしないか監視すればいい」

「その通りです。そして、現状でそれができるのは、おそらく一人だけでしょう」

　加々見が月夜の捜査を許すわけがない。酒泉は酔いつぶれ、怯えている左京と夢読が事件現場に赴くとは思えない。となると……。遊馬は老作家の横顔を見つめる。

「私だね」ため息をつきながら、九流間は金庫の鍵を離した。「しかたがない、同行させてもらうとしよう。名探偵の捜査を間近で見学できるんだ。貴重な経験かもしれないからな」

「まってください、九流間先生。私たちはどうするんですか」

「ここで待っているといい。大の男が二人もいるんだ。犯人が襲ってくることもないだろう」

「けれど……、酒泉君が犯人の可能性も……」左京は酔いつぶれている酒泉を指さす。

「それは大丈夫です」月夜は力強く言った。「二人しかいない状況で片方だけが殺されたら、生き残った方が犯人ということになります。もし、酒泉さんが犯人でもそんなことはしませんよ。もちろん、左京さんが犯人でも同じことが言えるので、安心して酒泉さんを置いていけます」

「で、でも、酒泉君はこんな状態なんですよ。誰かが襲ってきたりしたら、僕たちで撃退なんてできるかどうか……」

「そのときは、そこのボタンを押せばいい」

九流間がすぐわきの壁についている、火災報知機のボタンを指さした。

「アラームが鳴れば、みんなここに集まってくるよ。それじゃあ碧さん、行こうか」

いまにも泣き出しそうな表情を浮かべる左京を置いて、九流間は出入り口に向かう。月夜は「はい喜んで」と居酒屋の店員のような返事をした。

遊戯室をあとにした遊馬たち三人は、地下倉庫にある金庫の前に到着する。ひざまずいた月夜は、扉の鍵穴に遊馬と九流間から渡された鍵を差し込み、両手で同時にひねる。錠が外れる金属音がかすかに聞こえた。

月夜はレバーを摑んで回そうとする。しかし、それは微動だにしなかった。

「ダイヤル錠がしっかりかかっているね。さて、一条君、聴診器を貸してもらえるかな」

遊馬が「はいはい」と差し出した聴診器を耳にはめた月夜は、集音部を金庫の扉に当て、ゆっくりとダイヤルを回しはじめた。

数分後、遊馬が「開きそうか？」と声をかけると、月夜は唇の前で人差し指を立てて睨みつけてきた。遊馬は首をすくめて両手で口を覆う。月夜がダイヤルを回すカチカチという音だけが響く空間で、遊馬と九流間は手持ち無沙汰でただ待ち続けた。

三十分ほど経過して遊馬が焦《じ》れはじめたとき、唐突に月夜が聴診器を外して大きく息をついた。

「やっぱりダメそうか？」

声をかけると、月夜は唇の片端を上げてレバーを鷲摑みにする。さっきは全く動かなかったレバーが勢いよく下がり、金庫の扉が開いていった。

「名探偵を舐めちゃだめだよ、一条君」

『零』と刻印された鍵を顔の横に掲げながら、月夜は得意げにウインクをした。

4

「うわっ、寒⁉」

拾の部屋の扉を開けた瞬間、隙間から吹き出してきた冷気に月夜が声を上げる。遊馬も思わず身を小さくした。

「ああ、遺体が腐らないように加々見さんが窓を全開にしたんだね。それとも昨日、火災報知器が鳴ったときに開いたのかな」

スーツの襟を合わせながら部屋に入った月夜が言う通り、拾の部屋の全面ガラス張りの窓はすべて、上部が四十五度ほど外に向かって開いていた。氷点下の室温に、吐いた息が白く凍りつく。

「これはあんまり長い時間はいられないね」

自らの肩を抱きながら九流間が言う。

「大丈夫です。確認したいことはそれほど多くはありませんから」

月夜は迷うことなく、老田の遺体が横たわっているベッドへと近づいていく。

「一条君、こっちにおいでよ。医師としての意見を聞かせてもらいたい」

月夜に手招きされた遊馬は、体を震わせながらベッドのそばへと移動し、老田の遺体を見下ろした。赤黒い血液で染められたシャツには、ナイフで刺されたと思われるいくつもの穴が開いている。ベッドのシーツは、遺体から流れ出した血液で大きな染みができていた。

医師としての習慣で、遊馬は老田の首筋に触れる。当然、頸動脈の拍動を触知することはできなかった。冷え切ったゴムのような感触。命の灯が消えた体に特徴的な手触りが指先に伝わっている。

「ああ、このままじゃ分かりにくいね」

月夜は迷うそぶりも見せず、血塗《ちまみ》れの老田のシャツを捲《めく》り上げた。

「お、おい、さすがに遺体の服装を乱すのは……」

「なに言っているんだい、一条君。ダイニングからここに運んだ時点で、もう服装なんか乱れているんだから、気にする必要はないんだよ。そもそも、警察なんかよりも私の方がずっと、事件解決能力があるんだ。現場の保全なんて気にしなくていいのさ」

月夜はそう言うと、手についた血液をハンカチで拭った。

たしかに、明日の夕方までに老田と円香を殺した犯人の正体にたどり着かねばならないのだ。警察の捜査のことなど考えている場合ではなかった。気を取り直した遊馬は、老田の遺体を見下ろす。

肋骨《ろっこつ》が浮き出た胸部の数ヶ所に、大きな刺創《しそう》が確認できた。

「この胸の傷が致命傷だろうな。位置から考えて、心臓や肺が貫かれているはずだ。たぶん、即死だっただろう」

「一条君、これは？」月夜は、老田の首筋を指さす。「ここになにか汚れのようなものが付いてる」

「汚れ……？」

遊馬は腰を曲げて顔を近づけて、月夜が指さした場所を凝視する。たしかに、汚れのような黒く小さな点が二つ並んでいた。指でこするが、点が消えることはなかった。

「汚れじゃないな。皮膚にしっかり色がついている。なにかの怪我の跡か……」

「火傷《やけど》の跡ということはないかな？」

「火傷……。そうかもしれないけれど、どうしてだ？」

月夜は二つの点に人差し指でそっと触れていく。

「わずかな間隔をあけて並ぶ二つの火傷の跡。こういうものに見覚えがあるんだよ。スタンガンの跡さ」

「スタンガン⁉」遊馬の声が大きくなる。

「そう、スタンガンは先端にある二本の電極を相手に押し付け、その間で電流を流して相手を無力化する。服の上からだと跡が残らないことも多いけど、皮膚に直接電極を当てた場合、火傷が生じることが多いんだ。ちょうど、こんなふうにね」

「老田さんはスタンガンで抵抗できない状態にされたあと、刺殺されたっていうことか？」

「そう考えるのが妥当だろうね。それなら、相手に抵抗されるリスクを最小限にできる。体力がない人物でも、犯行は可能だっただろうね」

「体力がない……」

遊馬がつぶやくと、寒そうに両手をこすり合わせながら九流間が近づいてきた。

「私のような老いぼれでも、犯行が可能だったということだね」

「九流間先生だけじゃありません。女性でも可能だということです。私や夢読さん、そして巴さん」

「巴さん？」遊馬は眉間にしわを寄せる。「でも、巴さんは被害者じゃ……」

「老田さんが殺害されたとき、巴さんはまだ生きていたよ。犯人が犯行後に、別の犯人に殺害されるというトリックは、ミステリ小説では珍しくない。例えば……」

「ミステリ談義はあとにしてくれ。凍死するだろ。まだこの部屋で調べることはあるのか？」

話が長くなる気配を感じて遊馬が機先を制すると、月夜は不満げに頰を膨らませた。

「いや、これくらいでいいよ。この部屋は事件現場じゃないから、遺体さえ調べれば十分だし」

遊馬たちは拾の部屋を出て扉に鍵をかけると、体が温まるのを待ち、今度は陸の部屋へと入る。

拾の部屋と同様、氷点下の室内を遊馬は月夜とともに進んでいった。

開いた窓のそばに置かれたベッドでは、クラシカルなウェディングドレスを纏った円香が、瞳孔が開ききった双眸を天井に向けていた。

今朝、発見された際にはわずかに胸元に血が滲んでいただけのウェディングドレスは、いまは胸部だけでなくスカートまで血液で赤黒く染まっている。

月夜は躊躇《ちゅうちょ》するそぶりも見せず、ドレスのスカートをまくった。青白い太腿に幾重にも走る切創の断面から、ピンク色の筋肉と黄色い脂肪組織がのぞいているのを見て、遊馬は口を固く結ぶ。

「痛かったろうに。地下牢の場所を聞き出すためとはいえ、ここまでしなくてもね」

首を振った月夜はスカートを戻すと、ドレスの上着を捲り上げる。コルセットに記されていた『中村青司を殺せ』という血文字も、すでに大量の血液で上書きされて読み取れなくなっていた。

「胸を一突きにされている。地下牢の場所を吐いたあと、用済みとなって殺されたんだろうね。これが致命傷とみていいかな」

月夜の言う通り、円香の胸部には老田と同じように大きな刺創が口を開けていた。

「ああ、そうだろうな」遊馬はあごを引く。

月夜はドレスの上着を直し、円香の胸元に顔を近づけた。

「うーん、ドレスに穴は開いていないね。おそらく、拷問され、刺殺されてからこのウェディングドレスを着せられたということになる。なんでわざわざそんなことをしたんだろうね」

月夜があごに手を当てると、出入り口近くに控えていた九流間が声を上げる。

「たしか、地下牢で死んでいた摩周真珠という女性は、結婚を控えていたんだったよね。ウェディングドレスを着ることなく殺された彼女の復讐だということを、犯人は示したかったのではないかな。老田さんが殺害された現場にポプラの綿毛が落ちていたのも、同じように雪山で遭難した女性を示唆しているのかもしれない」

「素直に考えればそうなりますね。けれど、そのためにわざわざウェディングドレスを着せるなんていう手間をかけるでしょうか。遺体にこのドレスを着せるのはかなりの労力です。ダイニングのポプラから綿毛を集めて撒《ま》くのも、ドレスほどではないとはいえ、面倒な作業のはず。ただ復讐だということを示すために、果たしてそこまでするでしょうか」

月夜は自らの考えをまとめるかのようにつぶやきながら、開いている窓に近づき、スーツの内ポケットから出したペンライトで尖塔の外壁を照らす。

「やっぱり、外壁をのぼったような形跡はないね。地上に足跡もないことから、この窓から犯人が逃げたということもあり得ない」

「じゃあ、どうやって犯人はこの部屋を密室にしたんだよ」

遊馬の問いに答えることなく数秒黙り込んだあと、月夜は「最後の部屋に行こう」と出入り口に向かった。陸の部屋を後にした遊馬たちは、先ほどと同じように少し体を温めてからマスターキーを使って、最初の事件現場である壱の部屋の扉を開ける。

神津島の遺体を見なくてはならない。動揺を悟られないようにしなければ。遊馬は細く長く息を吐いて、加速している心臓の鼓動を必死に抑えようとする。

扉が開く。他の部屋とは違い、壱の部屋は窓が開かない構造になっているはずだ。しかし、全周がガラス張りになっている部屋で暖房が切られているせいか、これまでの二つの部屋とほとんど変わらぬ冷気が扉の隙間から吹き出してくる。

落ち着け。冷静になれ。腹に力を込めていた遊馬の口から、「……え?」という呆けた声が漏れた。

思考が真っ白に塗りつぶされる。自分がなにを見ているのか分からなかった。なにが起きているのか理解できなかった。

扉の向こう側にあり得ない光景が広がっていた。

マホガニー製のデスクの前にあおむけに倒れる神津島。その遺体の胸には、武骨なナイフが深々と突き立てられていた。


「これはいったい……」

隣に立つ九流間が絶句する。遊馬はふらふらと吸い込まれるように壱の部屋の中に入り、神津島の遺体へと近づいていった。

息を乱しながら神津島を見下ろした遊馬は、さらに混乱の底なし沼へと引きずり込まれる。神津島の遺体の上にはＡ４のコピー用紙が置かれ、ナイフがその用紙ごと胸を貫いて固定していた。

「なんだよ、これ……」

かすれ声が漏れる。用紙には数十の赤黒い針金人間のようなものと、アルファベットが書かれていた。視界が歪み、用紙に書かれた針金人間が踊っているかのような錯覚をおぼえる。

「また血文字の暗号だね。まあ、文字というより絵かな。しかし、この暗号にはなんとなく見覚えがあるね」

月夜が横目で試すような視線を送ってくる。

「……『踊る人形』」

遊馬がつぶやくと、月夜は「さすがは一条君！」と声をあげた。

『踊る人形』、一九〇五年に刊行された『シャーロック・ホームズの帰還』に収録されている短編。その中でシャーロック・ホームズは、子供の落書きのような人形の絵でできた暗号に挑んでいる。

踊る人形の暗号

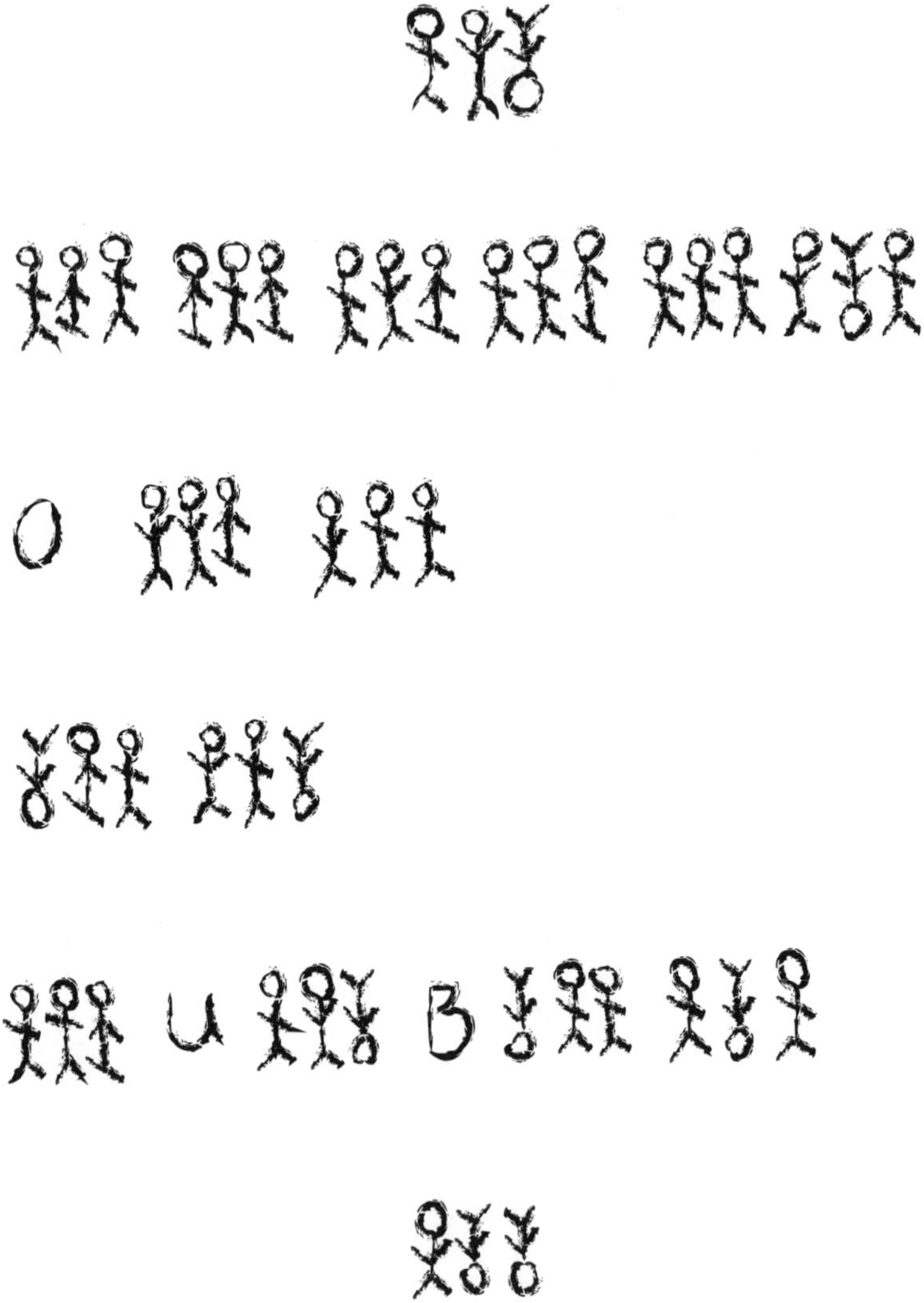

神津島の胸に固定された紙に書かれている暗号は、それにとてもよく似ていた。

「ただ、『踊る人形』ではたくさんの種類の人形が書かれていたけど、ここに書かれている人形はそんなに種類はないな」

月夜があごに手を当てながらつぶやく。

「暗号なんてどうでもいい！　それより、どういうことだよ⁉　なんで神津島さんが刺されているんだ⁉　神津島さんは毒殺されたはずだろ！」

「見た通りさ。誰かが、神津島さんの遺体にナイフを刺したんだよ」

「なんでそんなことを⁉　そもそも、この部屋は錠がかかっていたはずだ。どうやって部屋の中に入ったって言うんだよ⁉　それにこの暗号は？」

「そんなに興奮するなって。私も驚いているんだから、少し考える時間をくれよ。その間に君は、暗号の写真を撮影してくれるかな。あとで落ち着いて考えたいからさ。検死も頼むよ」

月夜はかぶりを振ると、しゃがみこんで神津島の遺体を調べる。しかたなく、遊馬はスマートフォンを取り出し、月夜の肩越しに指示通り暗号の写真を撮ると、口が半開きになっている神津島の遺体を調べはじめる。手を持ち上げると、関節がこわばっていて、わずかに抵抗があった。ナイフは胸の中心に、柄《つか》の部分まで突き刺さっており、その刃先が心臓を貫いているのはほぼ間違いなかった。

一通りの検死をしながら、遊馬は月夜のつぶやきに耳を傾ける。

「このナイフは、神津島コレクションの一つだね。『ナイブズ・アウト』で使われたものだ。あの作品はなんといっても、ダニエル・クレイグが演じる名探偵が素晴らしく魅力的なんだよ。まさか、

007の名探偵姿を拝めるとは想像だにしていなかった。思わずBlu-rayを購入……」

「碧さん、脱線！」

遊馬が鋭く言うと、月夜ははっとした表情を浮かべた。

「ああ、悪い悪い。あまり出血はないね。よかったよ。もし大量に出血していたら、暗号が読み取れなくなっていたかもしれないからね」

月夜は鼻の頭を掻きながら、考え込む。

「なにか分かったのか？」

「そう急《せ》かさないでくれって。いま、私の仮説とうまく融合するか検討しているんだからさ」

月夜は目を閉じ、小声でつぶやきはじめた。

「……なぜ、遺体を刺す必要があった？……それほどの恨みがあったから？……毒殺するだけでは飽き足らなかった？……それとも、この暗号に注目してほしかった？……でも、いまさらなんの暗号を残す必要が？　そもそも、どうやって錠のかかったこの部屋に侵入したのか……」

瞼を上げた月夜は白い息を吐きながら出入り口に近づき、呆然と立ち尽くしている九流間のそばで扉を調べはじめる。

「やっぱり、強引に開けた形跡も、糸なんかの物理トリックを使った形跡もまったく見当たらない。となると……」

月夜は絨毯《じゅうたん》に落ちている壱の鍵に近づき、それを指でつまみ上げた。その瞳が大きく見開かれる。

「一条君、見なよ」

手招きされた遊馬は近づいて、月夜が指さす床を見る。鍵の下の黒い絨毯に、わずかに白い埃のようなものが落ちていた。

「なんだよ、これ？」

遊馬は訊ねるが、月夜は無言でスマートフォンを取り出し、床の辺りの動画を撮影したあと、再びぶつぶつと独り言をつぶやきはじめた。

これは邪魔しない方がいいな。そう思って見守っていると、月夜の口角がじわじわと上がっていく。やがて、その目が大きく見開かれた。

「なるほど、なるほど、なるほど、これは面白い。最高に面白い！」

突然、バレリーナのように軽い足取りで、遊馬のそばへと戻ってくる。

「一条君、最高だよ。これは最高のトリックだ。ここまで美しく完成された犯罪は、そうは存在しないよ。この現場にいられたことに私は心から感謝する」

奇行に圧倒されている遊馬の両肩を、月夜はがしっと摑んだ。

「もしかして……、犯人が分かったのか？」

遊馬がおずおずというと、月夜は両手を大きく広げて首を反らした。

「当然じゃないか。この美しくも哀《かな》しい事件を解決するための手がかりは、もうすべて手に入れている。それらから導き出される真相は、犯人の正体は、もはや一つに絞られている」

朗々と語った月夜は、遊馬の目を見つめると、少女のようにいたずらっぽく微笑んだ。

「本格ミステリ小説なら、ここで『あれ』が入るところだね。またとないチャンスだ。せっかくだから宣言させてもらうとしよう」

気取った仕草で髪を搔き上げると、月夜は歌うように言った。

「私は読者に挑戦する。この『硝子館の殺人』の真相を導くために必要な情報は、すべて開示された。犯人は誰なのか、いかにしてあの不可思議な犯行を成し遂げたのか、ぜひそれを解き明かして欲しい。これは、読者への挑戦状である。諸君の良き推理と、幸運を祈る」

最終日

1

時計の針が時を刻む音が、やけに大きく聞こえる。

もう午前六時過ぎか……。腕時計を確認した遊馬は、横目でソファーを見る。三人掛けのソファーに横になり、へその前あたりで両手を組んだ月夜が、気持ちよさそうに目を閉じていた。

数時間前、芝居じみた口調で『読者への挑戦状』を言い放った月夜に、遊馬と九流間は「犯人は誰なんだ？」と迫った。しかし、彼女は微笑んでこう言った。

「ダメですよ。謎を解くなら、みんなを集めてからじゃないと。ミステリ小説はよく『名探偵、みなを集めてさてと言い』なんて皮肉られることがありますが、事件関係者たちの前で謎を解き明かすのは、名探偵の最大の見せ場なんです。そこを譲る気はありません。そうですね。明日の朝、六時半ごろがいいですかね。それが一番説得力ある。ああ、安心してください。今晩、さらに人が殺されることはありませんから。それじゃあ、それまで少し休んで、英気を養うこととしましょう」

なんとか犯人だけでもその場で教えてくれないかと、遊馬と九流間は必死に説得にあたったが、月夜は頑として首を縦に振らなかった。しかたなく諦めて壱の部屋を後にすると、九流間は遊戯室へ、遊馬と月夜は肆の部屋へと戻ったのだった。

部屋に入った月夜は、「それじゃあ、六時ごろになったら起こしてくれ」とソファーに横になった。それから数時間、遊馬はベッドに腰掛けて、これからなにが起きるのか、悶々《もんもん》とした気持ちを抱えながらただ時が過ぎるのを待ち続けた。

「碧さん、六時だよ。起きてくれ」

声をかけると、月夜は瞼《まぶた》を閉じたまま「もう、起きているよ」と答える。

「いつから起きていたんだよ」

「実はほとんど眠れなかったんだ。恥ずかしいことに、遠足前夜の小学生のように興奮してしまってね。けれど、これからが本番なので、体だけでも休めなくてはと思って横になっていたんだよ」

目を開けた月夜は、勢いよく飛び起きると、ソファーの背にかけていたネクタイを締め、スーツの上着を羽織る。

「それじゃあ私のワトソン君、みんなを集めてショータイムといこうか」

意気揚々と出入り口に向かおうとする月夜を、遊馬は「待ってくれ」と呼び止めた。

「どうした、一条君」

「みんなを集めるって、いったいどうやって。九流間さんたち三人は遊戯室にいるけれど、加々見さんと夢読さんは警察が来るまで自分の部屋にこもるって宣言しているんだぞ」

「そんなの簡単だよ。いいかい一条君、こうするんだ」

月夜は目を細めると、遊馬に指示を出す。それを聞いた遊馬は、片手を頭に当てた。

「それを俺がやるのかよ」

「そうだよ。私は少し一階で準備をする必要があるんで、その間に君が二人を呼んできてくれ。よし、それじゃあ行こう！」

「ああ、俺はちょっとトイレを済ませてから行くよ」

「ん、そうかい。それじゃあ、私は先に行っているよ。できれば六時半には開始したいんで、あまり遅くならないように」

片手を軽くあげて出ていく月夜を見送った遊馬は、洗面所へと向かった。中に入り扉の錠をかけた遊馬は、洗面台の鏡をのぞき込む。どこか怯《おび》えたような表情を浮かべた男と目があった。

「大丈夫だ。……俺はやれる」

鏡の中の男はつぶやきつつ、ジャケットのポケットから茶色いピルケースを取り出した。

きっと、あの名探偵は老田と円香を殺害した犯人の正体を暴く。そのときが最大のチャンスだ。このピルケースを犯人に押し付ければ、神津島殺しの罪も、その人物に負わせることができる。

体の奥底から震えが沸き上がってくる。遊馬は軋《きし》むほどに奥歯を食いしばって震えを嚙《か》みつぶすと、両手で自分の頬を張った。風船が割れるような音とともに、鋭い痛みが顔面に走り、迷いをかき消した。

やるしかないんだ。妹のために。

鏡の中の男の顔が、強い決意によって引き締まったのを確認した遊馬は、洗面所をあとにした。

肆の部屋を出て扉の錠をかけた遊馬は、階段をのぼって弐の部屋の前へと到着すると、大きく息を吸って拳を扉に叩《たた》きつけた。

「加々見さん、出てきてください！」

反応はなかった。遊馬はあきらめることなく、繰り返し扉を叩き続ける。

「なんだよ！　うるせえな！」

数十秒後、耐えきれなくなったのか、扉越しに加々見のだみ声が聞こえてきた。

「ちょっと一階に来てもらえませんか？」

「なにほざいてるんだ。昨日言っただろうが。俺は警察が到着するまでここを出ないってな」

「その警察が到着したんですよ」

遊馬は緊張しつつ、ついさっき月夜に指示されたセリフを吐く。

「警察が着いた？」

「ええ、そうです。雪崩《なだれ》の除雪作業が予定より早く終わったらしくて。とりあえず、全員を一階に集めるように言っています」

嘘《うそ》を見抜かれないか不安に思いつつ、遊馬は反応を待つ。錠が外れる音がして、扉が開いた。

「ようやく到着しやがったか。ったく、待たせやがってよ」

しわの寄ったYシャツ姿の加々見が、寝ぐせで乱れた頭を掻《か》きながら出てくる。内心で胸を撫《な》でおろした遊馬は、続いて漆の部屋までガラスの階段をおり、加々見と同様、夢読にも警察が着いたと伝えた。加々見以上に警戒し、さらにわざわざドレスに着替えるというので十五分ほど待つはめになったが、なんとか夢読も部屋から出すことに成功した。

「ねえ、警官はどこにいるのよ⁉」

一階に到着すると、夢読はピンク色のドレスの裾をはためかせながら、警官の姿を探してホールを走っていく。

「こっちです。ダイニングに来てください」

遊馬の声に、加々見は「ダイニング？」と眉を顰《ひそ》めた。

「なんでダイニングなんだ？　あそこは濡《ぬ》れているだろ」

「もう二日経《た》っていますから、だいぶ乾いていますよ。とりあえず、来てください」

遊馬は早口で言うと、さらなる質問を受ける前にさっさとダイニングに向かう。加々見と夢読もためらいがちについてきた。

扉を開けて室内に入った瞬間、場違いに陽気な声が響き渡った。

「ようこそ、おいでくださいました！」

月夜が大きく両手を広げる。彼女の後ろには、困惑顔で九流間、左京、酒泉の三人が立っていた。

カーテンは全て閉められ、天井のシャンデリアからの光が部屋を照らしている。床の絨毯《じゅうたん》はまだ水を含んでいるが、だいぶ蒸発したのか歩くごとに水音がするようなことはなかった。

『蝶ヶ岳神隠し』という血文字が書かれ、その一部分が焼け焦げているテーブルには、映写機らしきものと、折りたたまれたタオル、マジックペン、さらにはなぜか水で満たされたじょうろが置かれていた。月夜のそばには、遊戯室に置かれていた硝子館の模型もある。

「ちょっと、なんなの？　警官なんていないじゃない！」

金切り声を上げる夢読に、月夜は頭を下げる。

「ああ、それはお二人をここに連れてくるための嘘です」

眼球が飛び出しそうなほどに目を剝《む》いた夢読は、「どういうことよ！」と遊馬を睨んだ。

「ああ、一条君を責めないでください。私が彼に指示したんですから」

「なに考えているのよ、あんたたちは！　なんの目的があってこんなふざけたことを！」

刃物のような視線を浴びた月夜は、動じることなくショートの髪を搔き上げた。

「もちろん、名探偵として今回の事件の真相を暴くためです」

「なに⁉　もしかして犯人が分かったって言うの⁉」

夢読の声が裏返る。月夜は「もちろんです」と鷹揚《おうよう》に頷いた。九流間たち三人の表情にも、わずかに期待の色が浮かんでくる。

「ふざけんな、馬鹿らしい」加々見が踵《きびす》を返す。

「おや、どちらに行かれるんですか、加々見さん」

「部屋に戻るに決まってんだろ。小娘のままごとに付き合う筋合いはねえ。どっちにしろ、警察がくれば犯人は分かるんだしよ。それまで部屋にこもっているのが利口ってもんだ」

加々見は階段に向かっていく。夢読も数瞬、迷うようなそぶりを見せたあと、加々見についていこうとした。

「尻尾《しっぽ》を巻いて逃げるんですか？」

月夜の言葉に、加々見の足が止まった。

「……なんだと？」どすの利いた声で言いながら、加々見が振り返った。

「ですから、怖がっているんじゃないですか？　あなたのいう『小娘』が、県警捜査一課の刑事である自分でも解けない事件を解決することを」

唇に妖しい笑みを湛《たた》えた月夜は、挑発的に言う。

「舐《な》めるなよ。誰がそんなことを……」

「それなら、ぜひ私の推理を聞いてくださいよ。別に減るものではないでしょ。警察が来るまでの時間つぶしに最適じゃないですか」

「……お前が犯人で、俺たちを部屋から誘い出して殺そうとしているかもしれねえだろ」

「なるほど、探偵役が犯人というわけですか。なかなか面白い。けれどミステリ小説では、そのトリックはすでに様々な作品で使われていて、よほどうまく使わない限り読者に驚きを与えられないんですよ。そうですね、まず思いつくのはレ一……」

「いい加減にしろ！　これはミステリ小説なんかじゃねえって、何度言ったら分かるんだ！」

「いやあ、分かりませんよ。私たちが気づいていないだけかも。まあ、そういうメタな話題はおいといて、もし犯人だとしても、私のようなか弱い女性が現役の刑事であるあなたを殺したりできるとお思いですか？　そんなにご自身の体力に自信がないのなら、しかたがないですね。ご自分の部屋に閉じこもって、小動物のように震えていてください。それとも……」

月夜は言葉を切ると、あごを引いて唇を舐めた。

「もしかしてお二人は、ご自分が犯人だと指摘されることを恐れているんですか？　なにか後ろ暗いことでもおありなんでしょうか？」

度重なる挑発に堪忍袋の緒が切れたのか、加々見はスーツのポケットに両手を突っ込みながら、大股でダイニングへと戻ってきた。

「そこまで言って、お前の推理が外れていたらどうするんだ！　お前が間違った人間を犯人だと指摘したら、どう責任を取るつもりなんだ！」

「……そのときは、私は二度と名探偵を名乗りません」

あまりにも重量感のある口調に、部屋に沈黙が落ちる。虚を突かれたのか、一瞬言葉を失った加々見が月夜を指さした。

「名探偵を名乗らないって、そんなの大したことじゃないだろ」

「いいえ、私にとっては大したことです」月夜はゆっくりと首を振った。「私は人生をかけて『名探偵』を求め続けてきました。自らが名探偵であることを放棄するのは、体を半分に引き裂かれるようなものです。もう二度と名探偵として活動しない。もし間違った犯人を指摘したら、二度と日の当たる場所に出ることなく、残りの生涯をひっそりと日陰者として暮らす。それだけの決意をもって、私はこの事件に向き合っています。ですから、どうか私の推理を聞いてください」

覚悟と決意に満ちた月夜の言葉に、もはや加々見は反論しなかった。夢読も首をすくめながら戻ってくる。

月夜は「さて」と、両手を胸の前で合わせる。パーンという小気味いい音がダイニングに響き渡った。

「それでは、皆さんも集まったので、いよいよクライマックスです。このガラスの尖塔《せんとう》で起きた悲劇、『硝子館の殺人』の真相についてご説明しましょう」

月夜は誇らしげに胸を張ると、最終章の開幕を宣言する。

「それで、誰が犯人なの⁉　早く教えて！」

いまにも飛びかからんばかりに前のめりになる夢読を、月夜は片手を突き出して制した。

「落ち着いてください。いきなり犯人を指摘するわけにはいきません。ミステリには手順というものがあるんです」

「なにがミステリよ！　ふざけていないで、さっさと犯人を教えなさいよ！」

数十時間、恐怖にさらされ続け限界に達しつつあるのか、夢読は両手で髪を掻きむしる。

「ふざけてなんていませんよ」

月夜の声が低くなった。夢読は両手の動きを止めて、怯えた表情で月夜を見る。

「ミステリ小説で踏まれる手順には理由があります。ここでいきなり私が犯人を指摘したところで、その真相に至った経過を説明しなければ誰も納得せず、ただ戸惑うだけでしょう。すぐに犯人の拘束へと動くことはできません。それはすなわち、真犯人に隙を与えることに繋《つな》がります。逃亡、もしくは……虐殺の隙を」

「虐……殺……？」

「なにを驚いているんですか？　これから私が正体を暴こうとしているのは、三人もの人間を殺害し、さらに現場に血文字を残したり、拷問さえもした凶悪犯ですよ。自分が犯人だと気づかれていると思ったら、周りの人間を殺してでも逃げようとして当然じゃないですか」

月夜はあごを引くと、上目遣いに夢読を見る。

「逮捕されれば極刑は免れない。なら、あと何人殺そうが、大した違いはないでしょ」

夢読が自らの肩を抱いてがたがたと震え出すと、月夜は一転して柔らかく微笑《ほほえ》んだ。

「ですから、皆さんが納得いくよう順を追って説明させていただきます。よろしいですね」

夢読が細かく何度も首を縦に振るのを見て、月夜は顔の横で人差し指を立てた。

「では、はじめましょう。まずは最初の事件、壱の部屋で神津島太郎さんが毒殺された事件です。使用された毒物は、老田さんの証言から神津島コレクションの一つであった、フグの肝を粉末にしたものと考えてよいでしょう。そして壱の部屋の扉は錠がかかっていて、全面ガラス張りの窓ははめ込み式で開かない。つまり、神津島さんは密室で殺されたことになります。犯人が現場を密室にした理由は簡単ですね。神津島さんが病死、もしくは自殺をしたのだと思わせるためです」

ダイニングにいる誰もが、息を殺して月夜の説明に耳を傾ける。

「さて、ではどうやって犯人は密室を作ったのでしょう。壱の部屋の扉に錠をかけられる鍵は、壱の鍵とマスターキーの二つだけで、合鍵は存在しないことは錠を作った会社に問い合わせて確認できています。そして、マスターキーは遊戯室の暖炉のそばにあるキーキャビネットに収められていて、そのそばにずっといた私によって、初日のディナーのあとから全員で壱の部屋に向かうまで、誰にも開けられていないことが確認されています。また、実は酒泉さんが最初からマスターキーを持っていて、一階に取りに行くふりをしただけという説も、ディナー後、酒泉さんは常にバーカウンターにいてカクテルを作り続けていたので否定されます」

月夜が事実を並べ立てていると、九流間が小さく手をあげた。月夜は視線で発言を促す。

「話の腰を折って悪いんだが……」

「いえいえ、そんなことはありません。事件解決シーンでは、登場人物たちが名探偵の推理の矛盾を突こうと、様々な疑問をぶつけてくるものです。それらの疑問にしっかり答えることで、事件の輪郭がじわじわと浮き上がってくるんです」

月夜は嬉々《きき》として言った。

「それじゃあ、遠慮せずに言わせてもらうが、時間的にも距離的にも遠隔殺人が可能な毒殺という方法が取られている以上、神津島君殺害について、どうやって密室を作ったのかという議論はあまり意味がないんじゃないかな。以前も言ったように、毒殺なら前もって神津島君が口にするなにかに毒を仕込んでおけばいい。べつに神津島君が毒を飲んだとき、犯人は現場にいる必要はない。たんに部屋に鍵をかけて一人でいるときに、神津島君が偶然、毒を口にしただけなんじゃないかな」

「それだと、いつ神津島さんが死ぬのか計算は困難になります。なにか、大事な発表をする直前というタイミングを考えると、犯人が現場にいた可能性が高いのでは？」

「最初はそう思っていたよ。けど結局、犯人の動機は地下牢で死んでいった被害者の復讐《ふくしゅう》で、貴重な未公開のミステリ小説を発見したという神津島君の発表とはなにも関係なかったじゃないか」

さすがにミステリ界の重鎮だけあって、九流間の指摘は鋭かった。月夜は微笑を絶やすことなく、ときおり相槌《あいづち》を打ちながら話を聞き続ける。

「そもそも、毒を飲んだあともダイイングメッセージを残せるぐらいの余裕が神津島君にあったことを考えると、犯行時に犯人が部屋にいたとしても、その人物が部屋から出ていったあと、とどめを刺しに戻ってこないように神津島君自身が中から錠をかけたのかもしれない。犯人が故意に密室を作ったという前提自体がおかしいと私は思うんだが、どうかな？」

疑問をぶつけ終えた九流間は、緊張した面持ちで月夜を見る。

「素晴らしい、さすがは九流間先生です」興奮気味に月夜は言った。「いまのご質問、とても筋が通った適切なものです。たしかに皆さんが持っている情報では、犯人が故意に密室を作ったのか、それとも偶然、現場が密室になってしまったのか判別はできません。さて、一条君」

唐突に名前を呼ばれた遊馬は、「え？」と目をしばたたかせる。

「え、じゃないよ。君は助手なんだから、ぼーっとしていないで私のサポートをしてくれ。とりあえず、扉を閉めて、明かりを消してくれないかな」

遊馬は「あ、ああ」と答えると、慌てて月夜の指示に従う。シャンデリアの明かりが消えると、部屋が一気に暗くなる。遮光カーテンの隙間からこぼれるかすかな光で、なんとかものの輪郭だけはとらえることができた。

「それでは、これをご覧ください」

月夜の合図とともに、ダイニングの白い壁に、青く巨大な屋敷の映像が映し出された。

「シアタールームから拝借してきました。この壁ならスクリーンの代わりになりますね」

月夜はスーツのポケットからスマートフォンを取り出して操作しはじめる。青い屋敷の代わりに、黒い床に置かれた鍵が映し出された。『壱』と刻印された鍵。

「これは、最初の事件現場に落ちていた鍵です」

「おい、ちょっと待て。こんなものいつ撮っていたんだ」

加々見が口を挟む。遊馬が「実は……」と説明しかけるが、それを遮るように月夜が言った。

「最初の夜、みんなで現場に押し掛けたときですよ。あなたが遺体の写真を撮らせてくれないので、しかたなく他の証拠品の撮影をしていたんです」

実際、これを撮影したのは昨夜だ。しかし、たしかにそれを口にすれば、加々見がまたぐちぐちと文句を言うだろう。それに、安全のために金庫に封印したマスターキーを取り出したことを知られたら、夢読がパニックを起こすかもしれない。

遊馬は事情を知っている九流間に視線を送る。意図に気づいたのか、九流間は軽く頷《うなず》いた。

「昨夜、私はこの映像を見直して、とても重要な手掛かりに気づきました。どうぞご覧ください」

月夜がスマートフォンの液晶画面に触れると、映像が動き出す。白く細い指が鍵を摘まみ上げた。

「あ、お前、証拠品に触れたのか。指紋が着いたら……」

「静かにしてください。大切なところなんです」

文句を言おうとしたところを一喝された加々見は、渋い表情で黙り込んだ。

映像は絨毯へと近づき、最後にほぼ接写となったところで停止した。

「分かりましたか？」

月夜の問いに、遊馬たちは顔を見合わせる。その反応が不満だったのか、月夜は唇を尖らせると壁に近づき、「ここですよ、ここ」と映像を指さす。

「なにか、白い埃みたいなものが見える気が……」

おずおずと言った左京を、月夜はびしりと指さす。

「そうです。この画面に映っている絨毯全体に、細かい粒子が散乱しているんです」

「それがなんだって言うんだよ。たんに汚れていただけだろ」加々見がかぶりを振った。

「いいえ、違います。あれだけ優秀な使用人だった老田さんや巴さんが、雇い主である神津島さんの部屋の掃除を怠るわけがありません。それに、よく見てください。いくら目立たないとはいえ、こんな白い粉が一面に薄く広がっているのはおかしいと思いませんか」

「ああ、まどろっこしいな。はっきり言えって。その白い粉はいったい何なんだよ」

月夜は映像が映し出されている壁を平手でたたくと、高らかに言った。

「灰ですよ。タバコの灰です」

「灰って、もしかして円香ちゃんがこぼした……」

想い人を喪《うしな》った精神的ショックから回復していないのか、それとも二日酔いなのか、いまだに顔の筋肉が弛緩《しかん》しきっている酒泉がつぶやく。月夜はあごを引いた。

「ええ、そうです。救急に電話をしようとした際、巴さんが落とした灰皿から飛び散ったものです。タバコの灰は粒子が細かいので、かなり離れた位置まで飛び散ったんですよ」

「それがなんだって言うのよ！」夢読が嚙みつくように言う。「灰なんかでなにか分かるって言うの⁉」

「灰なんか？」月夜はまばたきをくり返す。「もしかして、まだ分からないんですか？　壱の鍵の下に、巴さんが灰皿を落とした際に散らばった灰があったんですよ。上ではなく、下に」

「まさか……」九流間が目を見開く。「それじゃあ、鍵が床に落ちたのは……」

「そう、巴さんが灰皿を落とした後なんです」

遊馬の心臓が大きく跳ねる。まさか、床に灰が落ちていたなんて。その程度のことも確認しなかった自分のうかつさが腹立たしかった。

「待って、どういうこと？　意味が分からない」

夢読が頭痛でもするかのように頭を押さえた。月夜はこれ見よがしにため息をつく。

「ですから、もともと鍵が床に落ちていたとしたら、タバコの灰は鍵の上に落ちたはずです。けれど、実際には灰は鍵の下にある。つまり、この鍵は何者かが、巴さんが灰皿を落としたあと床に置いたものなんです」

「何者かって誰よ⁉　なんでそんなことを⁉」

「もちろん、犯人ですよ。その人物は、現場を密室にすることで、神津島さんが病死か自殺だと偽装したんです。犯人は神津島さんに毒を盛ったあと、壱の鍵を持って部屋を出て、扉を閉めました。そして、みんながマスターキーを使って扉を開けて室内に入ったあと、気づかれないようにそっと鍵を床に置いて、いかにも最初からそこに落ちていたように装ったんです」

誰もが月夜の話に引き込まれ、黙り込む。

「けれど、犯人にとって予想外のことが起きました。神津島さんが助けを求めようと内線電話の受話器を取ったことです。なんとか受話器を奪ったかして、神津島さんが誰の犯行か告発することを防ぐことはできましたが、不審に思った老田さんが『すぐに向かいます』と言い出しました。だから、犯人は神津島さんが完全に絶命するのを確認する前に、部屋から逃げ出し、扉に錠をかけたんです。だからこそ、神津島さんはダイイングメッセージを残すことができた」

「ま、待ってくれ」九流間が口をはさむ。「たしかに、ディナーから神津島君が殺されるまでの間に、何者かが毒をもって壱の部屋に行き、壱の鍵を手に入れたんだろう。けれど、神津島君が毒を飲んで苦しみだしたとき、犯人が壱の部屋にいたとは限らないんじゃないか。もしかしたら、すぐに神津島君が口に入れそうなものに毒を仕込み、そして気づかれないように壱の鍵を手に入れて部屋をあとにし、外から鍵を使って錠をかけたのかも」

「いえ、それは違います。老田さんが言っていたじゃないですか、神津島さんは常に部屋の錠をかけるようにしていたと。もし、犯人が毒を仕掛け、鍵をかすめ取って出て外から錠をかけたりしたら、神津島さんはすぐに鍵を盗《と》られたことに気づいたはずです。なぜなら、訪問者が出て行ったあと、神津島さんはすぐに錠をかけようと扉に近づいたはずですから」

「すでに錠がかけられていたら、出て行った人物に鍵を盗まれたと気づくはずということか」

九流間がつぶやくと、月夜は「その通りです」と快活に言った。

「あの、いいですか？」今度は左京が声を上げる。「じゃあ、神津島さんから老田さんに内線電話が入ったとき、犯人はまだ壱の部屋にいたということですよね。けど、あのとき私たちは全員で、階段をのぼっていったような記憶があるんですけど」

「本当に全員でしたか？　老田さんが『旦那様になにかあったようなんです！』と言い出したとき、私たちは広く、さらに柱によって死角も多い遊戯室で、思い思いに過ごしていました。確実にその場にいたと言えるのは、バーカウンターでカクテルを作っていた酒泉さんと、給仕をしていた老田さん、巴さんぐらいじゃないですか」

「私はちゃんと遊戯室にいたわよ！」夢読が勢いよく手をあげる。

「それを証明できる方はいますか？」

「いるわよね。ほら、私があのとき遊戯室にいたの、誰か見ているでしょ」

夢読は周りの人々を見回すが、誰もが無言で視線を逸らした。

「かなり混乱した状況でしたから、皆さん記憶が曖昧なんですよ。そんな状況でははっきりしたアリバイがなくて当然です」

「じゃあ、本当にこの中の誰かが神津島さんを毒殺したんですか？」

左京がかすれ声で言うと、夢読は大きく髪を振り乱した。

「違う。きっとこの館に潜んでいる奴《やつ》の仕業よ。ずっと言っているじゃない。ここには何か危険なものが隠れているって。そう、あの地下牢《ろう》から逃げた奴よ。そいつが神津島さんを殺したの」

「夢読さん、そんなわけないんですよ」月夜は諭すように言う。「状況からみて、犯人は神津島さんに警戒されることなく毒を盛っています。地下牢から逃げ出して、一年以上生き延びてきたような人物が部屋に入ってきたら、神津島さんはすぐに助けを呼んだでしょう。そもそも、常に錠がかかっている壱の部屋に、不審人物が侵入すること自体が無理なんです。犯人は神津島さんが警戒せずに部屋に入れるぐらいには親しい人物。すなわち、この場にいる誰かということになります。よろしいですか？」

いまにも泣き出しそうな表情で、夢読は黙り込む。代わりに、左京が口を開いた。

「けれど、神津島さんからの内線を老田さんが受けてから、私たちは比較的すぐに壱の部屋に向かいましたよ。もし、犯人が毒を盛ったあと慌てて逃げ出したなら、階段をのぼる私たちと鉢合わせになるんじゃないですか？」

「その通りです」月夜は興奮気味に言う。「けど、実際は誰にも会うことなく壱の部屋の前まで行き、マスターキーで扉を開けて神津島さんの遺体を確認したときには、いつの間にか全員がそろっていた。おそらく犯人は内線電話を受けた老田さんが『すぐに向かいます』と答えるのを聞いて、慌てて階段をおりたんでしょう。けれど、一階に到着する前に私たちが上がってきた。では、犯人はどうやって鉢合わせにならず、いつの間にか私たちに合流したのか。考えられる方法は二つです」

月夜はピースサインをするかのように、指を二本立てる。

「一つは、展望室に潜むことです。展望室なら死角が多いので、万が一、上がってきた私たちが展望室まで確認したとしても、身を隠すことが可能だったでしょう。隠れ場所としては最適です」

「じゃあ、犯人は展望室に隠れて、私たちが壱の部屋に入ったあとに、こっそりと合流したということですか？」

「いいえ、違います。いまの説には大きな穴があるんです」

「大きな穴？」左京はいぶかしげに聞き返す。

「そうです。室内に貴重な神津島コレクションがしまってあるため、ひときわ頑丈に作られているのか、展望室の扉は極めて重くなっています。なので、開くときにとても大きな軋みをあげ、その音は螺旋階段に響き渡ります。もし誰かが展望室に隠れたなら、私たちが気づくはずです。実際に犯人がとったのは、もう一つの方法です」

月夜は中指を折り、人差し指だけが残る。

「鉢合わせになりかけた犯人は、とっさに自分が泊っている部屋に隠れたんですよ。そして、私たち全員が通過したのを確認してから出てきて合流し、まるで一階から一緒に上がってきたかのように装ったんです」

言葉を切った月夜は、得意げに指を鳴らす。

「これが最初の事件の真相です」

「それで……、誰が犯人か分かるんスか？」

酒泉が腹の底に響く声で言う。目は血走り、握りしめた拳はぶるぶると震えていた。その全身から、円香を奪った犯人への怒りが迸《ほとばし》っている。

遊馬はそっと酒泉から距離をとる。胸郭の中では、心臓が早鐘のように脈打っていた。

月夜は俺が神津島を殺したと気づいているのだろうか？　もしかしたら、ここで犯人だと名指しされ、他の二人の殺人についても罪を被《かぶ》せられてしまうのではないか？

緊張のあまり過呼吸を起こしかけているのか、息苦しくなってくる。その場に崩れ落ちてしまいそうになるのを必死に耐え、遊馬は月夜の回答を待った。

「最初の事件の真相が分かっただけでは、誰が犯人かまでは分かりません。ただ、誰が犯人ではないかだけは分かります」

「……誰が犯人じゃないか？」酒泉は据わった目で月夜を睨む。

「ええ、そうです。さっき言ったように、バーカウンターでカクテルを作っていたあなたと、給仕をしていた巴さん、老田さんの三人は、神津島さんの殺害についてアリバイがあると考えていいでしょう。つまり、容疑者は残り六人というわけです」

月夜は「もちろん私も含めて」と付け足すと、腕時計を確認する。

「じゃあどうすれば、誰が円香ちゃんを殺したのか分かるんスか」

「残りの二つの密室殺人。それを解き明かせば、おのずと犯人の正体が明らかになっていきます。というわけで、そろそろいい時間ですし、第二の事件、このダイニングで老田さんが惨殺された事件の説明に移りましょうか」

九流間が「いい時間？」と首をひねった。

「それについてはすぐに分かります。さて、第二の事件の主な謎としては、どうやって犯人は密室を作ったのか、そしてどうやって密室内に火を放ったのか。この二点になります。また副次的な謎としては、『蝶ヶ岳神隠し』というメッセージを私たちに読ませたかったはずなのに、なぜ一番燃えて消えやすいテーブルクロスに血文字を残したのかですね」

「その一つ一つの謎の答えに、君はたどり着いたのか？」

九流間が訊《たず》ねると、月夜は首を横に振った。

「正確には、一つ一つの謎ではありません。いま挙げた三つの謎は複雑に、そして有機的に絡み合って存在し、最終的には一つの事象へと集結するのです」

禅問答のような言葉に遊馬が困惑していると、月夜が近づいてきた。

「さて、なによりもまずは密室です。密室こそ、ミステリの基本にして究極の謎。最初のミステリ小説、『モルグ街の殺人』から百数十年、綺羅《きら》星のごとく生み出されてきた様々な密室トリックはまさに無形文化財、人類の英知を集結した宝と言っても過言ではありません。名探偵としてそれに挑めるのは、まさに至福の悦《よろこ》び。三つもの密室殺人が起こったこの『硝子館の殺人』は私にとって、メイン料理が立て続けに出てくるフルコースのようでした。特にこの第二の密室殺人は、まさに至高のトリックで……」

扉の前に立った月夜の口調が加速していき、その目が焦点を失っていく。遊馬が「碧さん」と肘で軽く小突くと、月夜ははっとした表情を浮かべ、咳《せき》ばらいをした。

「失敬。最初に考えるべきは、どうやって犯人がこの扉を閉めたかです。毒殺だった第一の事件とは違い、被害者が刺殺され、灯油がばらまかれ、さらにはでかでかと血文字まで残された第二の事件は、部屋の外からの遠隔殺人を考える必要はありません。このダイニングには死角はほとんどない。私たちが突入したとき、実は犯人が室内に潜んでいて、気づかれないように扉から脱出したという可能性も否定できます。つまり、犯人はなんらかの方法で扉の外から閂《かんぬき》を締めたのです」

月夜は理路整然と説明をしていく。

「内側から回転式の閂を回して、扉の突起に引っ掛けるだけの簡単な造りですので、合鍵の有無などを考える必要はありません。このような単純な仕掛けの場合、まず疑うべきは物理トリックです。糸などの道具を使って外から……、なんですか、加々見さん」

近づいてきた加々見が、これ見よがしに手を挙げるのを見て、月夜は顔をしかめた。

「本当に閂がかかっていたか分からないだろ。なにかが扉の前に置かれて、開かなかっただけかも」

月夜は「おおっ」と感嘆の声を上げる。

「加々見さんにしてはいい指摘ですね」

「してはってどういう意味だ」

加々見が分厚い唇を歪《ゆが》めるが、月夜は無視して扉の手前の床を指さす。

「たしかに、つっかえ棒などの障害物を使って、閂がかかっていたかのように誤認させるトリックはあります。ただ、それなら扉を強引に開けて入ったとき、その障害物があるはずです。だから、第二の事件現場に突入したとき、私はまずこの辺りの床を確認しましたが、障害物もそれが置かれた痕跡も見つけることができませんでした」

「それは……、スプリンクラーの水で溶けたのかも。例えば……大きな氷とか」

「男性が全力で押しても扉が開かなくなるほどの質量がある障害物が、扉が開いた瞬間、跡形もなく水に溶けて消え去ると?」

挑発的に返され、加々見は苦虫を噛みつぶしたような表情で黙り込む。

「ご理解いただけたようでよかったです。それでは、この部分をみてください」

月夜は二つある扉の突起のうち、上の一つを指さす。

「この突起の周囲の塗装が剝げています。これは、扉を強引に破った際、かかっていた閂が強くこすれてできたものだと思われます。つまり、内側から閂がかかっていたということです」

「いや碧さん、そう断定するのは危険じゃないかな」

九流間が口をはさむ。加々見のときとは違い、月夜は恭しく「ご意見お聞かせいただけますか」と会釈した。

「もしかしたら犯人は、実際に閂をかけたあと自ら強引に扉を開くことで、そのような痕跡を作ったのかもしれない」

「はぁ？　なんでそんなことする必要があるのよ」夢読が目を丸くする。

「そうすれば、我々が突入したとき、扉に閂がかかっていたと誤認させることができるからだよ。そうやって、推理をミスリーディングしようとした可能性も否定はできない」

「たしかに否定はできませんね」月夜はなぜか満足そうに頷いた。「さすがは九流間先生、とても鋭い指摘です。これはある意味、法月綸太郎が『初期クイーン論』の中で指摘した、後期クイーン的問題ですね。まあ厳密に言うと、後期クイーン的問題という名称は『初期クイーン論』の中で使われているわけではなく、その後、笠井潔《かさいきよし》が……」

「後期クイーン？　なんなのよ、それ？」

夢読が苛立たしげに月夜のセリフを遮る。

「ミステリ小説において、『作中で探偵が最終的に提示した解決が、本当に真の解決であるかどうか、作中では証明できないこと』という問題だよ」

月夜の代わりに九流間が説明をはじめる。

「つまり、ミステリ小説という閉じた世界の中でいかに探偵が、手に入れたヒントを論理的に解釈して真相を指摘したとしても、そのヒントが偽の情報ではない保証はないということが大きな問題なんだ」

よく理解できないのか、夢読の眉間に深いしわが刻まれる。さらにかみ砕いて伝えるつもりなのか、九流間が口を開きかけるが、その前に月夜が声を上げた。

「その通りです。この『硝子館の殺人』において、後期クイーン的問題はとても重要なファクターではあります。ただ、今回の事件では後期クイーン的問題については考える必要はありません」

「まあ、この事件はミステリ小説の中の出来事ではなく、現実だからね」

九流間がつぶやくと、月夜は小さく頷いた。

「老田さんは、このダイニングを掃除する際、神津島さんやゲストの目に触れないよう、内側から閂をかけて行っていたと巴さんが言っていました」

円香の名前が出て、酒泉の体が小さく震える。

「つまり、もし前もって犯人がダイニングの閂を壊していたなら、掃除を始める際に老田さんに気づかれたでしょう」

「もしかしたら、老田さんが閂をかけて掃除をはじめてから、犯人が強引に押し入ってきて、その際に閂が壊れた可能性はないですか」

口を挟んできた左京を、月夜は「いい指摘ですね」と指さす。

「ただ、老田さんの遺体にはほとんど抵抗のあとがなく、正面から胸を刺されていました。いきなり閂を壊して押し入ってきた犯人に刺殺されたとしたら、衣服の乱れや防御創などの抵抗の痕跡があるはずです。つまり、犯人は閂をかけて掃除をはじめる前、ごく自然に老田さんに近づき、そして隙をついて襲いかかったと考えられます」

「じゃ、じゃあですね。そうやって殺したあと、一度閂をかけて扉を勢いよく開いてそれを壊して、そのあとどうにかして扉を閉めて密室を……」

そこまで言ったところで左京は言葉を切り、力なく頭を振る。

「そんなことする意味ないですよね。すみません、おかしなことを言って」

「いえ、決しておかしなことではありませんよ。犯人は私という名探偵がいることを知っていましたからね。少しでも推理を混乱させようと、偽の手がかりを作ろうとした可能性はあります。まさに後期クイーン的問題ですね」

小さく肩をすくめると、月夜は「ただ」と続けた。

「その仮説には大きな見落としがあります。扉を勢いよく開けて閂を破壊する。それをすれば、大きな音がするということです」

左京の口から「あ……」という声が漏れる。

「そう、その偽の手がかりを作るためには、朝食の準備をしていた巴さんや酒泉さんに気づかれるリスクがあった。それを負ってまで、偽の手がかりを残すとは思えない。つまり、やはり犯人は何らかの方法で、外に出てから閂をかけたことになる」

証明終わりというように、月夜は腕を振った。

「さて、ではどうやって犯人が閂をかけたのか。一条君、なにか意見はあるかな？」

月夜の説明に引き込まれていた遊馬は、いきなり名を呼ばれ、「ええ？」と声を裏返す。

「ほら、こういうとき、助手はいろいろと自分なりの推理を展開してみるものだろ」

それは、間違った推理を否定されて、名探偵をひき立てる役目じゃないか。内心で愚痴をこぼしながら、遊馬は必死に頭を働かせる。

「閂に糸を引っかけて扉を閉め、それで外からその糸を操作して……」

「それは、一昨日の時点で否定されただろ。二七〇度回転させる必要があるこのタイプの閂を、外からの糸の操作でかけるのは困難だ。それに、まったく隙間がない扉だから、糸を外から動かすことも難しいだろうし、糸でこすれた痕跡は扉にも閂にも残っていない」

「じゃあ、磁石とか……」

「この閂は真鍮《しんちゅう》製だって言っただろ。真鍮は磁石には反応しないよ」

「……ドローンとかを使って」

「そのドローンは、どうやって密室から脱出したんだい？」

アイデアを出しては即座に切り捨てられ続けた遊馬は、乱暴にかぶりを振った。

「降参だよ。いくら物理トリックの可能性が高いって言っても、扉にほとんど隙間がなければ、外から閂を操作してかけるなんて不可能だろ」

「そうだね、外に出てから操作するのは難しい。そもそも、扉の外でごそごそと怪しい動きをしていたら、誰かに見つかるかもしれない。だからこそ犯人は、ダイニングから出る前に、すでにトリックを仕掛けておいたんだよ。自分が逃げたあと、勝手に閂がかかるようにね」

「勝手に閂がかかる?」

遊馬が聞き返すと、月夜は「百聞は一見にしかずさ」と、テーブルのそばへと戻っていく。

「とても単純なトリックだよ。見たら誰もが、『なんでこんな簡単なことに気づかなかったんだ』と地団太を踏むような単純なトリック。犯人はこのダイニングにあったものを使って、閂を自動的にかける時限装置を作ったんだ」

「このダイニングにあるものって、犯人はいったいなにを使ったって言うんですか?」

左京が訊ねると、月夜はダイニングテーブルに置かれたガラス製のシュガーポットの蓋を開き、「これですよ」と中に収められていたものを摘《つ》まみ上げた。

「砂糖……」

左京がつぶやく。月夜の白い指で把持《はじ》されている物体、それはコーヒーや紅茶用に用意されていた大ぶりの角砂糖だった。

なぜか空いている方の手でじょうろを持って扉まで戻ると、月夜はひざまずいた。壊れていない下の閂が、目の高さにくる。

じょうろを床に置いた月夜は、下を向いている閂を右回しに一八〇度強、回転させると、垂直よりわずかに扉側に傾いている閂と壁の隙間に角砂糖を押し込む。大ぶりの角砂糖は形を崩しながら細い空間に押し込まれ、閂が固定される。月夜が手を放しても、閂が動くことはなかった。

「ほら、簡単でしょ。犯人はこうやったんです」

「こうやったって、どういう意味? 閂はかかっていないじゃない」

夢読が訊ねると、月夜は大きく頷いた。

回転式閂のトリック

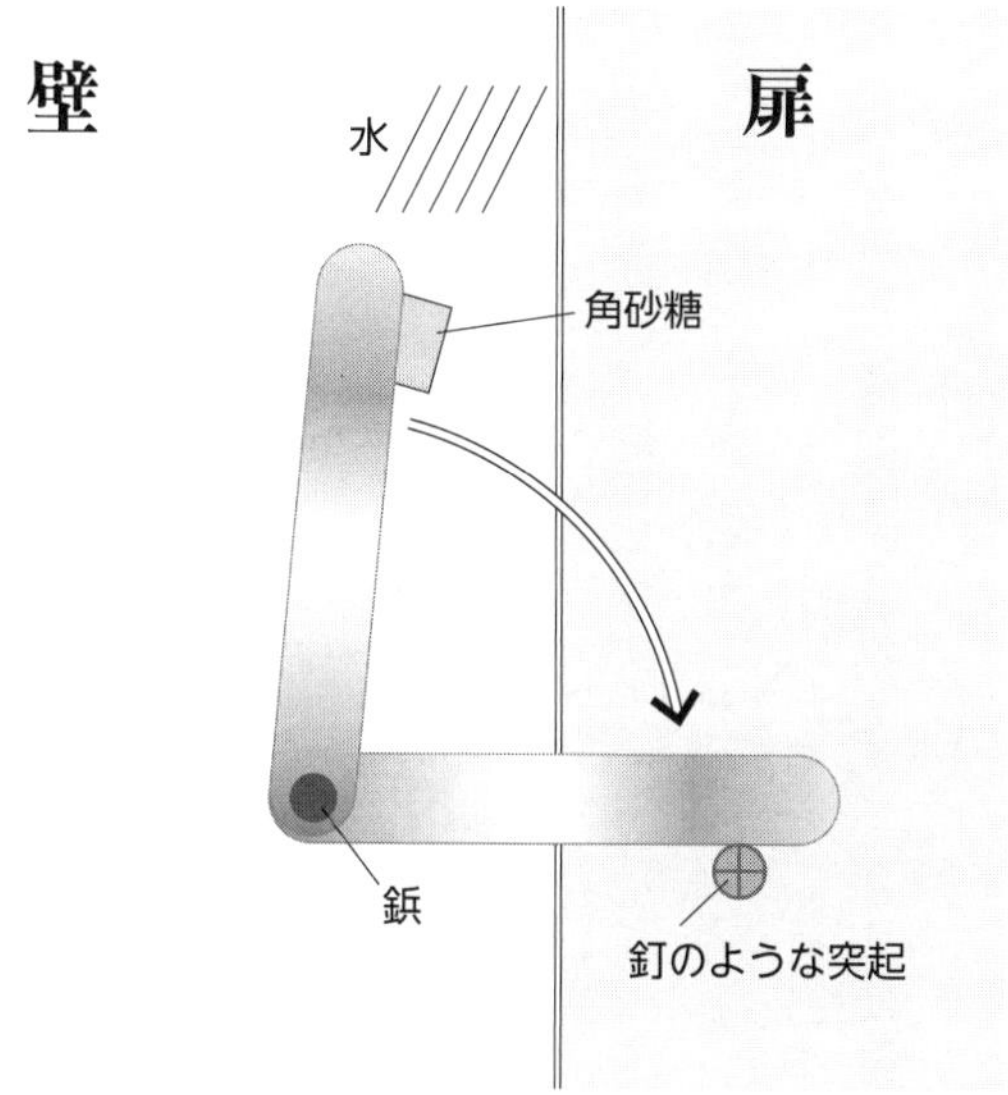

「ええ、まだ閂はかかっていません。犯人はこの仕掛けを作り、扉を開けてダイニングから出て行きました。そしてそのあと、時限装置が発動して閂がかかったんです」

「時限装置？」

夢読が訝《いぶか》しげにつぶやく。月夜は「そうです」とじょうろを手に取り、角砂糖で固定されている閂に向かって、鼻歌交じりに水をかけはじめた。

降り注ぐ水によって角砂糖はみるみる溶け、体積を減らしていく。そして、ついには閂と壁の隙間から滑り落ちた。同時に、つっかえを失った閂は滑らかに扉側に回転し、そして扉の突起に引っ掛かって止まる。

「ほら、できた」

水をかけるのを止めた月夜は振り返って、呆然《ぼうぜん》と立ち尽くしている遊馬たちを見る。

「そんな……単純な方法で……？」

口を半開きにしながら左京が言う。月夜は楽しげにじょうろを振った。

「単純であればあるほど、トリックとしては有効であるという面もありますからね。それに、複雑な物理トリックを使ったミステリ小説は、なかなか文章だけでは理解しがたいこともあるので、私はあまり好みではありません。やっぱりシンプル・イズ・ベストですよ」

あまりにも意外な真相に圧倒され、もはや誰も「これはミステリ小説ではなく現実だ」という指摘すらできなかった。そんな中、月夜は軽い足取りでテーブルにじょうろを戻しに向かう。

「碧さん、ちょっといいかな」

思考を整理しているのか、こめかみに手を当てながら九流間が言う。

「つまり、犯人は最初からスプリンクラーが作動することを計算に入れていたということなのか？」

「もちろんです。スプリンクラーの水によって砂糖を溶かし、密室を作り出す。それこそが、犯人が火を放った理由です。老田さんに灯油をかけたのは、遺体を燃やして証拠を消そうとしているというミスリーディングを誘うためのものだったのでしょう」

「しかし、どうやって火を？　犯人は自分が出て行ったあとに火が上がるように、何か細工をしたということだよね。けれど、昨日のサブキッチンにあった蠟燭《ろうそく》の燃えカスのような痕跡は、このダイニングテーブルには無かった」

「そうです。ほとんど痕跡も残さない時限発火装置、それが第二の事件の、いえ、この『硝子館の殺人』の最大の謎でした。本当に素晴らしいトリックです」

月夜は心から楽しげに言った。

「犯人がどんな仕掛けをしたのか、君はもう気づいているということだね？」

「もちろんです。これに気づいたときは、さすがの私も感嘆の声を上げました。さっき、痕跡も残さない時限発火装置と言いましたよね。実は、それは正しくありません。痕跡どころか、時限発火装置そのものが私たちの目の前にあったんです。ただ、あまりにも大きく、そしてあまりにも大胆にそれが存在しているので、気づかなかっただけなんです」

月夜は興奮気味にまくしたてる。

「どうやって犯人は、自分が脱出してから三十分以上経ってから、密室で炎が上がるようにできたのか。その謎は、なぜ燃えやすいテーブルクロスに血文字を残したのかという謎の答えを探ることで、おのずと導き出されます」

「ねえ、もう焦《じ》らすのはやめてよ！　さっきから緊張して心臓が痛いの」

夢読がピンクのドレスに包まれた胸元を押さえた。月夜は腕時計に視線を落とす。

「そうですね、そろそろいい時間ですし、タネ明かしといきましょうか」

「いい時間？」

九流間が首をひねると、月夜は「そうです」と遊馬に視線を送る。

「一条君、悪いんだけど私と一緒に遮光カーテンをすべて開けてくれないか？」

「カーテンを？　なんで？」

「すぐに分かるさ。いいから早く」

月夜に促された遊馬は、言われた通りカーテンを開けていった。山からのぼった朝日の光が、容赦なく差し込んでくる。遊馬は眩《くら》んだ目を細めながら、なんとかすべてのカーテンを開けた。

夢読が「眩《まぶ》しいんだけど！」と抗議する。

「申し訳ありませんが、ちょっと我慢してください。いやあ、それにしても真東を向いているだけあって、すごい日差しですね。巴さんが『設計ミス』と言っていた意味が分かります。遮光カーテンを引かなくては、とてもここで朝食をとることはできません」

強烈な朝日を背に月夜が言う。後光が差しているかのようで、その姿は神々しくさえあった。

「ただ、皆さんおぼえていますか。あのとき、巴さんはカーテンを引かずにダイニングで朝食をとることは、『危険』と言いました。『無理だ』でも『きつい』でもなく『危険』です。ただ眩しいだけで、そんな言葉を使うと思いますか」

「このダイニングには、眩しい以上の『危険』が存在したということかな？」

顔の前に手をかざしながら九流間が言う。

「さすがは九流間先生。その通りです。皆さん、テーブルを見てください」

月夜が高らかに言う。ダイニングテーブルに、眩しさに慣れてきた目を向けた遊馬は、大きく息を吞《の》んだ。朝日に照らされたテーブルクロスに、数十センチの光のラインが浮かんでいた。

「これは……」

遊馬が声を漏らすと、月夜は手を伸ばして背後にある窓に触れる。

「このダイニングの窓は、遠くの景色まで見られるように細工をしていると巴さんが言っていましたね。触れてみれば分かるのですが、わずかに中央部が膨らんでいる、つまりは巨大な凸レンズになっているということです」

「凸レンズってつまり……」遊馬はあんぐりと口を開く。

「そう、つまりこの窓は、巨大な虫メガネのようなものなんだよ」

月夜は平手でガラスを叩いた。

「さらにこの窓ガラスは、部屋の形状に合わせて緩やかなカーブを描いている。そのカーブとガラスの膨らみが合わさり、偶然絶妙に光を屈折させ、特定の時間帯において降り注いだ朝日の一部が集約するようになっていたんだよ」

月夜が説明しているうちに、光のラインはじわじわと短くなり、光度が高まっていく。

誰もが黙ってテーブルに出現した朝日の結晶に視線を注ぐ。やがてそれは、直径数センチの楕円《だえん》へと姿を変え、もはや直視できないほどに明るさを孕《はら》むまでになった。そして、灼熱《しゃくねつ》の楕円が浮かび上がっている位置。それはまさに、テーブルクロスが焼け焦げている場所だった。折りたたまれた純白のタオルを、月夜はそこに置く。その中心部がじわじわと茶色く変色していった。

「この部分に集中している朝日はごく一部でしょうが、それでもこれだけ巨大な窓ガラスです。かなりの高温になる」

初日の夜、シュガーポットを動かした際、その下から変色している部位が覗いたのを遊馬が思い出していると、九流間がタオルの上に揺蕩《たゆた》っている楕円を指さした。

「それじゃあ、第二の事件では、日光が集まったことで炎が上がったということなのか？」

「ええ、そうです」月夜はあごを引く。「このように、レンズなどが日光を一ヶ所に集中させることで発生する火事は収斂《しゅうれん》火災と呼ばれ、窓辺の金魚鉢やペットボトルでも起こることがあります」

加々見が「待てよ」と声を上げる。

「本当にそんなので火が付くのかよ。現に、タオルの色が少し変わっただけで、燃えてなんかいねえじゃねえか」

「いい指摘です、加々見さん」

月夜に勢いよく指さされ、加々見は「な、なにがだ？」と軽くのけぞる。

「カーテンを開けただけで火が上がるようでは、いかにこだわりぬいて作った館とはいえ、神津島さんも窓を直すかなにか、対応したでしょう。明らかに火災予防条例に違反しているこの建物は、火事に極めて弱い設計になっている。だからこそ、いたるところに火災報知器がついているんですから」

「集中した日光で燃えたわけじゃないなら、振り出しに戻っちゃうじゃないですか」

左京が言うと、月夜は立てた人差し指を左右に振った。

「いいえ、この楕円に凝縮された日光こそが密室に火を放った凶器なのは間違いありません。ただ、犯人は炎を生み出すために、ある細工をしたんです」

「ある細工？」左京は眉根を寄せる。

「そう、最後に残った謎、なぜ犯人がテーブルクロスに血文字を残したのか。それこそが、この大胆な犯行の真相を暴く最後の鍵です」

月夜はテーブルに手を伸ばすと、折りたたまれていたタオルを広げる。純白のタオルの中心に、ソフトボール大の黒い円が描かれていた。おそらく、テーブルに置かれているマジックペンで描いたものだろう。

「白は光をよく反射するので、日光が持っているエネルギーはそれほど熱には変換されません。それに対し、黒のような濃い色は光を吸収し、熱を孕みやすくなります」

月夜は「さらに」と言うと、スーツのポケットから白い粉雪のような物体を取り出し、日光にあぶられる黒い円の上に振りかける。

「第二の事件の際、雪に見立てていると思われたポプラの綿毛ですが、実はこれ、優秀な着火剤になるんですよ」

「それじゃあ、まさか……。ダイニングテーブルに血文字を残したのは……」

九流間がかすれ声を絞り出した。

「そうです。テーブルクロスを赤黒く着色することで、効率的に日光が熱に変換されるようにして、炎を上げるためです」

月夜が両手を開いた瞬間、黒い円に振りかけられていたポプラの綿毛が燃え上がる。その姿はまるで、奇術師がマジックを披露しているかのようだった。

綿毛の炎はそのままタオルへと燃え移り、白い生地を焼いていく。

「実際には綿毛やテーブルクロスに灯油が染み込んでいたんで、炎は天井まで届かんばかりだったでしょう。一瞬で火災報知器が反応し、スプリンクラーから放水がはじまったはずです。ああ、このままだとまた火に反応して水浸しになるかもしれませんね」

月夜はテーブルに置かれていたじょうろを手に取ると、三十センチほどに成長している炎に水を注いで消火する。

「以上が第二の事件の真相です。さて、このままじゃ眩しいですね。一条君、今度はカーテンを閉めてもらえるかな」

あまりにも意外な真相と、鮮やかな推理に圧倒されて思考が固まっていた遊馬は、「あ、ああ……」と生返事をしながらカーテンを閉めていく。灼《や》けつくような日光が遮られた部屋は、明順応した目にはやけに暗く感じられた。

沈黙がダイニングに満ちる。皆が自然と、隣に立つ者と距離をとっていた。

これで第一、第二の事件の真相が暴かれた。しかし、最も重要なことを月夜はまだ告げていない。

「で、碧さん……」酒泉が押し殺した声で沈黙を破った。「これで、犯人が誰かは分かるんスか」

誰もが疑問に思いつつ口に出せずにいた言葉。触れれば切れるほどに空気が張り詰める。

「いいえ、まだ犯人を特定することはできません」

酒泉が唇を嚙むと、月夜は「ただ……」と続けた。

「容疑者を絞り込むことは可能です」

「絞り込むってどうやってっスか？　誰が怪しいんスか⁉」

「このトリックを思いつくためには、集まった朝日によってどれほどの熱になるのか、実際に目撃する必要がある。おそらく犯人は、濃い色の生地なら火が付くということを前もって実験していたはずです。そうでなければ、こんな犯行を実行できるはずがない。しかし、初日に私たちが到着したのは夕方でした。つまり、初日にゲストがこの現象を目撃することはできなかった。にもかかわらず、犯人は二日目の朝に、収斂火災による放火というトリックを実行した」

「犯人は今回だけでなく、以前にもこの硝子館に泊まったことがあるということか」

九流間がつぶやくと、月夜は「そうです」と頷いた。

「九流間先生、夢読さん、そして私の三人は、三日前に初めて硝子館に足を踏み入れました。これと、第一の事件でのアリバイのある酒泉さん。この四人は容疑者のリストから外すことができます」

なら、加々見と左京のどちらかが老田と円香を殺害した犯人だということになる。どっちだ、どっちに神津島殺しの罪をなすりつければいい？

息を乱していた遊馬は、寒気をおぼえて体を震わす。見ると、酒泉が血走った目でこちらを睨んでいた。刃物のような視線に射抜かれながら、遊馬は自らの勘違いに気づく。加々見と左京だけじゃない、俺も容疑者なんだ。

けれど、第二、第三の事件が起きたとき、俺は名探偵と一緒にいた。公言こそされていないが、俺にアリバイがあることを彼女は知っている。俺が犯人でないことは分かっているはずだ。

……いや、そうだろうか？　不吉な予感に、遊馬の心臓が大きく跳ねた。

第一の事件のトリックを暴かれた際に犯人として指摘されなかったから油断していたが、あの名探偵は全て見抜いているのではないか。これから俺は、神津島殺しの犯人として告発を受けるのではないか。

「それじゃあ、残った容疑者は左京さん、加々見さん、そして……一条先生の三人っスね」

名を挙げた人物、一人一人を順に睨みつけながら、酒泉が低い声でつぶやく。

「どうやったら、この三人の中から、真犯人を見つけられんスか？」

「最後の事件ですよ、巴さんが殺害された最後の事件、その真相を暴くことが出来たら、おのずと犯人の正体も明らかになります」

「……じゃあ、教えてください。誰が円香ちゃんにあんなことをしたのか」

月夜は「分かりました」と言うと、置かれている硝子館の模型のそばに近寄っていく。

「第三の密室殺人事件は、巴さんが住んでいた陸の部屋で起こりました。ただ、厳密にはこの部屋は『密室』だったとは言えません。窓が開いていましたから」

月夜は模型の窓に指を掛ける。精密に作られているだけあって、その窓は実際と同じように、上部から四十五度ほど開いた。

「硝子館は滑らかな装飾ガラスで覆われているため、脱出するのは困難です。実際、外壁を確認しましたが、何者かが専門の器具などを使い、そこをのぼったような形跡はありませんでした」

「パラシュートかなんかを使って、窓から飛び降りたんじゃないの？」夢読が言う。

「パラシュートはそれが開き、十分に減速するまで一定の時間がかかるので、この高さでは使えません。外の雪に足跡が全くないことを考えると、グライダーなどこの高さでも使える器具を使って外へ脱出し、それから館に戻ってきた可能性も消えます。また神津島さんの事件とは違い、第三の事件で陸の鍵は、巴さんのブリムの中にあった。部屋に入ったあと、誰にも気づかれずにそこに鍵を隠すのは無理です」

「なら、犯人はどうやってあの部屋の鍵をかけたのよ」

「そう、それがこの事件の一番の謎です。窓こそ開いていましたが、この部屋はやはり広義の『密室』であったことには間違いないんです」

「碧さん、ちょっといいかな」九流間が首をすくめた。

「もちろんです、九流間先生。なんでしょうか」

「こういう最新技術を使ったトリックは私の好みではないのだが、さっき一条先生が口にしたドローンで錠をかけたというトリックは否定できるのかな？　このダイニングと違い、陸の部屋は窓が開いていた。ドローンならそこから脱出し、館の周りの雪に足跡を残すことなく、操縦している者の部屋に戻ってくることができると思うんだ」

「それは難しいと思います」月夜は静かに答えた。「このダイニングの閂のように、それなりの大きさがあり、弱い力で容易に回転するような単純な造りなら、ドローンでも操作できるでしょう。しかし、陸の部屋の錠はシリンダー錠、小さなつまみを回すタイプのもので、しかもそれなりに固いです。いかにドローンの技術が発達しているとはいえ、そこまで精密で力が必要な操作はできません。同じ理由で、ドローンが巴さんのブリムに鍵を入れたという説も否定できます」

「そうなのか。いや、ドローンの性能についての知識はとんとないもので……。おかしな推理を口にして申し訳ない」

「そんなことありませんよ。他の皆さんも、なにか仮説があればぜひご披露ください」

月夜は数式の答えを求める教師のように、その場にいる者たちを見回す。

「碧さん、もう十分です。お願いですから、早くこの連続殺人事件の真相を教えてください」

自分が疑われている状況に耐えきれなくなったのか、左京が懇願するように言う。月夜は「しかたありませんね」と後ろ髪をひかれる様子で肩をすくめた。

「第三の事件では、いかにして密室を作ったかの他に、三つの謎があります」

「三つの謎？」訝しげに左京が聞き返す。

「どうやって犯人は、怯えて部屋に閉じこもっていたはずの巴さんを襲ったのか。なぜ巴さんはウエディングドレスを着ていたのか。そして、犯人はなぜ、わざわざサブキッチンに蠟燭で作った時限発火装置を仕掛けたのか」

　月夜は指折り三つの謎を挙げていった。

「時限発火装置を仕掛けたのは、早く遺体を見つけさせたかったからじゃないの?」

　夢読が首をひねる。

「それだけでしょうか?　火災報知器が反応しなくても、私たちは遅かれ早かれ、朝になっても巴さんが現れないことに気づいたはずです。それなのに、わざわざ発火装置を仕掛けるところを目撃されるリスクを負ったのには、なにか大きな理由があったと考えるのが妥当です」

「理由ってなによ?」

「窓を開けることです」月夜は指先で模型の窓に触れた。「この硝子館は火災に脆弱《ぜいじゃく》な造りになっているため、スプリンクラーなど火災時の被害を最小限にとどめる設備がそろっています。その一つが、火災報知器が反応した際、排煙のため自動的に全開になる客室の窓です」

「陸の部屋の窓を開けるために、犯人はわざわざサブキッチンに時限発火装置を作ったってこと?　けど、犯人は窓から逃げ出したわけじゃないんでしょ」

「ええ、違います。けれど、密室を作るため、犯人は窓を全開にする必要があったんですよ」

　夢読は理解が追いつかないのか、痛みをこらえるような表情で黙り込む。

「さて、なぜ窓を開ける必要があったのかは置いといて、他の謎に移りましょう。なぜ、巴さんがウェディングドレスを着せられていたかです」

「それは、結婚を控えていたにもかかわらず殺された、摩周真珠さんに対する復讐だと示すためでは?」

左京が自信なげに言う。

「一見するとそう感じます。けれど、第二の事件で同じように雪山で遭難した被害者を模しているかと思われていたポプラの綿毛は、実際は着火剤として使われていました。その意図を隠すために、老田さんの遺体の上にも置いて、カモフラージュをしていたと思われます。それなら、ウェディングドレスを着せたことにも、隠された意図があると考えるのが妥当ではないでしょうか。わざわざ展望室からウェディングドレスを盗み出し、それを遺体に着せる。ポプラの綿毛を撒《ま》くよりもはるかに重労働で、リスクも高いんですから」

言われてみればその通りだ。けれど、ウェディングドレスを着せる理由など、いったいなにがあるというのだろう？　遊馬が必死に頭を働かせていると、九流間が言葉を発した。

「申し訳ない、碧さん。いま気づいたことがあるんだ。少しだけ話を戻してもいいかな」

「もちろんです。なんでしょうか？」月夜は愛想よく答える。

「さっき、君は火災報知器を作動させ、陸の部屋の窓を開けるためサブキッチンに自動発火装置を仕掛けたと言ったよね。けれど、犯人がそんなことをする必要はないんじゃないか？　陸の部屋のボタンを押すだけで、あの部屋の窓は開けることができるんだから」

「ブラボー！」

唐突に拍手をしだした月夜に、遊馬たちは呆気《あっけ》にとられる。

「そこです。まさにそここそが、第三の事件を解く大きなヒントなんです。陸の部屋のボタンを押せば窓は開くはずなのに、犯人はわざわざリスクをとってサブキッチンに自動発火装置を仕掛けなければいけなかった。どうしてか分かるかな、一条君」

唇にシニカルな笑みを浮かべながら月夜が訊ねてくる。不意打ちに、今度は焦ることはなかった。脳細胞が一つの解答を紡ぎ出していく。

「……犯人は陸の部屋のボタンを押せなかった」

「それはなぜ？」月夜は挑発的に質問を重ねた。

「犯人は陸の部屋にいなかったから……。犯行現場は陸の部屋じゃなかったから」

遊馬は月夜をまっすぐに見つめる。彼女は満足げに微笑んでくれた。

「正解だよ、さすがは私のワトソン君」

「陸の部屋が犯行現場じゃないってどういうこと⁉」夢読が声を裏返す。

「そのままの意味ですよ。巴さんが拷問を受け、殺害されたのは陸の部屋ではありません。犯人は密室から脱出したのではなく、巴さんの遺体を密室へと移動させたんです」

月夜は他の者たちの顔に、順に視線を送りながら説明を続けた。

「誰かに見つかることなく遺体を移動させ、巴さんが自室で殺害されたと誤認させるためには、陸の部屋の窓を全開にする必要があった。本当なら巴さんを殺害したあと、犯人は鍵を手に入れ陸の部屋に行き、ボタンを押して窓を開くつもりだった。けれど、ブリムの中にしまわれていた陸の部屋の鍵を、犯人は見つけることができなかった。鍵を手に入れる前に殺害したことを後悔しても、後の祭り。そこで犯人はしかたなく、サブキッチンに自動発火装置を仕掛けることで、火災報知機を作動させて陸の部屋の窓を全開にせざるを得なかったんです」

「窓が開いていたら、どうやって遺体を陸の部屋に移動できるって言うんですか⁉」

左京が興奮気味に言った。

「その質問に答えるためには、なぜ巴さんがウェディングドレスを着ていたかがヒントになります。さて、あのウェディングドレスは十九世紀のロンドンを舞台に、シャーロック・ホームズとジョン・ワトソンが活躍する、『シャーロック　忌まわしき花嫁』で使用されたものです」

月夜は何かを思い出すかのように視線を上げる。

「ホームズとワトソンが十九世紀に活躍するのは当たり前と思われるかもしれませんが、BBC制作の連続ドラマ『シャーロック』は基本的に、現代のロンドンでホームズたちが活躍するという筋書きです。ホームズがスマホを持ち、捜査にSNSを駆使し、ワトソンが冒険譚《たん》を書くのは本でなくブログという設定です。それを聞いたときは、シャーロキアンとして正直眉を顰《ひそ》めましたが、実際にドラマを見てみると、あまりに素晴らしいクオリティに自らの不明を恥じました。特に主演のベネディクト・カンバーバッチの演技が素晴らしく、現代にホームズが存在すれば、まさに彼こそ……」

遊馬が大きく咳払いすると、月夜ははっとした表情になる。

「えー、私が言いたいのは、あのウェディングドレスはとても凝った造りをしていて、かなり厚手だということです。それを遺体に着せることで、どんな効果が生まれると思いますか？」

「どんな効果って……、遺体をきれいにすることで、少しでも敬意を払うとかですか？」

自信なげに左京がつぶやいた。

「犯人は巴さんに拷問を加えたうえ、刺し殺しています。そこには強い恨みを感じます。とても遺体に敬意を払うとは思えません。ただ、左京さんがおっしゃったことは一部だけ正解です。犯人は遺体をきれいにしたかったんですよ」

「でも、犯人は巴さんのことを恨んでいたんですよね」

「そう、恨んでいたのに遺体をきれいにする。その矛盾を孕んだ行動をする理由が、犯人にはあったんです」

「血か⁉」九流間が声を上げる。「血の痕跡を隠そうとしたのか？」

「さすがは九流間先生、やはりミステリ作家は違いますね。そう、犯人は血が漏れないようにしたかったんです。心停止後は吹き出すように出血することはないとはいえ、太腿を何ヶ所も切られ、胸を刺された遺体です。自然と血があふれてくる。けれど、ウェディングドレスを着せれば、ある程度の時間は生地の外まで血が滲《にじ》みだすのを防ぐことができる。つまり、あのウェディングドレスはある意味、血液が漏れないように包み込む、ラッピングのようなものだったんです」

「でも、それも一定の時間だけじゃないですか。現に、発見されたとき巴さんが着ていたウェディングドレスの胸元には血が滲んでいた。なんでわずかな時間、血液を衣装の中に閉じ込めておく必要があったんですか？」

左京が訊ねると、月夜は顔の横に人差し指を立てながら言った。

「もちろん、遺体を移動させた痕跡が残らないようにですよ」

「移動させた痕跡……」

「巴さんが行方不明になっていると私たちが気づく前に、犯人は遺体を陸の部屋に移動させ、密室にしたかった。そうすれば、犯行現場を陸の部屋だと誤認させることができ、巴さんが信頼する人を部屋に招き入れた、または一条君と九流間先生がマスターキーを使って部屋に押し入ったと思い込ませることができるから。ただ、拷問され刺殺された遺体をそのまま運んだら、血痕が残ってトリックがばれてしまう。だからこそ犯人は、巴さんにウェディングドレスを着せたんですよ」

「円香ちゃんはどうやって陸の部屋に運ばれたんスか⁉　誰がそんなことしたんスか⁉」

嚙みつくような口調で酒泉が訊ねる。月夜が大きく息を吸った。

とうとう、『硝子館の殺人』の真相が明らかになる。その予感に体温が上がっていくのをおぼえながら、遊馬はそっとジャケットのポケットに手を忍ばせ、中に入っているピルケースを確認する。

「第三の事件で使用された密室トリックを暴くための手がかりは、いくつかあります。犯行現場は陸の部屋でなかったこと。移動の際、血痕を残さないように、遺体にウェディングドレスが着せられたこと。トリックを実行するためには陸の部屋の窓が全開になっている必要があったこと。そして……、犯行がこの硝子館で起きたこと」

わきにある模型の表面を覆っている装飾ガラスを、月夜は指でなぞる。

「この事件が起きたのは普通の建物じゃありません。円錐《えんすい》状のガラスの尖塔《せんとう》なんです。ここで重要なことは、硝子館の外壁が地面に向かって垂直ではなく、緩やかな傾斜を描いていることです」

月夜はポケットからハンカチを取り出すと、それを器用に折って『奴《やっこ》さん』を作り、模型へと近づけた。

「ですから、こういう現象が起きます」

月夜は陸の部屋の上の外壁に奴さんを当てると、手を離す。重力に引かれた奴さんは模型の外壁を滑り落ち、そして開いた陸の部屋の窓へと吸い込まれていった。

数瞬の沈黙のあと、リビングにざわめきが満ちる。あまりにも単純なトリック。しかし、いかにして犯人が陸の部屋から脱出し、密室を作ったかという思考に囚われていた遊馬には、思いもつかない方法だった。

「滑らかな外壁をのぼるには専用の道具が必要で、それを使った形跡が残るでしょう。しかし、ただ滑り落とすだけなら、ほとんど証拠を残すことなく遺体を陸の部屋へと移動させることができます。ウェディングドレスのおかげで、外壁に血液が付着することもなく、そしてこの館の上部が開く構造の窓なら、高い確率で遺体はそこに吸い込まれ、窓際に置かれているベッドに収まります」

得意げに両手を開く月夜に、酒泉が詰め寄った。

「それで、誰が犯人なんスか⁉ この事件が解けたら、犯人が分かるんでしょ！」

「そんなの明らかじゃないですか」

この場にいる一人一人の顔を順に見回しながら、月夜は落ち着いた声で言う。

「館の外壁に沿って巴さんの遺体を滑り落とし、陸の部屋へと移動させるためには、その真上の部屋から落とす必要がある。そして、弐《に》から捌《はち》の部屋のスペースは九十度分、円柱の四分の一を切り取ったような設計になっています。すなわち、陸《ろく》の部屋から四つ上の部屋……」

月夜が一旦言葉を切ると、舌なめずりをするように、薄い唇を舐めた。

「弐の部屋の窓から巴さんは投げ落とされた。つまり、その部屋を使っている人物こそが犯人です」

弐の部屋を使っている人物……。遊馬たち全員の視線がその人物に向く。スーツのポケットに両手を突っ込み、無言で月夜を睨んでいる加々見剛に。

「加々見さん、一昨日の夜、怯えた巴さんが自分の部屋にこもろうと遊戯室から飛び出したとき、あなたはそのあとすぐに続きましたよね。あなたは階段を駆けあがり、自分の部屋に戻ろうとしていた巴さんを襲い、弐の部屋に監禁したんではありませんか？　そうして、一晩掛けて拷問し、地下牢のことを聞き出してから殺害した」

　加々見はうつむいたまま、なにも答えなかった。

「警察の捜査が優先だと言って事件現場を封鎖したのも、自分が犯人だという証拠を見つけさせないようにするためですね。最初は人体実験の首謀者である神津島さんだけを殺すつもりだったけど、雪崩によって警察がこられなくなったというシチュエーションを利用し、老田さん、巴さんともに殺害し、さらには地下牢の場所まで自らの手で見つけようとした。そうじゃありませんか」

　月夜のセリフに遊馬は内心で歓声を上げる。この名探偵は、神津島殺しも加々見の仕業だと思っている。あとは、どうにかして加々見にピルケースを渡せば、罪をなすりつけることができる。

「おいおい、なに言っているんだよ」

　黙り込んでいた加々見は、芝居じみた仕草で肩をすくめた。

「黙って聞いてりゃ、めちゃくちゃ言いやがって。俺は刑事だぞ。たしかに摩周真珠の件について捜査はしていたけどな、いくら人体実験で何人も犠牲者が出たからって、神津島たちを殺すわけがねえだろ。逮捕すりゃ県警本部長賞ものなのに、殺したら俺が殺人犯としてワッパ掛けられ、下手《へた》すりゃ吊《つ》るされる。道理に合わねえよ」

　たしかにその通りだ。月夜がどう反論するのか、遊馬は固唾《かたず》をのんで見守る。

「加々見さん、あなたは本当に、刑事としてこの硝子館に来たんですか？」

「……どういう意味だ？」

「この館で起きた一連の密室殺人事件を鑑みるに、犯人は明らかにミステリ小説に対して深い造詣を持っています」

「じゃあ、俺じゃねえってことだ。俺はミステリ小説なんていうくだらないものにゃ、まったく興味ねえからな」

「そうでしょうか？」

「なにが言いたい？」加々見の鼻の付け根にしわが寄る。

「あなたは何度かこの硝子館に泊まり、そして今回の催しに呼ばれるほど神津島さんと親しかった。人嫌いで気難しい神津島さんが、自分が犯した監禁殺人事件の捜査に来た刑事と、それほど打ち解けるとは考えにくいです」

「……なんとなく気に入ってくれたんだろ。捜査に協力してもらおうと、俺もそれなりに愛想よくしていたからな」

「そう、あなたは気に入られていたんですよ、加々見さん。そして、神津島さんに気に入られる一番の条件は、ミステリについて彼と話ができることでした。一条君もそうだよね？」

いきなり水を向けられた遊馬は、どきりとしながらも慌てて頷く。

「たしかに、専属医の面接ではいろいろとミステリの話をして、それで気に入られたけど……」

月夜は「ねっ」と加々見に微笑みかける。

「……もし俺がミステリに詳しかったら、どうだって言うんだよ。それだけじゃ、俺が神津島たちを殺す理由にはならないだろ」

「あなたが行方を追っていた摩周真珠さんですけど、ちょっと名前が呼びにくいですよね。苗字《みょうじ》と名前にそれぞれ『しゅ』と『じゅ』があるので、舌を噛んでしまいそうになります。一般的に、こういう名前は付けないと思うんですよ」

唐突に変わった話題に、遊馬は戸惑う。しかし、月夜は淡々と話を続けた。

「ちなみに英語圏には、真珠を意味するギリシア語であるマルガリテスを原型とする女性の名前がありますね。マーガレットです。そういえば加々見さんの苗字も、『鏡』と考えると、英単語にすることができますね。ミラーです」

「マーガレット……、ミラー」

遊馬がつぶやくと、月夜が指を鳴らした。

「そう、マーガレット・ミラー。米国の女性ミステリ作家で、夫であるロス・マクドナルドとともに、特に心理サスペンスに重きを置いた素晴らしい作品を数多く生み出しました。『狙った獣』で一九五六年のエドガー賞長編賞を受賞し、MWAの会長も務めた巨匠です」

陽気にマーガレット・ミラーについての知識を述べた月夜は、加々見に視線を向ける。

「加々見さん、重度のミステリマニアだったあなたは、自分の子供に有名なミステリ作家にちなんだ名前を付けたのではないですか。あなたは先日、離婚したことがあると言っていましたね。摩周真珠さんは、元妻に引き取られたあなたの娘さんだったのではありませんか？」

衝撃的な推理に遊馬たちが息を呑む中、月夜はさらに説明を続ける。

「そもそも、県警捜査一課の刑事が摩周真珠さんの事件を調べること自体がおかしいんですよ。県警捜査一課は、殺人などの重大事件が起きて捜査本部が設置された際に、捜査の中心を担う部署です。OLの遭難と思われる事件が回ってくるわけもありませんし、いつ招集がかかるか分からないので、こんな山奥に泊まることはなかなか難しいはずです」

無言でうつむいている加々見に、月夜は淡々と語りかけ続けた。

「加々見さん、あなたはもう刑事を辞めているんじゃないですか。行方不明になった娘さんを探すために」

耳がおかしくなったかのような沈黙に空間が満たされる。遊馬は呼吸をすることも忘れ、加々見の答えを待った。

「小学生……」

集中しなければ聞き逃してしまいそうなほど、弱々しい声で加々見は言う。

「俺が真珠に最後に会ったのは、あの子が小学生のときだった。刑事として馬車馬のように働いて、家庭を顧みなかった俺に愛想をつかした女房が連れていったんだ。その方があの子にとって幸せだろうし、俺が会いに行っても困惑させるだけだと思って、養育費だけ払い続けていた。会えなくても、あの子が幸せだったらそれでよかったんだ。なのに……」

加々見の顔が悲痛に歪む。

「去年、約十年ぶりに別れた女房から連絡があった。真珠が登山で行方不明になったって。俺はなんとか真珠を探したかった。けれど、登山経験のない俺に冬山に登る技術はなく、ただ無力感に苛《さいな》まれながら待つことしかできなかった。行方不明になってから二週間ほどして、生存の可能性はないということで捜索は打ち切られたが、俺は休暇をもらい、捜索隊に徹底的に聞き込みをして真珠の行方についての情報を得た。同時に、最近登山者が何人も行方不明になっていること、『蝶ヶ岳神隠し』のことを聞いたんだ」

「そして、娘さんがこの館にたどり着いたと確信したんですね」

加々見は「いいや」と自虐的にかぶりを振った。

「確信したわけじゃない。この館にたどり着いて保護されている以外、真珠が生きている可能性がなかっただけさ。それで、なんとかアポイントメントを取って、神津島に面会することができた」

「よく人嫌いの神津島さんに会えましたね」

「運がよかったのさ。さっきあんたが推理した通り、俺はかなりのミステリマニアで、同好の仲間も少なくない。その中に、神津島の知り合いがいたんだよ。ミステリフリークのつながりってやつさ。県警捜査一課の刑事でミステリマニアの俺に、神津島は興味を抱いてくれたってわけだ。俺はあいつの自慢話を熱心に聞くふりをしながら、自分が父親だということを隠して、蝶ヶ岳で行方不明者が続出していることについて訊ねた。あいつはしらばっくれていたけど、刑事としての俺の勘が告げていた。神津島こそ『蝶ヶ岳神隠し』の首謀者だってな。あと、執事とメイドがかかわっているのも、あいつらの反応から間違いなかった」

加々見は震えるほどに強く、両拳を握りしめた。

「警察に告発して、この硝子館を調べようとは思わなかったんですか？」

「神津島はこの地方の名士だ。あいつが納める税金は、この地域の住民税の数パーセントを占めているんだぞ。俺の勘だけで家宅捜索なんて入れるわけがねえ」

「だからこそ、あなたは必死に神津島さんに気に入られて、この硝子館に泊めてもらうまでの仲になり、『蝶ヶ岳神隠し』の証拠を探したんですね」

「ああ、けれど深夜に部屋から抜け出して館を捜索しても、なんの手がかりもみつからなかった。だから、ゲストが何人もやって来る今回の催しこそチャンスだと思っていたんだよ」

月夜は「なるほど」と相槌を打つ。

「それで、あなたはフグ毒で神津島さんを毒殺し、老田さんを殺害し、そして巴さんを拷問して地下牢の場所を聞き出してから刺し殺したというわけですね」

月夜が言うと、加々見はふっと鼻を鳴らした。

「おいおい、名探偵さんよ、あんたなんでもお見通しみたいな顔しているけど、実際はなんにも分かってねえな」

「なんのことです？」月夜は小首をかしげた。

「神津島を殺したのは俺じゃねえよ。俺は神津島が殺され、さらに雪崩で警察が来られなくなったからこそ動き出したんだ。残った執事とメイドに復讐したうえ、真珠の行方を突き止めるチャンスはいましかないと思ったからな」

緊張で遊馬が体をこわばらせる。月夜は眉根を寄せた。

「ごまかすんですか？　殺したのが二人までなら、極刑にならないとでも？　神津島さんを殺すほど恨んでいた人物が、この催しに二人も招かれていたとでもいうんですか？」

「別におかしくはないだろ。神津島は人間の屑《くず》だ。あいつを殺したいほど恨んでいた奴なんて、星の数ほどいるだろうさ」

加々見はその場にいる者たちを順に指さしていく。

「他人事《ひとごと》みたいな顔で突っ立っているお前らの中に、神津島を殺した奴が紛れ込んでいるんだよ。誰だ？　誰が俺と同じ人殺しだ？」

加々見の指先が自分に向いた瞬間、遊馬は動揺を悟られないように顔の筋肉に力を込めた。

大丈夫だ。加々見は老田と円香を殺したことを認めた。殺人犯の言葉など、誰も信じないはずだ。例外があるとすれば……。

遊馬は横目で月夜に視線を送る。彼女は唇に手を当て、険しい表情で考え込んでいた。

これ以上、名探偵に考える時間を与えたら危険だ。早くこの事件に幕を引かなくては。遊馬がそっとポケットに手を差し込んだとき、地獄の底から響くような声がダイニングの空気を揺らした。

「お前か……」

歯茎が見えるほどに唇を歪め、血走った目で加々見を見据える酒泉。その姿は、飢えた獣を彷彿《ほうふつ》させた。

「お前が円香ちゃんを殺したのか！」

叫ぶやいなや、酒泉は床を蹴って加々見に襲い掛かる。不意を突かれた加々見は、酒泉とともにもつれ合って倒れた。

「殺してやる！　ぶっ殺してやる！」

酒泉は拳を加々見の顔面へと振り下ろす。加々見は「やめろ！　やめるんだ！」と顔を両腕で覆うだけだった。

いまだ！　いましかない！　ピルケースをしまい込んだ拳をポケットから抜きながら、遊馬も「おとなしくしろ！」と加々見へと飛びかかった。押さえつけようとしていると装いつつ、遊馬はピルケースを加々見のスーツのポケットへと押し込む。

「いい加減にしろ！」

倒れたまま、加々見は足で遊馬と酒泉を蹴りはがした。再び襲い掛かろうとしている酒泉に、遊馬は「待て」と声をかける。

「なんでっスか⁉」噛みつくように酒泉が言った。

「相手は三人も人を殺した殺人犯だぞ。なにか凶器を隠し持っているかもしれない」

ポケットを探れ。中に入っているものに気づけ。内心で念じつつ、遊馬は加々見を睨む。

警戒しつつ立ち上がった加々見は訝しげな表情を浮かべると、スーツのポケットに手を入れた。

酒泉が身構える。

「なんだ、こりゃ」

自らの手の中にあるピルケースを見て目を丸くした加々見の顔に、暗い笑みが浮かんでいく。

「……なるほどな。これが神津島を殺した毒薬か。是が非でも、俺を神津島殺しの犯人にしようってわけだな」

加々見にピルケースを押し付けることには成功した。これでどう言い訳しようが、神津島殺しの罪は加々見がかぶることになる。計画の成功を遊馬が確信した瞬間、加々見は親指でピルケースの蓋を開けた。

「構わないぜ。自分の手で神津島を殺せなかったことが唯一の後悔だったんだ。あの屑を殺した名誉は、勲章として俺が地獄へと持っていってやるよ。どうせな、あいつらを殺して真珠の遺体を見つけさえすれば、あとはどうでもよかったんだよ。……真珠がいないこの世に未練なんかない」

加々見は迷うそぶりも見せず、ピルケースに入っていたカプセルをすべて口の中に流し込むと、喉を鳴らして飲み下した。

予想だにしない展開に、遊馬は啞然《あぜん》として立ち尽くす。十数秒のあと、加々見は「うっ？」とうめきながら胸を押さえ、膝をついた。

「なんだよ……こりゃ……」

苦しげに息を絞り出すと同時に、加々見は激しく嘔吐《おうと》した。すえた悪臭が辺りに漂う。

「あ、ああ、あああ……」

吐瀉物《としゃぶつ》の上で加々見がのたうち回るのを、遊馬たちはただ見守ることしかできなかった。

やがて全身を激しく痙攣《けいれん》させると、宙を掻いていた加々見の手が力なく床へと落ちた。

あまりにも悲惨な光景に、誰も言葉を発することができず立ち尽くす。壁時計の針が時間を刻む音が、やけに大きく聞こえる。

「一条君……」

数分の沈黙ののち、月夜が押し殺した声でつぶやく。彼女の意図を悟った遊馬は口を固く結ぶと、微動だにしなくなった加々見の傍らにひざまずいた。ジーンズの膝に吐瀉物が付くが、いまはそんなことを気にしている場合ではなかった。

加々見の首筋にそっと手を触れる。頸動脈《けいどうみゃく》の拍動を触れることはなかった。呼吸も停止している。

「……死んでいます」

声を絞り出すと、酒泉が獣の咆哮《ほうこう》のような声を上げる。

「ふざけんなよ！　円香ちゃんを殺しておいて、こんな逃げ方あるかよ！　ちゃんと円香ちゃんに謝れよ！　もっと苦しんで、ちゃんと自分の罪を償えよ！」

加々見の遺体を蹴ろうとする酒泉を、九流間と左京が必死に抑える。

崩れ落ちた酒泉が上げる嗚咽《おえつ》を聞きながら、遊馬は加々見の遺体を見つめる。瞳孔が開ききった双眸《そうぼう》が、恨めしげに遊馬を見つめていた。

ああ、俺はまた人を殺してしまった……。けれど、これはしかたなかったんだ。そう、しかたなかった……。

背負った罪の十字架に押しつぶされそうになりながら、遊馬は必死に自分に言い聞かせ続けた。

2

ベッドに仰向《あおむ》けになり、天井を見つめる。時刻は間もなく正午になろうかというところだった。加々見が毒をあおって命を落としてから、すでに数時間が経っている。『硝子館の殺人』の犯人が死亡したいま、もはや危険はないということで、生き残った者たちは各々の部屋で、夕方に到着するはずの警察を待っていた。

部屋に戻った遊馬はすぐに熱いシャワーを頭から浴びると、新しい服に着替えてベッドに横になった。しかし、昨日十分すぎる睡眠をとったためか、それとも神経が昂《たかぶ》っているせいか、まったく眠気は襲ってこなかった。目を閉じると悪夢のようなこの四日間の出来事が瞼の裏に浮かんでくるので、こうしてずっと天井を眺め続けていた。

当初の計画とは違っていたが、犯人として告発されることなく神津島を殺害することができた。これで、妹は新薬の恩恵を受けることができる。

遭難者を地下牢に閉じ込め、人体実験をするなどという悪魔的な行為を繰り返していた神津島は、殺されて当然の人物だった。そして、加々見はもともと、神津島の悪行を暴いてその協力者もろとも消したあとは、自ら命を絶つつもりだったはずだ。

俺はなにも悪くない。俺のとった行動は間違っていなかったんだ。

この数時間、自らに暗示をかけるように繰り返しているが、殺人という最大のタブーを犯した罪悪感が希釈されることはなかった。

いつかはこの重い十字架をおろせる日が来るのだろうか。それとも、一生俺は罪の意識に苛まれ続けるのだろうか。

そんなことを考えていると、ノックの音が響いた。

誰だ？　ベッドから起きた遊馬が扉に近づくと、「一条君、ちょっといいかな」という名探偵の声が聞こえてきた。

「碧さん、どうした？」遊馬は錠を外して扉を開ける。

「いやあ、時間を持て余していてね。せっかくだから、ワトソン君と少し話でもしようかと思ったんだよ。この館を去れば、相棒関係も終わりだしね」

「ああ、そういえばそうだな」

月夜との相棒関係が解消される。そのことを、わずかながら残念に感じていることに遊馬は驚く。罪をなすりつける相手を探すためという目的で結んだ仮初《かりそ》めの相棒関係だったが、彼女とともにガラス館の謎に挑んだ時間は、いま思えばなかなかに充実していた。

「もし碧さんがよかったら、今後もときどき捜査を手伝ってもいいよ。まあ、医者としての仕事があまり忙しくないとき限定だけどさ」

「ああ、それはいいね。とても魅力的な提案だ。検討しておくよ」

月夜は気のない返事をしつつ部屋に入ってくると、ソファーに向かった。

「どうやら俺は、相棒としてはあまり役に立てなかったみたいだね」

そっけない月夜の態度に、遊馬は苦笑する。月夜は「え？」と不思議そうにつぶやきながらソファーに腰掛けた。

「いやいや、そんなことは決してないよ。君のワトソン役は完ぺきだった。君のサポートがあったからこそ、この『硝子館の殺人』は解決できたと言っても過言ではない。君は素晴らしい相棒だよ」

「そりゃどうも」唐突な賞賛に気恥ずかしさをおぼえ、遊馬は鼻の頭を掻く。

「今後も俺が相棒を続けることに、あまり気乗りしない様子だったからさ」

「ちょっと話題を変えないかい、一条君」

「別にいいけど、なんの話題？」

「もちろん、『硝子館の殺人』についてさ」

月夜の二重の目がすっと細くなる。弛緩していた空気が一気に張り詰めた。

「……いまさらなにを話すって言うんだよ。もう謎は残っていないだろ。すべての密室トリックは明らかになって、犯人は自白したうえで服毒自殺をしたんだから」

動揺を悟られぬよう、遊馬は必死に平静を装う。

「うん、たしかにそうだね。けれどさ、加々見さんが最期に言っていたじゃないか。神津島さん殺害だけは自分がやったんじゃないって」

「そんなの、少しでも罪を軽くするためのでたらめだろ」

「そうかな？　加々見さんは復讐を終えたあと、最初から自害するつもりだったんじゃないかな。だって、警察が来てしっかり捜査をすれば、加々見さんが摩周真珠の父親であることは明らかになる。彼が犯人だって、すぐに判明したはずだ」

反論することもできず口をつぐむ遊馬を尻目に、月夜は喋《しゃべ》り続ける。

「最初から死ぬつもりなら、神津島さんの殺害だけ否定したのはあまりにも不可解だ。加々見さんが最も恨んでいたのは、悪魔の人体実験の首謀者である神津島さんだったんだから。彼を殺して、娘の仇《かたき》を討ったと宣言するのが当然じゃないかな」

「……じゃあ碧さんは、なんで加々見さんが神津島さん殺害を否定したと？」

「ナイフ……」月夜はぼそりと言う。「神津島さんの遺体の胸にナイフが刺さっていた件。あれが最後まで分からなかった。ただ、その答えが見つかった気がするんだ」

いきなり変化した話題に戸惑いつつ、遊馬は「答えって？」と聞き返す。

「本当に加々見さんは、神津島さんを殺していないんじゃないかな。何者かに神津島さんを毒殺され、先を越されてやり場のない怒りをおぼえた。そして、ナイフで遺体を傷つけることで、胸の中でマグマのように沸き立つ怒りを少しでも発散しようとした。加々見さんは最初の夜、マスターキーを保持していたので、なんなくそれができたはずだ」

「けれど、あくまでもそういう可能性があるっていうだけだろ。毒殺じゃあ殺した実感が湧かなくて不満だったから、遺体を刺して鬱憤を晴らしたのかも」

遊馬は必死にまくしたてる。月夜はこめかみを掻いた。

「うん、たしかにその説も成り立つね。けどね、一条君、この数時間で私は最初から、この『硝子館の殺人』を見直してみたんだよ。そうしたらね、見つけたんだ。……加々見さんが神津島さんを殺していない根拠をね」

部屋の気温が一気に氷点下まで下がったような気がした。上下の歯が鳴らないように、遊馬はあごに力を込め、声を絞り出す。

「根拠って……?」

「最初の事件で犯人は、神津島さんに毒を盛ったあと、自分の部屋に隠れて階段を上がってくる私たちをやり過ごし、合流したって言ったよね」

「ああ、言った……」

「けどね、加々見さんにはそれができないんだよ。なぜなら、加々見さんが泊まっていたのは弐の部屋だから」

脳天を殴られたかのような衝撃が遊馬を襲う。目の前が真っ白になった。

「そう、あの狭い階段ではみんなが壱の部屋の前に集まることができず、階段に並ぶ形になっていた。そしてその列は、弐の部屋の前まで達していた。もし弐の部屋から加々見さんが出てきたら、気づいたはずなんだよ」

「……みんなが壱の部屋に突入して、少しおいてから合流したんじゃ」

「いや、それも違うよ。あのとき、加々見さんはいち早く神津島さんの遺体に近づき、場を仕切りはじめていた。突入前に、加々見さんは私たちと合流していたってことさ。つまり……」

乾燥したのか月夜は唇を妖しく舐める。その姿は、遊馬の目には蛇がチロチロと舌を出しているかのように映った。

「神津島さんに毒を盛った犯人は、加々見さんではなかった。彼が言っていたことは真実だったということだよ」

「じゃ、じゃあ、いったい誰が神津島さんを……」

めまいをおぼえながら、遊馬はかすれ声を絞り出す。

「そう、誰が神津島さんを殺したのか、それが問題だ。ただね……」

月夜はこめかみをコツコツと叩いた。

「その答えを出すのに、私の灰色の脳細胞をフル回転させる必要はないんだよ。あまりにも明白だからね」

月夜の双眸が遊馬を見据える。肉食獣に睨まれた小動物のように、遊馬は金縛りになった。

「加々見さんが神津島さんを毒殺していないとしたら、彼が毒を持っているのはおかしい。思い出して見ると、スーツのポケットからピルケースを取り出したとき、加々見さんは驚いているような様子だった。そこから導き出される結論は、神津島さん殺害の真犯人が自らの罪をなすりつけようとして、毒薬をそっと加々見さんのポケットに忍ばせたということだね」

完全に見抜かれている。なんとかごまかさなければ、なんとか俺が犯人だということだけは気づかせないようにしなければ。

「そうだと……、そうだとして……も、いつからあの、ピル……ピルケースが加々見さんのポケットに、は、入っていたのかは、分からないから……」

舌が縺《もつ》れて言葉がうまく出ない。気持ちだけ急いて、あごを突き出すような形になってしまう。

「いや、それが分かるんだよ、一条君」

月夜は囁《ささや》くように言った。

「私の推理を聞いている間、加々見さんはスーツのポケットに両手を突っ込んでいたんだから」

景色が大きく揺れる。平衡感覚を失った遊馬は、慌ててソファーの背を摑《つか》んで転倒を防いだ。

「大丈夫かい、一条君」

立ち上がった月夜が、肩に手をかけてくる。遊馬は反射的に飛びのいた。

「うん、その動きができるなら問題なさそうだね。それじゃあ、続きといこう。もし前もって加々見さんのスーツのポケットにピルケースが仕込まれていたとしたら、彼はそのことに気づいたはずだ。しかし、現実にはそうではなかった。つまり、私が推理を終えたあとに、ピルケースは加々見さんに押し付けられたことになる」

「でも……、ピルケースを押し付ける機会なんて……」

吐き気をおぼえるほどの絶望をおぼえながら、遊馬は抵抗を試みる。

「あったよ、一条君。分かっているだろ。君と酒泉さんが加々見さんを取り押さえようとしたときだ。あのとき、神津島さんの命を奪った毒薬が入っているピルケースは、加々見さんのスーツのポケットへと移動したんだよ」

もはや、反論の余地さえ見つからなかった。遊馬はただ呆然と立ち尽くす。

「状況から見て、ピルケースを忍び込ませることが可能だったのは、加々見さんに飛び掛かった二人だ。しかし、酒泉さんには第一の事件、神津島さんが毒殺された際のアリバイがある。すると残るは一人……」

月夜は遊馬の鼻先に指を突きつけた。どこまでも哀しげに微笑みながら。

「君だよ、一条君。君こそが神津島さんを殺害した真犯人だ」

足場が崩れ、空中に投げ出されたかのような錯覚に襲われる。遊馬は必死に、ショートしかかっている頭を働かせる。どうすればこの窮地から逃れられる？　どうしたら、殺人犯として裁かれることを防ぐことができるんだ？　遊馬は無意識に拳を握りしめていた。

俺が神津島を殺したと知っているのは、目の前の名探偵だけだ。彼女の口を封じたら……。

遊馬はまっすぐに月夜を見る。月夜は正面から見つめ返してくる。

二人の視線が溶け合った。遊馬の拳が力なく開いていく。

そんなことできるわけがない。ここで月夜を殺害したとしても、あと数時間でやってくる警察に調べ上げられ、すぐに逮捕されるに決まっている。

それに……、俺には彼女を殺すことなんてできない。仮初めとはいえ、共にこの『硝子館の殺人』の謎に挑んだ相棒に危害を加えるなんてできるはずもない。

遊馬は大きく息を吐く。肺の底に溜《た》まっていた滓《おり》を吐き出すかのように。

「そうだよ。俺が神津島さんを殺したんだ」

その言葉を発した瞬間、体が軽くなる。神津島にカプセルを飲ませてから、ずっと背中にのしかかっていた十字架が消えたような気がした。

月夜は「そう」と、興味なげにつぶやいた。

「どうして俺がそんなことをしたのかは、言わなくていいのか？」

「そうだね。私は動機を解き明かすワイダニットよりも、フーダニット、ハウダニットのミステリの方が好みだからね。ただ推測するなら、君は家族の介護のためにもともと勤めていた病院を辞めたと言っていたね。そして、神津島さんは自らの特許を侵害しているとして、様々な新薬の販売差し止め訴訟をしていたと聞く。君が介護しているというご家族は、その新薬を必要としているんじゃないかな。だから、訴訟をやめさせるため、神津島さんを殺害した。まあ、これは推理なんていうものじゃなく、たんなる当てずっぽだけどね」

当てずっぽうですら完璧に真相を言い当てるとは、さすがは名探偵だな。遊馬は苦笑を浮かべる。

「正解だよ。妹がALSなんだよ」

「それはつらいね。まあ、君の行動は理解できなくもないよ。けれど、君のしたことを見逃すわけにはいかない。すべての真実を明らかにするのが名探偵の使命だからね」

「ああ、分かっているよ」

「物分かりがいいんだね。てっきり私を殺して口封じをしてくると思っていたよ」

「相棒だったっていうのに、信用ないな。俺にそんなことできるとでも思っているのかよ」

「できるさ」月夜の瞳が昏《くら》く染まっていく。「目的を達するためなら、人間はどんな残酷な手段も迷いなくとることができる。私は誰よりも、そのことを知っている」

この名探偵はこれまでに、どれほど人の心に巣くう闇を覗《のぞ》き込んできたというのだろう。遊馬が寒気をおぼえていると、月夜はゆっくりと出入り口の方へと向かっていく。

「それに、私たちは相棒なんかじゃなかった。どちらかが嘘を胸に秘めていた時点で、その関係は破綻しているんだよ。だからさ、私は君に襲われたときに備えて保険をかけていたんだ」

「保険？」

遊馬が聞き返すと、月夜は扉を開ける。開いた扉の向こう側に、九流間、左京、酒泉、夢読の姿があった。彼らの顔には、恐怖、憐憫《れんびん》、困惑など、様々な感情が浮かんでいる。

「もし争うような音が聞こえたら、入ってきて助けてくれるように待ってもらっていたんだよ。もちろん、四人とも扉に耳をつけて私たちの会話を聞いたはずだ。そうですよね、九流間先生」

促された九流間はゆっくりと部屋に入ってきた。

「一条君、君の立場には同情すべき点が多い。私が君の立場でも、同じことをしたかもしれない。けれど、君が人を殺したという事実に変わりはない。私たちは自分たちの安全を確保するためにも、夕方に警察がやって来るまで、君の身柄を拘束する必要がある」

「……そうですね。それが妥当な判断です」遊馬は大きく頷いた。

「私たちで話し合った結果、君には展望室に入ってもらうことにした。あそこなら、内側からは錠を外せない仕組みになっているから」

「分かりました。行きましょう」

遊馬は重い足を引きずって出入り口に向かう、夢読が「ひっ」と小さな悲鳴を上げて後ずさった。すれ違う寸前、遊馬は月夜に声をかける。

「悪かったね、碧さん。俺はワトソンじゃなくて、モリアーティだったらしい」

「モリアーティ……?」

月夜が横目で、氷のように冷たい視線を送ってくる。

「君は自分が犯罪界のナポレオンだとでも言うのかい。神津島さん、加々見さんを毒殺しただけの君が」

遊馬が「いや、それは……」と言い淀《よど》んでいるのを尻目に、月夜は身を翻す。部屋を出てゆっくりと階段をおりはじめた彼女は、振り返ることもせずに凍りつくような声で言った。

「ホームズとともにライヘンバッハの滝に落ちるのは、君ではないよ、一条君」

3

どうして、こんなことになってしまったのだろう。

階段室の壁に背中をあずけ、毛足の長い絨毯に座り込みながら、遊馬は天を仰ぐ。

晴れていた空はいつの間にか厚い雲に覆われ、はらはらと舞い降りてきた粉雪が、この空間を形作る透明なガラスに触れては滑り落ちていく。

腕時計の針を見る。すでに時刻は午後五時を過ぎていた。この展望室に拘束されてから、五時間近く経っていた。

遊馬を展望室に連行した九流間たちは、服毒自殺を図られたら困るということで、『フグ肝』と書かれているガラス壜《びん》だけを回収し、展望室から去っていた。

ズボンを通して臀部《でんぶ》に伝わってくる絨毯の冷たさが骨身に染みた。遊馬は寒さをしのぐために羽織っている、『刑事コロンボ』の撮影でピーター・フォークが着ていたという、しわの寄ったコートの襟を合わせると、体を小さくした。

「俺は、どこで間違ったんだろうな……」

そんな独白が、無意識に唇の隙間から零《こぼ》れた。

殺意を胸に秘め、神津島太郎に近づいたときか。絶好の機会と思い、この硝子館で開かれる妖しい宴への参加を決めたときか。それとも……。

「……あの名探偵に出会ったときか」

白い息とともに吐き出されたつぶやきが、冷え切った空気に溶けていく。

考えても仕方ない。もう、すべて終わってしまったのだから。この物語はすでに幕を下ろしたのだ。

名探偵により真実が暴かれ、犯人である俺が拘束されるという形で。

ガラスの尖塔で起きた凄惨な連続密室殺人は解決した。もはや犯人にやることなどない。ただ、舞台から静かに消え去るのみだ。

遊馬はゆっくりと目を閉じた。

端整な顔にシニカルな笑みを浮かべた名探偵の姿が、瞼の裏に映し出された。

「そう言えば……」

無意識につぶやきが漏れた。遊馬は瞼を上げる。

「あの暗号はなんだったんだ？」

神津島の遺体にナイフで固定された紙に記されていた、怪しい暗号が脳裏に浮かぶ。月夜はあの暗号について、最後まで言及しなかった。

暗号のことを口にすると、昨夜マスターキーを使って被害者たちの遺体を調べたことがばれてしまうからだろうか。それとも、事件解決のためには関係ないと思って、特に興味を持たなかったのだろうか。

遊馬は額に手を当てて考え続ける。

神津島の遺体にナイフを刺したのは加々見のはずだ。だとすると、加々見はいったいなぜ、あんな暗号を残したのだろうか。あの暗号にはどんな意味が込められていたんだろうか。

「それに、階段で俺を突き落としたのは誰だ？　それに盗み聞きをしていたのは……？」

この数時間休ませたおかげで機能を取り戻した脳細胞が、一気に活動を開始する。

普通に考えれば加々見に突き落とされたのだろう。名探偵である月夜がどれほど真相に近づいているのか、加々見は知りたかったはずだ。弐の部屋にいた加々見なら、展望室の捜索を終えて降りてくる俺が通過するのを見計らって部屋を出て、背後から襲うことは可能だった。けれど……。

「けれど、俺を突き落として、加々見になんの得があったっていうんだ？」

思考が絡まりはじめる。なにか重要なことを見落としている。そんな予感が胸をざわつかせた。

ふと視線をあげた遊馬は、鼻の付け根にしわを寄せた。正面に鎮座する洋書のミステリが詰まった本棚で、なにかがきらりと光った。遊馬は立ち上がると、誘蛾灯《ゆうがとう》に誘われる昆虫のように、本棚に吸い寄せられていく。

それは、円錐状のガラスだった。神津島が発明したバイオ製品、トライデントをかたどったオブジェが、横倒しになった厚い本の上に置かれている。

「壱の部屋の机にあったはずじゃ……。なんでこんなところに？」

遊馬はオブジェを手に取る。内部に満たされたオイルに、ＤＮＡをかたどった二重螺旋がゆらゆらと浮かんでいた。次の瞬間、遊馬の脳裏に、三日前の神津島との記憶がよみがえる。

――この硝子館は、トライデントを細部まで完璧に再現して私が作らせたものだから。

「完璧に再現……、ＤＮＡ……」

天を仰いでつぶやいた遊馬の手から、オブジェがこぼれ落ちる。ガラスが割れて散らばるが、遊馬はそれに目もくれず、倒れ込むようにその場で四つん這《ば》いになった。

神津島は完璧主義者で、異常なほど自尊心が強かった。あの男が、最大の功績であるトライデントをかたどったこの硝子館の設計で妥協するわけがない。それなら……。

遊馬は拳を固めて絨毯を叩いていく。途中、細かいガラスの破片が刺さり、鋭い痛みが走るが、構うことなく絨毯に拳を振りおろしながら、階段室へと近づいていく。ゴンゴンという、こもった重い音が円錐状の空間に響き渡った。

「この館の構造なら、きっとこの辺りに……」

階段室のわきの絨毯をひときわ強く叩いたとき、これまでとは明らかに違う、空の一斗缶を叩いたような音が鼓膜を揺らす。

ここだ！　遊馬は血が滲む手で絨毯を摑んで引っ張り上げる。階段室の壁と接触している部分から、一メートル四方ほどの絨毯がめくれ上がり、その下から金属製の扉が現れた。

「螺旋階段が一つだけのわけなかったんだ。……ＤＮＡの構造は『二重螺旋』なんだから」

息を乱しながら遊馬はつぶやく。

「階段も二つ造らないと、『完璧な再現』じゃない」

大きな謎、名探偵ですら見抜けなかった謎の片鱗《へんりん》に触れている。そんな予感に体温が上がっていくのをおぼえつつ、遊馬は取っ手を摑み、開けようとする。しかし、コンクリートの床に埋め込まれた扉はびくともしなかった。取っ手を離した遊馬は、床に埋め込まれている扉をまじまじと観察する。三つの小さな正方形が並んだ液晶画面と、テンキーが扉にはついていた。

「暗証番号かよ！」

せっかくこの隠し扉を見つけたというのに、このままでは開くことができない。がりがりと乱暴に頭を掻いた遊馬は、はっと息を呑む。

「暗号！」

そう、暗号だ。神津島の遺体に固定されていた紙に記された意味不明の暗号。あれはもしかしたら、隠し扉の暗証番号を示したものだったのではないか。

遊馬はジャケットのポケットからスマートフォンを取り出すと、昨夜撮った暗号の写真を画面に表示する。指先についた血液が画面を濡らすが、そんなことを気にしている余裕はなかった。

目を大きく見開き、まばたきすることすら忘れて、遊馬は画面に浮かぶ暗号を凝視する。

「やっぱり、『踊る人形』で使われた暗号にそっくりだ。ただ、『踊る人形』ではたくさんの種類の人形が書かれていたけど、ここに書かれている人形はそんなに種類はないな。……四種類だけか。これじゃあ、『踊る人形』の解読方法は使えない」

つぶやくことで思考をまとめつつ、遊馬は暗号を拡大していく。

「人形三つごとにスペースがあるということは、三つのセットで一つの文字を表しているってことか？　『O』と『U』と『B』は一文字ずつ、普通に書いてあるところを見ると、その可能性は高いな。ということは、人形三つでアルファベット一文字を示しているのか。……けど、なんで『O』、『U』、『B』だけ人形にしなかったんだ？」

遊馬は口元に手を当てる。

「しなかったんじゃなくて、できなかった？　人形の三つで表すことができるアルファベットには限りがある？」

脳の表面に虫が這うような感覚をおぼえる。いま、無意識になにかに気づいた。しかし、その正体がつかめない。そんなもどかしさに唇を噛む。

「三つの人形で、一つのアルファベットを表す……。人形には四つしか種類がない……。表すことができないアルファベットがある……」

ふと視界の隅に、一冊だけ分厚い本が横倒しになっている本棚が映る。トライデントのオブジェが置かれていた本だった。その背表紙には、『遺伝子工学基礎総論』と記されていた。

この展望室には神津島が集めた、ミステリに関連する貴重な収集物しかないはずだ。遺伝子工学の専門書ということは、おそらくは壱の部屋に置かれていたものが、トライデントのオブジェとともにこの展望室に持ってこられたのだろう。

「誰がなんの目的でそんなことを……？」

十数秒、思考を巡らせたところで遊馬は頭を振る。いま重要なのは、あの本もきっと、この館に隠された謎を解くための手がかりに違いないということだ。

「遺伝子……、遺伝子……」

つぶやいていた遊馬の頭に、閃光《せんこう》のようなひらめきが走る。

「DNA！」

遊馬は甲高い声を出すとスマートフォンの画面に視線を落とした。

「DNAはアデニン（A）、グアニン（G）、シトシン（C）、チミン（T）の四種類の塩基でできている。そして三つの塩基の組み合わせが一つのコードになって、二十種類のアミノ酸、一つずつに対応している！　そのアミノ酸の組み合わせで様々なたんぱく質が合成されるんだ！」
遊馬は本棚に走り寄ると、『遺伝子工学基礎総論』を手に取り、せわしなくページをめくってい
く。
「二十種類のアミノ酸には、それぞれ一つずつのアルファベットがあてがわれていたはずだ。それ
を当てはめれば……」
三つの塩基の組み合わせごとに対応するアミノ酸と、各アミノ酸を示すアルファベットが表にな
って記載されているページを開いた遊馬は、階段室のそばに近づくと、本とスマートフォンを絨毯
に置いた。
「まず、一番上の行にある三つの人形だ。ここと一番下の行だけ、三つしか人形が書かれていない
ことを見ると、このコードはアルファベットを示しているというより、『はじめ』『終わり』を意味
している可能性が高いな。すると……」
遊馬はガラスの破片で切った掌から滲みだしている血液を指先に付けると、階段室のコンクリー
トの壁に、翻訳開始を意味するDNAコードである、『ATG』と書く。この『ATG』は開始コ
ドンと呼ばれ、この塩基配列のあとに続くDNAコードが読み取られ、たんぱく質が生成される。
「これが正しければ、右手を挙げている人形が『A』、両手を挙げている人形が『T』、逆立ちして
いる人形が『G』、残った右足を挙げている人形が『C』と言うことだな。だとすると……」
手に持ったスマートフォンと、絨毯に置いた本を交互に見ながら、壁に血文字を記していく。
「二行目の最初のコードは『ACA』で、対応するアミノ酸はスレオニンだ。スレオニンの略号は
『T』と。次は『CAC』でヒスチジンだから、『H』だな」

一文字一文字、慎重に解読していくと、やがて壁に『ＴＨＩＮＫ』という血文字が描かれた。

ＴＨＩＮＫ、考えろ。やっぱりこの方法で正しかったんだ。

意味のある単語が出現したことで手ごたえをつかんだ遊馬は、さらに解読を続ける。

「ん？　次の『ＴＧＡ』は対応するアミノ酸がないな。なにもないということは、スペースということか？　まあ、行の最後だから、それでいいのか。それじゃあ、三行目は……」

次々とコンクリートにＤＮＡコードと、それに対応するアルファベットが血で書かれていった。

数分後、『翻訳終了』を意味するＤＮＡコードである『ＴＧＧ』まで一気に書き終えた遊馬は、解読した暗号を見つめる。


『THINK OF A NUMBER』


「シンク・オブ・ア・ナンバー……」

顔が引きつる。必死に複雑な暗号を解いたというのに、浮かび上がってきたのは期待したものとは程遠いメッセージだった。

「数字を考えろって、その数字を知るために暗号を解いたんだろ！」

怒りに任せて階段室の壁を殴る。拳頭から脳天まで、痺《しび》れるような痛みが走った。遊馬は歯を食いしばって拳を押さえる。

なんで、『数字を考えろ』などというなんの意味もないメッセージが、あんな複雑な暗号で記されていたんだ。痛みで怒りが希釈されたせいか、いくらか冷静さを取り戻す。

踊る人形の暗号 解答

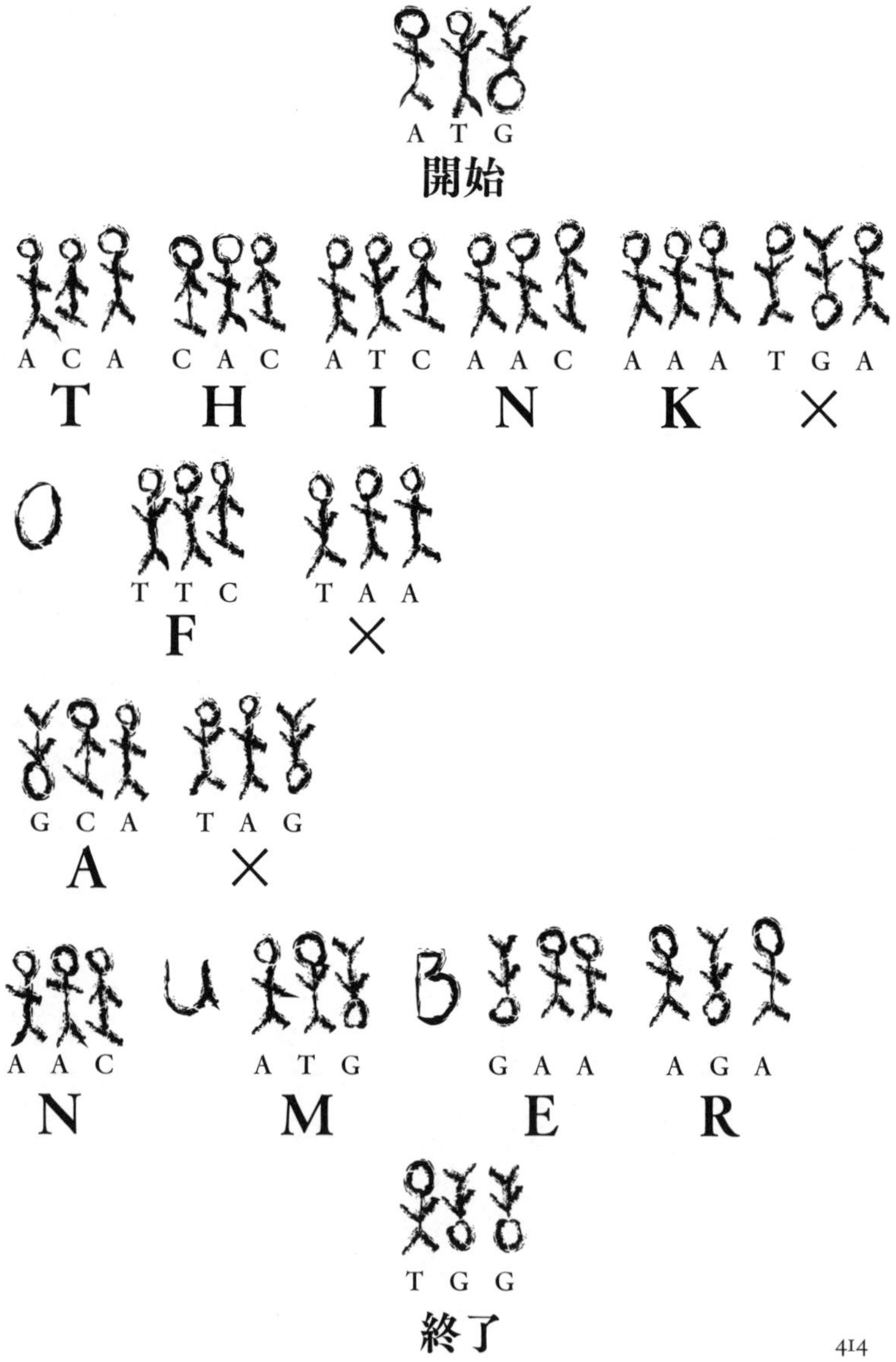
A T G
開始
A C A C A C A T C A A C A A A T G A
T H I N K ×
O T T C T A A
F ×
G C A T A G
A ×
A A C u A T G B G A A A G A
N M E R
T G G
終了

もしかしたらこのメッセージには、さらに何か仕掛けが隠されているのではないだろうか。遊馬は数回深呼吸をくり返しながら、壁に血で書かれたメッセージを見つめた。

「数字を考えろと言うより、数字を思い浮かべろ。いや、単数形だから……」

そこまで言った瞬間、全身が雷に打たれたかのように大きく震えた。

「数字を一つ思い浮かべろ！」

叫んだ遊馬は、トライデントのオブジェが置かれていた本棚に駆け寄り、そこに詰め込まれている洋書の背表紙を一つ一つ指で確認していく。

最も下の段まで到達した瞬間、せわしなく動いていた指が唐突に止まる。遊馬が指さしている背表紙、そこには『THINK OF A NUMBER』の文字が刻まれていた。

「これだ……」遊馬は震える指先で、その本を取り出す。

『THINK OF A NUMBER』、邦題『数字を一つ思い浮かべろ』。米国の作家、ジョン・ヴァードンによるミステリ小説。ある日、小さな封筒と「1から1000までのうちから、数字を一つ思い浮かべろ」と書かれた手紙が届く。それを受け取った人物がある数字を思い浮かべつつ封筒を開くと、思い浮かべていた通りの数字が書かれた紙片が入っていた。

そんな『相手の思考を読む手紙』という魅力的な謎からはじまり、やがて連続殺人事件へと発展していく物語。その中では、古典的な本格ミステリを彷彿させる様々な謎が出現し、ミステリ愛好家からの評価も高い作品だった。

「二〇一〇年に刊行か……」

遊馬は本を開いて刊行年を確認する。いかに名作とはいえ、そんな最近刊行された本に、神津島コレクションに加わるほどの価値があるとは思えない。つまり、これはトライデントのオブジェともに、この展望室に持ち込まれたものと考えて間違いないだろう。

本に血がつくのも気にせず、遊馬はページをめくっていく。

「手紙をもらった人物が思い浮かべた数字は……」

遊馬の指の動きが止まる。目的の数字が目に飛び込んできた。物語の中で、封書を受け取った人物が思い浮かべた数字。

「六五八！」

声を上げると、遊馬は床に埋め込まれた扉に近づき、テンキーを押す。液晶に『658』と表示されたのを確認した遊馬は、当たっていてくれと祈りながら『enter』のボタンを押し込んだ。

金属同士がこすれ合う音が空気を揺らす。遊馬はそっと手を伸ばして取っ手を摑んだ。さっきは微動だにしなかった扉が持ち上がっていく。その下から、ガラスの階段が姿をあらわした。

小さくガッツポーズを作ると、遊馬は怪我をした手にハンカチをまいて応急処置をしたあと、隠し階段をおりはじめた。

階段室からおりる通常の階段と、ほぼ同じ作りだった。二人並んで歩けるかどうかの幅の螺旋階段。壁や天井は黒色のガラスで覆われ、壁に埋め込まれたLEDライトの光が、全体を淡く浮かび上がらせている。

おそらくDNAと同じように、通常の階段と並んで二重螺旋を描いているのだろう。きっと、この壁の奥には、通常の階段が存在するはずだ。そこまで考えた遊馬は、はっとして足を止める。

夢読がしきりに、この館になにか邪悪な存在が潜んでいると言っていたのは、この階段が原因だったのではないか。彼女に超常的な能力があるとは決して思わないが、霊能力者を名乗っているのだから、一般人よりも鋭敏な感覚を備えている可能性はある。その感覚が、壁一枚隔てたもう一つの階段をのぼりおりする足音を感じ取り、霊的な存在が館にいると錯覚させたのかもしれない。

　そういえば俺も、初日の夜、部屋に戻るとき背後からかすかに足音が響いた気がして、何者かに尾《つ》けられているのではと怯えた。それも、隠し階段の足音を聞き取ったのだとしたら納得できる。

　いったい誰があのとき、隠し階段を使っていたというのだろう。地下牢から逃げ出した人物だろうか？　いや、そんな人物が存在する可能性はほとんどないと結論は出たはずだ。なら、誰が……。

　頭痛をおぼえつつ、遊馬はふたたび足を動かしはじめる。螺旋階段を一周と四分の一分ほどおりると小さな踊り場があり、そこに通路があった。

「一周と四分の一分ってことは、壱の部屋がある辺りの高さか……」

　明かりのともっていない暗い通路を、遊馬は覗き込む。少し腰を曲げないと頭が当たりそうな、コンクリート打ちっぱなしの狭い通路。奥行きは三メートルほどしかなかった。突き当りの壁に、楕円の窓のようなものが見える。遊馬は警戒しつつ、通路に入った。

　突き当りまで進み、壁に埋まっている楕円の窓を覗き込んだ遊馬は、「はぁ!?」と声を上げる。

　そこから、壱の部屋が見えた。床に転がっている硝子館の模型、マホガニー製のデスク、そして胸にナイフが突き刺さっている神津島の遺体。それらをはっきりと眺めることができた。

　どういうことだ？　なにがどうなっているんだ？　混乱しつつ、遊馬は壱の部屋の構造を必死に思い出す。この位置から神津島の遺体を見られるということは……。

「鏡……、マジックミラー……」

遊馬の喉からかすれ声が漏れる。そうだ、この位置には鏡がかけられていた。あれは単なる鏡ではなく、マジックミラーになっていて、この隠し階段から室内を観察できるようになっていたんだ。

けれど、なぜこんな設計に……？　次々に襲い掛かってくる新情報に熱を帯びはじめた頭を抱えて俯《うつむ》いた遊馬は、マジックミラーの窓の下になにかがついていることに気づく。

「扉？」

ひざまずいて目を凝らした遊馬は、眉間にしわを寄せる。そこには、取っ手とともに、三つ並んだ小さな正方形の液晶と、テンキーがあった。展望室にあった隠し扉とまったく同じ造り。

遊馬は唾を飲み込むと、『6』『5』『8』『enter』と順にテンキーを押す。ガチャリという音がかすかに響くのを確認した遊馬は、取っ手を摑んで押し込む。滑らかに一メートルほどの高さの扉が開いていった。遊馬は四つん這いになって扉をくぐり、壱の部屋へと入る。

「……どうなっているんだよ」

混乱の渦に巻き込まれながら立ち上がると、振り返って扉を確認する。鏡の下に設置されていた腰の高さほどの本棚、そこが内側に向かって開いているのを確認した瞬間、頰の筋肉が引きつった。

顔の高さにある鏡と、その下に設置された背の低い本棚。それは、自分が使っていた肆の部屋にもあった。初日の夜の記憶が蘇《よみがえ》り、全身が総毛だつ。

あの夜、肆の部屋に戻って鏡を覗き込んだとき、誰かに見つめられているような気がした。てっきり、神津島を殺した罪悪感による錯覚だと思っていたが、それは違ったのかもしれない。

「……あのとき、誰かが俺を観察していた？」

頭から氷水を浴びせかけられたかのような心地になり、遊馬は両肩を抱く。

肆の部屋はこの隠し階段から、いつでも観察、侵入できるように作られていた。いや、肆の部屋だけではない、伍の部屋、陸の部屋にも、同じような鏡と本棚があった。おそらく、この硝子館の客室全てが、同様の設計になっている。

「それじゃあ、密室トリックは成り立たない……」

遊馬はかすれ声でつぶやく。密室の謎に挑むミステリ小説において、隠し通路は一種のタブーだ。密室殺人において、実は隠し通路がありましたでは、トリックとしてはあまりにも陳腐すぎる。

実際、月夜もこの隠し通路については触れなかった。

「じゃあ、碧さんの推理は間違っていたのか……？」

数秒考えたあと、遊馬は首を振る。いや、この館の構造上、隠し扉とマジックミラーがあるのは、中心を走っている巨大な柱に接している壱から拾の部屋だけだろう。ダイニングで起きた第二の事件で、隠し扉は使われていないはずだ。

そもそも、第一の事件は俺自身の犯行だし、残りの二つの事件については加々見が自白している。『硝子館の殺人』において、月夜が解き明かした三つの密室トリックは正しかったはずだ。

なら、この隠し階段は事件には直接関係はしないということか？

いや、違う。そんなはずはない。遊馬は拳を握り込む。

何者かがこの隠し階段を使い、俺たちを観察していたのは間違いない。そいつが、この館で起きた惨劇にかかわっていないなんてありえない。勘がそう告げていた。

あと少し。あと、ほんの少しでなにかに手が届きそうだ。

この館に蠢《うごめ》く、なにかおぞましいものの輪郭をとらえながら、その正体にたどり着けないもどかしさに、遊馬は頭を抱え、血が滲むほどに強く皮膚に爪を立てた。鋭い痛みが、沸騰した脳細胞をいくらか冷やしてくれる。

「まず、この階段を調べるか」

大きく息を吐いた遊馬は通路を戻り、再びガラスの螺旋階段を降りはじめる。想像したとおり、各客室の高さに通路があり、その奥に窓と扉があった。拾の部屋の通路を通過すると、そこから下に通路は見つからなかった。二・五周分ほどさらにおりていくと階段が途切れ、扉が出現する。おそらく一階部分を通過して、地下までたどり着いたのだろう。

壁にテンキーを見つけた遊馬は、『658』と打ち込む。自動ドアになっているらしく、引き戸が横滑りしていく。　重い機械音が隙間から聞こえてきた。

　慎重に扉から出る。そこでは数基の巨大な発電機が並んでいた。

「発電室……、ここに出るのか」

ほとんど音もたてずに背後の自動ドアが閉まり、すすで汚れた壁にしか見えなくなる。発電機の向こう側に、空の棚と倉庫へと続く扉が見えた。

視線を落とした遊馬は、発電機の陰の床にテンキーが埋め込まれていることに気づく。それで『658』と打ち込むと、閉まったばかりの隠し扉が音もなく開いていった。

「わざわざ発電機のこっち側までくる奴はいないだろうし、隠し扉の位置として最適ってわけか」

さて、これからどうしようか。遊馬は腕を組む。展望室から脱出することができた。このまま、外に逃げ出すことも可能だろう。しかし、そんなことをしてどうなる。

車はパンクしているし、この雪山を徒歩でくだるのは自殺行為だ。そもそも、自分が神津島殺しの犯人だということは、すでに他の者に知られている。たとえ奇跡的に山をおりられたとしても、すぐに指名手配されて逮捕されるのが関の山だろう。

自分が犯した罪を償う覚悟は決めたのだ。いまさら、みっともなくあがいても仕方がない。なら、おとなしく展望室へ戻って警察を待つべきなのか？

「そうじゃないよな……」遊馬は低い声でつぶやく。

きっとこの硝子館で起きた事件には、碧月夜が、あの名探偵が暴いた以上の深く昏い闇が横たわっている。そしていま、俺はその闇の尻尾を摑みつつある。

この四日間の惨劇で、ワトソン役、犯人役とこなしてきた。最後のわずかな時間ぐらい、名探偵役の気分を味わってもばちは当たらないだろう。

遊馬は再び床のテンキーを押して扉を開いて中に入ると、階段に腰掛けた。扉が閉まっていく。これで、誰にも邪魔されず、ゆっくりと頭を使うことができる。

さて、どこから考えるべきか。両手を組んだ遊馬は、ふと階段の隅に汚れのようなものがあることに気づき、何気なく顔を近づける。

「……血？」

鼻の付け根にしわが寄る。よく見ると、それは明らかに血液の跡だった。

俺の手からの出血か？　遊馬はそっとその血液の跡に触れる。指先が濡れることはなかった。

「乾いている……。俺の血じゃない」

ここまで固まっているということは、少なくとも一日以上前にできたものだ。この隠し階段で、なにがあったというのだろう。

不吉な予感に、口腔内から水分が失われていく。

「落ち着け。冷静になれ」

自分に言い聞かせながら目を閉じると、遊馬は思考をまとめていく。

『硝子館の殺人』が起きていた四日間、何者かがこの階段を使用していたのは間違いない。初日の夜に聞いた足音も、その人物が隠し階段を移動する音だったのだろう。そういえば、夢読も二日目の朝には、この館になにか不吉な気配がすると言いだしていた。

「その人物が動き出したのは、初日の夜、俺が神津島を殺してからだってことか」

目をつむったまま、遊馬はひとりごつ。

問題はそれが誰なのかということだ。まだ姿をあらわしていない人物という可能性は低いだろう。いま階段を降りてきてもその姿を見つけることはできなかった。つまりは、その人物は隠し階段の外にも出ているということだ。それなら、多くの人が行き交ったこの四日間、一度も姿を目撃されないというのは困難なはずだ。

それに、この隠し階段を設計したのは間違いなく神津島だ。あの排他的な男が、部外者にこの隠し階段を使うための暗号を教えるとは思えない。この隠し階段の存在を知っていた可能性があるのは、神津島以外には、住み込みの使用人であった老田と円香ぐらいだろう。特に、古くから神津島の執事を務めていた老田は知っていた可能性が高い。

だとしたらなぜ老田は、主人の殺害という異常な状況にもかかわらず、隠し階段の存在を最後まで口にしなかったのだろう。

ここには誰もいないと知っていた。つまり、使っていたのは老田だった？　いや、老田が殺されたあとにも、夢読はなにか邪悪な存在に見張られていると喚《わめ》いていた。

なら、いったい誰がこの隠し階段を使えたというのか。

初日の夜、俺はマジックミラー越しに、いったい誰と向かい合っていたのだろう。

神津島太郎、九流間行進、加々見剛、老田真三、巴円香、左京公介、夢読水晶、酒泉大樹、そして碧月夜……。

今回の催しに参加した人物たちの顔が、次々と頭に浮かんでは消えていく。

この中で、初日の夜、この隠し階段を使うことができた人物は……。

そこまで考えたとき、頭の中で火花が散ったような気がした。遊馬は目を大きく見開くと、顔の前に両手を持ってくる。

「まさか……、いや、そんなわけ……」

荒い息をつきながら遊馬はつぶやく。脳裏をこの四日間の記憶が走馬灯のように流れていくたび、心臓の鼓動が加速していった。

痛みが走るほどに動悸《どうき》をおぼえる胸に手を当てると、遊馬は口を半開きにして虚空を見つめる。

ショートしそうなほどにシナプスが発火し、電気信号が行き交っている脳内に、仮説が組みあがっていく。想像を絶するほどに恐ろしい仮説が。

「そんなこと……、あり得るのか……」

かすれ声でつぶやいた遊馬は勢いよく立ち上がると、ガラスの階段を駆けあがる。途中、息が切れ、太腿《ふともも》の筋肉がパンパンに張ってくるが、体からの悲鳴を無視して足を動かし続けた。

肺に痛みをおぼえ、足が脳からの命令を拒絶しはじめたころ、ようやく目的の場所、壱の部屋への通路へとたどり着く。

酸素をむさぼりながら通路を進み、暗証番号を入力して扉を開いた遊馬は、熱を持っている足を引きずりながら神津島の遺体に近づいていく。

数十秒かけて息を整えると、濁った目で虚空を見つめている神津島の手首をつかむ。冷えたゴムのような皮膚の感触に顔をしかめながら、遊馬は神津島の腕を持ち上げた。強く硬直した肘と肩の関節が軋みを上げ、神津島の胴体ごとわずかに浮き上がる。

遊馬は軋むほどに強く奥歯を嚙みしめ、手を放した。重力に引かれた神津島の腕が床を強く叩くと同時に、遊馬は膝から崩れ落ちた。

「まじかよ……。噓だろ……」

食いしばった歯の隙間から、かすれ声が漏れる。

仮説が当たっていた。どこまでもおぞましい仮説が。

常軌を逸したその内容に、本能が拒絶反応を示す。激しい嘔気《おうき》とともに、食道を熱いものが駆け上がってくる。遊馬は顔を背けると、大きくえずいた。黄色くねばついた胃液が床を叩く。痛みにも似た強い苦みが、口腔内を侵していく。

しかし、これが真実だ。この四日間に見聞きした情報すべてがそれを示している。

遊馬は立ち上がると、洗面所へと向かい、口をゆすいだ。ジャケットの袖で乱暴に口元を拭い、正面の鏡を見つめる。

「落ち着け。逆に考えるんだ。……これで、すべてが解決したと」

鏡の中の男が言った。

「俺は真実にたどり着いた。この硝子館で起きた惨劇の真実に。あとは、どう動くかだ」

遊馬は鏡を見つめたまま、これからとるべき行動をシミュレートしていく。

たどり着いた真実を、いまこの館にいる人々に伝えなくてはならない。しかし、それが難しい。隠し階段があるので、展望室から脱出して他の者たちに接触するのは簡単だ。だが、殺人犯として拘束されている男の話を、九流間たちが素直に聞くとは思えなかった。

多少、強引な方法を使うしかない。けれど、相手は多数だ。彼らを従わせる方法は……。

「あっ……」

声をあげた遊馬は身を翻して洗面所をあとにすると、隠し階段をのぼって展望室へと戻り、『ローラ殺人事件』で使われたという武骨な散弾銃が飾られているロッカーの前までやって来る。遊馬がゆっくり『6』『5』『8』『enter』と入力すると、錠が外れる音が響いた。

遊馬は口を固く結んで強化ガラスの扉を開き、中にしまわれている銃と弾丸を取り出した。

九流間たちを脅すのは気が引けるが、これを使えば話を聞いてもらえる。あとはたどり着いたあまりにも猟奇的な真実を、いかにして信じてもらうかだ。

謎を解くのも難しかったが、それに負けず劣らず、真相を他の者に納得させることも難しい。なるほど、これは名探偵役をやってみないと分からないことだな。

「そういえば、名探偵役なら『あれ』を言うべき場面なのかもな。せっかくだし、ちょっと格好つけさせてもらうか」

苦笑を浮かべた遊馬は、ゆっくりと味わうようにそのセリフを口にした。

「私は読者に挑戦する。あらたな情報が開示されたことで、この硝子館で起きた惨劇の真相を導くことはさらに容易になっている。この硝子館で果たしてなにが起きていたのか。それをぜひ解き明かして欲しい。これは、読者への挑戦状である。諸君の良き推理と、幸運を祈る」

4

胸に手を当て細く長く呼吸をくり返しながら、遊馬は遊戯室を見回す。ガラス窓の外は雪が強く降りはじめ、まもなく日が沈む時間なので室内は薄暗かった。

遊馬は抱えている散弾銃の銃身を撫でる。冷たく硬い感触はたのもしく、緊張をいくらかやわらげてくれた。

展望室で準備を整えた遊馬は、隠し階段で地下におりて発電室に出て、そこから通常の螺旋階段で一階へとやってきていた。他の者たちは自室にこもっているのか人影はない。遊馬は遊戯室に忍び込み、出入り口のそばでこれから迎えるであろう最終決戦への覚悟を決めていた。

さて、ようやくクライマックスだ。このガラスの尖塔でくり広げられた惨劇に幕を下ろそう。

覚悟を決めた遊馬は、壁に埋め込まれていた火災報知器のボタンを押し込む。同時に、けたたましいサイレン音が鳴り響いた。火を感知しなければ作動しないようになっているのか、スプリンクラーが水を吐き出すことはなかった。

遊戯室から脱出した遊馬は隣にあるダイニングへと入り、扉の隙間から様子を観察する。

『遊戯室で火災が発生　遊戯室で火災が発生　すぐに避難してください』

警告のアナウンスがくり返し流れる。数分すると、自室にいた者たちが一階ホールへと降りてきはじめた。

左京、九流間、酒泉、夢読、そして最後に月夜が姿をあらわし、遊戯室の前に集合する。

「どうやら、火は上がってないみたいだね」

扉を開いて遊戯室を覗き込みながら、九流間が安堵《あんど》の表情を浮かべる。

「じゃあ、なんで火災報知器が作動したのよ⁉　そもそも、なんで警察はまだ来ないの？　もう夕方じゃないの！」

「夢読さん、落ち着いてくださいよ。もうすぐ来ますって」

「もうすぐって、いつよ！　私はさっさとこの館から出ていきたいの」

ヒステリックに叫ぶ夢読を、左京がなだめている傍らで、月夜は遊戯室に視線を注ぎ続けていた。

「一見したところ、火が上がったような形跡はありませんね。それなのに火災報知器が鳴ったということは、誤作動、もしくは……何者かがボタンを押したということですね」

「ちょ⁉　何者って、誰のことっスか？　やっぱり地下牢に閉じ込められていた奴がいたとか⁉」

酒泉が怯えた声で言う。

「いえ、違うでしょう。こんなことをするのは、おそらく……」

月夜がそこまで言ったところで、遊馬はダイニングから出た。

「そう、俺だよ」

九流間たちの顔に驚きが走り、そして遊馬の持っている散弾銃に気づいて怯えの表情へと変化していく。しかし、月夜だけは動じることなく微笑を浮かべた。

「やあ、一条君。どうやって展望室から抜け出したのかな」

「それについては、いまからゆっくりと説明するよ。皆さん、申し訳ないですがそのまま遊戯室に入っていただけますか。お話ししたいことがあるので」

「ふざけんな！」酒泉が怒声を上げる。「人殺しの話なんて聞けないっスね。そんなおもちゃで騙《だま》されると……」

遊馬はホールの中心に立つ柱に銃口を向けると、ためらうことなく引き金を引いた。鼓膜に痛みをおぼえるほどの爆発音とともに、想像以上の衝撃が腕に走る。柱を覆う装飾ガラスの一部が砕けて落ち、硝煙の匂いが辺りに漂った。

「おもちゃじゃないよ、酒泉君。これは本物の銃だし、俺は人殺しだ。いざとなったら、君たちを撃つことになんの躊躇《ちゅうちょ》もしない。分かったら、おとなしく遊戯室に入ってくれ」

緊張しつつ、遊馬は酒泉たちの反応を待つ。もちろん、彼らを撃つなどできるわけがなかった。もし全員で飛び掛かられたら、万事休すだ。ホールに漂う空気が張り詰めていく。酒泉と左京の体勢が前傾しはじめた。

「いいんじゃないですか」

緊張が臨界点に達しようかという瞬間、軽い口調で月夜が言った。

「警察がなかなか来なくて暇を持て余していたところです。彼の話を聞いて、時間をつぶすのも悪くありません。もしおとなしくするなら、私たちの安全は保証してくれるんだよね、一条君」

「ああ、約束する」

遊馬が頷くと、月夜は「では皆さん、参りましょう」と自ら率先して遊戯室へと入っていった。毒気が抜かれたのか、左京や酒泉もわずかな躊躇のあと、それに倣う。

「ここまでするということは、よほど面白い話を聞かせてもらえるんだろうね」

振り返った月夜が、流し目を送ってきた。

「もちろんだ」

「期待しているよ、元ワトソン君」

月夜は皮肉っぽく唇の端をあげた。五人が遊戯室に入ったことを確認すると、遊馬は銃を手にしたままあとに続く。

「皆さん、ソファーの向こう側、窓際に移動してください」

五人が指示に従ったのを見て、遊馬は内心、胸を撫でおろす。これなら、ソファーが邪魔ですぐに飛び掛かられることはない。話を聞いてもらえる最初の条件をクリアーすることができた。

「一条先生」九流間が諭すような口調で言う。「こんなことをしても意味はない。もうすぐ警察が来る。逃げ道はないんだよ。これ以上、罪を重ねるべきじゃない」

「逃げるつもりはありません。俺はただ、この館で起きた惨劇の真実を伝えたいだけです」

「真実？　いまさら何を言っているんだ？　君自身が神津島君に毒を盛り、さらにその罪を加々見さんに押し付けようとしたと認めたじゃないか。それが間違っていたというのか？」

「いいえ、間違ってはいません。俺はたしかに神津島さんにカプセルを飲ませ、残りが入ったピルケースを加々見さんのポケットに忍び込ませました」

九流間が「じゃあ……」と言いかけるのを、遊馬は片手を突き出して止める。

「ただ、この館で起きた事件にはさらなる裏があったんです。俺はそれに気づいたんですよ」

「裏？」

九流間が訝しげにつぶやくと、月夜が険しい表情で一歩前に出た。

「一条君、もしかして私の推理が間違っていたという意味かな？　名探偵の私が、誤った推理を披露したと？」

「いいや、そんなことないよ」遊馬は首を横に振る。「君の推理は完璧だった。君は名探偵として見事、『硝子館の殺人』を解決してみせたんだよ」

「あんた、さっきからなに言っているのよ。事件が解決したなら、もうそれでお終《しま》いじゃない。全部の事件の真相も犯人も分かっている。これ以上、なにを付け加えようっていうのよ！」

夢読が声を荒らげた。

「それを説明するためには、まず俺がどうやって展望室から脱出できたのか話す必要があります」

遊馬が淡々と言うと、左京が指をさしてくる。

「そうだ。どうやってあの扉を開いたんだ。内側からは開かないはずだ。あそこはいわゆる……」

「密室」

遊馬がぼそりとつぶやくと、左京は「うっ」と言葉を詰まらせた。

「そう、あの展望室はまさに密室でした。そこからどうやって俺は出てきたと思います？　どんなトリックを使ったと？」

遊馬の問いかけに答える者はいなかった。遊馬は床に置かれた映写機に近づいて電源を入れ、ポケットからスマートフォンを取り出すと、部屋の明かりを落とす。今朝、ダイニングで月夜が使用した映写機を、前もってここに移動させていた。

薄暗くなった遊戯室の壁に、展望室の床に埋め込まれている隠し扉が開き、その下からガラスの階段が姿をあらわしている画像が映し出される。ここに来る前に撮影したものだった。

「とても単純な答えですよ。実は展望室に隠し扉があり、そこから地下まで秘密の螺旋階段が伸びていたからです」

九流間の眉間に深いしわが寄ったのを見て、遊馬は肩をすくめる。

「分かりますよ、九流間先生。こんなの、邪道中の邪道ですよね。密室だと思っていたら、何の前触れもなく隠し通路が現れるなんてね。けど、ヒントが完全になかったというわけじゃありません。神津島さんはかねがね、この硝子館は自らが開発したトライデント、DNAを細胞核内へと運ぶ物質を正確に模倣したものだと言っていました。それなら、二重螺旋構造を持つDNAに倣って、このガラスの尖塔の中心を貫く螺旋階段は二つ並んでいるべきなんです」

「それがどうしたんスか。その秘密の階段が、この事件の裏ってことなんスか」

苛立《いらだ》たしげに酒泉が言った。

「その片鱗だね。ところで夢読さん」

突然、遊馬に水を向けられた夢読は、「な、なによ⁉」と声を上ずらせる。

「夢読さんはずっと、この館にはなにか邪悪な存在が潜んでいて、こちらを監視しているって言っていましたよね？」

「……それがどうしたっていうの？」

遊馬は「これを見てください」とスマートフォンを操作する。白い壁に、壱の部屋をのぞくことができる窓、そして本棚の裏にある隠し扉の画像が次々と映し出されていった。

九流間たちは目を見開き、うめき声を漏らす。

「見ての通り、壱の部屋の鏡はマジックミラーになっていて、隠し階段から観察できるようになっていました。また、暗証番号を打ち込めば本棚が移動して、室内に入り込むこともできます」

「それって……、壱の部屋だけなの……?」夢読は震える指で画像を指さす。

「いいえ、違います。すべての客室に同じ設備がありました」

夢読は両手で口を覆い小さな悲鳴を上げる。

「そうです、あなたは本当に誰かに監視されていたんです。そして、あなたが螺旋階段でおぼえた不吉な気配というのは、ガラスの壁一枚隔てた隠し階段を、何者かが移動しているのを感じとったものだったんです」

夢読はあんぐりと口を開いて絶句する。九流間たちも唖然として立ち尽くしている。日が完全に落ちたのか、闇に侵食されはじめた遊戯室に沈黙がおりた。遊馬は壁のスイッチを押して、シャンデリアを灯す。暗さに慣れた目には眩しいほどの温かい光が降り注いだ。

「だから、なんだって言うんだ!」喘ぐように、左京が声を張り上げた。「隠し階段だかなんだか知らないが、それがあったところで君と加々見さんがこの連続密室殺人事件の犯人だったという事実に変わりはないじゃないか。それを否定するって言うのか」

「いいえ、否定なんてしません。たしかに、この館で起きた『硝子館の殺人』の犯人は、俺と加々見さんです。さっき言ったじゃないですか、碧さんの推理は完璧だったって」

月夜が得意げに胸を反らすのを眺めながら、遊馬は「ただし」と続ける。

「誰が『硝子館の殺人』の犯人かよりも、はるかに重要なことがあるんです」

「誰が犯人かよりも重要なこと？」九流間が眉間のしわをさらに深くして聞き返した。

「そうです。九流間先生、この館を訪れてからあなたは、何度か言っていましたよね。まるで本格ミステリ小説の中に迷い込んだみたいだって」

「それがどうしたんだ？」

「おっしゃる通りなんですよ。山奥に建つガラスの尖塔、雪崩によって生じたクローズドサークル、連続して起こる密室殺人、ダイイングメッセージに血文字に暗号、個性的な招待客たち、秘密の地下牢とそこに転がる白骨死体、果ては隠し扉に秘密の階段。まさに、古き良き本格ミステリ小説の世界そのものだ」

遊馬は芝居じみた仕草で両手を広げた。

「ミステリマニアなら誰でも好きじゃないですか、おかしな建物で起こる連続殺人。綾辻行人の『館シリーズ』をはじめ、島田荘司の『斜め屋敷の犯罪』、東野圭吾の『十字屋敷のピエロ』、我孫子武丸の『8の殺人』、二階堂《にかいどう》黎人《れいと》の『人狼城の恐怖』、歌野晶午の『長い家の殺人』、米澤《よねざわ》穂信《ほのぶ》の『インシテミル』、挙げればきりがない。特に、そこがクローズドサークルになっていれば、言うことなしだ」

「一条君、話が逸《そ》れていないかい。まるで、私のようだよ」

月夜が忍び笑いを漏らす。遊馬は「ああ、失礼」と首をすくめた。

いつの間にか我を失っていた。名探偵役というのは、想像以上にハイになってしまうようだ。それとも、月夜の相棒をしているうちに癖が移ったのだろうか。

「一条先生、結局君はなにが言いたいんだ。そろそろ本題に入ってくれ」

「分かりました」

九流間に向かって頷いた遊馬は乾燥した唇を舐めると、口を開いた。

決定的な一言を発するために。

「俺たちは全員、小説の登場人物だったんですよ。『硝子館の殺人』という本格ミステリ小説のね」


「私たちが……、小説の登場人物？」

困惑で飽和した口調で九流間がつぶやく。遊馬は力強く頷いた。

「そうです。自分たちでは気づいていませんでしたが、俺たちは本格ミステリ小説のキャラクターとしてこの四日間を過ごし、各々の役割を演じてきたんです」

「な、なにを言っているのか、さっぱり分からない……」

細かく首を横に振る九流間の顔には、混乱と恐怖が色濃く滲んでいた。

「あなた、頭おかしくなったんじゃないの⁉　私たちが小説のキャラクターだなんて。そんな馬鹿なことあるわけないでしょ！」

夢読が喚き散らすが、遊馬が動じることはなかった。

「いいえ、この館ではそんな馬鹿なことが起きていたんです」

「やめて！　意味分かんない！」

ピンク色の髪をかき乱す夢読に代わって、月夜が口を開く。

「一条君、つまり君はこう言いたいのかな。この世界はメタミステリの舞台であり、私たちはそこで動き回る架空の登場人物であると」

「メタミステリ？　なんなんっスか、それ？」

酒泉が訊ねると、月夜は顔の横で人差し指を立てた。

「ミステリのジャンルの一つですよ。『メタ』というのは、ある事象に対して高次の視点や立場をさす言葉です。その概念を作中に取り入れたものが、メタミステリですね」

理解できないのか、酒泉は顔をしかめる。

「簡単に言うと、小説というフィクションの世界と、それより高次にある現実との境目が曖昧なミステリですかね。作中に著者が登場したり、自らが架空のキャラクターであることを登場人物が認識していたり、読者が犯人だったり」

「読者が犯人？」

酒泉がいぶかしげに聞き返す。月夜は「そうです！」と前のめりになった。

「有名なのは、辻真先《つじまさき》の『仮題・中学殺人事件』と深水《ふかみ》黎一郎《れいいちろう》の『最後のトリック』ですね。また、辻真先は『9枚の挑戦状』という作品で、読者以外の全員が犯人という離れ業もやってのけています。まさに、稀代《きたい》のトリックメーカーと言えるでしょう」

「メタミステリの意味は知っています。けれど、私たちがその登場人物というのはどういう意味なんですか？　私たちは現実に存在している人間です」

早口でまくし立てる左京に、遊馬は声をかける。

「それについてはいまから説明します。まずは、なぜ俺たちがこの館にやってきたのか、そこから話を進めましょう」

「なぜって、神津島さんに誘われたからじゃないですか」

「そうですね。では、神津島さんはなぜ皆さんを招いたと」

「それは、なにか大きな発表をするためとしか……。あなたは『モルグ街の殺人』以前に書かれた、未公開のミステリ小説の原稿だって言っていましたよね」

「はい、そう思っていました。ミステリの歴史を根底から覆す未公開原稿といえば、それくらいしか思いつきませんでしたから。けれど、その原稿はいまだに見つかっていない。地下の金庫にも、隠し階段にもありません。さっき、壱の部屋に忍び込んで確認しましたが、神津島さんのデスクにも入っていませんでした」

「じゃあ、どこにあるって言うんですか？　その貴重な原稿は」

「おいおい説明していきますから、少し待ってください。では、第一の事件が起こった際の話に進みましょう」

「第一の事件って、犯人はあなたじゃない。いまさら何を話すっていうのよ。それとも自分はやっていないとでもいうつもり？」

夢読が軽蔑の視線を投げかけてきた。

「いいえ、そんなことは言いません。俺は神津島さんにカプセルを飲ませ、そして彼は苦しみだしました。そのあとのことは、碧さんの推理通りです。『硝子館の殺人』において、俺は紛れもなく神津島さんを殺した犯人です」

夢読が「じゃあ……」と言いかけるのを、遊馬は片手を突き出して遮る。

「ただ、問題は第一の事件が起きたあとです。あのあと俺たちは、亡くなった老田さんと巴さんも合わせた全員が、このダイニングに集まって今後のことを話し合いました。そして、解散となり各人の部屋へと戻っていった。その際、俺は一人で階段をのぼっていたとき、すぐ背後に誰かがついてきているような錯覚に襲われました。夢読さん、あなたも同じように言っていましたよね」

水を向けられた夢読は、ためらいがちに頷いた。

「ええ、たしかに感じた。階段をあがっているとき、なにか邪悪なものに追われている気配を」

「さっき説明したように、その気配は壁一枚隔てた隠し階段を誰かが移動していたために感じたものだったと思われます。では、いったい誰が、そのとき隠し階段にいたんでしょう」

「誰って……」夢読は助けを求めるように周囲を見回す。

「あのとき、招待客の皆さんと俺は、ほとんど同時に自分の部屋に向かいました。隠し階段に入るような時間的余裕はなかったはずです」

「なら、老田さんか巴さんじゃないですか。住み込みでこの館に働いていたんだから、隠し階段の存在を知っていたかも」

左京が指摘するが、遊馬は首を横に振った。

「あのあと、老田さんと巴さんはダイニングの片づけをしていたはずです。そうだよね、酒泉君」

水を向けられた酒泉は、小さくあごを引く。

「ええ、そうっスよ。俺たち三人で十五分くらいかけて片づけをしました」

「じゃあ、やっぱり誰か私たちが知らない奴がこの館に潜んでいるのよ!」

夢読が叫ぶが、遊馬は「それは考えにくいです」と一言で切って捨てた。

「隠し階段はあまりに狭く、生活ができるような環境ではありません。生きていくためには隠し階段以外の場所に出る必要があります。この四日間、誰にも目撃されずにそれをするのは極めて困難でしょう」

「招待客でも、雇われていた人々でも、謎の人物でもない。なら、誰も残っていないじゃないか」

痛みに耐えるかのように九流間が顔をしかめる。

「そんなことありません。一人だけいるじゃないですか。あの時間に、隠し階段を使える人が」

「一人? いったい誰なんだ、それは?」

遊馬は微笑むと、その人物の名を告げた。

「この館の主人、神津島太郎ですよ」


九流間たちが黙り込む。しかしそれは、衝撃で絶句しているというよりも、困惑して、なんと言ってよいのか分からないといった様子だった。

十数秒、無言で周りの者たちと顔を見合わせたあと、九流間がおずおずと言う。

「一条先生、いまなんと言ったんだ。もう一回聞かせてくれないか」

「ですから、神津島さんですよ。彼こそが主に隠し階段を利用していた人物なんですよ」

「君は、自分が何を言っているのか理解できているのか？　神津島君は初日の夜に、君に毒殺されているんだぞ」

「ええ、たしかに『硝子館の殺人』の中では、神津島さんは俺に毒殺されています。けれど間違いなく、最初の事件のあとに隠し階段を使っていたのは神津島さんです。他の人には不可能だと、いま証明されたじゃないですか」

「さっきから、君が言っていることは支離滅裂だ。とても正気とは思えない」

恐怖をおぼえたのか、九流間は後ずさりした。

「ああ、申し訳ありません。銃を持った人間が意味不明な言動をしていたら気味が悪いですよね。では理解してもらいやすいように説明します」

遊馬は小さく咳払いする。

「九流間先生、違和感をおぼえませんでしたか。最初の事件が起きてすぐ雪崩で道が塞がって、この館が孤立したことに」

「いや、不運だったとは思ったが、それ以上に神津島君が毒殺されたかもしれないということで気が動転していて、深く考える余裕はなかった」

「俺も同じです。ただ、俺の場合は病死として処理するつもりだったにもかかわらず、神津島さんが毒で死んだことがばれて動揺していたんですけどね」

遊馬は自虐的に唇を歪める。

「他にも違和感はいくらでもあります。いくら雇い主の命令と言えど、老田さんや巴さんが非人道的な大量誘拐殺人に加担するでしょうか。遺体が白骨化するまで放っておいたりしたら、凄《すさ》まじい腐臭が漏れ出してくるのではないでしょうか。ダイニングの窓ガラスが偶然、収斂火災を起こすほど日光を集めるなんてあり得るでしょうか。火事に弱いこの館で、そんな設計ミスを放置しておくでしょうか。わざわざ客室の扉のために、ＩＣチップまで内蔵された複製不可能な鍵を用意する必要があるでしょうか。そもそも、いくら神津島さんが変わった人物とはいえ、人里離れた山奥にこんな奇妙な館を建て、そこで生活なんてするものでしょうか」

遊馬の指摘を、九流間たちは呆然として聞く。

「九流間先生がおっしゃっていた、まるで本格ミステリ小説の中に入り込んだようだというセリフは、真相に迫っていたんですよ。この館はまさに、クローズドサークルで連続密室殺人を起こすために用意された舞台だったんですから」

「連続密室殺人を起こすために？」左京は額を押さえて聞き返す。

「ええ、そうです。奇妙な館が外界から孤立し、その建物の特性を利用した連続殺人が起きる。まさに、古典的な本格ミステリ小説のシチュエーションです。ただ、古典的と言えば響きがいいですが、古臭いと紙一重です。あまりにも使い古されたシチュエーションで、もはやオリジナリティがないとも言えますね。それに……」

遊馬はテーブルの向こう側にいる人々を眺める。

「ミステリ作家、刑事、霊能力者、編集者、医師、料理人、執事にメイド、そして……名探偵。このように、館に個性的な面々が集められるのも、クローズドサークルのミステリではお約束です。そう、この館だけでなく俺たちも、本格ミステリ小説のために用意されていたんです」

「なんなのよ！」

悲鳴じみた絶叫がダイニングに反響する。

「いい加減にして！　私たちが小説のキャラクターだとか、殺人事件のために用意されたとか、全然意味が分かんない！　もう、頭がおかしくなりそう！」

頭を抱えてその場に座り込んだ夢読の背中を、月夜が優しく撫でた。

「夢読さんの言う通りだよ、一条君。思わせぶりな説明は名探偵役の特権ではあるけれど、度が過ぎると嫌味でしかない。そろそろ、本題に入った方がいいんじゃないかな」

先輩名探偵からのアドバイスを受けた遊馬は、「ああ、そうだね」と頷いた。

「それではっきり言いましょう。俺たちは無意識に出演者になっていたんですよ。『硝子館の殺人』という、神津島さんが考えた本格ミステリ小説の出演者に」

「本格ミステリ小説の出演者？」左京が眉を顰める。

「そうです。そして、その『硝子館の殺人』こそきっと、神津島さんが今回の催しで発表しようとしていた未公開原稿だったんです」

「ま、待ってください。神津島さんが発表しようとしていたのは、『モルグ街の殺人』以前に書かれたミステリじゃなかったんですか？」

「未公開の小説で、ミステリの歴史を根底から覆す作品だという情報から、そう予想していました。けれど、間違っていました。期待させてしまい申し訳ありません。神津島さんは自分の書いた本格ミステリ小説を発表するつもりだったんです」

「神津島さんが書いた小説……」左京は大きく肩を落とす。

「重度のミステリフリークだった神津島さんは、科学者としてではなく、ミステリ作家として後世に名を残したいと熱望していたが、ストーリーテラーとしての才能に恵まれていなかった。しかし、諦めきれなかった彼は、才能をあるもので補おうとしたんです」

「あるもの？」

「財力、つまりは金ですよ」

「金？　自費出版をしようとしたということですか？」

左京の問いに、遊馬は「いいえ」と首を横に振る。

「自分が生み出した本格ミステリ小説の世界を、現実に作り上げたんです」

「ミステリ小説の世界を、現実に……？」

意味が分からないというように、左京が頭を軽く振った。

「そうです。この硝子館は本格ミステリ小説の舞台として、三つの不可解な密室殺人事件を起こすために設計されて建てられたんです。もちろん、収斂火災の危険があるその窓も、朝日を集められるように緻密に計算して作られたものです」

九流間たちの背後に広がる全面ガラス張りの窓を、遊馬は指さす。

「舞台として建てられたってあなた、そんなのとんでもないお金がかかるじゃないの！」

恐慌状態からいくらか回復したのか、夢読がピンクのアイシャドーで縁取られた目を見開いた。

「ええ、数十億円はかかったでしょうね。けれど、大富豪である神津島さんには、そんなもの痛くもかゆくもなかったんですよ。五年前、心筋梗塞で命を落としかけた彼にとっては、傑作を生みだしミステリ史に名を刻むことこそ生きる目的だったんですから」

遊馬は「九流間先生」と声をかける。口を半開きにしていた九流間の背中が伸びた。

「先生はおっしゃっていましたよね。神津島さんの書くミステリはオリジナリティがないし、論理展開に穴や矛盾も多いって」

「あ、ああ、たしかに言ったが」

「よくよく考えると、この硝子館とここで起きた事件には、まさにオリジナリティの欠如と論理展開の甘さが如実に表れているんですよ」

「どういう意味だ？」

「神津島さんは新本格ムーブメントを引き起こした『十角館の殺人』をはじめとする館シリーズと、その作者である綾辻行人に強い憧れを持っていました。もはや、崇拝に近いその想《おも》いは創作活動に強い影響を及ぼし、クローズドサークルと化した奇妙な館で連続殺人が起こるという、まさに館シリーズのプロットそのままの作品を神津島さんに生み出させたんです」

「それって、パクリっていうやつっスか」

話にいまいちついていけていないのか、酒泉が自信なさげに言う。

「パクリとは言えないと思う。館シリーズにこの硝子館と同じ構造の建物が出てくるわけではないし、トリックも真似《まね》たわけじゃないから。ただ、オマージュと呼ぶには、あまりにも基本構造が似すぎている気もする。しいて言うなら、同人誌まがいの劣化版ってとこかな」

九流間が「劣化版……」と小声でつぶやく。

「そうです。あまりにも異常な状況にパニックに陥っていましたが、冷静に考えてみると、この『硝子館の殺人』にはおかしな点ばかりです。全身の筋肉が弛緩するテトロドトキシンを飲んだ神津島さんが、なぜ模型をねじり壊すほどの力が出せたのか。第二の事件で、犯人はなぜここまで大掛かりなトリックでダイニングを密室にしなくてはならなかったのか。第三の事件では、地下牢を見つけさせたいならなぜ直接そう書かず、わざわざ『中村青司を殺せ』なんていう暗号を残す必要があったのか。シアターのスクリーンを燃やしたのに、なぜ火災報知機は作動しなかったのか」

遊馬の指摘に、九流間たちは息を吞む。

「独創的なトリックを思いついたから、それを行う理由も考えずとりあえず現場を密室にした。おどろおどろしい雰囲気を演出したかったから、論理的におかしな行動を犯人に行わせた。まさに、プロットの甘いミステリにありがちな失敗です」

「ま、待ってくれ」九流間が喘ぐように言う。「君はこう言っているのか、この硝子館で起きた連続密室殺人は……」

興奮で舌がもつれたのか九流間が言葉に詰まる。遊馬は頷いて、そのあとを継いだ。

「そう、神津島太郎によって生み出され、演出されたフィクションだったんです」

「フィクション……?」

九流間がおずおずとつぶやく。

「神津島さんは、自分がいくら普通に執筆しても後世に名を残すような傑作は書けないことは分かっていたんだと思います。だからこそ、他の者には絶対にできない作品を思いついた。実際に本格ミステリの舞台になりそうな建物を造り、そこで実際に連続殺人が起きたかのように装って、招待客たちに事件を解かせる。リアル脱出ゲームならぬ、リアル本格ミステリといったところでしょうか。その記録映像とともに小説を刊行したりすれば、たしかに話題にはなったでしょうね」

「と言うことは、最初の夜に発見された神津島君は……」

「ええ、死んでいませんでした」

遊馬があごを引くと、九流間は魂が抜けたかのように口を開いた。

「で、でも、神津島さんは死んでいるって確認されたはずじゃないですか」

左京が落ち着かない様子で訊ねる。

「思い出してください。確認したのは加々見さんだけです。そのあと彼は誰にも神津島さんに触れさせず、俺たちを部屋から追い出し、そこを立ち入り禁止にしました。第二、第三の事件でも同様に、死亡を確認したのは加々見さんだけで、その後、遺体には接触できないようにされました」

「じゃあ、加々見さんは……」

「そう、加々見さんは神津島さんの協力者です。あそこまで演技がうまいところを見ると、実際は刑事などではなく、劇団員か何かの可能性が高いでしょうね。他にも、老田さん、巴さんが最初からこれが劇だと分かっていて、神津島さんに協力したのでしょう。犯人役と被害者役は、すべて仕込みだったということです」

遊馬は唇の端を上げる。

「第二、第三の事件も、実際は被害者本人が作り上げたものです。老田さんは中から門を閉め、前もって用意していた動物かなにかの血液で『蝶ヶ岳神隠し』と書いたうえで、ライターでテーブルクロスに火をつけた。巴さんも陸の部屋でウェディングドレスを着て、太腿に切られたような特殊メイクをしてベッドに横たわっただけです」

「そ、それなら、一条先生。あなたもですか？　だって、あなたは神津島さんを毒殺したんだから。あ、いや、実際はしていないのか……？　でも……」

思考が追いつかなくなったのか、左京は目を泳がせる。

「いいえ、俺は本気で神津島さんを毒殺したつもりでした。ただ、いま考えればそれも、すべて仕組まれたことだったんですよ。神津島さんの専属医の話は、知人から直接来ました。きっと神津島さんは自分の起こした裁判のせいで、難病を患っている俺の妹が必要な薬を手に入れられなくなるということを知っていたんでしょう。自分を殺すほどの恨みをもつ医者を、興信所でも使って調べて、俺に声をかけたんですよ」

妹への思いを弄ばれた怒りに、遊馬は拳を握りしめる。

「そのうえで、実際は無毒の粉をフグ肝の粉末だと俺に信じ込ませ、いつも診察時に立ち会っている老田さんに、今回の催しに限りゲストの相手をさせた。そうすれば、千載一遇のチャンスを俺が逃さないと計算していたんでしょう」

「けど、あなたが本当に毒を飲ませようとするとは限らないでしょ」

「俺がやらなければ、加々見さんが第一の事件でも犯人役を演じる計画だったんでしょう。ただ、神津島さんの思惑通り、俺は彼の毒殺を試みた。あの人は嬉しかったでしょうね。罪に苦しみ、さらには自分が犯人ではない第二、第三の殺人事件が起こって混乱する俺を観察できて」

「観察⁉」酒泉が声を裏返す。「神津島さんは生きていて、俺たちを観察していたってことっスか」

「そうだよ。最初の事件で、壱の部屋が立ち入り禁止になったあと、あの人はずっと俺たちを観察していたんだよ。各部屋は隠し階段のマジックミラーから、この遊戯室やダイニング、地下倉庫などの様子は隠しカメラの映像を自分のパソコンででも見ていたんじゃないかな。気持ちよかっただろうね、自分の考えたストーリーに沿って俺たちが右往左往しているのは。きっと神にでもなった気分だったんだろうな」

舌打ち交じりに遊馬が言うと、九流間が大きく息をつく。

「一条先生、あまりにも突拍子もない話で、にわかには信じられない。けれど一方で、とても理にかなっているとも思えて混乱している。なにか、君の説を証明する証拠のようなものはないのか？あればぜひ、聞かせて欲しい」

「ええ、いくつかあります。まずは状況証拠ですかね」

九流間は「状況証拠？」と鼻の付け根にしわを寄せる。

「二日目の夕飯の際の、巴さんの様子です。あの時点で巴さんは、犯人の動機が分かっていたはずです。そうなれば、次のターゲットは自分だと考えるのが当然だ」

「だからこそ、第二の事件のあと、巴さんはとても怯えた様子だったじゃないか」

「たしかに、一見すると怯えている様子でした。けれどそれなら、夕飯を最初に食べたのはおかしくありませんか」

「どういうことだ？」

「バイキング形式の夕飯を、彼女はなんの警戒もなく食べました。もし本当に自分の命が狙われていると思っているなら、なぜ彼女は毒が盛られているかもと疑わなかったんですか。神津島さんは毒殺され、猛毒であるフグ肝の粉末が盗まれている状況なんですよ」

「言われてみればそうだが……」九流間は周りにいる人々の表情をうかがう。

「まあ、パニックでそこまで考えが回っていなかったのかもしれません。ただ、状況証拠はもう一つあります。雪ですよ」

「雪と言うと、足跡のことかな?」

「いいえ、違います。初日の夜、少しだけ雪が降ったのは覚えていますか? そのせいで、第二の事件のあと、駐車場に行ってタイヤがパンクしているのを確認した帰り、展望室のガラスにわずかに雪がついていました。あの部屋の暖房設備は壊れているはずですからね。けど、それなら壱の部屋の窓にも雪がついていないとおかしいんですよ。神津島さんの遺体が腐るのを避けるため、あの部屋の暖房は消したはずなんですから」

「なのに、壱の部屋の窓に雪がついていなかったということは……」

「そう、事件のあと、壱の部屋には再び暖房がついていたんですよ。なぜか。答えは簡単、神津島さんが生きていたからです」

「なるほど、たしかに説得力があるが、決定的とは言えない。さっきの話では、もっと直接的な証拠がある口ぶりだったが、よかったらそれを教えてもらえないかな」

九流間が見つめてくる。遊馬は「分かりました」と頷いた。

「死後硬直です。神津島さんの死後硬直、それこそが『硝子館の殺人』がフィクションだった最大の証拠です」

「たしかに昨日、確認した時点で神津島君の遺体には死後硬直が見られたが、それがなぜ最大の証拠になるんだ？」

「昨夜の時点で、神津島さんの腕や肩などには、強い死後硬直は見られませんでした。それは硬直が解けてきているからだろうと、俺は理解していました。死後硬直は十二時間から二十四時間で最大になり、その後、時間経過とともに緩んでくるからです。けれど、それは間違っていた」

「間違っていたとは、どのように？」

「ついさっき、神津島さんの遺体の手首を持ち上げたとき、それとともに胴体まで浮き上がりました。腕や肩の筋肉、関節に強い硬直が生じていたからです」

「え、どういうこと？　時間が経つにつれて、硬直が弱くなるんでしょ」夢読がつぶやく。

「それは一度、死後硬直が最大になったあとの話です。つまり、昨日時点で神津島さんの遺体は、まだ死後硬直がはじまったばかりだった。それが意味することは……」

「神津島君は三日前ではなく、昨日殺された……」

かすれ声でセリフを引き継いだ九流間に、遊馬は「そういうことです」と答えた。

これで納得させることができただろうか。他の者たちの反応をうかがっていると、月夜は軽く手を挙げた。

「ちょっといいかな、一条君。これまでの君の説明だと、一つだけ説明できないことがあるんじゃないかな。加々見さんの件だよ。彼は犯行を自白したあと、君がポケットに忍び込ませたピルケースに入っていたカプセルを飲んで命を落としたはずだ。君が神津島さんに飲ませたカプセルが無毒のものなら、彼が死ぬはずはないじゃないか。それとも、それも演技で、ダイニングで倒れている加々見さんは、実はいまも生きているのかな？」

「いいや、死んでいるよ。加々見さんだけじゃない、神津島さんも、老田さんも、巴さんも、昨日の夕方確認した時点では、たしかに死んでいた」

円香が生きているのではないかという希望が打ち砕かれたせいか、酒泉がうめき声を漏らす。

「そう、昨日の夜、君と九流間先生と一緒に調べたとき、神津島さんたち三人は完全に死亡していたんだ」

「なら、いままで君が披露してきた仮説は、完全に否定されるんじゃないかな」

「いいや、そうじゃない」

遊馬は静かに首を振った。

「間違いなく『硝子館の殺人』は、この館で起きた連続密室殺人事件は、神津島さんによって仕組まれたフィクションだった。ただ、神津島さんの計画には大きな誤算があったんだ」

「大きな誤算？　それはいったい……」九流間が緊張した面持ちで訊ねる。

「この館に、怪物がいたことですよ」

「怪物!?」夢読の声が裏返った。「それってやっぱり誰か私たちの知らない化け物が、この館に隠れているってこと？」

「いいえ、違います。その怪物は俺たちの中にいたんです。神津島さんは不用意に、とんでもない災厄《さいやく》をこの館に招いてしまったんですよ。そして、その怪物は神津島さんのコントロールから離脱し、この館で起きていた『硝子館の殺人』を乗っ取ったんです」

「乗っ取るって、どういう意味ですか？」凍えているかのように、左京は体を小さくする。

「実際に神津島さんら三人を殺害し、フィクションであったはずの連続殺人事件を現実のものにしたんです」

九流間たちの表情がこわばるのを見ながら、遊馬は説明を続ける。

「神津島さんの胸にナイフが刺さっていたのも、遺体を傷つけて恨みを晴らそうとしたからじゃありません。生きていた神津島さんを、あらためて刺殺したんです」

「でも、最後に加々見君が死んだのは……。いままでの仮説だと、彼が飲んだものは毒ではなかったはず……」

喘ぐように九流間が言う。

「その怪物は、俺が加々見さんにピルケースを押し付け、中に入っているカプセルを加々見さんが呷《あお》るのを予想していたんですよ。それが一番劇的な演出ですからね。だから、ピルケースの中身を本物の毒にすり替えていたんです」

「本物の毒って、そんなもの都合よくあるわけないじゃないっスか」

恐ろしい仮説に拒絶反応を示しているのか、酒泉は上ずった声で言った。

「いいや、あったんだよ、酒泉君。地下倉庫に猛毒がね。殺鼠剤《さっそざい》だよ」

酒泉の目が大きくなる。

「巴さんが言っていただろ、地下倉庫にはネズミ駆除のために殺鼠剤がいくつも置かれているって。怪物はピルケースに入っていたカプセルの中身を殺鼠剤にすり替えたんだ」

遊馬はこめかみを掻く。

「よく考えたら胸を押さえて苦しみながら嘔吐し、昏睡《こんすい》するなんて、フグ毒であるテトロドトキシンの症状じゃない。多分、殺鼠剤につかわれるリン化亜鉛による中毒死だったんだろうね。リン化亜鉛は胃酸と化学反応を起こして、ホスフィンという毒ガスを発生させ、中枢神経を侵して呼吸を止める」

喋り続けることに疲労をおぼえた遊馬が一息つくと、月夜が目を細めて一歩前に出た。

「面白い話だったよ、一条君。それじゃあ、そろそろ名探偵最大の見せ場と行こうじゃないか。君が言う、その『怪物』というのは、いったい誰のことなんだい?」

遊馬と月夜の目が合う。二人の視線が溶け合った。微笑んだ遊馬は静かに告げる。

この硝子館に潜む怪物の正体を。

「君だよ、碧さん。君こそ、神津島さんたちを殺し、『硝子館の殺人』を乗っ取った怪物だ」

数瞬の沈黙、そして月夜の周りにいた者が一斉に恐怖の表情を浮かべて後ずさる。しかし、月夜は端整な顔に柔らかい笑みを浮かべ続けていた。

「私が神津島さんたち三人、いや加々見さんを入れて四人を殺した犯人か。なかなか面白いことを言うね、一条君」

「振り返ってみると、君は絶えずヒントをくれていたんだよな。俺たちが本格ミステリ小説に迷い込んでしまったのかもしれないと言ったりとか、この屋敷で起きた事件のことを、いつの間にか『硝子館の殺人』と呼んでいたり。君は三日目に神津島さんの物語を乗っ取った際、彼が演出していたそれが『硝子館の殺人』というタイトルだと気づいたんだろ。ああ、この『硝子館の殺人』においては後期クイーン的問題を考慮しなくてもいいっていうのも、いま考えれば大きなヒントだったな」

「おや、後期クイーン的問題を考慮しなくていいというのが、どうしてヒントになるのかな」

月夜は心から楽しそうに言う。

「後期クイーン的問題の解決方法の一つとして、上位の存在、つまりはメタレベルからの介入によって、作中に示された証拠が本物であると保証されるというものがある。君は『硝子館の殺人』においてメタレベルの存在だった神津島さんを殺害し、その立場を乗っ取ったことで、メタレベルの名探偵役という地位を獲得したんだ。麻耶雄嵩《まやゆたか》の『神様ゲーム』で、探偵役を神様という上位存在にして、後期クイーン的問題を解決したのと同じ構造だな」

「なるほど、その考えは面白い。さすがは一条君、なかなかのミステリマニアだね。ただ……」

月夜の双眸が、すっと細くなる。

「それだけで私を犯人扱いするのはちょっと強引すぎはしないかな？　私を犯人だと告発するに足る根拠を、君は持っているのかい」

「もちろんだよ」

遊馬が頷くと、月夜は「ぜひ、聞かせてもらおうか」と声を弾ませた。

「まず問題は、いつ神津島さんが支配して進めていた『硝子館の殺人』が乗っ取られたのか。つまり、いつ神津島さんたちが殺害されたかだ」

月夜は「続けて」とでも言うように、掌《てのひら》を上に向けた。

「少なくとも、昨日の朝、ウェディングドレスを着て倒れている巴さんが陸の部屋で発見されたときまでは、神津島さんの計画通りに進んでいたはずだ。あの時点で、加々見さんは倒れている巴さんに誰も近づかせないようにして死亡していると伝えたうえ、太腿に拷問の跡があると告げている。近づかせないようにしたのは、巴さんが実は生きていて、太腿の傷は特殊メイクかなにかで作った偽物だと気づかせないためだった。そして、コルセットに記された血文字を読んで地下牢に行き、偽の白骨死体を見つける。それも、神津島さんが考えたシナリオに沿った動きだったんだろうな」

「え、あの白骨死体って偽物だったの？」

夢読が目をしばたたかせる。話の腰を折られた遊馬は顔をしかめた。

「拉致された遭難者の遺体が腐り果てたものではないでしょうね。そのことに気づかれないため、わざわざ暗い地下牢に置いて、近くで観察できないようにしたんですよ。まあ、本物の人骨だった可能性は高いかもしれません。海外から骨格標本は購入できますからね。神津島さんなら、それくらいのリアリティは求めたでしょう」

遊馬は、悠然と構えている月夜に視線を戻す。

「つまり昨日の朝の時点では、『硝子館の殺人』は予定通り進行していたんだ。けれど、夕方には神津島さんたち三人は死亡していた。その間に、フィクションであったはずの連続殺人事件が現実のものになったっていうことだ。そこで気になってくるのが、俺が階段から突き落とされた件だ。あのとき、誰かが外で盗聴していると君が言い出したから、二人でその人物を探した。俺は階段をのぼって展望室まで探したあと、戻って肆の部屋までおりてきた辺りで、背後から誰かに押された」

「けど、展望室にも階段にも誰もいなかったんだよね」月夜が顔の横で人差し指を立てた。「それなら、加々見さんがやったのでは？　弐の部屋にいた加々見さんなら、君が扉の前を通過したあと、こっそりと部屋から出て背後から突き落とすのも可能だよ」

「俺もさっきまで、加々見さんにやられたと思っていたよ。けど、『硝子館の殺人』というフィクションの中なら、それはおかしい。運よく大怪我《おおけが》しないで済んだけれど、この館の急な階段を転げ落ちることは、下手をすれば致命傷になる。犯人役を演じているだけの加々見さんが、そんな犯罪行為をするわけがない」

「じゃあ一条君は、君を突き落とした人物が、どこから出てきたと思っているんだい？」

「参の部屋だよ。参の部屋に潜んでいた人物が、俺を突き落としたんだ」

「ええ⁉」酒泉が奇声を上げる。「な、なに言ってんスか。俺はそんなことしませんよ。なんで俺が、一条先生に怪我させなきゃいけないんスか！」

興奮する酒泉に、遊馬は「落ち着いて」と声をかけた。

「酒泉君がやったと思っているわけじゃない。だってそのとき君は、この遊戯室で九流間先生と左京さんと一緒にいたんだから」

酒泉が安堵の息を吐くと、月夜が肩をすくめた。

「じゃあ、君を突き落とした人物はどうやって参の部屋に入り込んだのかな？　酒泉さん、あなたは部屋を出る際、扉の錠を開けっぱなしにしているんですか？」

「いや、ちゃんと閉めてますよ。特に、この四日間は怖くて絶対に錠をかけたはずです」

「なら、酒泉さん以外が参の部屋に扉から出入りするのは無理だね。もしかして一条君は、くだんの隠し階段から誰かが参の部屋に入ったとでも？」

「そうじゃないよ。その時点ではまだ神津島さんは生きていて、『硝子館の殺人』を遂行していた。隠し階段を使ったら、彼かその協力者に気づかれたはずだ」

「じゃあ、誰も参の部屋に入れないじゃないか」

「そんなことはない。一人だけ扉を開けることができる人物がいたんだ。碧さん、君だよ」

「私？」月夜は自分を指さす。「もしかして、私が錠開けの技術を使って参の部屋の錠を外したとでも。それはないよ。だって、この館の鍵はＩＣチップが内蔵されている特別製だ。参の部屋の錠を開けられるのは、マスターキーか参の鍵だけさ」

「そう、だから君は参の鍵を使ったんだ」

月夜の顔から、小馬鹿にしたような笑みが消えていく。

「君は言っていたよな。名探偵としてスリの技術も身につけているって。そして三日目、第三の事件のあとでマスターキーを地下金庫に入れる際、君は巴さんを喪ったショックでふらついた酒泉君を支えている。そのとき、彼のポケットから参の鍵をすり取ったんだろ」

酒泉が驚きの表情で月夜を見る。

「参の鍵を持っていた君は、誰かが盗み聞きしていると騒いで俺を展望室に向かわせると、そっと参の部屋に潜んだんだ。そして、戻ってきた俺が扉の前を通過するのを見計らって部屋を出て、背後から突き落としたんだよ」

「で、でも一条先生。俺、鍵を持ってますよ」酒泉はズボンのポケットから鍵を取り出す。

「それは、昨日の夜、マスターキーを一緒に取り出してくれるよう、遊戯室に九流間さんを説得しに行ったとき、酔いつぶれている君を揺さぶるふりをしながら返したんだよ。そうだろ、碧さん」

水を向けられた碧は、薄い唇の端を上げる。

「哀しいな。大切な相棒である君を殺そうとしたと疑われるなんて」

「殺そうとしたわけじゃないさ。一定時間、行動不能にしたかったんだろ。怪我をして肆の部屋に運ばれ、君から差し出された水を飲んだ俺は、そのあと泥のように眠った。いま考えれば、いくら緊張で睡眠不足だったとはいえ、半日も眠り続けたのはあまりにも異常だ。きっと、あの水の中には薬でも混入されていたんだろ。いざというときのために、いろいろな薬を持っているって君は言っていたからな。水に混ぜてもばれなくて、眠りこける薬と言えば、リスペリドンの水薬かな。あれは無味無臭だから、使い勝手がいい」

「なんで、私が君を眠らせる必要があったって言うんだい？」

「そんなの簡単だよ」

遊馬はあごを引くと、上目遣いに月夜を見た。

「その間に神津島さんたちを殺して、『硝子館の殺人』を乗っ取るために決まっているじゃないか」

唇に笑みを湛え続ける月夜を見ながら、遊馬は説明をはじめる。

「睡眠薬を盛って俺を眠らせた君は、おそらく地下倉庫で待ち伏せしたんだろ。神津島さんの食事を用意するために、巴さんが食料を取りに来る可能性が高かったから。やってきた巴さんを脅した君は、彼女を陸の部屋まで連れていき、……拷問を加えた」

酒泉が目を剝いて月夜を見る。しかし、月夜の表情が変わることはなかった。

「そこで君は、『硝子館の殺人』についての情報、隠し階段に入るための暗号や、これからの計画などすべてを聞き出したんだ。その中には、計画がはじまってから、神津島さんたちと加々見さんが接触しないことになっているという情報もあったんだろうな。そうでないと、神津島さんたちが本当に殺されたことを、加々見さんに感づかれる可能性があったから」

遊馬は苦笑を浮かべる。

「事件を操っているメタレベルの存在は、登場人物とはコンタクトを取らないようにする。異常なほどにこだわりが強い神津島さんからすれば、当然のことだったんだろうね」

「……それから、どうなったんスか?」

危険な響きを孕んだ声で酒泉が言う。据わったその目は、そばに立つ月夜を睨んでいた。

「すべての情報を喋ったあと巴さんは殺害され、『硝子館の殺人』での役柄と同じように、ウェディングドレスを着せられてベッドに放置されたんだ」

酒泉の奥歯が軋む音を聞きながら、遊馬は月夜に視線を戻す。

「そのあと、君は老田さんと神津島さんを殺した。さすがに神津島さんに無理やり毒を飲ませるのは難しかったので、刺殺という方法をとらざるを得なかった。そして、すべての犯行が終わった君は着替えをして、俺の部屋に戻ってシャワーで汚れた返り血を洗い落としたんだ」

事件の概要を説明し終えた遊馬は、口を固く結んで月夜の反応を待つ。彼女は唐突に、拍手をはじめた。

「素晴らしいよ、一条君。とても理路整然とした推理だ。けど、土台が弱いかな?」

遊馬は「土台?」と聞き返す。

「そう、君の推理は私が酒泉さんから鍵をすり取ったという仮定のもとに成り立っている。しかし、それを私がしたという証拠はどこにもない。『硝子館の殺人』を乗っ取ったのが私だという、確たる根拠でもあるのかな？」

「あるさ」

遊馬が答えると、月夜は「ほぉ」と妖しい流し目をくれた。

「ぜひ教えて欲しいな」

「ピルケースのカプセルだよ。もともと偽の毒が入っていたはずのカプセルが、いつの間にか殺鼠剤のカプセルにすり替えられていた。俺は初日の夜にピルケースをトイレの貯水槽に隠し、昨日の夜からはジャケットのポケットに入れて持ち歩いていた。つまり、君が神津島さんたちを殺して戻ってきたあと、シャワーを浴びるために肆の部屋の洗面所に入ったときにすり替えたんだ」

「その前にすり替えられたのかもしれないよ」

月夜はからかうような軽い口調で言う。

「それはない。俺は部屋を出るときに常に鍵をかけていた」

「隠し階段から侵入されたのかも」

「真犯人が隠し階段を使えるようになったのは、三日目の昼過ぎに神津島さんたちを殺害してからだ」

「じゃあ、神津島さんたちが殺されてから、君が目を覚ますまでの間に、私でない誰かが隠し階段から肆の部屋に入ったのでは？」

「それもあり得ないよ。分かってるだろ、碧さん」

遊馬は口角を上げた。

「俺が寝ている間、君はずっと看病してくれていたはずなんだ。もし君以外の人物がその時間に隠し階段から忍び込んできたなら、間違いなく君が目撃している。けれど、君はそんなことを言わなかった。つまり、君こそが神津島さんたちを殺害し、ピルケースの中身を殺鼠剤入りのカプセルにすり替えた真犯人なんだよ」

月夜はどこか嬉《うれ》しそうに微笑んだまま、再び拍手をする。

「素晴らしい、素晴らしいよ一条君。完璧な推理だ。一点を除いてね」

「一点？　どこがおかしいって言うんだ？」

「おかしいわけじゃない、君の推理は全て理にかなっているよ。けれど、あくまでそれは、神津島さんが大金をかけ、『硝子館の殺人』という大掛かりなフィクションを仕組んでいたという仮説の上に成り立っている」

「でも、隠し階段があったんでしょ。それに、そこを使っている人の気配があったじゃない」

口を挟んだ夢読に、月夜は鋭い一瞥《いちべつ》をくれる。夢読は「ひっ」と小さな悲鳴を上げて腰を引いた。

「隠し階段があっただけじゃ、なにも証明になっていませんよ。神津島さんに覗きの趣味があっただけかもしれない。それに、あなたが何かの気配を感じ取ったというのも、たんなる気のせいじゃなかったとは言い切れない」

月夜の説明に、夢読は首をすくめる。

「巴さんが二日目の夕食をためらわず食べたことも、雪が壱の部屋の窓に積もらなかったことも、三つの密室殺人がフィクションだったことを直接証明するものではない。それに死後硬直の話も、君が確認しただけで、客観的な証拠とは言い難い。名探偵である私を殺人犯として告発したいなら、そんな曖昧なものではなく、確たる証拠を示す必要があるはずだ。一条君、君はそれを持っているのかな」

「……いいや、まだ持っていないよ」

「それでは、いま君が述べたことは、殺人犯が罪を逃れるために考えた戯言《ざれごと》に過ぎないということになるね」

月夜はうつむいて首を振ると、「残念だよ」とため息をついた。

「早とちりしないでくれ。俺は、『まだ』持っていないと言ったんだ」

「どういうことかな？」

月夜が顔を上げる。その声には、どこか期待の色が滲んでいるように聞こえた。

「九流間先生、展望室から回収した毒薬の壜はいま持っていますか」

唐突に話を振られた九流間は、「あ、ああ……」と慌てて懐から『フグ肝』と書かれた小さなガラス壜を取り出した。

「それを俺に向かって投げてください」

「この壜を？　どうして？」

「必要なことなんです。どうかお願いします」

遊馬が慇懃《いんぎん》に頼むと、九流間は少しだけためらうそぶりを見せたあと、下手投げで壜を放った。放物線を描いてくる壜を片手でつかみ取った遊馬は、親指でその蓋を開ける。なにをするつもりか気づいたのか、九流間が息を吞んだ。

「やめなさい、一条先生！　馬鹿なことはやめるんだ！」

「馬鹿なことじゃありません。神津島さんも、老田さんも、巴さんも、この壜に入っているのが猛毒だと言っていた。もし、それが嘘だったとしたら、これは俺に毒殺犯という役割を押し付けるための小道具だったと、ひいては『硝子館の殺人』が、神津島さんが仕掛けたフィクションだったことが証明できる」

けれどもし間違っていたら、これを飲むことで命を落とすことになる。遊馬は震えるほどに強く、壜を握りしめる。

自らの推理に、文字通り命をかける。そんなことが果たして俺にできるのだろうか。

口腔《こうこう》内から急速に水分が失われていく。膝ががくがくと笑いだす。視界から遠近感が消え、手の中の壜が襲い掛かってくるような錯覚をおぼえた。全身を鋼の鎖でがんじがらめにされているかのように、体が動かない。

息が苦しい。酸素が薄くなったかのようだ。顔をあげた遊馬は、月夜と目が合う。月夜の顔には笑顔が浮かんでいた。少女のように屈託のない笑顔。

それを見た瞬間、金縛りが解けた。遊馬は壜を口に当てると、その中身を一気に流し込んだ。九流間たちが悲鳴じみた声を上げるなか、遊馬は大きく目を見開き、全身を震わせた。喉からしゃっくりのような声が漏れる。

「吐くんだ！　すぐに毒を吐き出すんだ！」

九流間の叫び声を聞くと同時に、感情が爆発した。

「はは……、ははは、あはははははっ！」

腹の底から笑い声があふれ出す。何度もむせかえるが、それでも笑いの発作を止めることはできなかった。

数十秒かけ、ようやく落ち着きを取り戻した遊馬は、唖然とした表情で立ち尽くしている九流間たちに向き直る。

「だ、大丈夫なのか？」

正気を疑っているのか、九流間がおずおずと訊ねる。遊馬は高々と墁を掲げた。

「砂糖です！」

「なに？」

「ですから、砂糖です。この墁の中身は砂糖だったんですよ」

遊馬は墁に指を突っ込むと、指先についた白い粉を舐めた。

「ちょっと甘すぎますね。コーヒーが欲しくなる」

舌を出した遊馬は、月夜を見る。

「これでどうかな？　少しは探偵役らしくふるまえたと思うんだけど」

「どうしてどうして、堂にいった名探偵ぶりだったよ、一条君」

心の底から嬉しそうに言うと、月夜は「さて」と誇らしげにスーツに包まれた胸を張り、高らかに宣言した。

「それでは、あらためて自己紹介させていただこう。私こそがこの硝子館に紛れ込んだ怪物。『硝子館の殺人』の名探偵にして、この硝子の尖塔で起きた惨劇の真犯人、碧月夜だ」

「君が……真犯人……」

恐怖に顔をひきつらせながら九流間がつぶやく。

「ええ、そうです、九流間先生。私が神津島さん、老田さん、巴さんの三人を殺害して、『硝子館の殺人』を乗っ取った真犯人です。ああ、殺鼠剤入りカプセルへのすり替えもしたから、間接的に加々見さんも殺していますね」

まるで天気の話題でもするかのごとく、なんの気負いもなく月夜が答えた瞬間、獣の咆哮のような声が響き渡った。

「よくも！　よくも、円香ちゃんを！」

怒りで顔を紅潮させた酒泉が月夜に殴りかかる。しかし、月夜はダンスをするかのように優雅な動きで拳をよけると、スーツの内ポケットから黒い塊を取り出し、それを酒泉の首筋に当てた。雷に打たれたかのように酒泉の体が痙攣し、顔面から床へと倒れ伏した。

重い音を立てて倒れた酒泉を見下ろしながら、月夜は手に持っている物体を掲げた。

「スタンガンだよ。名探偵なんてやっていると、いろいろと危険な目に遭うから、いつも持ち歩いているんだ。護身用に便利なんだ。それに……」

言葉を切った月夜は、妖艶な笑みを浮かべる。

「相手の抵抗を奪い、思い通りのシチュエーションで殺害するのにもね」

体は動かないものの意識はあるのか、酒泉が声にならないうなりを上げる。月夜は「少し静かにしてください」と酒泉の首に膝を乗せて体重をかけた。酒泉の口から、蛙《かえる》がつぶされたような声が漏れる。

「酒泉君を離せ！」

遊馬は散弾銃の銃口を月夜に向けた。

「おいおい、一条君。それは脅しになっていないよ。君が持っているのは『散弾』銃なんだよ。撃てば散弾が広範囲に吐き出される。私だけでなく、酒泉さんや、場合によっては九流間先生にまで当たってしまうかもね」

月夜は忍び笑いを漏らした。遊馬は唇を噛んで銃口を下げる。

「理解してくれて嬉しいよ。銃を向けられながらじゃ、落ち着いて話はできないからね」

「あ、あなた、探偵なんでしょ⁉」夢読が震える指で月夜をさす。

「探偵じゃありません、名探偵です。私は名探偵『だった』んですよ」

月夜に睨まれた夢読は、小さな悲鳴を上げて腰を抜かした。夢読を守るかのように、九流間が前に出る。

「碧さん、なぜ名探偵の君があんなことをしたんだ」

月夜はあごに手を当てると、「ふむ」と小さく言った。

「動機、ワイダニットというわけですか。個人的にはフーダニット、もしくはハウダニットのミステリが好きなんですが、なぜ私が神津島さんたちを殺害したのか、皆さんに推理していただくのもなかなか乙ですね。どう思われますか、九流間先生」

「……神津島君になにか恨みがあったのか？　だから、彼の計画を乗っ取って、完全犯罪を成し遂げようとした」

「違いますよ、九流間先生。恨みによる殺人なんて単純なものではありません。私はもっと高尚な意図のもと、犯行に踏み切ったんです」

月夜は遊馬に視線を戻すと、挑発的に目を細めた。

「君なら分かってくれるかな、一条君。私がなぜ、どんな想いで神津島さんたちを殺害したのか」

「ああ……、分かるよ」遊馬は低い声で言う。「君は『硝子館の殺人』が気に入らなかったんだ」

蕾《つぼみ》が花開くように、月夜の顔に笑みが広がっていった。

「気に入らなかったって……、どういう意味なんだ……?」

邪悪な気配を察したのか、九流間が弱々しく訊ねる。遊馬は大きく息を吐いた。

「言葉のままの意味ですよ。さっき説明したように、神津島さんが書いた『硝子館の殺人』のシナリオは、様々な論理破綻がある完成度の低いものでした。ミステリを偏執的なまでに愛する碧さんには、それが許せなかった。そうだよね」

遊馬が水を向けると、月夜は先を促すかのように、わずかにあごをしゃくった。

「二日目の朝、壱の部屋の窓に雪が積もっていなかったことに違和感をおぼえ、そして夕食の際、巴さんが毒を心配するそぶりを見せずに食事をしたことで、この館で起きている事件がフィクションであると君は気づいた。そういえば、最初に巴さんが食べるように仕向けたのも君だったね。そうやって、確認していたってわけか」

「それは正確ではないかな。私はもっと早い段階で違和感をおぼえていたんだよ。この館がトライデントを正確に模して造ってあるって話を聞いたときだ」

「……そうか、第一の事件のあと、展望室に行ったとき、君は子供みたいにはしゃいでスキップをしていたな。あれは、神津島コレクションに興奮していたわけじゃなく、足音を響かせて隠し階段の位置を探していたのか」

あの時点ですでに、この館の螺旋階段が二重構造になっている可能性に思い当たっていたのか……。そう言えば、二日目に伍の部屋を訪れたとき、鏡を隠すようにスーツケースが置かれ、本棚の本が全て出されていた。あれは隠し階段からの覗き見や侵入を防ぐためのものだったのだ。あまりにも図抜けた碧の知性に、遊馬は寒気を感じる。

「よく覚えているね、一条君。その通りだよ。ただ、神津島コレクションに興奮していたのも本当なんだけどね」

楽しげに言う月夜を、左京が指さした。

「じゃ、じゃあ、あなたは神津島さんたちに騙されていることに気づいて、それで強い怒りを覚えたということですか？」

「違いますよ」遊馬は首を振る。「心の底からミステリを愛している碧さんが、いかにフィクションとはいえ、こんな本格ミステリ小説そのものの世界に入り込んで、怒りを覚えるわけがない。それどころか、どんな事件が起こるかわくわくしていたはずです。現に、二日目まで彼女のテンションは極めて高かった。ただ、問題は三日目の密室殺人事件だった」

「三日目の事件の、なにが問題だったって言うんですか？」

「トリックのクオリティですよ。館の傾斜を利用して滑り落とした遺体が、ベッドに横たわる形になった。あまりにも偶然に頼りすぎです。衝撃に耐えきれず窓が壊れたり、勢いがつきすぎて開いた窓を飛び越えてしまう可能性が高い。実際に犯人がそんな雑なトリックを行うとは考えにくい。それに、オリジナリティにも乏しかった。建物の傾斜を利用するトリックは、すでに本邦《ほんぽう》にとても有名な作品があるでしょ」

とある名作を思い描きながら遊馬が視線を向けると、月夜は無言のまま満足げに頷いた。遊馬は話を続ける。

「二日目の事件については、なぜ密室にする必要があったのかという問題は残るものの、トリックは素直に素晴らしいものだった。この硝子館という特殊な建築物の特性を利用し、さらに発火させるためにテーブルクロスを濃い色にするという細工を、血文字のメッセージでカモフラージュする。神津島さんの、一世一代の大トリックだったんだろうな。碧さん、君も満足していたんだろ。だから、二日目まであんなにはしゃいでいた」

月夜は口を開かない。しかし、楽しげなその表情が、遊馬の予想が正しいことを示していた。

「きっと、そのトリックを思いついたからこそ、神津島さんは大金をはたいてこの硝子館を建て、そして時間をかけてリアル本格ミステリを催すための計画を立てた。けれど彼の才能では、他の事件のトリックや細部の設定までクオリティを保つことはできなかった。第三の事件現場を見て、君は『硝子館の殺人』が駄作に終わることに気づいた。さらに地下牢の陳腐な演出を見て、君は強く失望し、落ち込んだ」

三日目に目の当たりにした月夜の、悲痛な横顔を思い出す。てっきり、名探偵として新しい犠牲者が出るのを防げなかったことに落胆していると思っていたが、そのとき彼女の胸の中には、まったく違う想いが渦巻き、そして恐ろしい計画が萌芽《ほうが》していたのだ。

「だからこそ、君は神津島さんの計画を乗っ取ることに決めた。『硝子館の殺人』で探偵役を務めつつ、同時に神津島さんたちを殺害し、三つの密室殺人を現実のものにする犯人役も務め上げた。

神津島さんに代わってメタな存在となり、『硝子館の殺人』という駄作を上書きし、二重構造の惨劇という、芸術的なまでに美しい本格ミステリを構築するという離れわざを成し遂げたんだ」

遊馬の口から自然と、称賛に近い言葉が溢れる。月夜が犯した罪はあまりにも非人道的で、決して赦《ゆる》されざるものだ。しかしその一方で、彼女の灰色の脳細胞から生み出された、どこまでも緻密に計算しつくされた謎は、ミステリマニアとして感動を禁じ得ないものだった。

「ありがとう、一条君。心から感謝するよ」

月夜は恭しく頭を下げる。

「そこまで私の気持ちを理解してくれているなんて、期待以上だ。そう、私は失望したんだよ。ガラスでできた巨大な尖塔、その中心を貫く二重螺旋階段、絶対に合鍵のない錠、そして館に招かれた個性的な客たち。ここまで完璧な本格ミステリの舞台を用意できるのは、世界広しと言えど神津島さんぐらいのものだ。この硝子館は、彼の莫大《ばくだい》な資産と底なしのミステリ愛が生んだ奇跡なんだよ。けれど、残念ながら彼には美しい謎を構築するセンスが欠けていた。『硝子館の殺人』は、第二の事件のトリック以外、平凡極まりないミステリだった。どんな高級な食材を使用しても、コックの腕が悪ければ生ゴミにしかならない。だから、私が神津島さんになり代わって調理をし、皆さんに最高の料理をふるまったというわけさ」

月夜は九流間に向き直ると、愛想よく「お味はいかがでしたか？」と首をわずかに傾けた。九流間の頬がひきつる。

「君は……、神津島君の考えた本格ミステリに失望したからというだけの理由で、四人もの人を殺したって言うのか？」

「いいえ。たんにシナリオの質が悪いだけなら、おそらく私は最後まで『硝子館の殺人』の名探偵役に徹したでしょう。私を突き動かしたのは失望と、そして……怒りでした」

「怒り？　いったいなにが君の逆鱗《げきりん》に触れたと言うんだ」

「神津島さんはミステリにかんしてはなかなかフェアな方だったらしく、三つの密室殺人を解くヒントだけでなく、この館で起きる事件が全てフィクションだということについても手がかりを提示していました。硝子館がトライデントを正確に模していると伝えることで、螺旋階段が二重になっていることを示唆していましたし、『ミステリの歴史を根本から覆す未公開原稿を発表する』という一条君に言ったセリフもヒントの一つです。ああ、展望室のエアコンが故障中というのも嘘でしょう。そういう設定にすることで、展望室のガラスには雪が付いているにもかかわらず、壱の部屋の窓には付いていないという状況を作り出し、自分が実は生きているということを示唆した。そして、神津島さんは全員の部屋に、最大の手がかりを配置していたんです」

「最大の手がかりとは？」

九流間の問いに答えることなく、月夜は遊馬に視線を戻す。

「一条君、君は私が三日目に神津島さんたちを殺害した際に、『硝子館の殺人』という、自分がまきこまれているリアル本格ミステリのタイトルを知ったと言っていたね。けれど、それは間違いだ。私はもっと前から、そのタイトルを知っていた。三日目の夕方に初めてそのタイトルを口にしたのは、私自身が神津島さんに成り代わってメタな存在になり、それを言ってもアンフェアにはならないと判断したからだよ」

「もっと前から知っていたって、いったいどうやって？」

遊馬が眉を顰めると、月夜は小さく鼻を鳴らした。

「うーん、一条君。名探偵役としては少し注意散漫だね。手がかりはずっと君のそばにあったんだよ。壱から拾、各部屋の本棚の最上段にね」

「最上段……」

遊馬は肆の部屋の本棚を思い出す。上段には新本格を愛する神津島らしく、島田荘司、綾辻行人、法月綸太郎、有栖川有栖などの作が並んでいたはずだ。特に最上段には『十角館の殺人』から『奇面館の殺人』まで、ノベルス版の『館シリーズ』が十一冊……。

そこまで考えたとき、遊馬は口から「ああっ⁉」という声が漏れた。

「気づいたみたいだね。綾辻行人の『館シリーズ』のノベルス版は十冊しか刊行されていない。しかし、各部屋の本棚にはなぜか、館シリーズが十一冊置かれていた。なぜか？　答えは簡単。これが忍び込ませてあったからだよ」

月夜はスーツのポケットから一冊の本を取り出す。講談社ノベルスそっくりに作られたその本の背表紙には、『硝子館の殺人』のタイトルと、『神津島太郎』という著者名が記されていた。

「見てみなよ」

月夜はそれを遊馬に向かって無造作に放る。足元に落ちたその本を慎重に取った遊馬は、ぱらぱらとページをめくった。本文は白紙だったが、最初のページにこの硝子館の立体図と、登場人物のリストが記されている。

『一条遊馬　……　医師』

リストに自分の名前を見つけた遊馬は、唇を嚙んだ。

「私にはこれが許せなかったんだよ。新本格ムーブメントの火付け役にして、シンボルともいえる『館シリーズ』。それに似せた作品名をつけ、オマージュと言うにはあまりにもお粗末な劣化版のストーリーを作り上げ、あまつさえその駄作を恥ずかしげもなくシリーズの一冊として忍び込ませる愚行。それは本格ミステリというジャンルに対する侮辱に他ならない。そう思わないかい、一条君」

――私は綾辻行人になりたかったんだ。

遊馬は初日に神津島が言ったことを思い出す。あのときは、綾辻行人への強い敬意からの言葉だと思っていたが、その実、神津島は嫉妬し、こう思っていたのかもしれない。

もし、自分が研究者でなくミステリ作家を志していたら、綾辻行人の代わりに自らが本格ミステリムーブメントの火付け役になっていたと。

強い羨望はいつしか妄執へと変化し、そしてこの硝子館として具現化した。神津島はこの館で自らが考えた本格ミステリを現実のものとし、それを『硝子館の殺人』として館シリーズに紛れ込ませることで、自らの劣等感をごまかそうとした。

しかし、その行為が碧月夜の逆鱗に触れた。

「……だからって、それくらいで俺は人を殺さない」

「いいや、殺すんだよ。人間は最も大事にしているものを踏みにじられたとき、他人を殺すんだ。君にとってはそれが妹さんで、私にとってはそれがミステリ小説だった。私と君の間にある違いは、それだけなんだよ」

一分の迷いもない口調で、月夜は力強く言う。そのとき、九流間が口を開いた。

「いや、碧さん、君の行動は理にかなっていない」

「理にかなっていない？　どこがでしょうか？」

月夜の声から急激に温度が失われていく。

「君は名探偵に強いこだわりを持っていたじゃないか。子供の頃から名探偵を求め続けてきたと言っていたじゃないか。それなのに、四人もの人間を殺すなんてありえない。これで君は、二度と名探偵として活動することはできなくなったんだぞ」

九流間の糾弾を受けた月夜は、口元に手を当てて俯く。やがてその肩が細かく震えはじめた。こらえきれないのか、手の下からくっくっと笑い声が漏れだす。

「なにがおかしいんだ！」

九流間が怒声を上げると、月夜は遊馬に流し目を送ってきた。まるで「君なら分かるだろ」と言うように。

「九流間先生、それは違います」遊馬は押し殺した声で言う。「彼女にとって、名探偵を求めることと、人を殺すことには、なんの矛盾も存在しないんです」

「なにを……言っているんだ……？　わけが分からない……」

九流間は禿《は》げ上がった頭を両手で抱えた。

「彼女はたしかに名探偵にこだわり、求め続けていました。けれど、『彼女自身が名探偵であること』にはこだわりがなかった。それは妥協の末に生じた結果に過ぎなかったんですよ」

「妥協って、それじゃあ碧さんは、本当はなにを望んでいたって言うんですか？」

左京がおそるおそる訊ねる。

「名探偵と会うことですよ。つらい幼少時代、ミステリの世界に逃げ込んでいた彼女は、ずっと名探偵と会うことを切望し続けていた。しかし、フィクションの中とは違い、現実にはなかなか名探偵はあらわれない。だから彼女はしかたなく、自らが名探偵となった。けれど心の底では、名探偵との邂逅《かいこう》を求め続けていた。白馬の王子様を待つ少女のようにね」

「一条君、白馬の王子様という表現は、女性としてちょっとカチンとくるね」

遊馬が「悪かった」と謝罪すると、月夜は唇の片端をあげた。

「ただ、君の言っていることはおおむね正解だよ。私はずっと、名探偵に会うことを夢見ていたんだ。その日をずっと待ち焦がれていたんだよ」

「それが、どうして人を殺すことにつながるんだ？」

九流間は得体のしれない生物を見るような目を月夜に向ける。

「名探偵というのは、それ単体では存在し得ないからですよ」

遊馬が言うと、九流間は顔をしかめる。

「禅問答みたいな答えはやめてくれ。あまりにも理解できないことが多すぎて、頭がパンクしそうなんだ」

「ああ、すみません。彼女は昨日、俺にこう言ったんです。名探偵は難事件が起きるのを待つしかできない受け身の存在、弱々しい存在なんだと。つまり、名探偵が存在するためには、その人物が解くに値する『難事件』が必要だということです」

遊馬の意図を理解したのか、九流間と左京が表情をこわばらせるそばで、夢読だけが「どういう意味？」とまばたきをくり返した。

「誰よりも名探偵を求めていた碧さんにとって、自ら『難事件』を生み出し、それを解決できる人物を探すことは、まったく矛盾のない行為だったということです。つまり彼女は自ら『名探偵』を生み出そうとしていたんです」

理解が追いつかなかったのか、夢読はぽかんと口を開ける。その隣で、九流間が細かく全身を震わせはじめた。

「そんなこと……、できるわけがない。理論的には成り立っているとしても、そんなことのために、ためらいなく人を殺すことなんてできるわけが……」

「いいえ、彼女にはできたんです。なぜなら、……慣れていたから」

「慣れていた……？」九流間の震えが大きくなった。

「九流間先生、覚えていませんか。初日の夕食後、みんなが遊戯室でくつろいでいるとき、加々見さんが絡んできたことを。加々見さんは碧さんが捜査を断った不可解な未解決事件を挙げました。それに対して彼女はこう答えたんです。『一人で二役を果たすことはできません』と」

遊馬は横目で月夜を見ながらしゃべり続ける。

「『一人で二役』、そのときは、ただ他の捜査で忙しかったから断ったと理解していましたが、それにしてはあまり適切な表現ではありません。あの言葉の真意は、こういうことだったんです……」

一度言葉を切った遊馬は、厳《おごそ》かに告げる。

「名探偵役と犯人役を、一人で同時に務めることはできない」

「じゃ、じゃあ……」九流間の顔から血の気が引いていく。

「そうです。ジャンボ機乗客消失事件、水泳選手プール内焼死事件、博物館恐竜化石襲撃事件。世間を震撼《しんかん》させたその三つの事件の犯人こそ、名探偵、碧月夜その人だったんですよ。そうだろ、碧さん？」

遊馬が声をかけると、月夜は軽く首を反らした。

「なかなか面白い話だね、一条君」

「違うって言うのか？」

「いいや、そんなつもりはないよ。ただ、根拠が『一人で二役』という私のセリフだけというのはいただけないな。探偵役が推理を述べるときは、もっと説得力がないとね」

「それなら、名探偵としての君の原点の話はどうかな？」

「名探偵としての原点？」月夜の声がわずかに低くなる。

「そう、君が名探偵を目指すきっかけになった事件、両親を密室で惨殺された事件さ」

月夜は「続けて」と口角を上げる。

「君は両親の事件を解決してくれる名探偵が現れないことに失望して、自らが名探偵になることを決意し、それを成し遂げた。けれど、いまだに君は、両親の事件を解決してくれる名探偵を待っているとも言った。それはおかしいんじゃないか？」

「どこがかな？」月夜は挑発的に首をわずかに反らした。

「君は名探偵になったんだ。なら、自分自身でご両親の事件を解決しようとするのが当然じゃないか。それなのに、君はなぜかいまだに『他の名探偵』が現れるのを待っている」

「それはなぜだと？」

「一人で二役はできないからさ」

月夜の顔に幸せそうな笑みが広がる。人生で初めて理解者を見つけたことに対する笑み。

「つまり碧さんは……」

九流間は酸欠の金魚のように、口をパクパクと動かす。

「そうです。碧さんは自分の両親を惨殺し、さらに現場を密室にしたんですよ。そうすれば、幼少期から憧れ続けてきた名探偵に会えると思ってね」

「それだけのために両親を殺したって言うのか？」

「いや、それだけではなかったんだと思います。彼女は両親の事件が起きるまで、周囲に迫害され部屋に閉じこもっていたと言っていました。てっきり、学校でいじめにでも遭っていたのかと思っていましたが、思い出してみると彼女の口から聞いた学生時代のエピソードは、とてもいじめを受けていた生徒のものではありませんでした。つまり、彼女を部屋に閉じ込めていた恐怖の対象はおそらく、クラスメートなどではなく……両親だったんです」

「……虐待」

九流間がつぶやいた瞬間、月夜の顔に一瞬、暗い影が差す。

「どの程度の虐待だったかは分かりません。なんにしろ彼女は、過酷な環境から逃れるために両親を殺害し、そして同時に憧れの名探偵に会おうとした。けれど名探偵は現れず、しかたなく自らが名探偵となることで心の隙間を埋めることに決めた。しかし、名探偵と出会うという夢を捨てることはできず、彼女は二つの顔を使い分けながら活動を続けていた」

「二つの顔とは……？」

つぶやく九流間の様子は、もはや魂が抜けたかのようだった。

「一つは難事件を次々と解決する名探偵、碧月夜という表の顔です。しかし、その活躍の一方で、自ら不可思議な難事件を起こし、それを解決することができる名探偵を探していた。つまり、彼女の裏の顔はこう呼ぶことができます」

遊馬は心から幸せそうな微笑を浮かべる月夜を眺めると、そっと彼女の真の名を口にした。

「名犯人、碧月夜」


「名犯人……」

九流間と左京が同時に、耳慣れないその単語をつぶやく。

「超人的な知性を持つ人物にしか解決できない難事件をいくつも起こすことで、名探偵を発掘する。優れた『名犯人』が一人いれば、何人もの『名探偵』が生み出される可能性がある。誰よりも名探偵を求める人物としては、きわめて合理的な選択だ。そして碧さん、君にはそれを実行するだけの知性と、行動力、そして……異常性があった」

遊馬は両手を合わせる。

「ああ、そういえば自白した俺がモリアーティを名乗ったとき、君はやけに強い拒絶反応を見せたね。あれは自分こそが本物のモリアーティ役、つまりは名探偵のライバルだという誇りがあったからだろ？」

遊馬は月夜を見つめたまま、穏やかな口調で言う。月夜は笑みを浮かべた。心から幸せそうな笑みを。

「ありがとう、一条君。本当にありがとう。はじめてだよ、私の本質を理解してくれた人は。君は最高のワトソンだ」

うっすらと濡れた目元を手の甲で拭ったあと、月夜は昂った気持ちを落ち着かせるかのように、大きく息を吐いた。

「それで、このあとはどうするつもりかな？」

「このあと？」

「そうだよ、一条君。現時点で名探偵の役目は君が担っているんだ。事件の真相を暴くだけが名探偵じゃない。事件を解決してこそ名探偵なんだよ」

月夜は酒泉の首筋に載せている膝にさらに体重をかける。酒泉の口から、苦痛の呻《うめ》きが漏れた。

「こっちには人質がいるんで、君は銃は使えない。さて、ここからどうやって私を拘束するつもりかな？　まさか、すべての真相を暴いたら、私がおとなしく警察に自首するとでも思っていたのかな？」

「も、もうすぐ警察が来るのよ！　諦めなさいよ！」

九流間たちの後ろに隠れながら夢読が叫ぶ。月夜は呆《あき》れ顔になった。

「夢読さん、それは神津島さんの考えた『硝子館の殺人』の設定、つまりはフィクションです。実際は通報なんてしていませんし、そもそも雪崩で道が埋まったっていうのもでたらめなんです。まだ、理解できないいんですか？」

「……それでも、状況が変わるわけじゃない」九流間が押し殺した声で言う。「遅かれ早かれ、私たちと連絡が取れなくなったことに気づいて、関係者がやって来るだろう。そうすれば、警察にも連絡がいくはずだ。そして、この館で君が犯した犯行は全て明るみにでる。君に逃げ場はない」

「九流間先生、私は『名犯人』ですよ。いわば、この道のスペシャリストです。それくらいのこと、計算していないと思っているんですか？　たとえ一条君が真相を暴かなかったとしても、鑑識がしっかり調べれば『硝子館の殺人』がフィクションで、それを利用して私が犯行を起こしたことも気づかれるのは自明の理です。当然、対処法も考えています」

月夜は九流間から遊馬に視線を移す。

「一条君なら気づいてくれるんじゃないかな。君には、私がどんな技術を持っているかいろいろと教えたんだから」

——その気になれば、この館にある物で遠隔爆破装置だって作れるよ。

二日目に月夜と交わした言葉が、不意に耳に蘇る。数時間前に発電室で見た、空の棚とともに。

「まさか、爆弾を⁉」

遊馬が声を裏返すと、月夜はスーツの懐から掌に収まるほどの物体を取り出した。黒い直方体の機器についている蓋を外すと、真っ赤なボタンが現れる。

「これを押せば、地下のキッチンにセットされている大量のガソリンが爆発して、硝子館は炎に呑み込まれます。九流間先生たちは殺さないつもりだったんですよ。『硝子館の殺人』の詳細を証言してもらい、一条君と加々見さんが犯人だったことにしたかったですから。けど、そうも言っていられなくなりましたね。残念です」

声にならない悲鳴を上げてその場に崩れ落ちた夢読が、這うように出入り口に向かおうとする。

「動くな！」

月夜に一喝された夢読は大きく体を震わせ、四つん這いのまま振り返る。両目からは涙があふれ、濃い化粧が崩れてピエロのような様相を呈していた。

「勝手に動いたら、ボタン押しちゃいますよ。いやだったら、おとなしくしてください。さて、待たせて悪かったね、一条君。名探偵役としての君の選択を聞かせてくれるかな。この難局、君ならどう乗り切る？」

遠足を前にした子供のように、月夜の口調には興奮が滲み、その頬は紅潮していた。

「このままだと君は人質と玄関から脱出し、俺たちをこの硝子館に閉じ込めて焼き殺し、最後に人質も殺害して姿を消すというわけか」

「それが、私が取るべきベストの選択だね。そうすれば、私が名犯人だということは誰にも知られることなく、名探偵と名犯人、二つの顔を維持し続けることができる」

「それは卑怯《ひきょう》だな」

「……なに？」月夜の頰がピクリと動いた。

「卑怯だって言ったんだよ。君は『硝子館の殺人』という偽の本格ミステリを上書きし、現実の本格ミステリ犯罪を紡ぎあげた。そして、俺は探偵役としてその謎を解き明かした。本格ミステリというのは、純粋な知能ゲームという側面を持つ。つまり、俺は名犯人である君に挑戦し、そして勝利したってことだ。ゲームの勝利者には賞品が、敗者には罰ゲームがあるのが常識じゃないか」

「爆弾を想定できなかった君は、完全には勝利したわけじゃない」

「だから、俺たち全員を解放したうえで自首しろなんて言わないよ。うまく妥協点を探ろうぜ」

「妥協点、なかなか面白そうだね」

険しさを増していた月夜の表情が、ふっと緩む。

「さて、それじゃあ交渉の時間といこう。一条君、君はどんな条件を出してくるのかな」

「俺以外の全員を硝子館から逃がすことだ」

「自分以外の安全を保証しろってわけかい？　しかしそうなると、私が名犯人であることが警察に知られてしまうね」

「それが君の罰ゲームさ。たいしたことじゃないだろ。君は昨日、名探偵ではなく名犯人として生きると決断したんだから」

「なんのことかな？」とぼけるような口ぶりで月夜が言った。

「『君がいまやるべきことをしよう。本当の姿を取り戻そう』。昨日、第三の事件のあと、落ち込む君に俺がかけた言葉だ。そのあと、君は覇気を取り戻した。もちろん俺は、名探偵としてやるべきことをやれと言ったつもりだったんだが、君は違うふうにとらえた。『名犯人こそが自分の本当の姿だ』とね。そして、君は『硝子館の殺人』を乗っ取り、メタな存在として芸術的な本格ミステリを紡ぎあげる覚悟を決めた」

遊馬は大きく息をつく。

「ある意味、俺が迷っている君の背中を押し、名犯人として生きる決意をさせたんだ」

「だから、その責任を取って、自分だけこの館に残るってことかな？」

「ああ、そうだよ。どうだい？　悪くない提案だと思うけれど」

「『硝子館の殺人』でワトソン役を務め、そして私の紡いだ物語で名探偵役を務めた君と二人でクライマックスを迎えるか。たしかに悪くない提案だね。……それじゃあ、こうしよう」

唐突に、月夜は持っていた爆破スイッチを遊馬に向かって放った。遊馬は目を剝くと、大きな放物線を描いて迫ってくるスイッチを両手で慎重にキャッチする。落とすことなく摑み取ったことに安堵した瞬間、みぞおちに衝撃が走った。スイッチを投げると同時に走り込んできた月夜が、その勢いを利用して体当たりをしてきたことに、倒れ込みながら気づく。

床に落ちた散弾銃と爆破スイッチを手にした月夜は、激しくせき込む遊馬に銃口を向けた。

「この状態なら、君の条件を呑むことにしよう。九流間先生、申し訳ないですが左京さん、夢読さんと一緒に、酒泉さんを連れて玄関から出て行ってください。危険ですから、十分に距離はとってくださいね。そう、駐車場くらいまでは退避した方が安全です」

「しかし、一条先生が……」九流間の顔に濃い逡巡《しゅんじゅん》が浮かぶ。

「いいんです、行ってください！　これは俺と彼女の問題なんです！」

痛むみぞおちを押さえながら、遊馬が叫ぶ。

夢読に「早く行きましょ！」と急《せ》かされた九流間は、痛みをこらえるような表情で左京とともに酒泉に肩をかし、出入り口に向かった。ためらいがちに扉から出る九流間に、遊馬は力強く頷いた。

四人の姿が消え、扉が閉まる重い音が響く。

「これで二人きりだ。落ち着いて話ができるね」

「銃口を向けられながら、落ち着いて話ができるとは思えないけどな」

遊馬は苦笑する。不思議と恐怖は感じなかった。むしろ、月夜と二人でいることに心地よさすら感じていた。

「さて一条君、この物語はどんなフィナーレにしようか。いくら素晴らしいトリックのミステリでも、ラストシーンがいまいちだと名作にはなりえないからね」

「それを決めるのは君の仕事だろ。これは君の物語なんだから。ただ、幕が下りる前に一つだけ言わせてくれ」

遊馬は目を細める。

「ありがとう」

「ありがとう？　なにについて？」

月夜は狐《きつね》につままれたように目をしばたたいた。

「俺にチャンスをくれたことだよ。本当なら謎を解く余裕なんて与えず、さっさと俺ごとこの硝子館を燃やせばよかったんだ。けれど、君はわざわざ俺にヒントをくれた。展望室にトライデントの模型と、遺伝子工学の参考書、あと『THINK OF A NUMBER』を置いてくれたのは君だろ。名探偵役にはあまりにも力不足の俺に気を使って、君は大きなヒントをいろいろと残してくれた。だからこそ、俺はなんとか真相にたどり着くことができたんだ」

「せっかく苦労して作り上げた物語を、誰にも挑戦してもらえないで終わるなんて、あまりにも哀しいからね。『硝子館の殺人』を乗っ取ったって簡単に言うけどね、かなり苦労したんだよ。巴さんの遺体にウェディングドレスを着せたり、殺鼠剤を細かく砕いて、せっせとカプセルの中に入れたりさ。君がいびきをかいて気持ちよさそうに寝ていた間にね」

小さなカプセルに四苦八苦して殺鼠剤を入れている月夜の姿を想像し、思わず顔が緩む。

「ほら、銃口を向けられても私たちの仲ならリラックスできるだろ」

月夜がおどけるように言った。二人は見つめ合うと、同時に吹き出し、大きな笑い声をあげる。なぜか爽快な気分だった。

「ところで碧さん、君は名探偵を見つけてどうするつもりなんだ」

ひとしきり笑いの発作に身をゆだねたあと、遊馬は訊ねる。

「どうする？」月夜は不思議そうに聞き返した。

「名探偵と出会うということは、犯行が暴かれるということだ。そのとき、犯人である君は……」

「名犯人」

「はいはい、名犯人である君はどうするつもりなんだ？」

「どうする……か。そこまでよく考えていなかったかな。ふむ、私は名探偵に会ったらどうするつもりだったんだろう？」

あごに手を当てて、月夜は真剣な表情で考え込む。

「俺の推理を披露してもいいかな？」

月夜は数回まばたきをしたあと、にっと口角を上げた。

「もちろんじゃないか、一条君。君はいま、名探偵役なんだからさ」

遊馬は「それじゃあ、お言葉に甘えて」とはにかむと、月夜に告げる。

「君は名探偵とともに、ライヘンバッハの滝に落ちたいんじゃないかな？」

「……つまり、私が名探偵と心中したがっていると？」

「ああ、そうだ。神津島さん殺しで拘束される際、俺が自らを『モリアーティ』と表現したことに、君は激しい拒絶反応を示した。それは、自分こそが『モリアーティ』だという強い自負が、潜在意識に存在するからだ。君は名探偵とともに命を落とすことを夢見ている。だからこそ君は、ハンニバル・レクターでも真賀田四季《まがたしき》でもなく、自らをモリアーティに見立てているんだよ」

「私が……名探偵と……」

抑揚のない声でつぶやきながら、月夜が空中に視線を彷徨わせる。もしかしたら、いま飛び掛かれば銃と爆破スイッチを奪えるかもしれない。しかし、遊馬は動かなかった。

月夜の目が、次第にうるんでくる。その顔に恍惚《こうこつ》の表情が広がっていった。

「ああ、そうだよ。その通りだ。私はずっと、名探偵と一緒に死にたかったんだ。最高のライバルと戦い、共に命を落としたかったんだ」

月夜は澄んだ瞳で遊馬を見つめる。

「ありがとう、一条君。こんな状況でなければ、君を抱きしめてキスをしたかったよ」

「相棒と男女の関係になるつもりはないんじゃなかったかい」

「いまならその禁を破ってもいいとさえ思っているよ。そもそも、君との相棒関係は今朝の時点で解消しているしね」

月夜は紅い舌で唇を舐める。そのなまめかしい仕草に、遊馬は背中に震えが走るほどの色気を感じた。

「それは……正直、ちょっと嬉しい申し出だけど、いまはそんな場合じゃないだろ」

「ああ、残念ながら君を抱いている時間はない。それにここじゃ、外から丸見えだからね。そんな特殊な性癖は持っていないよ」

軽口をたたき合うこの時間が、遊馬にはなぜか愛《いと》おしくさえ感じられた。ずっと彼女と一緒にいたいという欲求が胸の中で膨らむ。

けれど、どれほど魅力的でも彼女は連続殺人鬼だ。一介の医師である自分とは、決して相容《あいい》れることのない存在だ。

遊馬は「さて」と微笑んだ。

「それじゃあ、後ろ髪をひかれるけれど、そろそろ終わりにしようか。その銃で俺を撃ち殺すのか、それとも爆破ボタンを押すのか決めてくれ」

「私が決めていいのかな？」

「当然じゃないか。『硝子館の殺人』を乗っ取った君こそ、この物語の支配者だ。君にはこの残酷でありながら、まるで硝子細工のように儚《はかな》くも美しい本格ミステリに、ピリオドを打つ義務がある」

「どちらにしても、君は命を落とすことになるよ」

遊馬は「そうだろうね」と、天井からぶら下がっているシャンデリアを眺める。

「自分の手を汚すことなく、神津島さんが命を落とした。これで、妹は新薬の恩恵を受けることができるし、殺人者の家族として糾弾されることもない。これ以上ない結果だよ。それに……」

遊馬は肺の底に溜まっていた息を吐き出す。

「実際には殺していなくても、俺は明らかな殺意を持って神津島さんにカプセルを渡した。その罰は受ける必要がある」

「まじめだね、一条君。じゃあ君は、名探偵として私とライヘンバッハの滝に飛び込んでくれるというのかい？」

「犯人からハンデをもらってようやく真相にたどり着ける程度の、情けないまがい物の名探偵さ。本物の名犯人と釣り合いが取れるとはとても思えないけれど、君さえよければ喜んで地獄への旅路にお供するよ」

月夜と手を取り合って人生を終えるなら、それも悪くない。本心からそう思った。

「ありがとう、一条君。君に会えて本当に良かったよ」

月夜は銃口をおろすと、爆破ボタンを持つ手を天井に向けてまっすぐ掲げた。

「ああ、ちょっと待ってくれ」

遊馬が声をかけると、月夜は親指をボタンに添えたまま、「なんだい？」と首をわずかに傾ける。

「最後に、君が紡ぎあげたこの物語のタイトルを教えてくれ」

「タイトル？」

「そうだよ。君は『硝子館の殺人』を乗っ取り、それを自分の本格ミステリへと昇華させた。それはもはや、『硝子館の殺人』とはまったくの別物だ。だから、最期にそのタイトルを知っておきたいんだ。自分がなんという物語で名探偵役を務め、そして命を落とすのか心に刻みたいから」

「ああ、たしかに本格ミステリ小説にはタイトルが重要だね。それ次第で、売れ行きが大きく変わったりする。しかし、まいったなぁ……。そこまで考えていなかったよ」

月夜は額にしわを寄せて床を見つめる。

「さっき一条君が言っていた硝子細工のように美しい本格ミステリから、『硝子細工の殺人』というのは……。いや、せっかくクローズドサークルと化した奇妙な館が舞台なんだから、それを連想させるタイトルの方が……。やっぱり本格ミステリなら『殺人』とか『惨劇』とか入っていた方がいいし……」

ぶつぶつつぶやきながら、真剣な表情で数十秒考え込んだあと、月夜はゆっくりと顔をあげた。

「タイトルは決まったかい？」

「ああ、決まったよ」

幸せそうに微笑むと、月夜は告げた。

この物語のタイトルを。

「硝子の塔の殺人」

月夜の親指が、赤いボタンを押し込んだ。

5

鼓膜が破れそうなほどの爆音が響き渡る。地震のように建物全体が震動し、天井のシャンデリアが振り子のように揺れる。

「ガソリンの爆炎効果と、建物の中心を貫く螺旋階段による煙突効果で、すぐにこの館は炎に包まれる。もうすぐこの部屋も煙と炎に蹂躙《じゅうりん》されるだろうね」

「そうか、あまり苦しくないことを願うよ」

穏やかに遊馬は言う。なぜか、死に対する恐怖はほとんど感じなかった。

「それなら心配いらないんじゃないかな。医師の君には釈迦《しゃか》に説法かもしれないけれど、火災では主に煙による一酸化炭素中毒が死因になる。煙を吸い込んですぐに意識を失えると思うよ。それに……」

月夜は手にしていた爆破スイッチを投げ捨てると、再び散弾銃を構える。

「君は火災では死なない」

「それで撃つのかい？」

「そうだよ。やはり犯人と探偵が仲良く最期を迎えるというのはよくない。ライバル同士が全力で戦い、そして壮絶に散っていくというのが理想だと思わないかい？」

「そうかもな」

銃口を見つめながら遊馬が答えたと同時に、扉の隙間から黒煙が忍び込んできた。その量は瞬く間に増えていき、天井でとぐろを巻きはじめる。

「もう時間もなさそうだ。一条君、そろそろフィナーレといこうか」

「ああ、やってくれ。煙に巻かれて死ぬより、君の手で殺される方がいい」

「光栄だね。それじゃあ、行くよ」

遊馬は瞼を落とす。次の瞬間、続けざまに轟音《ごうおん》が鳴り響き、内臓を揺さぶった。しかし、覚悟していた衝撃や痛みは襲ってこなかった。

おずおずと目を開いた遊馬は自分の体を見下ろす。出血は見当たらない。そのかわり、刺すように冷たい風が横顔を殴りつけた。

反射的に風が吹いてきた方向に視線を向けた遊馬は息を呑む。遊戯室の窓ガラスが粉々に砕け散っていた。おそらくは、散弾で打ち抜かれて。

なにが起きているか分からず、月夜に向き直ろうとした瞬間、首筋に衝撃が走った。全身の筋肉が激しく硬直し、続いて一気に弛緩する。糸が切れた操り人形のように、遊馬は崩れ落ちる。

月夜の手に武骨な機器が握られているのを見て、遊馬はスタンガンを食らったことに気づいた。

「な、なにを……?」舌がこわばって言葉がうまく出ない。

「説明はあと、まずは避難しないとね」

そう言うと、月夜はスタンガンを放り捨て、遊馬の両脇に手を差し込んで引きずりはじめる。銃撃を受けてガラスが砕け散った窓から、月夜に引きずられた遊馬は外に出る。

「ガラスの破片がちょっと刺さるかもしれないけど、我慢してくれよ。窓を割ったせいで新鮮な空気が供給されて、バックドラフトが起こるかもしれないからさ」

月夜はその細身の体からは想像できないほどの膂力《りょりょく》で、雪原の上、遊馬の体を引きずり続ける。館から二十メートルほど離れると、月夜は「ここまでくれば安心かな」と遊馬の体を離す。それとほぼ同時に、陶器が割れるような音が響き、硝子館の展望室を覆っていた円錐形のガラスが破裂した。そこから炎の龍《りゅう》が、雪が降りしきる空に向かって駆け上がっていく。

「これで、煙突効果が最大限に発揮されるね。しかし、しかたがないとはいえ、神津島コレクションを燃やしてしまったことには胸が痛むよ。いやあ、本当にもったいないない」

月夜は心から哀しげに、両手を胸に当てる。硝子館の各部屋の窓から、火焰《かえん》が噴き出しはじめた。

「なんで……、俺を殺さなかったんだ……?」

舌はなんとか機能を取り戻しつつあったが、体はまだピクリとも動かなかった。

「君と手を取り合って炎の中に消えるっていうのも、なかなか魅力的な提案だったんだけど、やっぱり初心忘るべからずと思ってね」

「初心……?」

「本物の名探偵に会うことだよ。世界は広い。きっと私が追い求める人物が、この世のどこかにいるはずさ。私はこれから名犯人として、名探偵を探し続けるよ」

「俺じゃあ……、力不足ってわけか」

自虐的に言う遊馬の隣に、月夜は勢いよく座った。粉雪がふわりと舞い上がる。

「そうだね。正直君は、私が求めていた名探偵とはほど遠い」

なぜか、胸に鋭い痛みが走った。唇を固く結ぶ遊馬に、月夜は柔らかいまなざしを投げかける。

「ただね、探偵役としていまいちでも、君は理想のワトソンだったよ。君は名探偵としての私の、最高の相棒だった。短い間だったけど君とともに捜査をすることができて、とても楽しかったよ」

目を見開く遊馬の額に、月夜はそっと触れた。

「だから、名探偵として最後の仕事をすることにしたのさ。相棒を救うという、なによりも大切な仕事をね」

月夜は顔を近づけると、遊馬の頬にそっと唇を当てた。

「別れのキスだよ。これくらいなら、友情の範囲内だろ」

月夜はいたずらっぽくウインクすると、どこか名残《なごり》惜しそうに立ち上がる。

「もう会うことはないだろうけど、元気で」

身を翻した月夜が離れていく。

「待て、待ってくれ、月夜!」

遊馬は必死に上体を起こし、小さくなる背中に声をかけた。月夜が足を止めて振り返る。

「最後にようやく名前を呼んでくれたね。嬉しいよ。じゃあね、私の大切なワトソン君」

少女のように月夜がはにかんだ瞬間、横殴りの雪が視界を真っ白に染める。反射的に目を閉じた遊馬が再び瞼をあげたとき、かつて名探偵であり、いまや名犯人となった女性の姿は消えていた。

「月夜……」

雪まじりの風が声を掻き消していく。

硝子の塔を呑み込んだ炎が、遊馬の横顔を赤く照らしていた。

エピローグ

「兄さん、おはよう。郵便、取ってきたよ」

妹の一条美香《みか》が、杖《つえ》をつきながらふらふらとリビングに入ってくる。

「おい、大丈夫か。一人で歩き回るなって、いつも言ってるだろ」

朝食のトーストを齧《かじ》っていた遊馬は、妹を支えようと慌てて立ち上がろうとする。

「大丈夫だってば。リハビリの先生からも、自分で歩いていいってお墨付きもらってるって言ったじゃない。兄さん、過保護すぎなんだよ。そのせいで、私の社会復帰が遅れたらどうするつもり？」

辛辣な言葉に、遊馬は「分かったよ」と口をへの字にゆがめると、テーブルの上に置いてあるスマートフォンの画面に視線を落とす。

「なに？　また硝子館のニュース調べてるの？　もう大して新しい情報なんてないでしょ」

美香が呆れ声で言った。

ガラスの尖塔で起きた惨劇から、すでに半年以上が経過していた。あの日、月夜によって外に運び出された遊馬は、すぐに九流間たちに発見され、救出された。

吹雪《ふぶき》の中、遊馬たちは駐車場に残っていた車の暖房を使用することで、なんとか凍えずに夜を過ごすことができた。

翌朝になり、前日の吹雪が嘘のように晴れ上がると、一台のワゴン車が山道をのぼってきた。夢読と連絡が途絶えたことを心配してやってきた、芸能事務所のマネージャーだった。そのワゴン車に乗せてもらって下山した遊馬たちは、すぐに警察に通報をした。

地元の名士であり、世界的にも有名な科学者でもある神津島が殺されたということで、地元警察は大量の捜査員を導入して、犯人である月夜の行方を追った。しかし、彼女を逮捕することはおろか、その足跡《そくせき》さえも摑むことはできなかった。

最終的に長野県警は、あの吹雪の中、碧月夜は山で遭難し命を落としたと結論づけ、容疑者死亡として書類送検することで強引に事件に幕を引いた。

奇妙な館で名探偵が起こした連続殺人事件に、マスコミは一時、大いに盛り上がった。しかし、犯人は死亡したものと思われると公式発表が出され、さらに遊馬をはじめとした関係者が一様に硬く口を閉ざしたため、やがて硝子館で起きた惨劇は世間から忘れ去られていった。

幸運だったのは、遊馬が神津島の毒殺を企《たくら》んだということを、九流間たちが警察に伝えなかったことだ。おかげで遊馬は運悪く事件に巻き込まれた一人として扱われ、厳しい取り調べを受けることもなかった。

神津島の死によって販売差し止め訴訟は中止となり、ＡＬＳの新薬は無事に承認されて、美香はそれを内服し続けることができている。おかげで、さらなる筋力の低下は抑えられ、リハビリのかいもあって、最近は杖を使ってわずかな距離なら歩けるまでに回復していた。介護の必要もほとんどなくなったので、遊馬は先月から近くの総合病院に非常勤医師としての勤務をはじめていた。

『硝子の塔の殺人』は終わり、そして自分は新しい日常を生きている。しかしこの半年、遊馬の心の隅にはずっと疑問がくすぶっていた。

本当に、碧月夜は蝶ヶ岳で命を落としたのだろうか？

たしかにあの吹雪のなか、徒歩で雪山に入って助かるはずはない。けれど、あの美しい名犯人がそう簡単に死ぬとは思えなかった。

神津島太郎は慎重な男だった。自らのシナリオの中で街との連絡手段を絶ち、車をパンクさせた彼は、緊急事態のためになにか備えをしていたのではないだろうか。

例えばその気になったら自分だけでも街におりられるよう、森の中にジェットスキーを隠していたり……。

考えてもしかたないか。遊馬は首を振ると、再びトーストにかじりつく。たとえ生きていたとしても、彼女と会うことは二度とない。一度分かたれた二人の道が、もはや交わることはないのだから。

さて、そろそろ出ないと外来に間に合わないな。遊馬は残っていたトーストを口に押し込むと、牛乳で胃に流し込む。

立ち上がろうとした瞬間、美香が「はい」と葉書を差し出してきた。

「なんだ、これ？」

「よくわかんないけど、兄さん宛てだよ」

受け取った葉書の表には、『一条遊馬君』という文字があった。差出人の名前はない。いったい誰からだ？　普通、宛名は『様』をつけるだろ。

そんなことを考えながら葉書をめくった遊馬は、大きく目を見開く。裏には美しい絵が描かれていた。

星で満たされた紺碧《こんぺき》の夜空に、満月が輝いている絵。

そこには流麗な筆記体で、『Godspeed you, my dear Watson』と記されていた。

「なにそれ、きれいな青い月夜の絵葉書だね。どんな意味？」

「……『君の旅路に幸あれ　親愛なるワトソン君』だな」

遊馬は細めた目で、絵葉書のメッセージを眺める。

「それくらいの英語、分かるよ。ワトソン君って、シャーロック・ホームズに出てくる人でしょ。なんでそんなメッセージが書かれているのか訊いているの。やっぱり、ミステリオタク関係の友達？」

美香は杖をテーブルに立てかけると、椅子に腰かけた。

「オタクって言うな。マニアだよ。ミステリマニア」

「同じようなものじゃん。で、その人とどんな関係なの？」

「相棒だよ。いや、元相棒かな」

「相棒って、もしかして恋人ってこと⁉　え、いつの間に？　私にも紹介してよ」

美香の目が好奇心で輝く。遊馬は苦笑して席を立った。

「元って言っただろ。もう、彼女と会うことはないよ」

「なんだ、別れたのか。つまんないの」

後頭部で両手を組む美香を横目に、遊馬は絵葉書に視線を落とす。

そう、月夜にはもう自分は必要ない。モリアーティが欲するのはワトソンではなく、最強のライバルであるシャーロック・ホームズだ。

本当なら、この絵葉書は警察に届けるべきなのかもしれない。けれど、そうするつもりはなかった。

彼女が生きていると知ったとしても、警察が逮捕できるとはとても思えない。

碧月夜を追い詰められるのは、彼女が長年求め続けてきた『名探偵』だけだ。

名犯人、碧月夜。

彼女はこれからも、ともにライヘンバッハの滝に飛び込んでくれる名探偵を探し続けるのだろう。

その願いが叶《かな》って欲しいと思っているのか、遊馬自身にもよく分からなかった。

「とりあえず、君の旅路にも幸運があることを祈っているよ。……月夜」

遊馬は小さく囁くと、絵葉書をジャケットの内ポケットにしまい、玄関に向かう。

「それじゃあ、行ってくるよ」

玄関扉を開けてマンションの外廊下に出ると、「行ってらっしゃい、兄さん」という声が追いかけてきた。

初夏の風が吹き抜けていく。

新緑の香りがする空気を、遊馬は胸いっぱいに吸い込んだ。

『硝子の塔の殺人』刊行に寄せて

島田荘司

時代が平成に入り、令和にかかるまで、日本の推理文壇を、全員二十代という書き手たちが支える、世界でも珍しい現象があった。当『硝子の塔の殺人』は、「新本格」と呼ばれたこの特殊な時代を令和の上空から俯瞰《ふかん》し、丹念に総括し、ジャンルの作法を完璧に使いこなして、ブーム終幕に、誰も予想しなかった最高作を産み落として見せた、これもまた、なかなか世にない事件と思う。

クローズドサークル、突出してユニークな建築物、内部に集合した怪しげな住人たち、彼ら彼女らの、ある傾向をともなう発言、立ち居振る舞い、前段での正直な情報開示と伏線、それらを駒のように動かして浮かばせる緻密な論理性、さらには、一度終演と見せて実は満足していず、裏面に隠した真の論理進行を、これからが本領とばかりに開陳する終盤のどんでん返し、メタ発想の理解と、その自在な活用——。

すべては「新本格」作法の完璧な具現で、作者の膨大なジャンル作の読み込みが、たびたび教養として示される。一流大学出身者たちらしい難解な理念のアピール、これらへの理解と把握には、医師としての知性も、時に知識も活用されていて、この力作の設計図は、おそらくは知的操作で、方程式を組むようにして机上で考案されたと推察する。本格流儀へのまがいものでない傾倒が、平成が遠のいた今、思いがけず完全なかたちで示されて、その意味でも多く愛好家の度肝を抜くことになろう。

もっとも筆者は、作者の本格傾倒は知っていて、いずれ本物の本格を書いてくれるから、まあ見ていて欲しいと周囲に言い続けたから、今当作が現れたことに、この上のない満足感を得ている。彼が福ミスに現れたおり、受賞作「レゾン・デートル」を前にして、冒険小説の書き手の混入と早とちりして逃げ腰になったり、距離を取ろうとした当時の出版関係者は、これで自身の不明を恥じなくてはならないだろう。

この作の内部に、日本の新本格ブームに火をつけたのは島田荘司であり、薪をくべたのは綾辻行人だと解説する一節があるが、そういう二人がこの新作の帯に名を連ね、そして当の知念実希人が、特筆すべきこのミステリー史の一時代に終止符を刻むべく、渾身《こんしん》の力作を世に問うとなれば、これはまたうまく時代が廻《まわ》ったものと、創作の女神の差配を感じる。

知念氏自身、これから新しい歩みを踏み出すだろうが、新本格時代を担った多くの才能たちも、これをきりにして、年月を重ねて熟した筆と思想を携え、さらに先の新世紀ミステリーを切り拓《ひら》かんとする決意を、自覚することだろう。

この秀作は、フィールドを埋めた日本の書き手たちに、ある踏ん切りをもたらす力を秘めている。わが「本格ミステリー」こそは、アングロサクソンをはじめとする世界のどの才能の真似《まね》でもなく、そして中台韓、あるいはタイ、ヴェトナム、インドネシアの才能を牽引《けんいん》するアジアの先導車を自覚させるべく、今この優れた作を、知念氏に運ばせたとぼくは感じている。われわれはここに時代の意志を読み取り、過去の達成を胸にたたんで、新たな前進を開始しなくてはならない。

二〇二一年六月三日

初出
「アップルブックス」配信
二〇二一年六月から七月まで連載。
単行本化にあたり、加筆、修正を行いました。

本作はフィクションです。
実在の個人、団体、事件とは一切関係ありません。（編集部）

装丁／川谷康久　装画／青依青　図版監修／天工舎 安井俊夫　図版／ラッシュ

［著者略歴］
知念実希人（ちねん・みきと）
1978年、沖縄県生まれ。東京都在住。東京慈恵会医科大学卒、日本内科学会認定医。2011年、第4回島田荘司選ばらのまち福山ミステリー文学新人賞を『レゾン・デートル』で受賞。12年、同作を改題、『誰がための刃』で作家デビュー（19年『レゾンデートル』として文庫化）。「天久鷹央」シリーズが人気を博し、15年『仮面病棟』が啓文堂文庫大賞を受賞、ベストセラーに。『崩れる脳を抱きしめて』『ひとつむぎの手』『ムゲンのi（上・下）』で、18年、19年、20年本屋大賞連続ノミネート。『優しい死神の飼い方』『時限病棟』『リアルフェイス』『レフトハンド・ブラザーフッド』『誘拐遊戯』『十字架のカルテ』『傷痕のメッセージ』など著書多数。今もっとも多くの読者に支持される、最注目のミステリー作家。

硝子《がらす》の塔《とう》の殺人《さつじん》

2021年８月10日　初版第１刷発行
2024年10月16日　初版第12刷発行

著　者／知念実希人
発行者／岩野裕一
発行所／株式会社実業之日本社
〒107-0062
東京都港区南青山6-6-22 emergence 2
電話（編集）03-6809-0473　（販売）03-6809-0495
https://www.j-n.co.jp/
小社のプライバシー・ポリシーは上記ホームページをご覧ください。

ＤＴＰ／ラッシュ
印刷所／大日本印刷株式会社
製本所／大日本印刷株式会社

ISBN978-4-408-53787-0（第二文芸）